本书由兰州大学外国语学院专项资金资助出版

英国文学史

（1620—1900）

English Literature

〔美〕威廉·约瑟夫·朗恩 / 著
(William J.Long)

王小平 / 译

社会科学文献出版社
SOCIAL SCIENCES ACADEMIC PRESS (CHINA)

图书在版编目（CIP）数据

英国文学史. 1620—1900 / （美）威廉·约瑟夫·朗恩（William J. Long）著；王小平译. -- 北京：社会科学文献出版社，2023.7

书名原文：English Literature：Its History and Its Significance for the Life of the English-speaking World

ISBN 978 - 7 - 5228 - 1410 - 0

Ⅰ.①英… Ⅱ.①威… ②王… Ⅲ.①英国文学 - 文学史 - 1620 - 1900 Ⅳ.①I561.09

中国国家版本馆 CIP 数据核字（2023）第 046061 号

英国文学史（1620—1900）

著　者 / 〔美〕威廉·约瑟夫·朗恩（William J. Long）
译　者 / 王小平

出 版 人 / 王利民
组稿编辑 / 刘　荣
责任编辑 / 单远举　王玉敏
文稿编辑 / 程丽霞
责任印制 / 王京美

出　　版 / 社会科学文献出版社（010）59367011
　　　　　　地址：北京市北三环中路甲 29 号院华龙大厦　邮编：100029
　　　　　　网址：www. ssap. com. cn
发　　行 / 社会科学文献出版社（010）59367028
印　　装 / 三河市龙林印务有限公司

规　　格 / 开　本：889mm × 1194mm　1/32
　　　　　　印　张：14.5　字　数：349 千字
版　　次 / 2023 年 7 月第 1 版　2023 年 7 月第 1 次印刷
书　　号 / ISBN 978 - 7 - 5228 - 1410 - 0
定　　价 / 89.00 元

读者服务电话：4008918866

目　录
Contents

第一章　清教时期（1620—1660）

第一节　历史概况

一　清教运动

就最广泛的意义上说，清教运动可以被认为是第二次"文艺复兴"，甚至是更伟大的"文艺复兴"，是15、16世纪欧洲理性觉醒之后的人类道德重生。意大利文艺复兴深刻地影响了伊丽莎白时代的文学。然而，文艺复兴本质上萌发自异教徒，仅诉诸人们的感官，没有触及人们的道德本性，因此也就不能制约统治者的专制统治。人们一旦读到美第奇或波吉亚家族留下来的可怕记录，或者读到马基雅维利的政治言论，很难不对一个文明民族在道德和政治上的堕落感到惊奇。在北方，尤其是德国人和英国人中，这场文艺复兴伴随着道德觉醒。具体来说，就是英国人的觉醒。有人谈到清教运动会说："这是在短短的半个世纪中最伟大的横扫全国的道德和政治改革。"要更好地理解这场变革，我们要始终记得清教运动的两个目标：一是个人的正义，一是公民与宗教自由。换句话说，清教运动的目标就是让人们诚实、给人们自由。

对清教徒的误解

查理二世复辟时期，朝臣把"清教徒"这个称呼和荒谬可笑联系起来，清教运动消除了自那时开始的对清教徒的误解。尽管清教运动具有浓厚的宗教色彩，可是清教徒并不是一个宗教派别；清教徒也不像历史书里描述的那样，都是心胸狭窄、性情阴郁的教条主义者。皮姆、汉普登、艾略特和弥尔顿都是清教徒；在为人类自由而奋斗的漫长过程中，恐怕没有几个名字比各地方的这些自由者的名字更有光彩了。克伦威尔和托马斯·胡克也是清教徒，但克伦威尔坚定地主张宗教宽容；而来自康涅狄格州的托马斯·胡克制定了人类历史上的第一部成文宪法。依据这部宪法，自由民在选举他们的公职人员之前，就订立了严格的限制制度。宪法是一部清教徒文献，也是政府历史上最伟大的成就之一。

就宗教的角度看，清教主义包括各种不同的信仰。最初，"清教徒"用来指伊丽莎白时代宣扬改革英国教堂部分礼拜仪式的人；随着自由理念在人们心中诞生，与清教徒相对的是国王、邪恶的顾问官和一批以劳德为代表的偏狭的教士。这样，清教主义渐渐地成了一种伟大的全国性运动。英国教会分离派、加尔文主义者、长老会盟约支持者、天主教上层和英国的教会人士一起卷入清教运动，他们以前所未有的热情一起抵制教会和政府的专制，争取自由和正义。这样的运动自然会有过度和极端之处，人们对清教徒的误解就自少数狂热分子和盲从者而来。当时人们的生活十分艰难，艰苦的生活加上反暴政的严酷斗争让人们变得狭隘、冷酷。克伦威尔率领的清教运动胜利后，政府制定了严苛的法律，许多本无大碍的娱乐被禁止了，人们违心地过着简朴的苦行僧生活。因此有人批评说，清教时期的过度限制是查理二世复辟后伤风败俗行为泛滥的一个原因。这种批评有它的道理，但是我们不能忘记这场运动的根本理念。清教徒禁止了五月柱舞、禁止了赛马，这都无关紧要。我们要知道他们为自由和正义而战，推翻了暴政。从此人们的生命和财产免受暴虐的统治者祸害。我们判定一条大河不能只看河面上的泡沫，我们所嘲笑的几条严峻的法律条款和教义不过是平稳向前流动的清教大河表面的泡沫而已。那条大河自伊丽莎白时代发源，流过了英、美两国的历史。

二　变革的理念

这个时代的政治动荡以国王与议会之间可怕的斗争告结，查理一世命丧街头，克伦威尔建立共和国。多少个世纪以来，英国人民一直对君主忠心耿耿，但是，在他们心中比忠君更加重要的是古代撒克逊人对个人自由的热爱。有时候，比如阿尔弗雷德和伊丽莎白时代，忠于君主和热爱自由这两种理念并行不悖；可更多的时候，这两种理念处于公开的冲突之中，争夺上风的最后决战不可避免。詹姆斯一世靠议会法案行使王权却置议会于不顾，认定"君权神授"，这时候，两种理念之间的决战终于到来了。此处，我们不打算讲述查理一世之后的内战，也不打算讲述英国人民争取自由的胜利。总之，亵渎人民、用天授权力来治理国人的情形结束了。现代英国就在克伦威尔于纳西比整顿清教徒队伍的那一刻诞生了。

宗教理想

就宗教方面看，这一时期比当初的宗教改革时期还要混乱。伟大的国家宗教的理想就如海浪中的船只一样被击为碎片。一片混乱之中，各个派别就如惊慌失措的旅客一样，忙着从失事船只中抢救各自的财产。天主教，恰如其名，一直都怀有统一宗教的理想。它就像早期伟大罗马帝国的政府一样，能把罗马的辉煌和权威带到地球上最偏远的乡村教堂去。这个伟大的理想一度令德国和英国的改革者眼花缭乱，可是统一新教的可能性随着伊丽莎白的登基而消失。天主教一统教会的理想没有实现，纯粹的民族新教理想倒成了现实。这是劳德和保守派牧师的理想，也是学者理查德·胡克、充满活力的长老会盟约派和马萨诸塞海湾清教徒的理想。有一个有趣的现象值得留意，查理一世为了求得爱尔兰反抗者和苏格兰高地人的支持，许诺恢复他们的民族宗教；英国的清教徒为了赢得苏格兰人的支持，在1643年郑重地签订了公约，确立了长老主义制度，其目标是：

> 让三个王国的天主教会在宗教和政府上保持一致，保留议会的权力和王国的自由……使我们和我们的后裔好像兄弟一样生活在信心和爱之中，又愿主喜悦地驻于我们中间。

在这个著名的契约中，我们能看到清教主义的国家、教会和个人理想并肩而存，宏伟而质朴。

岁月流逝，多年的艰苦斗争和心痛之后，人们才普遍认识到新教各个教派不可能统一。建立国家教会的理想难以实现，理想的消亡归因于当时存在的宗教动荡。只有当我们把这个国家理想放在心头，不忘记因它而起的斗争，我们才可以理解约翰·班扬令人惊奇的一生，理解他的奋斗。

三　文学特征

文学上的清教时期是个混乱的时代，因为旧的理想已然破灭。中世纪的骑士精神的标准，以及斯宾塞描绘的那种不可能的爱情和浪漫的破灭，并不比国家教会理想破灭的情形好多少。没有任何固定的文学批评标准，也就没有任何东西阻止"玄学派"诗人的夸张，文学上的"玄学派"发展时期也是宗教派别中再洗礼派发展的时期。在多恩和赫伯特笔下，诗歌有了新奇的形式，而散文也变得像伯顿的《忧郁的解剖》一样一派阴郁。这一时期的所有作家迟早都会被精神的阴郁笼罩，人们偏执地把这归因于清教徒的影响，其实还是因为政府和宗教中既有的公认标准解体了。从希腊人到我们这个时代的人民，没有一个民族不在失去了旧理想的时候让作家们惊呼："伊卡博德！荣耀已经离去。"这是历代文学之士的一种无意识倾向，他们都在追忆自己的黄金时代；但这与学习文学的学生关系不大，因为即使在珍视的制度分崩离析的时候，他们仍会寻找更光明的照亮世界的曙光。这个所谓的阴郁时代产生了一些精巧的小诗和一位伟大的诗歌大师——约翰·弥尔顿，他的作品将使一切时代或民族生发光芒，不屈不挠的清教徒精神在他身上得到了最崇高的体现。

清教文学和伊丽莎白时代的文学

清教文学不同于前一代文学之处有三。①伊丽莎白时代的文学尽管形式多样，但精神上却有明显的一致性，这主要是因为那时的各个阶层都有的爱国主义和对女王的爱戴，女王虽然有缺点，但她首先寻求的是国家的安宁。在斯图亚特王朝治下，这一切都变了。国王成了人民公敌；这个国家因为争取政治和宗教自由的斗争而分裂；文学就像挣扎中的党派一样，在精神上也分裂了。②伊丽莎白时代的文学总体上是鼓舞人心的，青春、希望和活力激荡着它。随之而来的时代却诉说着岁月与忧伤，甚至最明朗的岁月也接续着忧郁，接续着与旧标准逝去不无关系的悲观。③伊丽莎白时代的文学富于浪漫性；浪漫精神萌发于青年人的心灵，他们相信一切，甚至是不可能的事物。那位伟大哲学家的信条"因其不可能，我相信"与其说是描述中世纪神学的，不如说是描述伊丽莎白时代文学的。

然而人们在清教时期的文学中感受不到浪漫的热情。即使在抒情诗和爱情诗中，理性的批评精神也取浪漫而代之，浪漫精神存身于形式而非情感，它已不再是诗所表达的唯一发自心底的情感和强烈而真实的自然声音，反而成了一种空想的、做作的言语装饰。

第二节　清教时期的文学

一　过渡时期的诗人

若有人要对 17 世纪上半叶，也就是从伊丽莎白离世（1603）到王政复辟（1660）期间的文学予以分类，他会发现不可能以确切的标准给诗人分组。日期或者政治时期根本做不了分类的依据，它们只能是提示性的，而非准确的依据。如果这样分类，莎士比亚和培根的作品主要是在詹姆斯一世时期创作的，但作品在精神上属于伊丽莎白时代。班扬因为在王政复辟之后写作，也就成了清教徒。约翰逊博士命名的玄学派诗人只能概括而不能描述多恩的追随者们。查理一世派诗人或骑士派诗人的名称让人想起保王党的淡漠性情，他们追随着不值得的查理国王。斯宾塞派诗人的名称让人们想起的是一批梦幻者的小团体，他们固守着斯宾塞的理想。可是此时此刻，斯宾塞浪漫的中世纪城堡正门正遭遇科学的进攻，后门则受清教主义的攻击。在文学表达的理念混乱到令人困惑的最初，我们也会发现有一个詹姆斯一世时期的诗人群体，我们称他们为过渡诗人，因为他们和后起的戏剧家们一起清晰地展示了时代标准的变化。

塞缪尔·丹尼尔（1562—1619）

丹尼尔通常被认为是第一批玄学派诗人中的一员。他引起我们兴趣的原因有二——写做作的十四行诗、在诗歌创作中放弃模仿诗人模范斯宾塞。他的作品《迪莉娅》用几个颇具田园色彩的笔名进行发表，仿锡德尼的《爱星者与星》确立了以一系列十四行诗赞美爱情或友谊的传统。他的许多十四行诗都可与莎士比亚媲美，后期的诗作，尤其是《罗莎蒙德的哀怨》和《内战》一意经营表达的雅致，赋予了英文诗歌前所未有的个性和独立性。在根本上他则坚定地反对中世纪倾向。

> 让别人歌颂众国王和骑士，
>
> 用苍老的口音和不合时宜的言辞，
>
> 以想象之线画出身影。

对斯宾塞和其追随者的批判标志着现代现实主义诗派的诞生，这一派认为不用编造寓言和不可思议的女主人公，生活就有足够的诗意。丹尼尔死后不久，他的诗就被人们遗忘了。但是这些诗却赢得了华兹华斯、骚塞、兰姆和柯尔律治的交口称赞，所获敬意已经超过诗歌本身。后者说："去读丹尼尔，令人钦佩的丹尼尔。其文风和语言完全就像今天的任何一位纯粹的、男子汉式的作家。与莎士比亚相比，他显得更富有现代气息。"

二　歌词作家

与以上人物对照鲜明的是两个截然不同的群体，歌词作家和斯宾塞派诗人。就像戏剧的兴起一样，伊丽莎白时代结束时，英语歌曲迅速发展，深受人们欢迎。其因有二：不是意大利诗歌而是法国诗歌的影响日渐增大；16 世纪末的音乐作为一种艺术发展迅猛。最值得研究的两位歌词作家是托马斯·坎皮恩（1567?—1619）和尼古拉斯·布雷顿（1545?—1626?）。他们就像这一时代的所有抒情诗人一样，兼有伊丽莎白时代和清教时期的标准。他们以同样的热情赞美宗教的和世俗的爱，随手写就的情歌往往也伴随着对神恩的恳求。

三　斯宾塞派诗人

斯宾塞派诗人中，贾尔斯·弗莱彻和乔治·威瑟最值得研究。贾尔斯·弗莱彻（1588?—1623）的诗行一派高贵的质朴和雄伟气象，特别像弥尔顿（他早年也是斯宾塞的追随者）。他最好的作品《基督的胜利和凯旋》（1610）是《农夫皮尔斯》之后出现在英国的最伟大的宗教诗，称得上是《失乐园》的前奏。

乔治·威瑟（1588—1667）生活在伊丽莎白当政至王政复辟期间，他的作品数量庞大，横跨两个时代的每一个文学阶段。他一生多变，做过反对国民誓约派的王党领袖，随之又宣称他信奉清教，因为信仰而遭牢狱之灾。有时候他是一个有独创性的抒情诗人，是一个乐观的天才；但是他的大部分诗作乏味得难以卒读。今日的学生觉得他有趣，只不过是把他当作那个时代的缩影；一般的读者对他于1623年出版的《教堂圣诗和歌曲》更感兴趣，这是英语语言中出现的第一本圣诗书籍。

四　玄学派诗人

玄学派这个名称——约翰逊博士为嘲笑多恩诗的古怪而起的，常被用来说及清教时期所有的小诗人。此处，我们在狭义的意义上使用这个词，把丹尼尔的追随者和后世所称的骑士派诗人都不算在内，指的是多恩、赫伯特、沃勒、德纳姆、考利、沃恩、戴夫南特、马维尔和克拉肖。高年级的学生会觉得他们都值得研究，不仅因为他们偶有佳作，还因为他们惠及后世文学。因此，理查德·克拉肖（1613？—1649），这位天主教的神秘主义者，之所以令人感兴趣是因为他坎坷的一生与多恩特别相似，他的作品有时就像激情昂扬的赫伯特的作品。[①]亚伯拉罕·考利（1618—1667）少年得意，二十五岁的时候已经被赞为英国最了不起的诗人，可如今却湮没无闻，但是他的《品达体颂歌》[②] 给整个 18 世纪的英语诗树立了典范。亨利·沃恩（1622—1695）的作品值得研读是因为他在某些方面是华兹华斯的前驱。[③] 安德鲁·马维尔（1621—1678）引人注目的是其与弥尔顿不渝的友谊，他的诗表现了斯宾塞派和多恩派之间的冲突。埃德蒙·沃勒（1606—1687）则立身于清教时期和王政复辟之间，18 世纪主宰诗歌"结尾"的对句就是由他开始并持之以恒地使用的。基于这一点，再加上他对王政复辟时期的伟大人物德莱顿的影响，尽管没有多少人阅读他的乏味诗作，他在英国文学中还是占有较重要的地位。

　　这些诗人个个都与众不同，但这里我们只关注多恩和赫伯特，这两个诗人以不同的方式反抗了早期诗歌的形式和标准。就情感和意象说，他们两个都是上品的诗人，但就风格和表达说，他们是奇想派的领袖，其影响在清教时期主导诗歌长达半个世纪。

（一）约翰·多恩（1573—1631）

1. 生平

　　只要简单地了解一下多恩的生平，就可以感受到他强烈的

---

① 　例子参见《给圣特蕾莎的赞美诗》和《激动的心》。
② 　因古希腊伟大的抒情诗人品达而得名。
③ 　沃恩对童年和自然的神秘诠释，可参见《童年》《退却》《腐坏》《鸟》《隐蔽的花儿》。

人性关怀。他生于伦敦，是一个富有的铁器商的儿子。其时英格兰的商人正在培育更高层次的新王子。他父亲出身于一个古老的威尔士家族，母亲来自海伍德和托马斯·莫尔家族。双方的家族都信仰天主教，他幼年时，宗教迫害就已经开始。他的哥哥就因为藏匿遭禁的教士而死于狱中，他自己则因为宗教信仰不能在牛津和剑桥继续求学。这样的经历通常会影响一个人终生的宗教准则。但是此时的多恩正在林肯律师学院研习法律，正在研究所有信仰的哲学基础。他渐渐远离了出生时的教会，弃绝了所有的教派，只是简单地自称为基督徒。其间他写诗，也把自己的钱财分给穷苦的亲戚。1596 年，他追随埃塞克斯远征加的斯，1597 年到了亚速尔群岛。无论是在海上，还是在军营里，他都在不停地写诗。

他两首最好的诗《暴风雨》和《平静》就是这一时期创作的。随后他在欧洲游历三年，学习、写诗。他回到故乡后，当上了埃杰顿勋爵的秘书，与勋爵年轻的侄女安妮·莫尔坠入爱河，随后两人结婚了，但这桩婚姻把多恩送进了监狱。奇怪的是他这一时期的诗作不是年轻人浪漫的颂歌，而是"心灵的进步"，内容是轮回问题的研究。他们夫妇经年流浪，贫困潦倒。后来，勋爵原谅了他们并答应给侄女一笔钱。舒适的生活来临了，多恩却变得更有理性更清心寡欲了。他拒绝接受进入英国教会这种不着边际的提议，拒绝舒适的"享受"。因为"扮演圣徒"，他获得了詹姆斯一世的赏识。詹姆斯一世劝他接受圣职，但却没有给他任何实际的地位或职位。妻子去世后，她的津贴停了，多恩与七个孩子只得贫困度日。后来他成了一个传教士，靠着纯粹的学识和天分迅速崛起。四年时间他就成了伦敦圣保罗大教堂教长，成了英国最伟大的传教士。在教堂里，他"送人们欣喜地进入天国，引导人们改变他们的生活"，在教坛上满怀热情地俯身的他被艾萨克·沃尔顿比喻为"从云端探身的天使"。

人生的丰富多彩让多恩足以代表他的时代，然而究其一生，除了外来的祸福，最令人印象深刻的是一种笼罩着他的神秘感。他所有的作品都有一种神秘性，一种隐藏越深而世人越高兴探知并分享的神秘性，令人难忘的小诗《事业》就是这样。

> 我已完成一件更加勇敢的事，
> 超过所有的杰出人物所做；
> 然而一件更加英勇的事情却又出现，
> 它，让以前的那件隐没。

2. 多恩的诗

多恩的诗质量不均衡，有时候异想天开、令人惊异，以致很少有批评家愿意推荐人们去读。读他的诗的人不多，而且必须自己浏览才能寻找到他们喜欢的东西，就像鹿处身富足的食物之中，这儿一口，那儿一口，四下里走一走，一个小时能品尝到二十余种食物。多读几首多恩的诗，就会哀叹他的诗缺乏一贯的风格和文学准则。例如，乔叟和弥尔顿是完全不同的两位诗人，每个人的作品都有其独特和一贯的风格，正是不同的风格才使《坎特伯雷故事集》和《失乐园》成了永恒的经典。多恩却把所有的风格和文学准则弃之不顾；也正是由于这个原因，他被后世遗忘了，尽管他的伟大才智和天分让他跻身做"值得记住"的大事的人们中间。文学的倾向是以牺牲思想提升风格，但世上的男男女女中多的是低看表达、高看感情和思想的人，对这些人来说，阅读多恩的诗作是愉快的。勃朗宁与多恩同属一派，也很引人注目。只是多恩的创作摧毁了伊丽莎白时代的风格，以大胆和新奇的方式改变了我们的文学；目前的倾向是给他更高的地位，超过本·琼森宣称他是"某些方面的世界第一诗人"的赞誉，几乎可以与那几位伟大诗人相比肩，但他也有可能"因为晦涩"而衰微。在他的大量诗作中，我们必须提到他批评另一人作品粗糙的讽刺诗。

> 没有尽头的辛劳！延伸到
> 无人可达至的目的地。

（二）乔治·赫伯特（1593—1633）

"啊白日，最静谧，最明亮"，乔治·赫伯特如是吟咏，我们完全可以把这一句看作他整个作品思想的表达。帕尔默教授编订了赫伯特的诗集，这是一本值得批评家和编辑家以之为榜样的学术佳作，称赫伯特是英语诗人中第一个"面对面与上帝对话"的人。此言可能不虚。但值得注意的是，他是17世纪上半叶的诗人，写出过崇高的祈祷诗或言志诗作，这些作品表达了时代潜在的清教徒精神。赫伯特是所有诗人中最伟大的、最持之以恒的。在其他诗人笔下，清教徒与骑士派在斗争，或者骑士派挣脱了清教徒的束缚；但在赫伯特那里，斗争已然过去，和平业已降临。他的生活并不是一派平和，在他的诗中明显可见的是，他内心的清教徒精神在制服骑士派的傲慢与闲散之前一直在痛苦挣扎。

> 我击打着船板哭喊，再不要！
> 我要出海。
> 什么？我会叹息憔悴吗？

　　我的航线和生命都是自由的，自由如大道，

　　放任如风。

　　这里讲的是大学和宫廷里供职的骑士派诗人；这首小诗中他提示性地称之为"衣领"。读者要是读完，就会知道自己正在读的是微缩版传记。

　　若说缺陷，赫伯特的诗中有不少牵强的意象和古怪的诗歌形式；但是读者也会得到回报，他杰出的宗教诗思想深刻、情感细腻，即使那些表面上显得做作的诗也是这样。有时候，赫伯特的名声甚至超过了弥尔顿，他死后出版的诗作销量和影响都很大，这表明他对当时的人们有很大吸引力；只要人们有能力去理解清教徒的精神信仰，即便可能只有少数人，也仍会有人阅读和欣赏他的诗作。

　　### 1. 生平

　　赫伯特一生普通、平凡，即使提及传记中的事件仍显平淡。不过读艾萨克·沃尔顿写的故事可以领会赫伯特诗歌的文雅气质。1593 年，赫伯特生于威尔士蒙哥马利城堡的一个贵族之家。[①] 大学期间他学业优秀，毕业以后进入宫廷服务，却久未升迁。他一生多病，这无疑也妨碍了他的仕途。直到三十七岁，他才被安置于小小的伯莫顿教堂牧师之任。读沃尔顿的书，就会知道赫伯特如何处身凡人之中，"在这个上帝的幸福之角里，满怀希冀、护佑众人，自己探索圣道、给人指点圣道"。他生命短暂，上任不到三年就因肺痨遽然辞世。他一以贯之的伟大事业和辉煌的精神力量照亮了他衰弱的躯体。临殁之际，他把手稿托付给一位友人。临终之言可以与约翰·班扬一比。

———————————

　　① 　至于他出生在古堡还是黑厅，尚不确定，新近的研究倾向于后者。

把这本小书交给我亲爱的兄弟费拉尔，告诉他，书中有我的灵魂与上帝之间的精神争执，之后我才遵从了我主耶稣的意愿，服侍我主，我今觉自由无比。愿他读此书，若他认为它可以造福灰心的众生，就公开印行；若非如此，就一火焚之，因我和书都不值得上帝些微仁慈。

2. 赫伯特的诗

赫伯特的主要作品集《神殿》中有一百五十余首短诗，多写教堂、圣节日、典礼，以及教徒生活体验。第一首诗《教堂门廊》篇幅最长，尽管以古典派手法润色过，却少有诗意。整部作品只是一个杂集，其中有缩写的布道辞、智慧格言和道德训诫，类似于乔叟的《良言》、蒲柏的《人论》、莎士比亚的《哈姆雷特》中波洛涅斯对雷欧提斯的告诫，只是赫伯特的作品更加紧凑，寓意更深。就说真话他说：

要勇于真实。无事需要谎言；
需要谎言的一个错误多会随之成为两个。

论及辩论中的镇定：

镇定长处无限：
激怒他人会惹祸上身。

《神殿》一书其他诗中，寓意最深刻的是《朝圣之旅》。该诗有六个短诗节，行行寓意深刻，几可媲美班扬的《天路历程》。该诗写成时，班扬可能还未出生。赫伯特的作品影响很大，思考班扬的不朽之作是否接受了《朝圣之旅》的理念是个有趣的问题。可能赫伯特最有名的诗是《滑车》，通常用的名字是《休息》或《上帝之赐》。

> 上帝初造人，
>
> 备好一杯祝福，
>
> 他发言，让我们全力祝福：
>
> 让世上的财富，散落的财富，
>
> 集聚到某地。
>
> 于是力量便开出道路；
>
> 随后美就流溢；再后智慧、荣耀、喜乐。
>
> 一切几乎已出现，上帝就停下，
>
> 意识到，只有他自己的珍宝，
>
> 居于底层。
>
> 因为，若我要，他说，
>
> 把这个珍宝也赐予我的生灵，
>
> 他就会崇仰我的礼物而不是我，
>
> 栖息在大自然，而不是造物的上帝：
>
> 那两者都会失败。
>
> 还是让他休憩，
>
> 让他怀怨意不安
>
> 让他富裕、疲惫，至少，
>
> 若善不引导，倦怠
>
> 就会拽他入我怀。

有些诗写法太新奇，引得批评家怒冲冲地反对玄学派。比如《复活节之翼》和《祭坛》，印刷的样式就暗示了诗人所歌唱的事物。最奇特的是用前面一个词的第一个字母而成的诗韵，如《天堂》的第五节：

> 我祝福你，主啊，因为我成长
>
> 在你的树中，一行树
>
> 予你果实和秩序哦

更加奇特的是《天堂》中古怪的想法，诗以重复每一行的最后一个音节回答了诗人的问题。

五　骑士派诗人

一个时代的文学通常有两种明显的趋向：一是表达时代的主流精神，二是有潜在或公开的反抗精神。这一时期，与严肃而理性的清教徒并生的是勇敢而琐碎的骑士派。清教徒在多恩和弥尔顿的诗、巴克斯特和班扬的散文中得到了最好的表达。骑士派则是一个小群体——有赫里克、萨克林、洛夫莱斯和卡鲁——他们写起诗来风格轻快、放浪琐屑，常常还很放肆，不过总体上都逃不出清教主义的严肃风格。

（一）托马斯·卡鲁（1598？—1639？）

可以说卡鲁就是骑士派情诗的发明人。这一标志着 17 世纪小诗人感官和宗教情感的特殊结合的骑士派情诗，与其说起源于其他人，还不如说就是起源于他。卡鲁的诗就是斯宾塞体的田园诗，只是剥除了细腻的情感，余下的是直接、粗犷和有力。他的诗作出版于 1640 年，总体上就像他的一生一样，要么琐屑，要么感性。可以感觉到一股新的令人兴奋的力量随着玄学派和骑士派诗人进入英语文学了，这样的诗时常可见，就如下面的这一首。

勿再问我朱庇特何处留宿，

六月已逝，那凋谢的玫瑰，

因在你美的东方海洋

这些花儿，就像初起时，沉睡。

…………

勿再问我这些星何地闪耀

夜深人静时坠下，

因它们安坐于你的双眸，在那里

就如在它们的轨道中安居。

勿再问我是西是东

凤凰垒起她的香巢，

因为最终她飞向你，

死在你馨香的怀抱。

（二）罗伯特·赫里克（1591—1674）

赫里克是真正的骑士，天性放浪、无忧无虑。命运捉弄他，让他成了南德文郡教区的迪安普赖尔教士。南德文郡此后以他和布莱克默而闻名。他满怀怨气地生活在乡村教区里，却一心向往伦敦和美人鱼酒馆的花天酒地。他是个单身汉，家里有一个年老的女管家、一只猫、一条狗、一只鹅、一只温驯的羊羔、一只母鸡——他在诗中感谢上帝，因为这只母鸡每天下一颗蛋——还有一头宠物猪，赫里克和猪用同一只杯子喝啤酒。赫里克生性随和，环境如此惨淡，他还能苦中作乐。他对乡村生活满怀同情，许多抒情诗都捕捉到了乡村生活的精髓。有一些诗，例如《科琳娜的五朔节》《花开堪折直须折》《致水仙》都是我们的语言中人所共知的名作。赫里克的诗题材广泛，有不足称道的传播异教徒精神的爱情歌曲和感情深邃的宗教圣诗。只有最好的诗值得一读；这些诗作感情细腻、韵律和谐、文字雅致。还有一些作品反映出当时读者的粗鄙，可以在沉默中忽略。

晚年的赫里克出版了《赫斯珀里得斯和高贵者》（1648）。①后半部收录了他的宗教诗。只要一读出众的《连祷》，就会明白班扬的《仁慈多有》中的那种宗教恐惧是如何控制了最无忧无虑的骑士派诗人的。

（三）萨克林和洛夫莱斯

约翰·萨克林爵士（1609—1642）是查理一世宫廷里最杰出的才子之一，因为写诗在当时被认为是绅士技艺，他写起诗来就像在驯马或决斗一样。他的诗"就像从他的长剑上冒出火星一样从他放浪的一生锻造而出"，全然是微不足道的，即使他最有名的《婚礼歌谣》也没有超过打油诗的水准。正是他一生的传奇——他富有、聪明、无忧无虑的青年时代，他在巴黎的贫困以及自杀的结局，才让他的名字还活在英国文学中。其实他到巴黎只不过是忠诚于斯图亚特王室。

就生活经历和诗作两个方面来说，理查德·洛夫莱斯（1618—1658）堪与萨克林并列。两个人常常被看作国王查理一世追随者的完美代表。一般认为，洛夫莱斯的情诗集《卢卡斯塔》水平超过萨克林；还有一些诗，如《给卢卡斯塔》

---

① 此处原著有误，应为"晚年的赫里克出版了《雅歌》（1647）和《西方乐土》（1648）"。——译者注

《狱中致奥尔西娅》也不是徒有其名。后者中有以下常被人提及的诗行：

> 石墙造不成监狱，
> 铁条也做不成牢笼；
> 清白平静的心灵
> 可为隐士居所。
> 若我爱中有自由，
> 灵魂中有自由，
> 高飞的天使
> 享有这般自由。

六　约翰·弥尔顿（1608—1674）

> 你的灵魂像一颗星四下凝视；
> ——你有一个声音洪亮如海
> ——纯净如裸露的天空，高贵、自由；
> 你这样行在生活的大道上
> 愉快的虔诚中：然而你的心
> 停歇自己在最卑微的责任上。
>
> （选自华兹华斯《关于弥尔顿的十四行诗》）

　　莎士比亚和弥尔顿是两个醒目地高踞于让英国文学闻名的优秀团体之上的人物，每个人都可以代表他的时代。两人对两种规范人性的力量——冲动的力量和有固定目标的力量进行了暗示性说明。莎士比亚是冲动的诗人，他的喜爱、仇恨、恐惧、嫉妒和野心影响着他同时代的人们。弥尔顿则是意志坚定、目标稳定的诗人，他像神祇一样穿行在世界的恐惧、希望和多变的激情中，认为这些不过是暂时的、是琐屑不足观的，根本不能让一个伟大的灵魂偏离大道。

学习伊丽莎白时期和清教主义时期的文学时，最好在心中有比较的想法。莎士比亚、本·琼森和无法与他们相比的才子们在美人鱼酒馆尽情欢乐的时候，伦敦的同一条街上也成长起来一位给文学带来新力量的诗人，他给文艺复兴文化和对美的热爱增添了巨大的清教徒道德热诚。就像清教徒一样，这样的诗人也从自己的灵魂开始，训导、启蒙，随后把它的美表现在文学里。"想把值得赞美的东西写得好，"弥尔顿说，"应该自己就是一首真正的诗；就是说，是最好的、最可贵的事物的作品。"这个艺术上的新主张有弗拉·安杰利科的崇高理想的影子，文学是理想的表达，在创造文学之前，人们先要把自己培育成一个理想的人。弥尔顿自己是人，他必然了解人文中的优秀部分。因此，他白天学习音乐、艺术和文学，夜间则致力于研究和思考。但是他也知道人不是死亡就终止的，所以他也祈祷，正如他亲口所说，依赖"向那可以丰富一切话语和知识的永恒精神虔诚祈祷"。尽管他生活在文艺复兴辉煌的成熟期，也与文艺复兴的文学大师们交往，但作为诗人的他在精神上已经远远超越了文艺复兴时期。"人体内有一种精神，"那位古老的希伯来诗人曾说，"全能的神的灵感赋予他理解力。"总而言之，这就是弥尔顿生活和写作的秘密。因此，他曾长期沉默，经年无一语；可一旦发声，就像发布崇高宣言的先知，"主的神在我身"。所以他的文风有一种崇高感，令每一位文学史家称奇。他有意识地在崇高的氛围里生活思考，所以他的风格就自然地显得崇高。

（一）弥尔顿的生平

就精神层面说，弥尔顿就像一种理想，像地平线上的高山。我们从未实现这个理想，我们从未攀登这座高山；但是要是没有两者，生活就会变得难以言表的贫乏。

从童年时起，父母就为弥尔顿定下远大目标，为了培养他不遗余力。据说他的父亲约翰·弥尔顿在牛津求学时成为清教徒，因此被家族剥夺继承权。然后他在伦敦定居下来，当了代笔人，靠着这个文书的身份发达起来。就性格说，老弥尔顿是少有的学者和商人结合型人物。他是政治和宗教上的激进清教徒，热爱艺术、热爱文学，同时还是个音乐家，他创作的圣歌曲调如今还在传唱。弥尔顿的母亲很有教养，热心宗教和当地慈善活动。因此，弥尔顿成长的家庭既有文艺复兴的文化，又有早期清教主义的虔诚和道德力量，所以，他是一个伟大时代的继承者，是另一个伟大时代的预言者。

约翰·弥尔顿

老弥尔顿显然与培根一样，不喜欢当时的教育方法，就亲自培养，鼓励儿子发展天性、学习音乐，为儿子选择有助于他热切追求的学业的导师，并不要求他钻研希腊语和拉丁语的语法和技巧，而是读隐藏于众多文学之中无可比拟的故事、思想和诗。十二岁的弥尔顿在心智上已经是一个学者了，他乐于学习，每天晚上学习到午夜过后才休息。从少年时起，他就坚守两条原则：一个是热爱美、音乐、艺术、文学以及一切形式的人类文化；另一个就是把坚定地献身于使命作为人生的最高目标。

弥尔顿先在伦敦有名的圣保罗学校短期学习，然后进入剑桥大学基督学院。大学里的他像培根一样，依然放纵天性，常常发现自己与教育主管方意见不一。除了几首拉丁语诗，这一时期他创作的最有价值的作品是他极好的颂歌《耶稣诞生的早晨》，这首诗写于1629年的圣诞节。虽然弥尔顿醉心经典名著，但他更加热爱本土文学。多年来他以斯宾塞为师；诗中满是他"深爱、学习"了莎士比亚的证明；他后期的诗清楚地表明他受弗莱彻《基督的胜利和凯旋》的影响。还有一点很重要，他的这首颂歌远远超过了伊丽莎白时代的同类作品。

弥尔顿还在剑桥求学时，父母就期望他将来去英国教会当牧师；可是对精神自由的强烈热爱在这个清教徒身上的烙印太深，他拒绝接受神职授任的程序，称其为"奴隶的誓约"。弥尔顿终其一生都对宗教深信不疑，但却远离教派之争。就信仰说，他是个极端的清教徒，被称作英国教会分离派、独立派、公理宗，就像我们的前辈清教徒移民；他拒绝受任何信条和教会训导的约束。

总是在伟大的监工的眼中。

这是弥尔顿的一首十四行诗中的最后一句，可见直面上帝、面对最高的清教原则，个人心灵自由的弥尔顿对外加的宗教权威的拒绝。

1632 年弥尔顿离开大学，随后长期赋闲。他归隐于父亲在霍尔顿的乡下住所，读书学习达六年之久，广泛阅读了希腊语、拉丁语、希伯来语、西班牙语、法语、意大利语和英语文学作品，也钻研过数学、科学、神学和音乐——令人咋舌的组合。我们在他的诗的旋律中总能感受到他对音乐的热爱，对节奏和平衡的把握也令他的散文论辩和谐悦耳。《黎西达斯》《快乐的人》《沉思的人》《商场》《科摩斯》，还有几首"十四行诗"，这些我们的文学所记载的最为完美的作品，虽然为数不多，但都可以看作霍尔顿隐居岁月的诗的果实。

孤独磨砺了他的才华，重入纷扰世事的弥尔顿最充分地展示了他的个人魅力，他离开霍尔顿出国游历，途经法国、瑞士，还有意大利，每到一地，都因学识和风度而受人仰慕，他广交朋友，流亡在巴黎的荷兰学者格劳秀斯和被囚禁在佛罗伦萨的郁闷的伽利略都成了他的朋友。[①] 去希腊的途中弥尔顿听到了国王和议会决裂的消息，一贯明察世事的他一下子就意识到了这个消息的重要性。在意大利受到追捧，一直不愿对非意大利事务轻发赞词的弥尔顿觉醒了，他心中突发一愿，要写成一部英国人"不愿其亡"的史诗；可是一想到为实现人类自由的那场斗争，他所有的梦想就化为清风了。他中止游历，放下文学抱负，急匆匆赶回英国。"我觉得道德上说不过去，"他说，"身后的同胞们正在为自由而战，而我却为了智育文化悠

① 拉马丁说："实在令人惊奇，这一时期，意大利王子的书房、了不起的意大利作家的通信里，许多次提及这个青年英国人的名字和名声。"

闲地游历。"

这个有巨大成就和前景的诗人消失了近二十年。我们再读不到他的诗，读到的是像诗一样非凡的散文体的声讨和论辩文字。弥尔顿放下个人的抱负投身人类自由的斗争，整个文学史中还没有比这更堪称清教精神的。表现他的悲痛的十四行诗名作《哀失明》不是因黑暗而悲伤，而是因为梦想已然被抛弃，我们能理解这种弃绝的悲壮。

1649 年英国危难时刻，弥尔顿得以为国效命。国王已经上了绞架，为他自己的背叛行为付出了代价，英国就像一个孩童或者俄罗斯的农夫，冲动之下反抗了无法忍受的暴行，却对结果恐惧不已，面对自己的所作所为瑟瑟发抖。半个月时间，一片沉寂，人们满是焦虑、恐惧。弥尔顿的《论国王与官吏的职权》此时面世。对英国而言，这篇文章就像一个巨人，不仅保护这个"孩童"，也为他自由的一击辩护。国王同普通人民一样要服从永恒的法律原则，人民保卫自己的神圣权利——这些有力的言论安抚了恐惧的人民，宣布了一个新人、一种新原则在英国的崛起和确立。弥尔顿被任命为新政府的外文书记；此后直到共和国终结的岁月里，英国有两个领袖——行动的领袖克伦威尔、思想的领袖弥尔顿。人民摆脱了国王和神职人员的暴政，可是也不确定到底哪个领袖的贡献更大。

这一时期，弥尔顿的生活中有两件事值得注意：婚姻和失明。1643 年，弥尔顿与玛丽·鲍威尔结婚，这是一个肤浅、追求享受的女子，她的父亲是王党成员，因此这段婚姻也就成了弥尔顿悲剧的开始。婚姻生活只持续了一个月，她就厌烦了清教家庭的清苦生活，抛弃了丈夫。激进、理性且一心为国的弥尔顿也选择立刻终止这桩婚姻。《离婚的戒律和学说》《泰特克顿》就是在为他的立场发声，可是两篇文章在英国引来了一片抗议声。今天的读者可能会觉得弥尔顿的妻子虽有过错，但弥尔顿也有，他不大理解女性。弥尔顿的文章让妻子担心名声扫地，便眼含泪水来到了弥尔顿面前，弥尔顿的所有论辩言辞便被大度的冲动一扫而光。他们的婚姻一直不幸福，可弥尔顿再也没有提及妻子的遗弃。《失乐园》里有一幕，夏娃抽泣着来到亚当面前，恳求原谅和宽恕。这恐怕是弥尔顿自己家里发生过的景象。他的妻子 1653 年去世，几年后他再婚，妻子就是我们读到的十四行诗《我想我看见了已故的贤妻》中的那一位。十五个月以后，这个妻子也去世了。1663 年，弥尔顿第三次结婚，已经失明衰老的诗人的贫寒之家的家务就靠这个妻子操持。

　　弥尔顿少年时用眼过度，后来视力日渐衰退，可他还是坚守目标，一心一意地以笔报国。国王被监禁时，一本叫《国王的圣像》的书出现了，该书以褒扬的笔调赞美国王的虔敬，谴责清教徒。这本书一时风行，成为王党批判共和国的理论之源。1649 年弥尔顿写成《圣像打破者》，批驳了那种认为是克伦威尔的虎狼之师击垮国王追随者的浅薄言论。国王被处死后，在流亡之中的查理二世的教唆下，另一篇有名的攻击清教徒的文章《为国王查理一世辩护》面世。文章由莱顿大学的荷兰教授萨尔马修斯以拉丁文写成，王党分子欢呼雀跃，以为是无敌之论。弥尔顿受国务委员会之命撰文回击。此时，他的视力已经十分衰弱，而且被告知任何辛劳对于他的眼睛来说都是灾难性的。面对可能的失明风险，他的回复既有清教精神，又有英雄气概。他说，正如他以前牺牲诗歌一样，他如今做好准备要把双眼献给英国人民自由的祭坛。雄文《为英国人民声辩》是文学界理解透彻、争辩最热烈的大作之一。英国人强烈地感受到了报刊媒体的力量，新的共和国得以屹立不倒一半靠弥尔顿的雄文，一半靠克伦威尔的国策。《为英国人民声辩》是弥尔顿看到的最后一部作品。作品尚未完成，他就失明了，自 1652 年至他去世，他都是在黑暗里勤奋写作的。

弥尔顿生命的最后一程是一幅英国文学史上少有的独居英雄图。随着王政复辟，他为人类的一切辛劳、牺牲都白费了。退隐之初，他耳中听到的就是迎回恶君的钟声和呐喊声。恶君的第一个行动就是踩在人民的脖子上，迫害弥尔顿也是必然的。一连几个月他东躲西藏，与人民为敌的刽子手焚毁了他的著作，他被弄得一无所有，他的女儿们也不愿承担给他阅读和记录的差事。诗人的满腔悲愤在《力士参孙》中表现出来，比如那个以色列盲战士的呐喊：

> 而今失明、沮丧、蒙羞、受辱、被压制，
> 我还在何方有益？为何处献身？
> 为祖国，还是上天施加的任务？
> 只能空坐壁炉前，
> 成了负担、闲人；远方客人的关注者，
> 或一个受人同情的家伙。

弥尔顿做出了无愧他伟大一生的答复。他没有嫉妒、放下痛苦，重拾早先创作不朽诗作的梦想，以超人的毅力口述他的伟大史诗。

他在黑暗中努力了七年，在 1665 年《失乐园》终于完成。寻找出版者又让他费尽周折。如今它是我们文学之中的伟大诗作，可弥尔顿当时拿到的钱还不如今天的诗歌作者在流行

杂志上发表一首小曲子的酬劳。书一出版即获成功，只是像以往一样，也受到了恶意的批评。提到弥尔顿给当时思想深刻的人留下的印象，德莱顿总结性地说："他超越了我们所有的人，也超越了古人。"从此以后，一缕阳光射进他黑暗的家，《失乐园》让弥尔顿成为世界上最伟大的作家之一，无论是英国还是整个欧洲大陆，越来越多的朝圣者赶来诉说他们的感激之情。

次年，弥尔顿开始创作《复乐园》。1671 年，他的最后一部作品《力士参孙》面世，这是我们的语言所拥有的以希腊为榜样的最具有戏剧性的诗作。诗中所刻画的以色列巨人战士双眼被弄瞎，孤身一人被无情的敌人折磨，却始终坚守高尚之志的形象与诗人自己一生的奋斗历程很相像。弥尔顿一连数年都保持沉默，他想象着欣喜地向朋友们诉说，诉说他黑暗中的梦想"依然引导着严肃的想象"。1674 年，这个我们文学中最崇高、最孤独的人物平静地离世了。

（二）弥尔顿的早期诗作①

弥尔顿的早期诗作表明他就是伊丽莎白时代文学成就的继承者，他的第一部作品《耶稣诞生的早晨》已经接近英国抒情诗的高水准。此后的六年里，即从 1631 年到 1637 年，他写得很少，总共不超过两百行，但这些作品都是我们语言中最精致的完美之作。

---

① 弥尔顿的作品里清楚可见清教时期进步力量的影响。因此，霍尔顿时期的诗令人愉快，特征几乎与伊丽莎白时代相同；他的散文严厉、富于战斗性、不妥协，就像他为自由而战一样。随着王政复辟和清教主义的失败，他后期的诗有一种忧伤的调子，但明确宣示了他为之而生的自由与正义原则。

1.《快乐的人》

《快乐的人》和《沉思的人》是姊妹篇。其中许多诗行和描写片段就像美妙的歌曲一样萦绕在人们心间，在英语世界中没有人不知道，没有人不喜爱。《快乐的人》（《快乐或幸福的人》）营造的氛围就像在日出时漫步在英国的田野里，空气恬静，鸟儿在歌唱，各种各样的景象、声音和芳香满足各种感官。大自然的魅力如此，人类的心灵应当快乐，在每一朵花里看到、在每一个和声里听到人类生活的细腻象征。《沉思的人》同样像漫步在英国的田野上，只不过是在黄昏和月出时分。空气依然清新芳香，如果可以这样说的话，这首诗的象征比前一首诗更加柔和美丽。虽然记忆徘徊于晚霞的余晖里，欢快的情绪却已不再。静默的沉思代替了清晨纯真欢乐的感觉，诗中回响着人类身处自然的深邃情感。随便引用任意一首诗中的零散诗行都是对两首诗的不公。若要欣赏其美与深刻，两首诗要在同一天完整地阅读，清晨读一首，黄昏读一首。

2.《科摩斯》

就很多方面看，《科摩斯》都是弥尔顿最优秀的剧作。该剧 1634 年写成，在勒德洛堡演出，观赏者中有布里奇沃特伯爵和他的友人。有传言说伯爵的三个孩子失踪在森林里，传言之真假不论，弥尔顿从人物失踪的简单主题，引入随从精灵保护走失者，伴之以自然的表演、悦耳的歌曲，创作出了我们今天所看到的这个精致的田园戏剧。在形式上它是一个假面剧，本·琼森是伊丽莎白时代假面剧的圣手，弥尔顿之作与那些华丽的假面剧相像。假面剧从意大利传播到英国，就像奇迹剧之于前一代平民一样，成为节庆日的主要娱乐活动，后来又成为英国上层的戏剧。弥尔顿坚信清教主义不可能满足闲暇时光的单纯娱乐。《科摩斯》的舞台效果、音乐和舞蹈与其他剧一样华丽，但它的道德和理想教化目的十分明确。这个优秀的小剧可以有一个更好的名字——《德行获胜》，因为其主题是德行和纯洁可以永保无虞地经受这个世界的一切危险。善良战胜邪恶的永恒结局被随从精灵大声宣告，在凡尘保护纯洁者的精灵此时已经离开凡世恢复其快乐的生活。

> 凡人们，将要跟随我，
>
> 德行之爱；唯有她自由。
>
> 她能教你攀登
>
> 高过天体的谐音；
>
> 要是德行虚弱，
>
> 上帝就会向她俯身。

无疑，《科摩斯》里有约翰逊和约翰·弗莱彻的痕迹，但它在轻快之美和诗行韵律方面远远超越了此前的诗歌。

3.《黎西达斯》

弥尔顿 1637 年创作的田园挽歌《黎西达斯》，是霍尔顿时期的最后一首诗作。此时的他已经不是旧时代的继承者，而是新时代的预言者了。弥尔顿大学时的朋友爱德华·金在爱尔兰海溺水身亡，他按照当时的写诗习惯，在诗中把自己和朋友塑造成过田园生活的牧羊人。诗人还用了前人的象征手法，引入了农牧神、森林神和海仙子，只是弥尔顿作为清教徒对异教徒的象征主义不满意，于是又引入了新象征——基督牧羊人，其照看着人类的灵魂，灵魂被他比作仰望而不被喂养的饥饿绵羊。此时，清教徒和王党分歧加剧，弥尔顿以新象征来指责教会暗中蔓延的权力滥用现象。若是其他诗人，这种道德教诲就会妨碍想象力的自由发挥，但弥尔顿有能力把崇高的道德目标和高尚的诗结合起来。《黎西达斯》意象层出不穷、结尾精致，超越了通常所说的异教徒复兴时期的大部分诗作。

4. 十四行诗

除了这些有名的作品，弥尔顿早期还有一部未完成的假面剧《商场》，以及几首可与他的英语诗相比的、结尾精巧的拉丁语诗，还有一些几乎把意大利形式的诗歌完善化的著名的十四行诗。诗中，他很少写老生常谈的爱情主题，而是写爱国、责任、音乐和其他与旋涡之中的英国相联系的政治性主题。读者肯定都会在弥尔顿的作品中找到自己喜爱的十四行诗。其中最有名气和最常为人引用的有《悼亡妻》、《致夜莺》、《年满二十三岁》、《皮埃德蒙的屠杀》和两首《哀失明》。

（三）弥尔顿的散文

说到弥尔顿的散文，人们意见不一，麦考莱对其赞美有加，而现代有些批评家则多有批评。从文学的角度看，他的散文如果情感温和一些，就会更加有力，不过我们不可忘记他所处的时代和对手们的策略，现代作家很少再有借口使用弥尔顿的那种语言和说理方法。弥尔顿有一种战士精神，以火一样的情感反对不公。他先是把大量事实收集起来，随之毫不留情地批驳对手。不公是人民的敌人，他痛恨不公，所以不能也不愿饶恕不公。胜利来临，他欢呼雀跃，唱出激动人心的《底波拉之歌》。他又是那个诗人了，忘却了自己，心中满是壮丽的意象。虽然他的散文主题十分枯燥，难以写成诗，但他的作品《对抗议者辩护的批评》简直就像《启示录》里的一章，也间或祈求神灵，"哦，你坐在无法达至的光和荣耀里，是天使和人的护佑"。在这样的片段里，如泰纳所说，弥尔顿的散文使人想起最华丽的诗，如同"光辉的流泻"。

《论出版自由》 由于弥尔顿散文的论辩性太强，如今已经少有人阅读了，也可能弥尔顿根本没有想过它们还可以在文学中获得一席之地。众多篇目中，《论出版自由》可能是一直有人愿意阅读的，也是最值得一读的。当时，书籍必须有官方审查官认可才能出版。不用说，审查官都是蒙恩才占据高位、享受俸禄的，所以他们考虑的是国王和主教的神授之权，而不是什么文学的乐趣。于是许多书籍只是因为当局不喜欢就难以面世。弥尔顿反对任何形式的暴政，自然就反对这种审查制度。他的《论出版自由》——得名于（雅典石山的）最高法院之名，那是一个公众发声之所，是圣·保罗演说地火星山所在地——是英语中最有名的出版自由呼吁。

（四）弥尔顿的晚期诗作

弥尔顿最了不起的作品无疑是他失明后在苦难中写成的《失乐园》、《复乐园》和《力士参孙》。其中《失乐园》最伟大，是被普遍认可的我们文学中自《贝奥武甫》以来的唯一史诗；《力士参孙》是我们的语言中仿照希腊写法而作的最完美的戏剧范例。

1.《失乐园》

这部伟大史诗的创作过程中有一些趣事。剑桥大学收藏有一本弥尔顿的笔记，上面列着近一百个关于伟大诗作的创作主题，[①] 是弥尔顿在大学时选择的。最先吸引他的是亚瑟王主题，随后他的选择就落在人类堕落的主题上，笔记上有四个提纲用以说明弥尔顿打算怎么处理这个主题。可以看出他构思了一出大剧或奇迹剧，或许是因为清教徒对戏剧和演员的反感，也或许是

---

① 其中有六十个来自圣经，三十三个来自英国历史，五个来自苏格兰历史。

因为弥尔顿在意大利亲眼所见的戏剧处理宗教题材的不佳表现，总之弥尔顿放弃了戏剧的形式，转向史诗。不得不说的是，幸好弥尔顿没有刻画戏剧人物形象的才华。就人物塑造说，《失乐园》失败得一塌糊涂。中心人物亚当有几分古板；而撒旦却接近一个高大人物，完全不同于奇迹剧里的魔鬼，在趣味和英雄气概方面甚至胜过了主人公的光辉。其他人物，如上帝、圣子、拉斐尔、米迦勒、天使和被击落的神灵只不过是弥尔顿宣言的代言人，没有人性、没有个性。所以，若以戏剧的标准看，《失乐园》就是一部失败的作品；但是作为诗，它形象庄严、诗韵和谐，以庞大的天国、地狱以及天地之间的无边虚空为背景进行创作，是其他文学作品无法超越的。

1658 年，弥尔顿在黑暗中开始口述他三十年前就构思好的作品。要理解这首诗横扫一切的气概，有必要概括地说一说这部长达十二卷的作品的情节。

《失乐园》第一卷开头就很明确，主题是人类的堕落，以及对光明和神示的高尚祈求。接着是撒旦和反叛的天使们的述说和他们被从天国驱逐的情节，还有他们密谋反对上帝，准备引诱亚当与夏娃失去纯真。该卷结尾描述的是堕落天使们所居的满是大火和无边痛苦的大地，还有撒旦宫殿群魔殿的落成。第二卷讲述了邪神的会议、撒旦同意去引诱亚当和夏娃以及他走向由罪孽和死亡把守的地狱之门。第三卷又回到了天国。预见到人类堕落的上帝命拉斐尔去警告亚当和夏娃，那样他们之后的违抗就要自己承担后果。然后是圣子以自己献祭，洗去违抗上帝之命的人类的罪孽。这一卷结尾，撒旦出现在另一个场景中，他遇见了天使长乌列，询问他通往大地的路，并伪装成光明天使向大地进发。第四卷刻画的是伊甸园和蒙昧状态的人类。一个天使守卫在伊甸园上空，企图在梦中诱惑夏娃的撒旦被抓住了，之后却出人意料地被放走了。第五卷讲述夏娃给亚当叙述她的梦，随后讲述晨祷和亚当与夏娃的日常活动。拉斐尔来访，告诉他们堕落天使的叛乱，他们设宴款待拉斐尔（夏娃的主意是告诉拉斐尔上帝的所有礼物不是都在天国）。拉斐尔的故事一直到第六卷还在讲。第七卷是创世故事，这是拉斐尔讲给亚当和夏娃听的。第八卷中亚当给拉斐尔讲了他自己的生平故事和与夏娃的相遇。第九卷讲述撒旦的诱惑，遵循了《创世记》中的描述。第十卷记述的是神对亚当和夏娃的裁决；穿过混乱通向大地的道路由罪孽和死亡建成，撒旦回归群魔殿。亚当和夏娃悔罪，撒旦和他的追随者被变成蛇。第十一卷里上帝接受了亚当的忏悔，但把他逐出天国，派遣天使长米迦勒前去执行。书的结尾，夏娃因被逐出天国悲不自胜，米迦勒预言性地展示了人类的命运。第十二卷是米迦勒继续展示人类的命运，亚当和夏娃听说人类的罪孽将来可以补偿，感到欣慰。二人走出天国，天国之门在身后关闭，这是诗的结尾。

可以看出，《失乐园》不是写一个人或一个英雄，而是写整个人类的巨型史诗。一般人不能像弥尔顿那样刻画人物，他以一种超人的想象力描绘了诗中的场景，如天国的辉煌、地狱的恐怖、天堂的静美、飘浮于天体光芒和巨大黑暗之中的太阳和星体。这首诗持久的魅力就在这些巨幅图画中，其崇高的思想、美妙的韵律深深地刻在读者的心中。《失乐园》属于无韵体诗歌，正是弥尔顿使用了这种体裁，人们才意识到这一诗体的和谐和富于变化。诗人娴熟地运用该诗体，每一页上都可见无韵体的韵律和节奏。"就像一个风琴手自一个主题演奏出和谐的千变万化来。"

拉马丁说《失乐园》是一个清教徒伏在《圣经》上做的

梦，这个含蓄的说法让我们认识到一个令人惊异的事实，不是
《圣经》场景的神学和刻画，而是一个梦感动了我们。所以，
虽然弥尔顿笔下大地和海洋的分离并没有给《创世记》的质
朴与壮丽增色多少，但随后的夕阳则是弥尔顿自己的梦，我们
顿时就被送到了美与诗的世界里。

> 静寂的黄昏，暮光降临了，
> 一切都罩在朴素的衣衫里；
> 安静相陪；兽与鸟，
> 它们去向草绿的长榻，回归它们的巢穴，
> 偷偷溜走。只有不眠的夜莺，
> 整夜里热情地高唱着：
> 静谧多美好。天穹在燃烧，
> 上有生动的蓝宝石；金星，率领
> 繁星的东道主，煌煌前行，直到月亮
> 上升在阴沉的庄严里，最后
> 像王后一样，露出她无敌的光芒，
> 把她银色的斗篷覆在黑暗上。

弥尔顿笔下的上帝若以一个纯粹的文学人物看，则难免沾
染当时狭隘刻板的神学色彩。诗中的上帝不是宇宙的仆从，而
是自负无比地高踞宝座，虚荣地行使着神权，被唱着赞歌的众
天使簇拥着的人物。这种人物大地上到处都是，根本没有必要
去天国寻找。可是塑造撒旦形象的时候，弥尔顿却抛开了粗糙
的中世纪概念，追寻着自己的梦想，创造出一个令人钦佩又易
于理解的人物。

"这就是土地、泥土、物候，"

迷失的天使长问，"就是这个座位

我们要把天国换去？——这种令人哀痛的忧郁

换去天国之光？就这样吧，既然他

如今的君主能发令能处置

对的就是：远离他最好，

他就是理性，强力让他至高无上

凌驾于同辈。别了，欢乐的土地，

喜悦永驻之地！哎，恐惧！嘿，

地狱！你，渊深的地狱

接受你的新主——他带来

不因时地变化的头脑。

心智在其位，自己

就造就一个地狱的天堂，一座天国的地狱。

那又有什么，若我依旧，

而我该是怎样的人，只比他少

有雷霆就了不起？此时至少

我们会自由；上帝没有

因嫉妒在此安顿，不会赶我们离开：

此间我们安然为主；以我之意，

为主就是壮志得遂，即使在地狱：

为尊地狱胜于天国为奴。"

　　弥尔顿的这种崇高的英雄主义无意间让清教精神不朽，这种不可战胜的精神鼓舞身陷囹圄的人们为信仰写下诗作和寓言，激励他们驾一叶轻舟驶过暴风雨肆虐的大海，在美洲的荒野里建立了自由的联邦。

现代读者若想理解《失乐园》，要先做两件事情：一是阅读《圣经》前几章，二是了解加尔文神学的基本原则。不过，若是像人们常做的那样，以这首诗来刻板地给人们灌输前者或后者的思想，那就很遗憾了。《失乐园》的神学谈得越少越好，但说到清教梦想的光辉和它辉煌的韵律，没有言语可以形容。即便只是随手翻阅，也会令读者理解它为何可以与但丁的《神曲》相媲美，为何被批评家誉为我们文学中最伟大的一首诗。

2.《复乐园》

《失乐园》完成不久，弥尔顿的朋友托马斯·埃尔伍德读完手稿问他："那么你对乐园重获有什么要说的吗？"为了答复朋友，弥尔顿写了这部伟大史诗的第二部分，这就是我们所知的《复乐园》。第一部分讲述的是人类，就是亚当和夏娃因撒旦引诱堕落，被逐出天国，远离圣恩；第二部分则展示了人类以基督肉身抵御诱惑，再度蒙受圣恩。弥尔顿依据的是《马太福音》的第四章，基督在荒野里面对诱惑是创作主题。弥尔顿自己最喜欢《复乐园》，其中许多部分思想崇高、意象壮丽，也堪与《失乐园》一比，但总体上这首诗不能与《失乐园》相比，读起来趣味较少。

3.《力士参孙》

《力士参孙》是弥尔顿转向一个更加重大、更加个人化的主题之后的作品，他以自己的天才重释了以色列出色的战士参孙的故事，诗中的参孙在非利士人中为奴，双眼被弄瞎，遭人耻笑。诗人的本意是要用英语创造一部纯粹的悲剧，表现出古希腊戏剧所特有的激情和克制。其他诗人都失败了，弥尔顿成功了。原因有二。其一，弥尔顿自己就像古希腊悲剧里的英雄——他的悲哀和痛苦使他高尚的情感带着忧郁的气息和静默的尊严，这与他的主题一直相伴。其二，弥尔顿是在讲他自己的故事。他像参孙一样与自己民族的敌人激战过；他也从非利士人中间娶过妻室并深受其害；他失明了，被失败但自私的大人物鄙视。在悲剧的基本情节里弥尔顿可以加入强烈但克制的个人情感，他的作品携带的是信念而不是争辩。《力士参孙》在很多方面是弥尔顿最令人信服的作品。除了主题和处理主题的品位，这部作品要比我们语言里的任何一部其他作品都更能让读者领会古希腊悲剧的理念。

> 此间不许泪水，不要哀号
> 也不要捶胸懊悔，不要示弱，不要蔑视，
> 勿要指责或非难——只有适当与美好，
> 和能让我们安静的高贵之死。

第三节　清教时期的散文作家

一　约翰·班扬（1628—1688）

就像能表达清教精神的伟大诗人只有一个一样，纵横一时的散文作家也只有一个，就是约翰·班扬。弥尔顿是文艺复兴之子，继承文艺复兴的文化，是那一时代受过良好教育的人。班扬是一个没有受过教育的穷补锅匠，文艺复兴与他无关，但是激励清教徒为自由斗争的改革培育了他强大的独立精神。这两个人代表着17世纪英国人民生活的两极，分别写出了两部直至今天还代表伟大的清教精神的作品。一位奉献了自《贝奥武甫》以来的唯一的史诗；另一位给我们留下了唯一的伟大寓言，在我们的语言的作品中，除了《圣经》，这是人们读得最多的书。

约翰·班扬

（一）班扬的生平

读其书，必知其人；班扬是个非凡人物。值得庆幸的是他写的自己的生平故事流传至今，语言像他所有作品里的一样，可爱的谦逊、可爱的真诚。我们阅读收在《仁慈多有》中的他的人生故事，看到他的一生中有两股强大力量。其一自内生发，即生动的想象力，这让班扬在平常的事件中看到了美景、寓言、圣经中的寓言故事和天启。其二自外而来，就是时代的精神骚动，陌生的教派——教友派、自由派、浮嚣派、再洗礼派、一千年至福派——大量涌现，再就是各个阶级的不受节制的热情，在人们摆脱权威建立自己的宗教标准的时代，这热情就像平衡轮缺失的机车一样失控。班扬的一生是标志着英国宗教改革结束的令人震惊的宗教个人主义的缩影。

1628 年，班扬出生于离贝德福德不远的埃尔斯托的一个小乡村，父亲是个补锅匠。少年班扬上过几天学，算是学会了读书写字；很快他就不得不在父亲的铺子里帮忙干活了，他在烧红的铁锅、闪耀的炉火、小铺的黑烟里看到了余生萦绕心头的地狱和魔鬼形象。十六岁时，父亲再婚，班扬离家出走，加入议会军，成了一名战士。

时代的宗教动荡给具有敏锐想象力的班扬留下了深刻的印象。他偶尔也去教堂，可是言辞激烈的巡回牧师总是让他感觉被裹挟在恐怖和痛苦之中；这时候他一般会迅速逃离教堂，借周末村庄草坪上的运动来忘记他的恐惧。可当夜幕降临，运动的乐趣消散了，恐惧回来了，而且像寓言故事中的妖怪一样变大了。他的脑中充斥着地狱和魔鬼的形象。每当这时，他就会懊悔无比，大声呻吟，甚至多年以后，他还为早年的罪孽恸哭。我们可能以为是大罪过和恶行，满怀恐惧地一检视，才发现只不过是礼拜日打球和口出不逊罢了。叫人伤心的是，班扬发誓赌咒的习惯源于父亲。有时候锅子不好补，补锅匠就会咒骂起来。因为班扬参加议会军，这种恶习变得更加顽固了。有一天，他的凶狠咒骂令一位妇人十分惊讶，班扬后来说，那妇人申斥他的亵渎时说他是"不虔诚且目无规矩的恶人"。穷妇人就像一位先知，说中了要害。他再不敢有亵渎的言行，羞愧地垂下了头。"我全心希望，"他说，"自己还是个孩子，希望父亲让我不要这样口出不逊。"班扬就这样以《圣经》约束自己，很快就洗心革面。他把恶习连根拔除时惊奇地发现，这时的他说起话来比以前更自由也更有力。班扬的特点最能体现在他对书本的感应，他以前多次听到过的文本会激励他、打动他。

班扬娶了个好妻子后，他的生活真正开始改变。未满二十岁的班扬娶了一个和他一样穷的姑娘。"我们在一起，"他说，"穷到了极点，连一个盘子、勺子这样的餐具都没有。"姑娘带来的唯一嫁妆就是两本旧书——《凡人的极乐之路》和《虔诚修养》①。班扬读了这两本书，想象力一下子被点燃了。他又能看到新景象，梦到迷途者；他成为去教堂礼拜的典范；他开始缓慢而痛苦地阅读《圣经》，因为他自己学识不足，听到的《圣经》解释也各执一词，他就像一片羽毛一样在各种教义的风中飘来荡去。

随后几年，班扬的心依然在挣扎，生活简直就是个梦魇。头一天他觉得自己已经被遗弃了，可第二天他觉得自己是天使的同伴；之后他就想在上帝那里验证自己的救赎。他顺着大路朝贝德福德进发，就像捧着羊毛想象自己在创造奇迹的吉迪恩。他会对马蹄印里的小水洼说，"你们干涸吧"；又对干涸的蹄印说，"成为水洼吧"。正当他要创造这样的奇迹时，他想，"先到远处的树篱下祈祷，主就会让你行奇迹"。他立刻前行祈祷，但是他却不敢验证一下结果，只能心思烦乱地往前走。

班扬就这样在地狱和天堂之间挣扎，几年以后他回归平常，简直就像朝圣者走出了可怕的阴影之谷。很快，他靠着满腔热情成了一个户外传道者，村庄的绿地上常有一群一群的劳苦大众簇拥着他。人们静静地听他讲，往往叹息落泪；不少人改过向善。这对盎格鲁－撒克逊人来说很了不起，虽然他们一心经营商业，追欢逐乐，可他们对精神上的影响仍然像晴雨表一样敏感，无论这影响来自牧师还是农人。他们认可爱默生所称的"圣灵的强调"，这种对精神领袖的认可中就隐藏着民主的秘密。于是，这个乡村补锅匠凭着毅力和真诚成了广大教众认可的领袖，他的影响遍及英国。查理二世复辟以后，班扬第

---

① 《虔诚修养》的作者是班格尔牧师刘易斯·贝利。这本书很奇特，书名我们都不太熟悉，可是迅速地被翻译成了五种语言，销量奇大，出版后不久就印行了五十版。

一个被禁止举行公众集会，这也是他力量的一种体现。

班扬拒绝遵守没有教会授权不能举行宗教集会的法令，因此被囚禁在贝德福德的监狱里。说到这一点，意见并不统一。这条法律当然不公正，但就这个条款来说，并不存在宗教迫害的事。班扬在什么时候以什么方式做礼拜都不受限制，只是不能举行公众集会，因为当时的集会经常演变成对政府和教会的猛烈声讨。法官恳请班扬遵从法律。他拒绝了，说圣灵在身，他必要行走四方，号召人们忏悔。从他的拒绝里我们能看到更多的英雄气概，也有些许的固执，也可能是殉道的渴望对每个宗教领袖的吸引。最后被判无期关押对班扬是巨大打击，一想到家人，尤其是自己失明的小女儿，他便大声抱怨起来：

> 我觉得自己体弱多病；分离就像把肉从我的骨头上撕下去——啊，我一想到可怜的看不见的孩子遭受的苦难，心都要碎了。可怜的孩子，我想，这个世界给了你那么多的悲伤；虽然此时一丝风吹着你，我都受不了，可是你肯定会被人殴打，你要乞讨为生、衣不蔽体、挨饿受冻，遭受千百的苦难。①

他总是以寓言的方式思考，着意于《圣经》中的片段，他说，"两头母牛把上帝的方舟带入他乡，牛犊却被抛在了身后"。可怜的牛，可怜的班扬！这个非凡人物的思想就是这样。

狱中的班扬依然勤快，开始做鞋带养家糊口。他被关在狱中几乎二十年，但他能经常见到家人。有一段时间，他甚至是贝德福德浸礼会教友教堂的固定传道者。他甚至在深夜违禁举

---

① 节选自《仁兹多有》第三部分，《作品集》，1873 年编，第 71 页。

行集会，教化众人。狱中岁月的好处是班扬有时间深思冥想，研读他仅有的两本书：国王版《圣经》和福克斯的《殉道者之书》。他研读和沉思的结果就是《天路历程》，这本书可能在狱中就已经写成，只是由于某种原因，他获释后才出版。

此后的岁月是班扬传奇的一生中最有意义的时光。他已经是英国最受欢迎的传道者，1678 年《天路历程》出版之后，他又成了最受欢迎的作家。他一生总共写了近六十种作品，有书、短文和布道文。这真令人惊奇，要知道他受教育不多，写作对他来说既缓慢又痛苦，况且平时还要巡回传道。他是个福音传道者，经常远走伦敦等地，每到一地，都有聚集起来听他讲道的人们。不少学者、主教、政治家偷偷地混在劳苦大众中间听他布道，布道完毕，这些人就满是疑惑地悄悄离开。在索斯沃克布道的时候，最大的建筑都容纳不下他的听众；在伦敦布道时，虽是冬天的早晨，布道还没有开始，但成千上万的人在寒冷的黎明时分就聚集了，他们一直听到班扬布道结束。他四处传道，影响巨大，很快人们就称他为"主教班扬"。

让我们钦佩的是他虽然参与众多社会活动，身陷多个宗教教派的争斗之中，却依然心境平和、仁慈幽默。卑鄙的对手一直在纠缠班扬，他却以宽容、自制尤其是真诚激发人们的热情。纵观他的一生，他一直都是质朴而谦逊的，从未失态。有一次，他又以超人的力量传道，几个朋友在布道完毕后恭贺说他的"布道亲切"。"啊，"班扬说，"您不用这么说，我离开讲坛之前，魔鬼就给我这样说了。"

班扬就这样一连传道十六年。有一天，他冒着寒冷的暴风雨骑马去劝和一对固执的父子，因此患了重感冒，好在当时到了里丁的一位朋友家里。几天后他就去世了，随后被安葬在伦敦邦希尔菲尔德墓地，之后那里就成了信徒的圣地。

（二）班扬的作品

世界文学中有三部伟大的寓言——斯宾塞的《仙后》、但丁的《神曲》和班扬的《天路历程》。诗人喜欢第一部，学者喜欢第二部，而第三部则对一切人都有吸引力。下面是这部名作的概要。

1.《天路历程》的主题

"我当时走在一片荒野里，在一个地方发现一间陋室（贝德福德监狱），于是就躺在那里休息；熟睡中我做了一个梦。"故事就这样开场了。他看到一个叫基督徒的人手里拿着一本书，背着大包裹从毁灭之城上路了。基督徒有两个愿望：一是放下装满生活中的罪过和恐惧的包袱，二是进入圣城。一开头，福音传教士发现不知向哪里进发的基督徒正在哭泣，于是就引导他去寻找远方小山上的一个小门。基督徒一路前行，可邻居、朋友、妻子和孩子们都呼唤他回来；他用手堵着耳朵，大声喊着"生活，生活，永久的生活"，急匆匆走过了平原。

接下来就是十段路程的跋涉，是一幅基督徒生活的生动画面，有困厄，有欣喜。每一次尝试、艰难、悲喜、安心、动心都被置于一个活生生的人物的话语与行为中。别的寓言作家写诗，人物模糊不真实；而班扬的散文简洁通顺，人物都是活生生的男男女女。有自满固执的沃得利·瓦兹曼先生①，有年轻气盛的以各讷任斯②、快乐的帕耶逊③、谦恭的戴莫斯、多嘴的陶可提午④、诚实的费斯⑤和其他一批人物。他们不像《玫

---

①　意为"追名逐利的聪明人"。——译者注
②　意为"无知"。——译者注
③　意为"虔敬"。——译者注
④　意为"饶舌"。——译者注
⑤　意为"忠诚"。——译者注

瑰传奇》里的人物那样毫无生气，而是一个个真实的人，真实到可以在路上让你看见或与你攀谈。书中一个接一个的场景都是对人类精神历程的刻画。行程中有我们都曾跌入的失望泥沼，泥沼此岸总有人软弱地爬行或抱怨着走回头路，但是基督徒一直努力拼搏，最后伙伴伸出援手把他拉上岸，让他继续前行。此后是讲说者府第、迷人之宫、挡道狮子、耻辱山谷、血战亚玻伦、恐怖的阴影谷、名利场和审判费斯。后者被判处死刑，法庭陪审团里有布拉德曼①、努古德②、海迪③、里乌鲁斯④、海特莱特⑤和司法体系委托决断正义问题的一伙人。最有名的是达尔亭⑥城堡，在这里基督徒和"希望"被绝望巨人投入地牢。最后是基督徒必须翻过的青春喜悦群山、必须蹚过的深水河，随后刻画的是极乐之城和飞下来在街道上唱歌的荣耀众天使。故事结尾的时候，以各讷任斯看见极乐城、听到欢迎基督徒的喊声，就被扯着去了他该去的地方。班扬则优雅地说："接着我看到从毁灭之城有一条通往地狱的路，从天国也有一条。这会儿我就醒了，才知道原来是大梦一场！"

简单地说，这就是这部作品的故事情节，是一个清教徒个人经历艰难人世的伟大史诗，正如《失乐园》那部人类史诗，是那个"趴在《圣经》之上沉睡"的伟大清教徒梦到的。

2.《天路历程》的成功

面对这部伟大的寓言，学习文学的学生要知道的事实是，

---

① 意为"瞎人"。——译者注
② 意为"无善"。——译者注
③ 意为"顽固"。——译者注
④ 意为"浪子"。——译者注
⑤ 意为"恨光"。——译者注
⑥ 意为"怀疑"。——译者注

这部作品被译成了 75 种语言和方言，在英语语言作品中，只有《圣经》的受欢迎程度超过了它。

说到人们喜爱它的原因，泰纳说："英国人读的仅次于《圣经》的是《天路历程》……新教的教义是慈悲得救，就传扬这一教义说，没有人能与班扬相比。"他的看法得到了大部分文学史家的赞同。可能只要提及一些事实就能说明问题，读《天路历程》的不仅有新教教徒，基督教的各个教派的教徒都读这本书，对于伊斯兰教教徒和佛教徒，它的吸引力也不稍减。即便译成天主教国家的语言，比如法语和葡萄牙语时，也只需要删去一两个事件，其故事还像在英语读者中间一样受欢迎。它成功的原因其实很简单，核心在于它不是一系列人物重复作者的慷慨陈词，而是一个以我们的语言写成的长篇故事。清教徒的先辈们可能从中读出了宗教教诲；而各个阶层的人们阅读它只是因为他们读到了一个真实的个人经历，这经历被讲述得有力、有趣、幽默，——一句话，故事该有的元素都有了。年轻人读它，首先是其内在价值——故事的戏剧性吸引着他们一气读下去；其次，这部作品把他们引入了真正的寓言。孩子有想象的智慧——成人也保存着他的纯真——自然地就把物人格化了，以给物像他一样思考和说话的能力为乐。班扬是能以这种喜人和自然的能力让人们理解的第一位作家。还要提及的是，整整一个世纪，在英国和美国的大多数家庭里，因故事具有吸引力而受到喜欢的唯一著作就是《天路历程》，这也是它受欢迎的真正原因。

3. 班扬的其他作品

班扬的第一部重要作品《圣战》出版于 1665 年。这像是一部散文体的《失乐园》，要不是被伟大的对手比下去，它肯定会以非凡的寓言闻名。出版于 1666 年的《罪人受恩记》早于《天路历程》十二年，是最能解释班扬传奇一生的著作，对于有思古闲情和考据癖的人来说，这部作品如今还值得一读。1682 年《恶人先生的生与死》写成，人物刻画真实，是现代小说出现的前奏。1684 年《天路历程》第二部分写成，讲的是一个叫克里斯蒂安娜的女子和她的孩子们前往极乐城的旅程。除了这些作品，班扬还出版了大量的文章和布道文，风格如一：直接、质朴、有说服力，表达思想和情感的词汇简单得小孩子都能理解。班扬的许多作品都是杰作，其思想和表达不仅手工工人喜欢，学者也喜欢。举个例子，若把《天国侍者》与拉蒂默的最好作品对读一下，风格的相像令人吃惊。让人难以理解的是，一部是一个缺少学识的补锅匠所写，而另一部则是一个大学者所写，两者都致力于同样伟大的事业。班扬只有一部书，就是这部"圣经"，我们也可以因此感受到他对我们的散文文学的影响。

二　其他散文家

一般认为，清教时期是一个缺乏文学趣味的时期。不过这可不是因为作品少或作家少。伯顿在《忧郁的解剖》中说：

> 我每天……都会看到新书、小册子、报纸、故事和整本的各种各样的作品，新奇的隽语、舆论、教会分裂、异端邪说、哲学与宗教的论战。一时间有婚庆、假面剧、娱乐、周年纪念、特使、运动、戏剧的消息；随之又有叛国、诈骗、欺骗、抢劫、各色大罪恶、丧礼、死亡、新发现、远征等消息，就像在新船上所看到的风景；一时是滑稽，随之又是悲剧的事件……

　　清教时期的社会就像伯顿所说的，简直要让人揉着眼睛想自己肯定是误拿起了新出版的文学杂志。众多的作家面对万花筒般的世事，观察着，跃跃欲试，想把这丰富的素材变成书面材料，写出小册子、文章、著作或者百科全书。

（一）三本佳作

　　有三本书不可忽略，即《医生的宗教》《圣洁的生活与死亡》《垂钓全书》，都是值得推荐的书写这个时代外界风暴和内心宁静的书。第一本是一个忙碌的医生写的，当时这类人被认为是科学人士。第二本的作者是一个博学的英国牧师。第三本的作者是一个淳朴的商人和垂钓爱好者。奇怪的是，这三本了不起的书——思考科学、天启和自然——诠释起人类生活来却有相似之处，讲的都是有礼、仁爱和高尚的生活。如果这一时代就只有这么三本书，我们仍然会因为其激发灵性的启示而心怀感激。

（二）罗伯特·伯顿（1577—1640）

　　伯顿主要以《忧郁的解剖》的作者的身份而知名。这本出版于1621年的书是文学中最令人惊奇的一本。伯顿是英国圣公会牧师，是不可思议的天才，他生性忧郁、惯于沉思，爱读各种文学作品。由于他记忆力超群，他的大脑就像一个巨大的古玩店，读过的书都被储存起来备用或做装饰。伯顿一生为忧郁症所苦，令人奇怪的是他把病因归咎于群星，而不是自己的肝脏。有人说他一度为沮丧所困，医药和神学都爱莫能助；他唯一的缓解办法就是走到河边去听船员吵架。

　　开始写的时候，《忧郁的解剖》是一部研究疾病的医学专著，布局和章节都显示出经院学者学说的精确性。但结果却是一个大杂烩，引用、参考其他作家，不管有名无名、在世过世，似乎创作主题变成了要证明"沉浸于研究就是因为对肉身的厌倦"。由于其趣味异常，这本书立刻就流传开来，成为文学中的巨著之一。如今还有一些学者津津有味地探究它，把它作为经典的矿藏；只是其风格纠结得厉害，对大多数普通读者来说，他的无数引语就像雅可比超平面行列式一样索然无味。

（三）托马斯·布朗（1605—1682）

布朗是一个医生，求学、游历多年之后定居诺维奇执业行医；可他更加关注自然现象，而不是他自己的职业——当时的所谓医学"艺业"。周围的人们都知道这个博学的医生、诚实的君子，跻身科学研究的行为让他领先时代，因为宗教理念，他对异端邪说宽容以待。因为这样的观念，布朗身上发生了一件有趣的可谓时代标志的事情，有一次这个科学人士被召唤去以"专家"身份提供证词用来审判两个老年女子，她们因被指控使用巫术而被判死刑。布朗宣誓作证说："（女子的）情感反应是正常的，只是受魔鬼巫术的协助，因她们之请，他（可疑的魔鬼）做了恶事。"

《医生的宗教》　布朗的大作就是非常成功的《医生的宗教》（1642）。几乎一个世纪过去了，编年史家奥尔迪斯还说："在英国出版的书没有一本能比《医生的宗教》引起更大的反响。"其成功在很大程度上要归功于这样的事实，在成千上万的宗教著作中，这是少有的在自然中看到深刻启示的著作之一。它没有教会的偏见，对待纯粹宗教话题敬畏、诚恳、宽容，因此是阅读的上选。其中的事件重要，而风格更重要——迷人、有礼、风格出众——这一切确立了这本书在我们文学中的经典地位。

布朗还有两部作品。一是《庸俗之错》（1646），这是一部就大众迷信而写的研究科学与轻信的大杂烩之作。另一部是《瓮葬》，一部受沃尔辛厄姆发现的骨灰瓮启发而写成的作品。开篇探究下葬的不同方式，终篇则论述尘世希望和抱负的虚空。从文学的角度看，这是布朗最好的作品，可是读它的人没有读《医生的宗教》的多。

（四）托马斯·富勒（1608—1661）

富勒是牧师、保皇党人，他文风活泼、言论机敏，自然该列入查理二世时期的诗人之中。他最有名的作品是《圣战》《圣洁与渎神之国》《不列颠教会史》《英格兰伟人史》。《圣洁与渎神之国》主要是传记性的，第一部分有许多可以效法的历史事例，第二部分则是要引以为戒的事例。尽管作者的学问无可置疑，可《不列颠教会史》并不是学术著作，而是生动而八卦的叙述，但它至少有一个优点，文风活泼的众多逸闻趣事能让读者开卷有乐。人们读的最多的是《英格兰伟人史》，英格兰的许多重要人物在其中都有有趣的记录。富勒常年在外游历，从穷乡僻壤搜集材料，对祖国认识细致。书中幽默无数，逸事趣闻很多，所以，该书几乎没有一页是沉闷的，读起来很有趣。

（五）杰里米·泰勒（1613—1667）

泰勒闻名于当时，他是最伟大的牧师。他像弥尔顿一样，尽管时代风狂雨骤，但他坚守高尚的理想，平静而崇高地度过了一生。他被称为"天降莎士比亚""着长袍的斯宾塞"，这两个称呼都很贴切。他的作品想象华丽、文辞雅致，更应该属于伊丽莎白时代，而不是清教时期。

泰勒作品众多，有两部卓尔不群，是他本人的代表作。一部是《预言的自由》（1646），哈勒姆称之为广泛和牢固基础之上的为宗教宽容而发出的第一声呼喊；另一部是《圣洁生活的规则和践行》（1650）。还有一部 1651 年出版的可与后者一起阅读的《圣洁之死》。许多年来，合编成一册的《圣洁的生活与死亡》几乎是英国乡村的必读书。好多清教徒家里的藏书就只有巴克斯特的《圣徒永恒的安息》、《天路历程》、国王版《圣经》，外加这本《圣洁的生活与死亡》；翻开它，崇高的措辞、高雅的情趣让我们不禁希望现代图书馆的藏书也能以同样的思想为根基。

（六）理查德·巴克斯特（1615—1691）

这个"时代大忙人"的生活经历与写作风格都让人想起班扬。巴克斯特像班扬一样贫穷，没有受过多少正规教育，是一个新教牧师，不断遭受侮辱和迫害。他也与班扬一样，全身心地投入时代的斗争中，通过自己的演讲成为普通大众中的一股强大力量。泰勒为有学问的人写作，有时候人们读不懂那繁复的句子、经典的暗指。巴克斯特与泰勒不同，他的作品直指目标，最直接地诉诸读者的判断与情感。

想到巴克斯特当牧师忙碌不已，手工写作又很缓慢，就会对他的作品的数量感到难以置信。他一生共有一百七十部作品，若编订成卷，也会有五十卷或六十卷。他当时写作主要是为了解决人们的迫切问题，所以大部分著作都已湮没无闻。他最有名的两部书是《圣徒永恒的安息》和《呼唤未皈依者》，两本都很受欢迎，接连印行了几十版，就是在我们这个时代，也有很多人阅读。

（七）艾萨克·沃尔顿（1593—1683）

沃尔顿是伦敦的小商人，可是他不在意商业的利润和城市令人怀疑的快乐生活，偏爱可以钓鳟鱼的小溪和读好书。于是他在五十岁略有积蓄的时候，离开了城市，如愿回到乡下。他没有休闲度日，而是开始了文学写作，创作了著名的《传记》——易读而温情的对多恩、沃尔顿、胡克、赫伯特和桑德森诸人的品评，这是现代传记写作的开端。

《垂钓全书》 1653年《垂钓全书》问世，这本书的好评度一直在稳步上升，恐怕在写垂钓这个话题的书中是人们读得最多的一本。书的开头是一场三人畅谈，他们是放鹰人、猎人和垂钓者。很快垂钓者就像通常的渔夫那样成了谈话的主角，猎人成了信徒，轻松自在地聆听垂钓者谈论他自己的技艺。坦诚地说，垂钓者的谈话随意散乱、卖弄学问，就像好好地钓了一天鱼后感觉到的那样，那些谈话让我们舒舒服服地打瞌睡。垂钓人兴致却很高，他细心地品味大地和高天之美。人们每次翻开这本书，就像到了最喜爱的小溪边，心里总期望能捞到点什么。写垂钓的书有上千本，只有这一本以其迷人的风格脱颖而出，可能只要有人钓鱼，就会有人读它。这本书最出色的地方是它让人们更好地欣赏自然，它就像给谨慎的鳟鱼投下苍蝇一样把道德意义柔和地沁入读者的心灵；读者从不会想怎样才能看到更好的自然的问题。虽然我们有时也会看到垂钓者钓得太多，或者抛下伙伴偷偷地溜到最好的池塘去的情形，但我们会因为沃尔顿忘记这些不好的情形，并认同挤奶女工的话："我们爱所有的垂钓者，他们诚实、有礼、稳重。"

小 结

1625年到1675年这半个世纪被称为清教时期原因有二：其一，清教思想的标准在英国普及开来；其二，这一时期最伟大的文学人物约翰·弥尔顿是清教徒。从历史的角度看，这是一个充满矛盾的时代。清教徒为正义和自由斗争，因为清教徒的胜利，这又是一个道德和政治革命的时代。清教徒为了自由而斗争，推翻了腐败的君主政体，把查理一世斩首，建立了以克伦威尔为首的共和国。共和国只存在了几年，1660年查理二世复辟被认为是清教时期的结束。这一时期没有明确的界限，与伊丽莎白时代、复辟时期交织重叠。

这一时期有许多作家和不朽的作品，以及一个伟大的世界性文学领导者。清教时期的文学丰富多样，其多样性源于政治和宗教统一性的打破。与前一时期的文学比，这一时期的文学有三个特点。①伊丽莎白时代各个阶级充满爱国热情，情感统一，而清教时期则没有这种统一。②伊丽莎白时代的作品充满希望、生机勃勃，清教时期的文学大多色调暗淡，不是令人振奋而是令人忧伤。③清教时期的文学失去了青年的浪漫冲动，变得批判和理性，比起感觉，它更注重深沉地思考。

在学习过程中，我们要重点学习：①过渡时期诗人，丹尼尔最重要；②歌词作家，坎皮恩和布雷顿；③斯宾塞派诗人，乔治·威瑟和贾尔斯·弗莱彻；④玄学派诗人，多恩和赫伯特；⑤骑士派诗人，赫里克、卡鲁、洛夫莱斯和萨克林；⑥约翰·弥尔顿的生平、早期和霍尔顿时期的诗、激进的散文和伟大的后期诗作；⑦约翰·班扬的传奇一生和主要作品《天路历程》；⑧其他散文作家伯顿、布朗、富勒、泰勒、巴克斯特和沃尔顿。这一群体有三本书值得注意：布朗的《医生的宗教》、泰勒的《圣洁的生活与死亡》和沃尔顿的《垂钓全书》。

选读书目

Milton. Paradise Lost, books 1 – 2, L'Allegro, Il Penseroso, Comus, Lycidas, and selected Sonnets, —all in Standard English

Classics; same poems, more or less complete, in various other se-
ries; Areopagitica and Treatise on Education, selections, in
Manly's English Prose, or Areopagitica in Arber's English Reprints,
Clarendon Press Series, Morley's Universal Library, etc.

Minor Poets. Selections from Herrick, edited by Hale, in Athe-
naeum Press Series; selections from Herrick, Lovelace, Donne,
Herbert, etc. , in Manly's English Poetry, Golden Treasury series,
The Oxford Book of English Verse, etc. ; Vaughan's Silex Scintil-
lans, in Temple Classics, also in the Aldine Series; Herbert's The
Temple, in Everyman's Library, Temple Classics, etc.

Bunyan. The Pilgrim's Progress, in Standard English Classics,
Pocket Classics, etc. ; Grace Abounding, in Cassell's National Li-
brary.

Minor Prose Writers. Wentworth's Selections from Jeremy Tay-
lor; Browne's Religio Medici and Walton's The Complete Angler,
both in Everyman's Library, Temple Classics, etc. ; selections from
Taylor, Browne, and Walton in Manly's English Prose, also in
Garnett's English Prose.

参考文献

历史

Text-book. Montgomery, pp. 238 – 257; Cheyney, pp. 431 –
464; Green, ch. 8; Traill; Gardiner.

Special Works. Wakeling's King and Parliament (Oxford Manu-
als); Gardiner's The First Two Stuarts and the Puritan Revolution;
Tulloch's English Puritanism and Its Leaders; Lives of Cromwell by
Harrison, by Church, and by Morley; Carlyle's Oliver Cromwell's

Letters and Speeches.

文学

Saintsbury's A History of Elizabethan Literature (extends to 1660）; Masterman's The Age of Milton; Dowden's Puritan and Anglican.

Milton. Texts: Poetical Works, Globe edition, edited by Masson; Cambridge Poets edition, edited by Moody; English Prose Writings, edited by Morley, in Carisbrooke Library, also in Bohn's Standard Library.

Masson's Life of John Milton (8 vols.); Life, by Garnett, and by Pattison (English Men of Letters); Raleigh's Milton; Trent's John Milton; Corson's Introduction to Milton; Brooke's Milton, in Student's Library; Macaulay's Milton; Lowell's Essays, in Among My Books, and in Latest Literary Essays; M. Arnold's Essay, in Essays in Criticism; Dowden's Essay, in Puritan and Anglican.

Cavalier Poets. Schelling's A Book of Seventeenth Century Lyrics, in Athenaeum Press Series; Cavalier and Courtier Lyrists, in Canterbury Poets Series; Gosse's The Jacobean Poets; Lovelace, etc. , in Library of Old Authors.

Donne. Poems, in Muses' Library; Life, in Walton's Lives, in Temple Classics, and in Morley's Universal Library; Life, by Gosse; Jessup's John Donne; Dowden's Essay, in New Studies; Stephen's Studies of a Biographer, vol. 3.

Herbert. Palmer's George Herbert; Poems and Prose Selections, edited by Rhys, in Canterbury Poets; Dowden's Essay, in Puritan and Anglican.

Bunyan. Brown's John Bunyan：His Life，Times，and Works；Life，by Venables，and by Froude（English Men of Letters）；Essays by Macaulay，by Dowden，*supra*，and by Woodberry，in Makers of Literature.

Jeremy Taylor. Holy Living，Holy Dying，in Temple Classics，and in Bohn's Standard Library；Selections，edited by Wentworth；Life，by Heber，and by Gosse（English Men of Letters）；Dowden's Essay，supra.

Thomas Browne. Works，edited by Wilkin；the same，in Temple Classics，and in Bohn's Library；Religio Medici，in Everyman's Library；essay by Pater，in Appreciations；by Dowden，*supra*；and by L. Stephen，in Hours in a Library；Life，by Gosse（English Men of Letters）.

Izaak Walton. Works，in Temple Classics，Cassell's National Library，and Morley's Vniversal Library；Introduction，in Walton's The Complete Angler；Lowell's Essay，in Latest Literary Essays.

思考题

1. 清教时期指什么时期？英国历史上的清教运动的目标和结果是什么？

2. 这一时期的文学的主要特征是什么？把它与伊丽莎白时代的文学进行比较。宗教和政治是如何影响清教时期的文学的？能否引用作品片段或作品支持论证？

3. 骑士派诗人、斯宾塞派诗人、玄学派诗人各指什么？列举每一创作群体的主要作家。英语语言的第一首圣歌是谁写的？这是一部文学作品吗？为什么？

4. 赫里克的诗有什么特征？他与这一时期的其他诗人的

差别是什么？

5. 乔治·赫伯特是什么人？他的写作目的是什么？他的诗有什么特征？

6. 简述弥尔顿的生平。他的文学创作的三阶段分别是什么？霍尔顿时期诗歌指的是什么？比较《快乐的人》和《沉思的人》。《科摩斯》中有清教理念吗？《黎西达斯》为什么被认为是英语抒情诗的高峰？叙述《失乐园》的主题。这首诗的主要特征是什么？简要描述《复乐园》和《力士参孙》。后者与弥尔顿的个人生活有什么联系？弥尔顿的诗中最打动人的是什么？什么因素激发弥尔顿创作散文？它们是真正的文学作品吗？为什么？就以下方面比较弥尔顿和莎士比亚：①对人的理解；②生活理想；③写作目标。

7. 讲述班扬的生平。他的生活和写作有什么不寻常的地方？叙述《天路历程》的主要内容。若在学习文学前读过这部作品，讲讲喜欢它和不喜欢它的理由。它为什么能够长远流传？班扬作品的主要风格特征是什么？

8. 这一时期的其他散文作家有哪些人？列举杰里米·泰勒、托马斯·布朗和艾萨克·沃尔顿的主要作品。你是否读过这些作品？这一时期的散文与诗歌在趣味方面有什么不同？（比较时不要包括弥尔顿）。

大事年表

17 世纪			
历史		文学	
		1621	伯顿的《忧郁的解剖》
		1623	威瑟的《教堂圣诗和歌曲》
1625	查理一世		

续表

17 世纪			
历史		文学	
	议会被解散		
1628	《权利请愿书》	1629	弥尔顿的《耶稣诞生的早晨》
1630—1640	没有议会的国王统治。清教徒移民新英格兰		
		1630—1633	赫伯特诗歌时期
		1632—1637	弥尔顿在霍尔顿时期的诗歌
1640	长期议会		
1642	内战开始	1642	布朗的《医生的宗教》
1643	苏格兰契约		
1643	新闻检查	1644	弥尔顿的《论出版自由》
1645	纳西比战役		
	清教徒胜利		
1649	处死查理一世		
	查理一世支持者移民弗吉尼亚		
1649—1660	共和国	1649	弥尔顿的《论国王与官吏的职权》
		1650	巴克斯特的《圣徒永恒的安息》
		1651	霍布斯的《利维坦》、杰里米·泰勒的《圣洁的生活与死亡》
1653—1658	奥利弗·克伦威尔担任护国公	1653	沃尔顿的《垂钓全书》
1658—1660	理查德·克伦威尔继任护国公		
1660	查理二世复辟	1663—1694	德莱顿的戏剧（下一章）

续表

17 世纪			
历史		文学	
		1666	班扬《仁慈多有》
		1667	《失乐园》①
		1674	弥尔顿去世
		1678	《天路历程》出版（早期写成）

① 《失乐园》公认的创作时间是 1665 年，此处原著为 1667 年，信息有误。——译者注

第二章 复辟时期（1660—1700）

第一节 法国人的影响

一 历史

乍一看，把查理二世复辟置于现代英国的开端是一个令人惊奇的矛盾；因为历史记录的自由进步从没有像这样被倒回去的。清教主义政权太严苛了，把许多自然的娱乐都压制了。而今，桎梏除去，社会抛弃了文雅生活的标准，放弃了对法律的敬畏，一头扎进比清教主义的约束更不自然的放肆行为中去。放肆的必然结果就是疾病，1660 年王政复辟之后，几乎整整一代人的时间里，英国社会都在"发烧"。从社会、政治、道德等方面来看，伦敦就像美第奇时代的意大利城市。而文学，尤其是戏剧，不像是健康心灵的表达，而更像神智失常了。不过，"发烧"也有益处，血液中的杂物被"燃烧清除"，自发烧恢复的人会有新力量，对生活价值有新理解，就像赫齐卡亚国王，大病一场，经历死亡恐惧后，决心要"温和"度日。复辟是英国历史上的大危机，英国能渡过难关完全是因为清教主义的力量和优点。恶毒的君主在多佛被迎回时，清教主义以为自己已经化为清风了。复辟的教训主要是，它展现的是巨大的对比，真理与诚实必须有，自由人的强大政府必须有。为了这些目标，清教徒历经坎坷，仍如磐石般挺立。英国经历"发烧"后，重获健康；经历社会和国家严重腐败之后，英国知道自己的人民内心质朴、真诚、笃信宗教，人民的天性强悍，不会满足于纯粹的快乐。所以清教主义一直奋斗的目标是突然达到的，是在似乎一切已经失去的时候达到的。弥尔顿在悲伤中描写大混乱之中的地狱团伙集会密谋毁灭这个世界的场景时，无意间也描绘了查理二世和他的阴谋小团体。

二　国王及其追随者

要恰当地刻画国王与他的追随者的形象并不容易。当时的大部分戏剧作品都很拙劣，只要明白孕育这些戏剧的宫廷和社会的性质，就理解这一点了。国王在公众面前尽可有种种表演，私下里却无比粗鄙，既无切实的爱国心，对国家也无责任心。他给流氓封赏高官，像窃贼一样从国库盗窃财物。挑拨天主教和国教争斗，把对双方的誓言置之脑后，撕毁与荷兰订立的严肃协议，违反和大臣的约定，为满足私欲，接受法国人的钱财，背叛国家。王室就追随这样的领袖，描绘其无耻行径毫无意义。第一届议会里有一些高尚的爱国分子，议会的主力是青年人，他们牢记清教徒的过度热情，但却忘记了迫使清教徒挺身而出维护英国精神的就是国王的暴虐和不公。因为制定法律限制教会和国家，因为急于惩治一切与克伦威尔铁腕政府有关的人，这些年轻的政治家们与国王辩论不休。一种卑劣的形式主义——永远威胁英国教会的形式主义——又一次出台并对自由的教会指手画脚。卑劣无耻的男男女女一心奉承满足国王的虚荣，于是多了世袭的爵位和地产，上议院人数大增。甚至法官席位——英国正义的最后庇护者，也因为法官的任命而腐化。如野蛮的杰弗里斯，完全像宫廷里的主子一样，不负责任地滥用权力、搜刮钱财就是他的目标。社会形势乌烟瘴气，克伦威尔强权政府的外国影响力权威也灰飞烟灭了。精悍的荷兰海军把英国舰队扫出了大海。荷兰人的枪炮响在泰晤士河、响在伦敦人的窗下，英国人才惊醒了，他们一下子意识到英国已经衰落到了什么地步。

三　1688 年的革命

让我们对一片灰暗改变印象的因素来自两个方面。其一，国王和他的宫廷不能代表英国。尽管史书上满是国王和战士、阴谋与战斗，不过就像发烧与谵妄不能代表一个人那样，这些不能表现一个民族的真正生活。尽管国王、宫廷和上层社会有时令人憎恶，有时引人同情，但历史记录表明，即便是王政复辟的最黑暗时期，英国人民的生活还是诚实又纯洁的。虽然罗切斯特堕落的诗、德莱顿和威彻利的戏剧令伦敦社会沉溺，但是英国学者还高兴地为弥尔顿欢呼，而普通民众则追随班扬和巴克斯特为正义和自由大声疾呼。其二，国王虽然自命不凡，觉得王权神授，但不过是一个傀儡，厌倦了傀儡头目的盎格鲁－撒克逊人总有抛他下船另选新人的意志与力量。国家分成了两个政治党派：辉格党致力于限制国王权力，使之符合议会和人民的利益；托利党维护世袭统治者的利益，竭力抑制人民日益增长的力量。不过，两个党派都基本赞同国教。所以查理二世暴政持续四年之后，想要以议会、教皇①一贯反对的阴谋手段确立天主教地位时，辉格党、托利党、天主教徒和新教教徒在英国最后一次伟大革命中团结起来了。

1688 年彻底的、不流血的革命使奥伦治的威廉登基，说明英国恢复了健康和理智。这表明了英国没有忘记也不会忘记清教主义几百年斗争和牺牲所获得的教训。革命是复辟的放肆行为引发的，现代英国因这场革命而站稳了脚跟。

---

① 基佐：《英国革命史》。

第二节　文学特征

一　法国文学影响

我们注意到，就如社会脱离清教主义的束缚一样，复辟时期的文学突然间脱离了旧的标准。许多文人与查理二世和他的朝臣一起被赶出了英国，还有一些共和国时期的追随者四处流亡。归来后，他们弃绝旧的标准，要求英国诗歌和戏剧学习他们在巴黎流亡时已经习惯的风格。佩皮斯《日记》（1660—1669）里的记载令人吃惊，佩皮斯说他去看过一部叫《仲夏夜之梦》的戏剧，并称再也不会去听莎士比亚的戏了，"因为这是我看过的最枯燥、可笑的戏"。作家伊夫林的日记里十分准确地记录了复辟时期的生活和思想，在其中还能读到"我看了《哈姆雷特》的演出；可因为陛下久在国外，如今的细腻时代厌恶旧戏剧"。因为莎士比亚和伊丽莎白时代作家不再受人追捧，文学人士开始模仿法国作家，尽管他们刚刚熟悉这些作家的作品。这样，所谓的法国影响时期开始了，法国的影响将持续到下一个世纪的文学作品，替代了自斯宾塞和伊丽莎白时代以来意大利的影响。

要理解复辟时期的早期作家为何迷恋拙劣的模仿，应该考察这一时期的法国作家帕斯卡、波斯维特、费纳龙、马勒布、高乃依、拉辛、莫里哀，因为这一群了不起的人物，路易十四时期成为法国文学的"伊丽莎白时代"。一个人以他人为榜样，应该学习德行而不是罪恶。不幸的是，好多英国作家反其道而行，学到的是法国喜剧的缺陷，而不是其机智、细腻或丰富的理念。当时流行的罗切斯特的诗，德莱顿、威彻利、康格里夫、范布勒和法夸尔的戏剧，如今多少都有点不堪卒读。弥尔顿的"魔鬼的儿子，因傲慢和酒飞行"可以恰当地形容复辟之后三十年间的宫廷作家和伦敦剧院的丑恶。这样的作品当然不能满足人民，1698年，杰里米·科利尔言辞犀利地批评了当时的有害戏剧和剧作家[①]，整个伦敦，也都厌倦了复辟时期的文学的粗糙和放肆，加入这场文学革命中来，堕落的戏剧被赶下了舞台。

二　新趋势

对复辟时期戏剧的最终拒绝导致了英国文学史上一个危机时期。旧的伊丽莎白时代精神，连同其爱国主义、创造力和对传奇的热爱，清教精神及其道德热情和个人主义，都已经属于过去了，却没有新的文学可以代替它们。这一时期最伟大的作家德莱顿的抱怨说出了大家的心声，他说他在诗文里画出了新艺术的"草图"，但就是没有老师来指导他。然而文学是一种前进的艺术，很快，这个时期的作家们就发展出了两个明确趋向——现实主义的方向和下一个百年成为英国文学标志的表达既严谨又优雅方向。

（一）现实主义

现实主义，就是以人们的本真反映他们朴素、不涉理想或浪漫的质朴真相——这一趋势最初并没有往好的方面发展。复辟时期早期的作家们想描绘腐化的宫廷和社会的现实图景，然而，正如前文所说，他们展示的是邪恶，而不是道德，展现的是粗制滥造的低层次戏剧，没有趣味，也没有道德意义。像霍

---

① 杰里米·科利尔（1650—1726），牧师、作家，以学术性著作《大不列颠教会史》（1708—1714）和《英国舞台上的不道德和亵渎短评》（1698）知名。后者矫正复辟戏剧的低俗化尤其有力。

布斯一样，这些作家只看到了人的外表、身体和欲望，看不到灵魂和理想。于是，像大多数现实主义者一样，他们就像在林中迷路了，漫无目的地绕圈子，看到的是令他们糊涂的树木，却看不到整个森林，也没有想着爬到附近的小山上去确定方向。不过后来，现实主义的倾向越来越健全。现实主义不看重青年向来感兴趣的浪漫诗，而是引导人们更加明智地关注规范人类行为的现实动机。

（二）形式

这一时期的第二个倾向是表达日趋直接和质朴，这一杰出倾向大有功于我们的文学。伊丽莎白时代、清教时期作家的总趋向是思想和语言的繁复，句子复杂难懂，夹杂着很多拉丁语引语和古典的典故。复辟时期的作家强烈反对这一倾向。他们从法国人那里带回来遵守写作规范的偏向，强调严密的推理而不是浪漫的想象，使用不要任何赘词的简短、明晰的句子。这种影响也表现在皇家学会①里，学会的目标之一就是改革英语文章，摆脱"文风上的冗长"，学会会员都被要求使用"严密、直接、自然的言说方式——要尽量明白"。德莱顿撰文赞同这个规则，其次赞同双行体，他的大部分诗就是这样写的。他这样说他自己：

> 我选的是这种未修饰的粗犷的诗
>
> 最宜于话语，近于散文。

---

① 英国皇家学会，1662 年因研究探讨科学问题而设立，很快便吸纳了当时几乎所有的文学、科学人士。艾萨克·牛顿就是学会会员，其著作受学会鼓励。皇家学会鼓励人们探求真理——尤其是当人们还在想造出点金石、以星象推算人们的行动、把无辜的老年女性当巫婆绞死的时候，影响之大无法估量。

主要是因为德莱顿，作家们才培育了准确、数学般雅致的文风，其被误称为古典主义，主导了下一个世纪的英语文学。①

（三）双行体

就复辟时期的文学来说，读者可能有兴趣关注的另一件事是双行体的使用。简单地说，就是两行押韵的抑扬格五音步成了诗最适宜的格式。1623 年，沃勒②首先使用这一格式，被认为是双行体之父，因为他是第一个大规模持续以双行体写诗的诗人。乔叟《坎特伯雷故事集》中的押韵双行体也十分精妙，只是对乔叟来说，让我们欣赏的是他的诗意，而不是表达。在复辟时期的作家们眼中，形式就是一切。沃勒和德莱顿普及了双行体，也"封闭"了双行体。他们认为每一对诗行必须包含一个完整的思想，陈述得越准确越好。沃勒这样写道：

> 灵魂的黑暗小屋，破败朽坏，
> 岁月造成的裂缝透进了新的光。③

这诗句有几分格言的意思，蒲柏后来就写过大量这类诗。诗先要有一个吸引人的想法，最好可以引用、易于记忆，复辟时期的作家们乐此不疲。很快，这种先写第二句的机械的封闭性的双行体就把其他格式排挤殆尽了。④ 双行体在英国称霸整

---

① 若读者想看到具体格式，不妨读一下弥尔顿的散文或诗，体会其绚丽、丰富，即会知道德莱顿的简洁。

② 埃德蒙·沃勒（1606—1687），德莱顿的老师，德莱顿之前最著名的复辟时期诗人，他的作品如今已经少有人阅读了。

③ 出自《圣诗：老年与死亡》。

④ 依据布瓦洛（1636—1711）的意见。布瓦洛是法国的著名批评家，伏尔泰称之为"帕纳塞斯山的立法者"。

整一个世纪，人们莫不熟悉它，并且有点儿厌倦它的单调，如在蒲柏的名诗《人论》和戈德史密斯的《荒村》中的表现。这些作品，其实不是诗，而是散文。但双行体在乔叟的《坎特伯雷故事集》和济慈的优美诗作《恩底弥翁》中展现出它韵律和谐、变化多样的一面。

戏剧中的俗化现实主义趋向、遵循固定规范的形式、质朴直接的散文风格发展、诗中双行体的流行就是复辟时期文学的四个主要特征。约翰·德莱顿一个人的作品就体现得淋漓尽致。

第三节　约翰·德莱顿（1631—1700）

德莱顿是复辟时期最伟大的文学家，他所生活的那个时代的有益的与不良的倾向在他的作品里都有反映。如果把一个时期的文学看作河道，文学人物德莱顿就是"英语诗歌自莎士比亚和弥尔顿那样的高山流向蒲柏那样的平原之间的水闸"。也就是说，他身处两个很不同的时代之间，代表着一个时代向另一个时代的过渡。

一　生平

德莱顿的一生充满矛盾，既伟大又渺小，以至于传记作家们常常要裁剪现实。而现实是德莱顿最关注的，可是判断现实的动机却明确地非他知识和职业之所能。以他自己的眼光看，正如他作品的众多序言中所表达的那样，他是坦诚的人，只为文学写作，不顾其他，别无目的，一心推进时代和民族的进步。从他的行为看，他明显是一个随波逐流的人，在戏剧里迎合堕落的观众，满嘴奉承话，把作品题献给易受虚名诱惑愿意资助和支持他的人。从这一点看，他比同时代的许多人高明，只是顺应时代的潮流罢了。

　　1631 年，德莱顿出生在北安普敦郡的阿尔德温克尔村。他家世显赫，受严格的清教教育，先是去著名的威斯敏斯特学校读书，后进入剑桥大学学习。他抓紧时机，如饥似渴地学习，成为当时受过最好教育的人物之一，尤其精熟文学经典。尽管他文学品位出众，但快要三十岁时在文学上还没有作为。他早年所受的教育和家庭关系都让他支持清教一派，这一时期他的名作是《英雄诗节》，是因克伦威尔之死而创作的。

> 他一人自上帝取得荣耀，
>
> 命运未及他已经伟大；
>
> 战争，就像想遮住太阳的雾，
>
> 没有扩展他，而使他显得更伟大。

通过《英雄诗节》中随意选出的这四行诗，我们已经可以瞥见他作品的思想以及行文严谨和优美。

　　因为这首诗，德莱顿声名大噪，王政复辟彻底改变了他的写作，他也顺利地成了清教时期的新秀诗人。他来伦敦就是希望以文学谋生。而当王党执掌权力时，他立刻就站到了胜利者一方。他赞美清教主义的诗作远不及他欢迎查理二世的诗《正义恢复了》和《向神圣的陛下祈祷》热诚，后一首诗是献给"老替罪羊"的，这称呼就像廷臣们很熟悉国王似的。

　　1667 年，德莱顿因为诗作《奇异的年代》声名大振。这是一首叙事诗，写伦敦大火引发的恐惧和与荷兰的不义战事。此时，剧院重开，夜夜爆满，戏剧给了以文学谋生者一片诱人天地；德莱顿也转向舞台，同意每年给国王剧院的演员们写三个剧本。于是，他近二十年的黄金年华耗费在了这项不幸的差

剑桥大学三一学院的图书馆

事上。不管是性格还是习惯，德莱顿似乎都很洁身自好。可是舞台需要庸俗的戏，德莱顿只能迁就观众。他后期的作品表明他为此很痛心。他曾明确说他只写了一部自己满意的戏——《一切为了爱》，这部作品以无韵体写成，而其他作品多是押韵的英雄双行体。

这样，德莱顿成了伦敦文学圈里最有名的人士，就如以前的本·琼森一样，在聚集在小旅馆或咖啡馆里举行的文学聚会上，他简直就是最有发言权的"君主"。他的作品此时也获得了不菲的经济回报，自己则被任命为桂冠诗人和伦敦港的收税员。而这之前收税员一职是由乔叟担任的。

五十岁时，杰里米·科利尔还没有来得及把德莱顿赶出舞台，德莱顿就放手戏剧创作，投入宗教和政治斗争中去了，写了大量的散文体和诗体论文。1682 年，他的《俗人的宗教》写毕，反对其他宗教派别，尤其是天主教和长老派，维护英国国教。可是三年后，詹姆士二世登基，计划重树罗马信仰，德

莱顿就转向了天主教，写了他最有名的宗教诗《牝鹿与豹》，
开篇是：

> 一只乳白的牝鹿，不死亡不变老，
> 在草原和绵延的森林中吃草；
> 身有斑点，内心纯洁，
> 不惧危险，不知罪恶。

牝鹿象征罗马教会，而国教是一只豹，正在迫害信徒。众
多的其他教派——加尔文教派、再洗礼派、教友派——则分别
被写成狼、野猪、野兔和其他动物，诗人正好大展讽刺之才。
对手指责德莱顿时常常老调重弹，说他这样变化太虚伪。可是
很难质疑他在这件事上的真诚，因为他主张"为信仰受苦
难"、真心对待宗教，即便会遭遇不公和不幸。1688 年革命
后，他不愿效忠奥伦治的威廉，为此失了公职和养老金，垂
暮之年再度依赖唯一的文学糊口。他鼓起勇气、精神抖擞地开
始写作，写剧、写诗、为他人写序言、为葬礼写颂词——有钱
挣的所有体裁。这一时期他最成功的还是翻译，包括《埃涅
伊德》全本和荷马、奥维德、尤维纳利斯的作品的选本，全
部都以英雄双行体译成了英语。

德莱顿最耐读的作品是那首叫《亚历山大的盛宴》的颂
诗，写于 1697 年。三年后，他最后一部作品《寓言》出版
了，书里有一部分是薄伽丘和乔叟故事的诗体演绎，另外就是
他晚年所写的各种诗作。写长篇序言是德莱顿时代的风尚，德
莱顿最好的批评作品就是他的序言。《寓言》的序言通常被认
为是德莱顿和追随者培育成的新散文风格的典范。从文学的
角度看，虽然德莱顿因声名下降，对手又批评不断而痛苦不

已，但最后的动荡岁月却是他生命中最美好的时光。1700年，德莱顿辞世，被葬在威斯敏斯特教堂的"诗人角"、乔叟的近旁。

威斯敏斯特教堂

二 德莱顿的作品

德莱顿的大量戏剧作品如今已经湮没无闻，最好不去碰。偶尔也有一些好的优秀短诗，在可称为《安东尼与克莉奥佩特拉》的另一版本的《一切为了爱》中，他放弃了他珍爱的英雄双行体，写起了马洛和莎士比亚的无韵体诗，这些作品让人们了解如果德莱顿不把自己的才华出卖给堕落的观众，他会有怎样的成就。总之，读他的戏剧就像啃一个腐烂的苹果，就连完好的部分也被腐烂影响了，最后只好把它整个儿扔进垃圾桶，而垃圾桶是这一时期大部分戏剧的归宿。

（一）诗

德莱顿引起争议的诗和讽刺诗水准都较高，然而，我们不得不承认，德莱顿的讽刺透露出的不是机智，而是挖苦和仇恨。最有名的讽刺诗杰作《押沙龙与亚希多弗》无疑是英语文学中最有力的政治讽刺作品。德莱顿选了《圣经》中大卫和押沙龙的故事来取笑辉格党，同时也报复了自己的对手。查理二世以大卫王的面目出现；查理二世的亲生儿子蒙茅斯公爵，卷进了拉伊宫阴谋，化身押沙龙；沙夫茨伯里就是那位邪恶的顾问官亚希多弗；白金汉公爵则被挖苦地写成了齐姆里。这首诗的政治影响巨大，德莱顿同时代的人认为，这首诗把德莱顿推到了诗人的前列。下面两个片段就是刻画亚希多弗和齐姆里的，从中也可见整部作品的风格和精神。

（沙夫茨伯里）

这么多人里虚伪的亚希多弗是第一个；

被后代人诅咒的名字：

密谋和诡计配上

机智的精明、无畏和强势；

烦躁不安、放弃了规矩和职位；

不满足权力，不容忍耻辱；

火似的人，冲出一条路，

侵蚀矮小的躯体……

绝境里的大胆引导者，

喜于冒险，巨浪高飞

他却追寻暴风雨：要不是不宜的平静

意愿到沙滩自夸他的机智。

大机智必然与疯狂是近盟，

仅有细微的界限把它们分开；

要不为何，他富裕又荣耀，

不安于他这般年龄该有的安闲？

惩罚他不喜悦的身体；

生命枯竭，安稳耗尽？

辛劳所获都留给了

无毛两腿的东西，一个儿子……

友情虚假、怒气难平；

决心要么毁灭要么治理国家；

……随之恐惧地，依然抓住虚伪的名声，

篡夺了一个爱国者的补偿一切的名声。

争论的时日里这是那么容易

公众的热情抵消了隐秘的罪恶。

（白金汉公爵）

一些首领是该地的王子；

齐姆里站在前列，

那么不同，他似乎

不是一个人，是整个人类的缩影：

固执己见，总往错路上走，

开启一切却无事长久；

可是，月亮旋转之中，

是化学家、游手好闲者、政治家和小丑；

然后就是女子的一切，画画、押韵、喝酒，

在死于思索的万千怪人外。

成功的疯狂者，每时每刻都会

以新事物祝愿和欣赏！

责难和称颂是他一贯的主题，

而两者，显示他判断的，都是极端：

于是猛烈过度，或礼貌过度，

人对他要么是上帝要么是魔鬼。

德莱顿诗作众多，感兴趣的读者读《奇异的年代》就会感受到他长足的叙事能力。不过，最能体现他文学才华的是《亚历山大的盛宴》，这是他最耐读的颂歌，也是我们的语言中最好的诗之一。

（二）散文与批评

散文家德莱顿缩短了句子、自然地写作，不用靠种种修饰来达到效果，这对我们的文学产生了显著的影响。若把他的散文和弥尔顿、布朗或者杰里米·泰勒的散文相比，我们会发现德莱顿比他们任何一个人都更少在意风格，只是花心思把自己的思想清楚准确地陈述出来，恰如急于让人理解的人说话一样。王政复辟之后兴起的古典派视德莱顿为领头人，此后散文写作的精确表达要归功于德莱顿。德莱顿借散文快速地培养起了自己的批评能力，成为这个时代的一流批评家①。不过，他的批评作品没有单独出版，一般都作为他诗作的序言和介绍面世。最有名的是《寓言》的序言《论英雄诗》和《讽刺论》，尤其是《论戏剧诗》（1668），这是一篇企图为所有文学批评奠基之作。

（三）德莱顿的文学影响

德莱顿在文坛上的地位部分源于他对随后的古典主义的巨

---

① 我们所说的批评家就是检视各个时代的文学作品的人，他们辨别作品的优劣，并给出理由。令人瞩目的是批评性作品在人们需要原创性作品的复辟时期数量大增。

大影响。简单地说，要概括这种影响，可以考察他给我们的文学带来的三个影响。分别是：①确立了英雄双行体写讽刺诗、教谕诗和描述诗的地位；②培育了一种如今还在继续的直接、实用的散文风格；③在散文和无数序言中发展了文学批评艺术。凭一人之力，这自然是重任。而德莱顿在其中的付出配得上他得到的荣耀，尽管比较而言，现在我们的书架上几乎找不到他的作品。

第四节　其他作家

一　塞缪尔·巴特勒（1612—1680）

德莱顿一生钟情文学，靠勤奋成功。与德莱顿几可成对照的是塞缪尔·巴特勒，靠一出随意写成的剧就一举成名，这出剧全无严肃的意向，也没有下过功夫，仅仅是一时闲来无事的消遣。大家要记住的是，尽管当时王党在复辟中大获全胜，可清教精神并未死亡，甚至没有沉睡，清教徒坚守着他们的原则。他们的原则是英国成年的标志，没有什么人反对这些堪称公正、真理和自由的原则。只是清教徒的许多实践都成了笑柄，失败的王党心怀怨恨，于是毫不留情地嘲笑他们。复辟之初，嘲笑清教主义的打油诗，还有滑稽歌舞杂剧——荒谬地表达严肃主题或者严肃地表达荒谬主题，成为伦敦社会最时兴的文学样式。打油诗、滑稽歌舞杂剧中最有名的是巴特勒所作的《胡迪布拉斯》，众多反对清教主义的偏见都能从这出剧中看出痕迹。

对巴特勒其人我们所知不多，他是英国文学中身世最模糊的人物之一。护国公克伦威尔时代，他受雇于脾气暴躁的清教激进分子贵族塞缪尔·卢克，他的《胡迪布拉斯》的素材可能就是此时搜集的，第一部分可能就是此时写成的，当然，直到复辟以后他才敢出版。

《胡迪布拉斯》　胡迪布拉斯这个人物明显是以塞万提斯笔下的堂吉诃德为原型的。《胡迪布拉斯》讲的是狂热的治安法官胡迪布拉斯和乡绅拉尔夫的历险故事，他们一心要禁绝所有无伤大雅的娱乐活动。胡迪布拉斯和拉尔夫代表了清教派的长老派和自由派两个极端，这两派都遭到了无情的嘲笑。这首诗先以手稿形式秘密流传了好几年，1663 年公开面世，一时间大受欢迎。国王的衣袋里都装着一本，廷臣争相引用其中的粗俗片段。第二和第三部分是胡迪布拉斯的历险，分别出版于1664 年和 1668 年。这部作品充其量不过是一首拙劣的打油诗，但它十分机敏、异常新颖。由于表达了王党对清教徒的态度，它迅速地在反映人类生活各方面的文学中有了一席之地。为了让读者了解我们语言中最有名的滑稽歌舞杂剧，也为了展示这部作品，下面选取了几行：

> 他是讲逻辑的伟大批评家，
>
> 娴于分析；
>
> 他能区分，分开
>
> 一根头发的南向和西南向；
>
> 在哪一边他都会争论，
>
> 驳斥、变化，又争辩；
>
> 他会努力证明，以力量
>
> 辩论的力量，一人不是一马；
>
> 因争论而负债，
>
> 以推论偿还。
>
> 他是固执队伍中的一员

出格的圣人队列，所有的人都承认（他们）

是真正的教会斗士；

就这样建他们的信仰于

矛与枪的神圣之文上：

决定所有争议以

绝对可靠的大炮；

证实他们教义的正统

以使徒的打击和敲打；

是他们有意的罪恶的复合，

以诅咒那些他们无心面对的。

二 霍布斯和洛克

托马斯·霍布斯（1588—1679）是这样的作家之一，他们令历史学家们难以决断是否要把他们收录在我们的文学故事里。他的成名书叫《利维坦》，或者《共和国的事件、形式和权力》（1651）。这是一本半政治、半哲学的书，结合两个吸引公众注意力、令大家吃惊的中心观点，即自利是人类唯一的指导性力量，盲目屈服于统治者是政府的真正基础。[①] 换句话说，霍布斯把人类的本性降到了最纯粹的动物性，并自信地肯定再没有可研究的了。当然，作为反映查理二世和他的追随者的基础精神的作品，《利维坦》在当时的纯文学作品中无与

---

① 这本书值得注意的另有两个原则：①所有的权力来源于人民；②所有政府的目标是大众利益。这显然是一个民主信条，君权神授被推翻了；只是霍布斯很快又以另一个信条推翻了民主，即人民赋予统治者的权力不可收回。因此，保皇党人可以这书为斯图亚特王朝的暴政辩护，因为人民已经选择了他们。该书的这一部分完全反对弥尔顿的《为英国人民声辩》。

伦比。

约翰·洛克（1632—1704）成名是因为他是伟大哲学著作《人类知识起源论》（1690）的作者。该书研究人类智力的性质和理念的起源，远比培根和霍布斯的著作更能称为自此以后的英国哲学的基础。撇开两本书的主题，《利维坦》和《人类知识起源论》都是新散文的典型，直接、简单、令人信服，这要归功于德莱顿和皇家学会的努力。哲学专业学生人人都知道它们，但它们却很少被算在文学作品中。[1]

三　伊夫林和佩皮斯

约翰·伊夫林（1620—1706）和塞缪尔·佩皮斯（1633—1703）以写日记而闻名。他们随意记录日常生活，并没有想到世人会对他们的作品感兴趣。

伊夫林写了第一本用英语创作的关于树木和森林的书——《西瓦》，又写了第一次科学地研究农业的书——《土地》；只是世人已经忽略了这两本优秀之作，而更珍视他的日记。伊夫林写了大半生的日记，生动地描绘了他那个时代的社会，尤其是王室宫廷的惊人腐败。

佩皮斯的日记

佩皮斯出身低微，早先在政府任小职员，因勤快能干升任

---

[1]　应该提及洛克的《政府契约论》，在美国，政治系和历史系的学生对这本书很感兴趣。起草《独立宣言》和制定《宪法》的人们正是从洛克这本书中得到了启发，甚至有些词句就是照搬洛克这本书的。"人人都被赋予了不可剥夺的权利""生命、自由和追求幸福的权利""政府的起源和基础存在于被管理者的许可"，这些还有其他一些了不起的耳熟能详的表述都来自洛克。而且，有趣的是，他曾受命为新省卡莱罗纳起草宪法，只是他的作品没有被接纳，或许是对时代来说，他太民主了。

舰队司令秘书。职业之故，他见识了社会各个阶层的人物，从国王、大臣到舰队的穷水手都有接触。他就像一只好奇的松鸦，不仅关心身边琐事，也细究宫廷的流言蜚语，把这一切满怀兴趣地记录下来。不过，他唠叨起来就没完没了，小书里有许多不适合世人知道的秘闻，他飞快地记录，这一点他更像松鸦，把看到的亮晶晶的小玩意儿都噙走藏起来。《日记》记录的时间从 1660 年到 1669 年，无所不包，既说自己办公室里的工作、衣着、厨师、烹饪和孩子，也说公务中的政治阴谋和上层社会的丑事。这是独一无二的精细的时代生活刻画。然而一个半世纪里，却湮没无闻，直到 1825 年有人辨识了佩皮斯的手迹并出版了这本书。从那时起，这本书才声名远播，今天依然是我们所拥有的最有趣的日记写作典范之一。下文选取了几则，写的是 1663 年 4 月的几天，从中可见这位职员、政客、皇家学会的领头人和以写作自娱的好事者作品的细腻和有趣。①

　　4 月 1 日。我去教堂拜访卡森·罗杰·佩皮斯，和他交谈了一会儿。他告诉我，议会无事自扰，确实同意抛弃教皇制度；只是人们怨恨深、情绪激烈，想要把所有的新教徒置于同样的情形，他害怕事情不能如愿……整个下午都在我的办公室。主啊！杰·明尼斯爵士就像一个发疯的花花公子，跺脚咒骂，咒骂委员佩特顽固依然，反对国王……可是对所有可恶的羞耻，我引以为耻的事情，却绝少提及。只是，整个儿看，我觉得他还是个傻瓜，无论是有理还是无理，都被瓦·巴滕爵士讲的事牵着鼻子走。看

---

① 需要说明的是，本部分略有改动和删节，在惠特利编的佩皮斯著作（9卷本，伦敦，1892 年版）中就是如此。

着事情一团糟，一点不像是绅士或者有理性的人干的事儿，我心里烦恼得很，回家睡觉了。

3 日。去白厅和附属教堂，教堂十分拥挤，我都走不到座位上，只好坐在唱诗班中间。克里滕博士，那个苏格兰人，布道做得极好，有益、博学、诚恳，极严肃，却又很诙谐。他从头到尾严厉地批评约翰·卡尔文和他那一类人，批评长老派，抨击现行的"温柔的良知"政策。他大骂休·彼得斯（骂他是可恨的流氓），他的布道让城里的女子激动地拿起了锥子和顶针。出了白厅，我遇到了格罗夫船长，他给了我一封他写给我的信。我感觉里面有钱，就拿了信，后来证实确实如此，是我让他得到那份差事的分红，差事是接纳前往丹吉尔的船只。回家祈祷时，我打开信封，没有往里面看，只是开拆，里面没有纸币，有点儿叫人疑惑，东西倒出来了，是一片金子和四镑银币。

4 日。去办公室。回家吃饭，不久罗杰·佩皮斯和几个人来了。用餐棒极了，饭菜很好，只有一个侍女，饭却做得十分好。菜品有兔子鸡肉丁、煮羊腿、三条鲤鱼、羊羔肋骨肉、烤鸽子、四只龙虾、三个甜果馅饼、一盘鳗鱼馅饼（难得的饼）、凤尾鱼、几种好酒，还有几样珍馐美味，我满意得很。

5 日（主日）。起床磨磨蹭蹭，直到理发师来了。后来在卧室里阅读《奥斯本教子书》，语言、观念我都不太喜欢，就慢慢适应。我、妻子、阿什韦尔，还有几个人去了教堂。回家，午餐已备好，去祈祷时满怀深情、一心诚恳地许愿。又去了教堂，一个质朴的青年苏格兰人在那里咋咋呼呼地布道。

19 日（复活节）。起床穿上及膝彩色西装，配上同色长袜，系上腰带，挂上饰金柄的剑，显得很英武。一个人去了教堂，午饭后又去了教堂，那个苏格兰人在布道，我一直在睡觉。晚饭后闲谈，知道阿什韦尔有一辆漂亮的马车，我妻子一下子觉得输了气势，自惭不已。不过她决定第二天开始学跳舞，并准备坚持一两个月。随后祈祷，上床休息。我走了，威尔也去他父亲那里待上一两天，假期里开始锻炼身体。

23日。圣乔治节和加冕礼，国王和朝臣到了温莎，代行加冕丹麦国王和蒙茅斯公爵之职……晚上看望父亲。玩牌到深夜，晚餐时，儿子去街上卖芥末，捣蛋鬼在街上混了半个小时，可能是在看什么营火，我很生气，准备第二天抽他一顿。

24日。早早起床，吃了咸鳗鱼饭，随后去了客厅，儿子在那里，揍了他一顿。打他我费了劲，有两三次停下来喘气。我害怕这孩子要毁了，我太伤心了，他调皮起来很执拗。但他有能力成为一个勇敢的人，是一个我和妻子很喜爱的孩子。

小　结

复辟时期的英国最值得关注的是脱离清教主义束缚之后巨大的社会反应，这是钟摆从一极摆向了另一极。许多自然的娱乐以前被压制了；如今剧院重新开放，纵狗咬牛咬熊又出现了，运动、音乐、舞蹈——此世的快乐和虚荣幸福替代了标志着忠于极端清教主义的对"他世"的沉溺。

就文学说，变化也很明显。剧作家放弃了伊丽莎白时代的戏剧，开始写粗俗、邪恶的场景，不久就让观众厌恶地赶下了舞台。作家们不再写传奇，转向现实主义；一改意大利的繁盛和想象的影响，他们的目光转向法国，学会克制情感，遵循理性而不是感性，文风变得有一定规则，清晰、简洁、正式。诗人们不再写莎士比亚和弥尔顿的那种高雅的无韵体诗，自乔叟时代起的英语诗歌的丰富和韵律被呆板的缺少抑扬顿挫的双行体取代。

这一时期最伟大的作家是约翰·德莱顿，是他把英雄双行体确立为英语诗歌的通用格式，而且他还发展出一种新的实用的适应这个时代现实需求的散文风格。滑稽歌舞杂剧和打油诗中流行的对清教主义的嘲弄在巴特勒的《胡迪布拉斯》中得到最佳反映。现实主义倾向、对事实和人本身的研究体现在皇家学会的作品里，体现在霍布斯和洛克的哲学里，也体现在精细刻画社会生活的伊夫林和佩皮斯的日记里。这是一个过渡时期，之前是文艺复兴文学的繁荣与活力，之后是奥古斯都时期的拘谨和矫饰。与以前的时代对比明显，比较而言，现代读者不是很熟悉复辟时期的文学。

选读书目

Dryden. Alexander's Feast, A Song for St. Cecilia's Day, selections from Absalom and Achitophel, Religio Laici, The Hind and the Panther, Annus Mirabilis, —in Manly's English Poetry, or Ward's English Poets, or Cassell's National Library; Palamon and Arcite (Dryden's version of Chaucer's tale), in Standard English Classics, Riverside Literature Series, etc. ; Dryden's An Essay of Dramatic Poesy, in Manly's English Prose, or Garnett's.

Butler. Selections from Hudibras, in Manly's English Poetry, Ward's English Poets, or Morley's Universal Library.

Pepys. Selections in Manly's English Prose; The Diary in Everyman's Library.

参考文献

历史

Text-book. Montgomery, pp. 257 – 280; Cheyney, pp. 466 – 514; Green, ch. 9; Traill; Gardiner; Macaulay.

Special Works. Sydney's Social Life in England from the Restoration to the Revolution; Airy's The English Restoration and Louis XIV; Hale's The Fall of the Stuarts and Western Europe.

文学

Garnett's The Age of Dryden; Dowden's Puritan and Anglican.

Dryden. Poetical Works, with Life, edited by Christie; the same, edited by Noyes, in Cambridge Poets Series; Life and Works (18 vols.), by Walter Scott, revised (1893) by Saintsbury; Essays, edited by Ker; Life, by Saintsbury (English Men of Letters); Macaulay's Essay; Lowell's Essay, in Among My Books (or in Literary Essays, vol. 3); Dowden's Essay, *supra*.

Butler. Hudibras, in Morley's Universal Library; Poetical Works, edited by Johnson; Dowden's Essay, *supra*.

Pepys. Diary in Everyman's Library; the same, edited by Wheatley (8 vols.); Wheatley's Samuel Pepys and the World He Lived In; Stevenson's Essay, in Familiar Studies of Men and Books.

The Restoration Drama. Plays in Mermaid Series; Hazlitt's Lectures on the English Comic Writers; Meredith's An Essay on Comedy and the Uses of the Comic Spirit; Lamb's Essay on the Artificial Comedy of the Last Century; Thackeray's Essay on Congreve, in English Humorists.

思考题

1. 复辟以后社会有什么明显变化？文学是怎样反映这些变化的？

2. 复辟时期文学的主要特征是什么？为什么这一时期被称为法国影响时代？什么新动向被引入英国？皇家学会和科学研究怎样影响了英国散文？现实主义指的是什么？形式主义指的又是什么？

3. 什么是双行体？它是怎样成为英国诗歌的主流形式的？其优势和缺陷是什么？列举几首有名的双行体诗作。德莱顿的英雄双行体诗与乔叟相比怎么样？区别是什么？

4. 简述德莱顿的生平。他的主要诗作有哪些？他写诗的新目标是什么？讽刺是诗歌主题吗？为什么诗歌讽刺要比散文讽刺更有力？德莱顿对英语散文有什么贡献？他对英国文学有什么影响？

5. 巴特勒的《胡迪布拉斯》是一部什么样的作品？试述其流行程度。阅读部分篇目，先讨论其中的讽刺，再讨论它对清教徒的描写。《胡迪布拉斯》是诗作吗？为什么？

6. 列举这一时期的哲学家和政治经济学家。为什么霍布斯给自己的作品起名《利维坦》？美国的什么重要文献有洛克影响的痕迹？

7. 讲述佩皮斯和他的《日记》的故事。《日记》里记录的这个时代的生活是什么样的？《日记》属于文学作品吗？为什么？

大事年表

17 世纪后半期

历史		文学	
1649	处死查理一世		
1649—1660	共和国	1651	霍布斯的《利维坦》
1660	查理二世复辟	1660—1669	佩皮斯的《日记》
		1662	皇家学会成立
		1663	巴特勒的《胡迪布拉斯》
1665—1666	瘟疫与伦敦大火		
	与荷兰交战		
1667	泰晤士河上的荷兰军舰	1667	弥尔顿的《失乐园》① 德莱顿的《奇异的年代》
		1663—1694	德莱顿的戏剧
		1671	《复乐园》
		1678	《天路历程》出版
1680	辉格党与托利党兴起		
		1681	德莱顿的《押沙龙与亚希多弗》
1685	詹姆斯二世登基		
	蒙茅斯叛乱		
		1687	牛顿证明重力规律的学说
1688	英国革命，奥伦治的威廉登基		
1689	《权利法案》《宽容法案》		
		1690	洛克的《人类知识起源论》
		1698	杰里米·科利尔批评舞台戏剧
		1700	德莱顿去世

① 《失乐园》公认的创作时间是 1665 年，此处原著为 1667 年，信息有误。——译者注

第三章　18世纪文学（1700—1800）

第一节　奥古斯都或古典时期

一　历史背景

1688 年革命驱逐了斯图亚特家族的最后一个国王，把奥伦治的威廉推上了王座，英国争取政治自由的漫长斗争结束了。此后，这位英国人把祖先们耗费在为自由而战上的巨大精力放在了政治讨论中，放在了改良政府上。为了推动改革，投票不可避免，要获得选票，必须向英国人民宣传理念、事实、理由、信息。于是报纸诞生了，[①] 广义的文学，包括著作、报纸和杂志成为一个民族进步的主要工具。

（一）社会发展

18 世纪上半叶，英国社会发展迅速，令人瞩目。此前英国人受中世纪狭隘、隔绝的标准支配，一有分歧他们就迅速出击。如今他们第一次面临分歧不能消除，要学习共处之道的任务。就在一代人的时间里，单在伦敦一地，就有将近两千家公共咖啡馆，一家咖啡馆就是一个社交中心。私人俱乐部的数量就更加惊人。[②] 新的社会生活明显打磨了人们的言语和礼仪。安妮女王时代的典型伦敦人依然粗鲁无礼、品位庸俗；城市肮脏，街道上没有路灯，晚上成群的流氓和"莫霍克人"四处

---

① 1702 年，第一份日报《每日新闻》在伦敦问世。
② 参见莱基《18 世纪的英国》。

为害；但是，人们在表面上已经依据通行标准变得文雅，优美、"面貌"是一个人的第一使命，无论是进入社会还是跻身文学界。人们读这个时期的诗和书都会感受到这种表面的雅致。政府里还是两个对立党派——托利党和辉格党；教会则分为天主教、国教和非国教；日益增长的社会生活消除了许多对立，至少在表面上是一派平和与统一。当时的作家人人既参与党争，也参与宗教派系之争，科学家牛顿和牧师巴罗一样真诚，哲学家洛克并不比福音派信徒韦斯利欠缺热情。只是所有的人都克制他们的热情，以理性、圣典来辩论，不再指责对方是撒旦的随从，而是巧妙地讽刺对手。例外必然会有，但时代的主流是趋于宽容。人类在为个人自由的长期奋斗中发现了自己；如今他要转向发现邻人的使命，发现自己体内存在的人性同样普遍存在于辉格党和托利党、天主教和新教、国教和非国教等团体的人员中。教育普及了，马尔伯勒在欧洲大陆捷报频传，民族精神高涨，这一切都助推了发现的伟大使命。即便是争论得不可开交的时候，只要一个词——直布罗陀、布伦海姆、拉米伊、马尔普拉凯——或者是一首写于阁楼中的庆祝胜利的诗①就可以告诉爱国者，即便有许多分歧，他们都是相像的英国人。

18 世纪下半叶的政治和社会进步之快令人惊讶。内阁政府对议会和人民负责的现代模式已经在乔治一世治下确立，第一任托利党内阁首相沃波尔见利忘义、道德败坏，1757 年被更开明的皮特政府取代。许多学校建立了；俱乐部和咖啡馆越来越多；书和杂志成倍地增多，成为英国最有力的可见力量；现代的大报，《纪事报》、《邮报》和《泰晤士报》也参与到公众教育中来。宗教方面，英国所有的教堂都感受到了所谓循

① 艾迪生的《战役》（1704）就是为庆祝布伦海姆之战胜利而写的。

道宗日益扩张的巨大精神复兴力量，宣扬者是韦斯利和怀特菲尔德。英国之外有三个伟大人物——印度的克莱夫、亚伯拉罕平原上的伍尔夫、澳大利亚和太平洋群岛上的库克——把圣乔治的旗帜铺展到新土地说不尽的财富之上，拓展着盎格鲁－撒克逊世界帝国。

（二）文学特征

1. 散文的时代

根据马修·阿诺德的说法，我们也注意到，以前每个时代，主要是诗歌作品构成了英语文学的荣光。但在 18 世纪，我们第一次记录了英语散文的胜利。新社会和政治形势引发的大量现实关注需要表达，不仅仅是以书本表达，更要以小册子、杂志和报纸发声。诗歌难以担当此任；因此，散文，即但丁所说的"不受限制的话语"既发展迅速又优秀，令人惊讶。艾迪生散文的得体雅致、斯威夫特讽刺作品的简洁有力、菲尔丁小说的细腻艺术、吉本历史作品和伯克演说的恢宏雄辩，这一切都是诗歌时代无法相比的。的确，从某种意义上说，诗歌本身已经散文化了，它已经不是应用于想象的创造性作品，而是用来论说、讽刺、批评——做的都是与散文一样的事情。18世纪上半叶的诗歌以蒲柏的作品为典范，机智优雅，但是较为做作，缺少伊丽莎白时代的热情、细腻、热忱和光彩，也缺少清教时期的道德真挚。一句话，它感动我们是因为它是对生活的研究，而不是以其对想象的吸引力愉悦我们、鼓励我们。散文作品的丰富、出色，实用风格散文的流行都由德莱顿发展而来，终于，散文能够清楚地表达每一种人类的兴味和情感——这是 18 世纪文学的主要光荣。

2. 讽刺

我们注意到，上个时期的文学有两个明显倾向——主题趋于现实主义，表达多修饰。这两个倾向在奥古斯都时期依然如故，在蒲柏的诗和艾迪生的散文里表现得尤其明显。双行体在蒲柏笔下得到完善。奥古斯都时代另一个倾向就是讽刺的流行，这源于政治与文学的不幸结合。我们也注意到这一时代出版业的力量，以及政党之间的不断的争吵。18世纪上半叶，几乎每个作家都曾被辉格党或托利党雇用或奖赏用来讽刺政敌或推进某一政治事业。蒲柏却是一个鲜明的例外，但是他也像散文家一样，诗里大量使用讽刺。讽刺——也就是文学作品挑出人类或团体的错误予以展示并嘲笑——充其量是一种摧毁性的批评。讽刺家就像在建筑师和工人开建新的美丽建筑之前清理旧房屋废墟与垃圾的劳动者。有时候这种工作很有必要，但却很少激发人们的热情。蒲柏、斯威夫特和艾迪生的讽刺作品无疑是我们语言中最好的，我们却很少把它们与我们最好的精神上的建设性文学放在一起；我们有一种感觉，这几个人物本应该写出更好的作品。

3. 古典时期

我们研读的这个时期还有几个为人所知的名字。常被称为安妮女王时代。只是这个"逆来顺受的迟钝"女王不同于伊丽莎白，她对我们的文学几乎没有影响。更多听到的是古典时期这个名称。不过，使用这个名称，我们应该清楚地知道"古典"一词用于文学有三个意义。①"古典"一词一般用来指一个国家中最高级别的作家们。正如在我们的文学里，它指的就是那些伟大的希腊罗马作家的作品，如荷马和维吉尔，后来学习这些作家的质朴高尚风格的英语作品就被称为有古典风格的作品。后来"古典主义"一词意义扩大，也用来指其他古老国家的伟大作品。因此，不光是《伊利亚特》和《埃涅伊德》，就连《圣经》和《阿维斯陀》也被称为古典名作。

②每个民族的文学都至少有一个时期，在这个时期，相当数量的伟大作家在写作，这会被称为一个民族文学的古典时期。这样，奥古斯都治国时期就是罗马的古典或黄金时期；但丁一代就是意大利文学的古典时期；路易十四时期是法国文学的古典时期；而安妮女王时代常常被认为是英国的古典时期。③"古典"一词在我们所研究的这个时期获得了完全不同的意义；联系前面的时期，这一点就会更好理解。一般来说，伊丽莎白时代的作家为爱国主义所激励，有热情、浪漫的情感。他们自然地写作，不顾忌什么规则；尽管他们写作时夸张且修饰太多，但作品令人愉悦，因为他们有充满活力、新鲜细腻的感情。随之而来的时代，政治缺失了爱国主义，文学没有了热情。诗人的写作做作、不自然，因为缺乏细腻的感情，诗的效果就靠追奇弄险实现。这是清教时期诗歌的普遍特征。① 渐渐地，作家开始反对自然和炫奇文风里的夸张，要求诗有严格的规则。这是受了法国作家的影响，尤其是布瓦洛和拉潘的影响，他们坚持写诗要有准确的方法，声称他们在贺拉斯和亚里士多德的经典作品中发现了规则。重新审视伊丽莎白时代的戏剧，会发现古典主义运动的良好影响就是坚守希腊、罗马戏剧表达的格式美和准确性；从德莱顿和其追随者的作品中都可以看到古典主义的复兴，看到为了让英语文学遵从其他民族伟大作家确立的规则的努力。起初，效果很好，尤其是在散文中；但是因为伊丽莎白时代缺乏创新活力，以规则写作很快变成了一种美的形式主义，这是当时社会规范的反映。就像一个绅士也会行为不自然，但在脱帽、称呼女士、进入房间、戴假发、

① 当时的伟大作家，如莎士比亚和弥尔顿都自创风格。因此，这个总结没有包括他们。其他作家也有例外，多恩、赫伯特·沃恩和赫里克的诗里也常表现细腻的情感。

递鼻烟给朋友时，必须遵守明确的规范。这一时期的作家们失去了个性，变得正式，变得做作。文学的一般倾向是批判地看待生活，强调智性而不是想象，强调句子的形式而不是内容。作家们努力抑制所有的情感和热情，表达力求准确和优雅。大多数时候，蒲柏和约翰逊时代的"古典主义"就是这个意思。它指的是许多作家的批判性和智性精神，也指他们对双行体的细腻改进或散文的优雅，而不是指他们的作品与真正的古典文学的相像。一句话，古典主义运动是个假古典主义，是虚假的、冒充的古典主义，因为古典主义常常用来命名相当数量的18世纪文学。[1] 为了避免评说上的困难，在此引入"奥古斯都时期"这个词，这是一个作家们自己选定的词，他们认为罗马文学在奥古斯都时期有声名煊赫的作家，如贺拉斯、维吉尔、西塞罗等，近代也有这样的人物，就是蒲柏、斯威夫特、艾迪生、约翰逊和伯克等。

二　亚历山大·蒲柏（1688—1744）

从很多方面看，蒲柏都是一个独特的人物。首先，他是一代人的伟大民族"诗人"。但也只是限于18世纪早期；当时少有抒情诗，也很少或没有爱情诗，没有史诗，没有值得一提的关于自然的戏剧或歌；但是在讽刺诗和说教诗这个小领域内，蒲柏是无可争议的大师。他的影响完全主导了当时的诗界，不仅大多数英国诗人，就是许多外国作家都把他当作榜样。其

---

[1]　只是在一般的文学意义上使用这些术语，须知不可能对一个时期的作家以一个专名来分类或描写。每个时代都包含浪漫和古典的因素，"古典"或"伪古典"只能部分应用于18世纪的文学。这个时代，格雷、柯林斯、彭斯和汤姆逊的浪漫主义复兴诗以及笛福、理查逊、菲尔丁的小说里可见反对古典主义的表现。这些诗人和小说家，与古典主义很少或没有联系，只是时间上属于我们研究的这个时期，后文将专门叙述他们。

次，蒲柏对他生活的时代的精神十分了解，且有充分的反思。举凡安妮女王时代的理想、信念、疑虑、时尚、奇想，没有一样不在他的诗里得到恰好的表达。再次，他是这个时代唯一终生献身文学的重要作家。斯威夫特是教士和政治家；艾迪生是国务秘书；其他作家则依赖恩主，以政治或年金谋生和赚取名声；但蒲柏是一个特例，除了文学别无他业。最后，他依赖的纯粹是志向，并因此获得了地位、守住了地位，尽管当时存在宗教偏见，他面对的还有能令坚强的人也气馁的身体和性格障碍。蒲柏身有残疾，病不离身，身材矮小。他对自然界和人的心灵都所知无多。很明显，他缺乏高尚的情感，当真话明显有益的时候却本能地选择了谎言。然而，这个嫉妒、易怒、刻薄的小个子成了那个时代最有名的诗人，成了当时一致认可的英国文学领袖。我们不试图解释这个事实，而只是满怀好奇和钦佩地记录它。

（一）生平

1688 年，即革命之年，蒲柏生于伦敦。父母都是天主教教徒，他们不久就离开伦敦，迁居温莎附近的宾菲尔德，诗人就在那里度过了童年。由于公立学校对天主教徒的偏见，以及他自身的软弱和残疾，蒲柏很少有接受学校教育的机会，但他自己阅读英语书籍，并学习了少量经典。他很早就开始写诗，满怀虚荣地记录事实。

> 孩童时节，就知道什么是名望，
> 我咬字不清地念诗，因为诗已来了。

因为宗教原因，蒲柏渴望的许多职业都不接纳他，他决定以文学为终生事业；这与德莱顿相似，他说德莱顿是他唯一的老师，尽管他的大部分作品似乎更接近法国诗人、批评家布瓦洛。① 他十六岁时已写成《田园诗》，仅几年之后又写成让他出名的《论批评》。1712 年，《卷发遇劫记》出版，蒲柏闻名英国，受到全国人民的尊敬，这个二十四岁的矮个子，就以他自己的志向的力量，一跃而踞英国文学界首位。不久，伏尔泰称他是"英国最好的诗人，目前也是世界上最好的诗人"，伏尔泰惯于一言品评，他言之不虚。随后的十二年里，蒲柏还是忙着写诗，尤其是翻译荷马的作品。蒲柏作品成功，收入颇丰，就在泰晤士河边的特威克南买了一栋别墅，他的幸福生活不依赖有钱的赞助人。

蒲柏功成名就后回到伦敦，一度渴望文学天才该享受的花天酒地的生活；可是他完全不适合，身体不允许，精神也不允许，很快就回到了特威克南。沉溺于诗中的诗人营造了一个比他的诗还要不真实的小花园，经营着他与玛莎·布朗特的友情，每天都要与玛莎·布朗特在一起好长时间，而玛莎·布朗特则一生忠诚。在特威克南，他写完《道德书简》（模仿贺拉斯的讽刺诗歌），在《愚人志》里放肆地报复、挖苦曾批评他的人。他于 1744 年去世，葬在特威克南。他当然有资格在威斯敏斯特教堂获得一席安息之地，他未能享有这一荣耀完全是因为宗教信仰。

（二）蒲柏的作品

为方便起见，我们把蒲柏的作品分成三组，对应蒲柏一生

---

① 例如，蒲柏的讽刺诗就特别有布瓦洛的影子，他的《卷发遇劫记》很像模仿英雄史诗《读经台》，他赖以成名的《论批评》就是《诗艺》的英文本和提高本。《诗艺》其实就是贺拉斯的《诗艺》和许多有名的古典主义者规则的汇编。

的早期、中期和晚期。早期他写出了《田园诗》《温莎林区》《弥赛亚》《论批评》《艾罗伊斯致亚伯拉德》《卷发遇劫记》；中期他翻译了荷马的作品；晚期则有《愚人志》和《道德书简》，后者包括著名的《人论》和《给阿巴斯诺特博士的信》，这其实是他的"自辩书"，只有在这部作品中，我们才可以看到蒲柏自己眼中的生活。

1. 《论批评》

《论批评》总结贺拉斯、布瓦洛以至 18 世纪的古典主义者所传授的诗歌艺术。虽以双行体写成，我们却更多地把它看成一个批评格言的宝库，而不是一首诗。"智者小心，愚者仓促""犯错者是人，宽恕者是神""学问少很危险"，这些话，还有更多出自该书的类似的话，已经成了我们的日常用语。我们使用它们，时机恰当就脱口而出，却把作者忘记了。

2. 《卷发遇劫记》

《卷发遇劫记》是出众的讽刺之作，是蒲柏作品中最具有创造性的。创作这部名诗的起因却很平常。安妮女王宫中有一个花花公子彼得勋爵，另有一个美貌的宫女阿拉贝拉·费莫尔，阿拉贝拉·费莫尔满头秀发。彼得勋爵就剪去了阿拉贝拉·费莫尔的一缕头发。女士恨恨不已，两家人顿时吵闹不休，一时成为伦敦街谈巷议的话题。蒲柏也被吸引了，抓住了创作机会。要是骑士派诗人，肯定会写一首歌谣；法国诗人呢，肯定会写出讽刺短诗。蒲柏则写出了一部长篇佳作，细腻地刻画了社会上的种种习气，并以最雅致的机智冷嘲热讽。出版于 1712 年的第一版有两个诗章。当时英国的士兵正在为一块大陆与法国和印第安人大战，读到这么一部写伦敦宫廷生活小人物的作品确实很令人惊异。作品大获成功，蒲柏加写了三个诗章；为了更加成功地模仿史诗，诗中没有读者们熟悉的众神，却有地精、精灵、空气精灵和火蜥蜴①。该诗模仿两个作品：布瓦洛的《书桌》，一部讽刺法国教士因为一个讲台的位置大吵不休的作品；《偷来的桶》，一部以意大利无休止战争的琐碎起因为对象的讽刺作品。然而，在处理对拟英雄主题的风格和技巧上，蒲柏超过了他的老师。蒲柏在世时，《卷发遇劫记》一直被认为是所有文学中最伟大的讽刺诗作。这首诗还值得一读，因为作为这一时代矫揉造作生活的表现——玩牌、聚会、梳妆、哈巴狗、喝茶、吸鼻烟和无聊的空虚——几乎可以媲美《帖木儿大帝》，那部反映伊丽莎白时代的人志向无比远大的诗作。

3. 蒲柏的译作

蒲柏商业上最成功的书——译作《伊利亚特》的名声来源于这样一个事实，他以自己时代优美、过度修饰的语言诠释了荷马。这本译作不仅语言紧追文学风尚，甚至荷马时代的人物也失去了力量感，成为宫廷的时髦人物。因此学者本特利的批评就恰如其分："这是漂亮的诗，蒲柏先生，可是你不能说这是荷马的作品。"蒲柏译完了《伊利亚特》和半部《奥德赛》；两位剑桥学者——以利亚·芬顿和威廉·布鲁姆最后完成了《奥德赛》的翻译，他们模仿那种机械的双行体，严丝合缝得让读者难以区分哪些是他们所译，哪些是伟大诗人之作。下面的选文是一个华美的片段，可见蒲柏也隐约地传达了荷马诗作了不起的恢宏。

---

① 当时的一个奇特的巫师宗派玫瑰十字会认为这四种元素中有四种精灵。蒲柏在该诗献辞中说他采信的是一本叫《加巴利斯伯爵》的法文书。

狂喜的军兵依次围坐，

愉快的火照着大地。

当月亮，暗夜辉煌的灯盏，

散开神圣之光于湛蓝中天，

没有一丝气息扰动沉沉静寂，

没有一片云遮住肃穆景色；

耀眼众星围定宝位，

无数明星给船桅镀金，

金黄的朝气罩住幽暗的林木，

银白把各个山头点缀。

4.《人论》

《人论》是蒲柏最有名、被引用最多的作品。它在形式上不像诗，人们把它当作一篇散文阅读，或者干脆把它当作一篇散文时，也会发现其中有许多文学观点没有坚实的思想体系予以支撑。创作的目的，用蒲柏的话说，就是"维护上帝待人之道"；在蒲柏的信条里，没有无答复的问题。作品以四封诗意的书信圆满完成，着眼于人与宇宙、人与自己、人与社会、人与幸福的关系。结论被总结在几行有名的诗句里：

自然全是艺术，你不知晓；

所有机遇、方向你都目无所见；

所有不和、和谐都不领会；

众多偏袒的邪恶，普遍的善行：

还有，骄傲的怨恨，错判理性的怨恨，

一理甚明，什么存在，就是正确。

就像《论批评》一样，诗里满是可引用的句子，整部作品都值得一读，例如：

希望永存胸中：
人从来不，但总会被赐福。
那就知道你自己，假定不是上帝细察；
适当研究人类就是人。
同一志向既能毁灭也能挽救，
造就爱国者或恶棍。
荣耀羞辱不自无处起；
做好自己，一切荣誉就有。
恶行是仪态可憎的恶魔，
要恨它，只要看见；
可见得多，面熟了，
先是容忍，随后同情，接着就拥抱了。
看那个孩子，以造物的善意律法，
高兴地咯咯笑，一根麦管令他快乐：
一些有趣的玩意儿给他青春以快乐，
笑声大了，也空虚了：
头巾、袜带、金子愉悦着他更成熟的时期，
小珠子、祈祷书是这个年龄的玩具：
就像以前一样，依然对这些玩意儿惊喜；
直到累了睡去，生命的可怜游戏结束了。①

---

① 试将本部分与莎士比亚《皆大欢喜》第二幕第七场"整个世界都是一个舞台"进行比较。

5. 其他作品

《愚人志》（"愚人中的伊利亚特"）源于围绕莎士比亚的一场争论，最后却成了一出复仇闹剧，讽刺了当时所有批评或不能欣赏蒲柏才华而令蒲柏愤怒的文学人士。虽然作品写得精彩，也一度流行，但读者却不免遗憾，这样一位公认的文学领袖竟然滥用自己的才华，卷入私怨和小气的争吵。在蒲柏众多的其他作品里，读者也会发现蒲柏对自己的评判完全契合他的《给阿巴斯诺特博士的信》中的看法。我们最好就以《通用祈祷文》结束对这位兼有虚荣与伟大的奇怪人物的研讨，该书表明蒲柏至少考虑过也评判过自己，再评价显然都多余了。

三　乔纳森·斯威夫特 （1667—1745）

马洛的悲剧中都有一个被渴求权力的激情控制的人物。每一出剧中，一个没有自控力的强权人物就像一个握于孩童之手的危险工具，结局就是这个人物被他自己拥有却无法掌控的力量毁灭。斯威夫特的一生恰恰就是这样一出活生生的悲剧。他就像《马耳他岛的犹太人》中的主人公一样，有获得财富的力量；可是他鄙视财富，有讽刺意味也令人忧伤的是他留下了一大笔财富去建立一所精神病医院。他靠着勤奋获得了巨大的文学力量，以此讽刺普通人。他从托利党人手中争得政治权力，却用来侮辱帮助过他的人，这些人掌控着他的命运。他个性强势，对女性有惊人的魅力，却野蛮得让女人个个觉得自己低贱。有两个优秀的女子爱他至深，他却给她们带去了悲伤和死亡，也给自己留下了无尽的痛苦。因此悲剧总是紧随他的力量而来。我们知晓他奋斗、失望、痛苦的一生，才能领会他讽刺中的个性，或许才会同情这位整个奥古斯都时期作家中的伟大天才。

乔纳森·斯威夫特

（一）生平

1667 年，斯威夫特出生于都柏林，父母都是英国人。他未出生，父亲就已故去；母亲贫穷，斯威夫特虽然像魔王路西弗一样自尊心强，也不得不接受亲戚的勉强接济。在基尔肯尼学校，尤其是在都柏林大学时，他对课程十分厌烦，只阅读合乎他天性的作品；可是，要成功，非得要一个学位，他被迫接受心底里憎恨的主考者的恩惠，获得了学位。毕业后，他能得到的唯一职位是跟随远亲威廉·坦普尔爵士，因令人不快的亲戚关系而担任私人秘书一职。

坦普尔是政治家和优秀的外交家，可他认为自己也是一个伟大的作家，并卷入了一场古典与现代作品孰优孰劣的文学争辩中。斯威夫特的第一部名作《书籍之战》就写于此时，但并没有出版，他讽刺了辩论的双方。苦涩已经露头，斯威夫特位置尴尬，因为他是一个自尊心很强的人，明知道自己智识上胜过雇用他的人，可是依然被当作仆人看待，吃饭都只能与仆人在一起。就这样，他在萨里的美丽的摩尔公园度过了他生命中的黄金十年，怨恨与年俱增，他一直咒骂命运不公。然而，他博览群书，终于不能忍受坦普尔，与主人吵了一架之后，他接受圣职，进入了英国教会。若干年后，他定居爱尔兰的拉罗克小教堂，即使他很不喜欢这个地方，可是别无他途谋生。

都柏林大学三一学院

在爱尔兰，忠于职守的斯威夫特为改变身边穷苦人的生活终日操劳。此前教区的穷苦人从未得到这样的关心；可是俗务缠身的斯威夫特十分苦恼，看到一个个小人得势，而自己困守乡村小教堂无人问津，他越来越愤怒。多数时候，这得归咎于他自尊心太强，对可能提携他的人太过直率。在拉罗克，他完成了《桶的故事》，一部针对当时各派宗教的讽刺之作。1704年，这部作品与《书籍之战》一起在伦敦出版。这部作品让他成为人们关注的最有力量的讽刺作家，他也很快放弃宗教跻身政治纷争。这本价格低廉的小册子是当时人们所知的最有力的政治武器；斯威夫特写起小册子来少有对手，很快就成了真正的"横行者"。一连几年，尤其是 1710 年到 1713 年，斯威夫特是伦敦最重要的人物之一。辉格党惧怕他讽刺的鞭挞，托利党怕失去他的支持。人人都想巴结、奉承、哄骗他，可是他利用自己的力量的方式令人痛心。他为人傲慢无比。勋爵、政治家甚至女士都被迫恳求他的恩惠，为了一丁点儿假想中对他的轻视而道歉。他在此时的《给斯特拉的日记》中写道：

> 部长先生告诉我白金汉公爵多次提及我，希望结识我。我答复说不行，因为他不够友好；后来什鲁斯伯里说他认为公爵不惯于示好。我说我无能为力，因为我一直认为友好与人的品质成正比，一个公爵自然要比别人更加友好。

在给昆斯伯里公爵夫人的信里，他说：

> 我很高兴你明白你的责任；因为在英国已有二十年之久，人人尽知一条规矩：渴望结识我的女士都得示好，人品愈好，示好愈殷勤。

托利党失势，斯威夫特顿时前途未卜。他希望也本可以被许诺在英国获得一个主教辖区，并在这个领域内的贵族中获得一席之地；可是托利党却给了他一个都柏林圣帕特里克大教堂的教长职位。斯威夫特自视甚高，这对他来说当然是一件令人痛苦的事；可是他在《桶的故事》里无情嘲弄了宗教，在英国教会任职已然不可能。都柏林是他力所能及的上上之选，他痛苦地接受了，又一次在心底诅咒他给自己带来的厄运。

回到爱尔兰后，他悲剧一生的最后一幕上演了。他最闻名的文学作品《格列佛游记》在爱尔兰完成；可是生活的苦痛慢慢地变成了疯狂，成了一种可怕的个人悲哀，一种从未宣泄的悲哀。悲哀在埃丝特·约翰逊死亡时达到了极点，这是一个美丽的年轻女子，她与斯威夫特在坦普尔家里相遇，彼此一见倾心，《给斯特拉的日记》就是为她而写。斯威夫特生命的最后几年患了顽固的脑病，经常发作，他不时地就成了傻子、疯子。1745年他与世长辞。打开遗嘱，人们发现他把全部遗产捐献了，希望给精神病人和患有不治之症的病人建立圣帕特里克精神病院。这所医院今日还在，这是他独一无二的天才的最有意味的纪念碑。

（二）斯威夫特的作品

了解斯威夫特的生平，人们也就会预见他能写出的作品。总体上他的作品是对人类的尖刻嘲讽，嘲讽的风格明确可见于他初到伦敦时的一件小事。当时，伦敦有一个名叫帕特里奇的占星家，以星象推算生年蒙骗世人，还出售一种预测未来的年历。一向痛恨弄虚作假的斯威夫特大展才华，写了一部著名的《比克斯塔夫年历》，其中有一节"1708年预言：定以不差分毫的星象"。斯威夫特很少在作品上署名，总是让作品自己沉浮，他的这部滑稽模仿之作也以化名艾萨克·比克斯塔夫面世，这个名字因斯蒂尔的《闲话报》而名声远播。预言之中有这么一段：

> 我的第一个预言是一件小事；可是我还是要说一说，让大家知道那些愚蠢的冒牌占星家是多么无知。这条预言是关于年历编者帕特里奇的；我已经以自己的办法查看了他的生年星象，发现他肯定要在下一个3月的29日发高烧死去，大概是夜间十一点吧；所以，我建议他想想这事儿，安顿身后事。

3 月 30 日，预言应该应验的次日，报纸上刊登了一个税务官的来信，详细讲述了帕特里奇的死亡经过，还提及了地区行政官和棺材制造商的所作所为。次日一早，又刊登了一份详尽的《悼帕特里奇先生》。可怜的帕特里奇突然之间发现自己没了主顾，急忙刊发声明否认，斯威夫特则回以《艾萨克·比克斯塔夫的声辩》，在文中他以星相学算法证明帕特里奇已死，如今发表声明的那个人只是一个企图骗取遗产的冒名顶替者。

1. 斯威夫特讽刺的特点

这个残酷的玩笑最能代表斯威夫特的讽刺。他要反对一切虚伪、不公，他的矫正恰恰性质类似，更加冷酷，为自己的办法辩护时极其严肃，讽刺以一种畸形的虚假淹没了读者。因此，讽刺立誓信教的教徒恶习的《废止基督教会带来一些不便的证明之辩》就严肃得太过分了，我们简直弄不明白斯威夫特是不是指出需要改革，或者只是满足自己的良知，[①] 抑或是就像对可怜的帕特里奇一样，对教会开了一个恶意的玩笑。他的《一个温和的建议》也是一样，说到了爱尔兰的孩子，作品建议贫穷的爱尔兰农夫把孩子当作佳肴美味，用来吃，就像烤小猪送到富裕的英格兰人餐桌上一样。这部作品很特别，难以看出斯威夫特的个性及动机。爱尔兰遭遇的不公、人口众多而贫穷的反常、英格兰政客对爱尔兰苦难和抗议的漠视都被他无情地刻画出来了。可为什么是这样？这是斯威夫特的一生和作品都没有回答的问题。

2.《桶的故事》

斯威夫特最伟大的两部讽刺之作是他的《桶的故事》和

---

① 公允地说，斯威夫特写作这本和另外两本关于宗教的小册子的时候，他知道会有损甚至毁灭自己的政治前途。

《格列佛游记》。《桶的故事》开始是以英国国教为基础，无情揭露天主教教派、路德会教派和加尔文教派的三种主要宗教信仰的可疑偏向，最后却成了对所有科学和哲学的讽刺。

斯威夫特对古怪的书名的解释是，水手们有这样一种习俗，若遇到鲸鱼攻击船只，水手们便向鲸鱼扔去一只桶以吸引鲸鱼的注意力。这只能说明斯威夫特对鲸鱼、水手都不怎么了解。不过这且放下不提，他的作品也是一只扔向教会和政敌的桶，以转移他们的视线，让他们不要再攻击和批评自己。论证的基础是所有的教会甚至所有宗教、科学、政治才干都是彻头彻尾的虚伪。书中最有名的部分是"老人的寓言"，老人去世，给三个儿子彼得、马丁和杰克每人留下一件外套（基督教真理），外套怎么爱护怎么使用也有详细的指导。三个儿子分别代表天主教教徒、路德会教友、加尔文教徒；儿子们违背父亲遗愿，各自改动外套，这是对所有宗教派别的尖锐讽刺。尽管该书声称保卫英国国教，可国教被讽刺得更厉害；因为国教只剩下一件单薄的定制披风来遮掩它可疑的虚伪。

3.《格列佛游记》

《格列佛游记》中的讽刺尖刻得令人无法忍受。奇特的是，这本奠定斯威夫特文学名声的作品并不是为文学目的而创作的，而只是作者自己反抗命运和社会苦难的宣泄。这本书因主人公有趣的历险像《鲁滨逊漂流记》一样还被人们快乐地阅读着；值得庆幸的是，读者通常都忽略了这本书的贬抑性影响和动机。

《格列佛游记》讲述了莱缪尔·格列佛的四次航海和他在四个奇怪国家的历险。第一次出海，格列佛遇到了利力浦国船难，利力浦国人民只有格列佛拇指般高，他们的行动思考也处于同样比例的低矮水平。看他们为鸡毛蒜皮争吵，也就看到了人类的琐碎浅薄。政治家在君主面前绷紧的绳索上像猴子一样蹦蹦跳跳求升官发财，国内的两党小端派和大端派因鸡蛋应该从大的一头还是小的一头打破的不同主张让国家陷于战火之中，这是对斯威夫特身处的时代和历代政治的讽刺。文风质朴，令人信服；情节和历险过程就像笛福的作品一样吸引人；总体上，这是斯威夫特讽刺作品中最有趣的一本。

第二次出海，格利佛被遗弃到了大人国，大人国人民都是巨人，每样事物都按相应比例变大了。因为这些超人的巨大，人类的卑贱似乎更加可憎。格列佛给他们讲述了自己国家的人民、人民的理想、战争和征服，巨人们很好奇这样不起眼的小爬虫竟然这么恶毒。

第三次出海，格列佛来到了勒普泰岛，勒普泰历险是对所有科学家和哲学家的讽刺。勒普泰是一个飞岛，一块磁铁把它吸起来，悬浮在空中；设在拉加多的著名学院的教授们也生活在同样的空中。哲学家八年来孜孜不倦地工作，想要从黄瓜里提炼出阳光来，这是斯威夫特对所有科学问题的讽刺。在这次出海中，出现了斯特鲁德布鲁格斯族，一个生活在大地上没有希望没有渴望的种族。想到斯威夫特生命的最后几年身不由己，成了朋友们的负担的境况，这幅图景就更加恐怖。

写三次出海，目的很明确，就是剥去人们借以自欺欺人的习俗和惯例的纱幕，展现斯威夫特认为他看到的粗鄙的恶行。第四次出海，无情的讽刺推及一个不可避免的结论。格列佛来到了慧骃国，马在这里是聪明的高等动物，是执掌权力的动物。可是读者的兴趣都围绕着雅虎，一个可怕的物种，长得像人，却活得无比堕落。

4. 其他作品

《给斯特拉的日记》主要写于 1710 年至 1713 年，是为埃丝特·约翰逊而写。这本书对我们还有意义有两个原因。其一，这是当时最有力最独具眼光的人物之一对同时代人和政治事件的优秀评论；其二，从其写爱情和最私密的描述部分说，它展现了最有力量和最有影响力时期的斯威夫特。当我们读到他给那个爱他的女人、那个唯一把阳光带到他生命里的人的充满爱意的话语，我们只有好奇与沉默。与这部作品完全不同的是他的《布商的书信》，这是政治演说和大众辩论的榜样之作，唤醒了思虑不周的英国公众，阻止了政客败坏爱尔兰货币制度的企图，对爱尔兰大有裨益。斯威夫特的诗，虽然充满活力，富于原创性（与同时期的笛福相像），总体上却是讽刺性的，一般比较粗糙，多是打油诗。他与朋友艾迪生不同，社会虽然日渐文明、体面，他却只看到了虚伪的外表。他指明自己病态的心智发现的美丽外表之下的丑恶，以诗震碎才生发的谦卑。

（三）斯威夫特散文的特点

不可否认，斯威夫特是英语散文大师之一，是当时最具创造性的散文家。他的作品的每一页都充溢着率直、活力、质朴。在同时期的作家中，他是唯一轻视文学效果的。他紧盯目标，以英语写作中从未被超越的说服力，一气贯注到底。即使在最奇特的作品里，读者也不会失去现实感，而是像在场目睹最不可思议的事件，事件明确而令人信服。笛福也有这种能力，但在写作《鲁滨逊漂流记》的时候，作者的任务相对容易，因为主人公和历险都是来自自然现实的。而斯威夫特却把现实感赋予了侏儒尼人、巨人，而且是在不可能的情形中做得得心应手，似乎是在写事实。尽管有这些长处，但普通读者只要阅读《格列佛游记》并再精读一本其他书就很好了。因为必须承认，斯威夫特的大部分作品读来并不于身心有益。从基涅武甫到丁尼生，文学的主方向都是追随理想，正如魔法师捕捉灵光一样①，直到人类灵魂的隐藏之美和奋斗的神性目标显露，他们才满意。而斯威夫特的讽刺尖刻且破坏性十足，它突出的是人类的过失和缺点，因此是与我们的文学主方向背离的。

四　约瑟夫·艾迪生（1672—1719）

说到与人相处的美好艺术，艾迪生很可能就是大师。如我们已关注到的，安妮女王时代已经有特别的新社会生活，艾迪生完美地表达了这一生活的艺术，从而在文学史上占有重要的地位。他的力量和创新性都不及斯威夫特，但他仍然也应该拥有更加持久的影响力。斯威夫特是暴风雨，呼啸着对抗英国社会生活的晚春冰霜。艾迪生则是阳光，融化坚冰，晒干泥泞，以光芒和希望激励大地。他像斯威夫特一样憎恨虚假，但又与斯威夫特不同，他从未对人类失去信心。他的所有讽刺作品里，即使他嘲笑人类的卑微虚荣时，都带有一种温和的善意，对同胞有一种善意的理解。

（一）艾迪生的影响

艾迪生给我们的文学带来两大贡献，价值无法估量。第一，他克制了复辟时期的文学遗留的堕落倾向。低水平的戏剧，甚至当时的大部分诗作的目标都很明显，让德行显得可笑，让恶行增添魅力。艾迪生挺身而出抵制这种卑劣的文学倾向。揭去恶行的面具，显出其丑陋和畸形，表现德行天生的可爱——这就是艾迪生的目标。他所愿得偿了，自他而后，英国

---

① 参见丁尼生《魔法师与灵光》。

约瑟夫·艾迪生

文学再也没有认真追随过虚假的偶像。麦考莱说："以前嘲弄直指德行，艾迪生把这种恶行一扫而光，自他以后，在我们中间，公开冒犯德行就是愚蠢的标志。"第二，得力于挚友斯蒂尔创造性的帮助与推动，艾迪生捕捉到了俱乐部的新社会生活，以其为主题，写了众多有趣的散文讨论典型的人与礼仪。《闲话报》和《旁观者》是现代散文的开端；对人性的研究，最典型的是罗杰·德·科弗利爵士，为现代小说的诞生做了准备。

（二）生平

艾迪生的一生，与他的写作风格一样，都与斯威夫特形成鲜明的对照。1672年他出生于威尔特郡米尔斯顿。他的父亲是一个学者型的英格兰牧师，艾迪生早年习惯了有教养的平静生活，他的一生就是这样度过的。无论是在伦敦的切特豪斯中学，还是在牛津大学，艾迪生都是品学兼优的好学生，而且以写作雅致的诗行知名。他一度想进入教会任职，后来友人屡次劝说，他就担任了政府公职。斯威夫特政治上得意便恣意妄行，艾迪生却善于变通，善于结交大人物。他写给德莱顿的诗行当时就获得了这位文坛领袖的称赞。他的拉丁文诗《瑞斯威克》（1697）诚恳赞赏威廉国王的声明，这让他在政治上得到关注。他也因此获得了每年三百磅的年金，而且得到出国学习外交的建议；利益相关，他立即成行。

从文学的角度看，艾迪生早期最有趣的作品是《英语大诗人纪事》（1693），写作时他是牛津大学的研究员。读者阅读之下，难免惊异，德莱顿被大大称赞了一番，斯宾塞也被说了好话，高看一眼，而莎士比亚甚至都没有提到。可是艾迪生依据的是布瓦洛的"经典"原则；诗人，就像他的时代一样，雕琢太过恐怕就难以欣赏自然的诗人了。

国外游历期间，威廉之死和辉格党的失势突然中止了艾迪生的年金发放，他只得回家，一度默默无闻、清贫度日。布伦海姆之战爆发，托利党急于寻找一个诗人歌颂这个事件，注意到了艾迪生。他因此写成的歌颂胜利的诗《战役》传遍全国。艾迪生意识到了一个现代将军该是什么样子，所以他没有塑造那种杀人成千累万的古代史诗英雄，他笔下的马尔伯勒将军在外面指挥战争，是一个驾着旋风的天使。

> 就在那时伟大的马尔伯勒的伟大心灵得到了证实，
> 就在未动的冲锋的人们的惊愕里，
> 在混乱、恐惧和绝望中，
> 检视战争的所有可怕景象；
> 心绪平静地扫视死人的战场，
> 给弱小的骑兵中队派去及时的援救，
> 激励溃退的军人作战，

教授令人疑虑的战事该在哪里猛烈推进。
于是神命的天使
以越来越猛的暴风雨摇晃负罪的大地，
（如新近苍白的不列颠尼亚的过往，）
他平静地推动着暴怒的冲击；
快乐地行使主的命令，
驾着旋风，催着风暴。

　　那个可疑的明喻给艾迪生带来了财富。此前和此后，没有哪一个诗人的笨拙之作得到过这么丰厚的回报。它被说成写得最巧妙的作品，从那一天起，艾迪生政治上春风得意，加官晋爵。他先后担任过政府次官、议会议员、爱尔兰事务大臣，最后升任国务大臣。恐怕没有哪一个文人，仅靠一支笔，就能那么青云直上，高官得坐。

　　艾迪生一方面担任政府公职，另一方面致力于文学创作。他在 1709 年到 1714 年之间写给《闲话报》和《旁观者》的随笔，我们今天还十分珍视；可是当时他以一部古典悲剧《加图》赢得了文学声名，只是这部剧我们几乎都忘记了。1716 年，他与孀居的女伯爵沃里克结婚后就住进了她的家——著名的荷兰大屋。他的婚姻生活只维系了三年，可能也不是很幸福。因此，他笔下对女性只有温和的讽刺，他成了一个俱乐部的常客，在伦敦的俱乐部和咖啡馆里打发时光。这时生活还算平静；可是他的晚年生活因为争吵蒙上了阴影，先是与蒲柏不和，随后与斯威夫特争吵，最后与一辈子的好朋友斯蒂尔一拍两散。与蒲柏争执是因为文学，主要是因为蒲柏的嫉妒。艾迪生是蒲柏的朋友，可是蒲柏因为琐事就把一个了不起的好人恶意地讽刺，把艾迪生刻画成了阿提库斯。他与斯威夫特尤其是与斯蒂尔的争吵，主要是因为政治分歧，这也表明要把文学理想和党派政治混同起来是多么的不可能。1719 年，艾迪生平静地离开了人世。萨克雷的《英国幽默家》里的简短描述可以作为他的最好的祭文：

> 成功而美的人生，平静的弃世；幸福清白的名字遂享巨大的声誉与热爱。

（三）艾迪生的作品

1. 随笔

艾迪生的作品中，最有生命力的是他的名作《随笔集》，主要收集自《闲话报》和《旁观者》。可以说他是绅士生活的大师，对于想了解和过上这种生活的人来说，这些随笔有永久的诱惑力。时代粗俗而做作，可艾迪生带来的是优雅和质朴的健康之音，很像后来的罗斯金和阿诺德面对物质时代的发言；只是艾迪生的成就超过了他们，因为艾迪生对人类充满信念，对生活了解深透。他批判时代的各种琐碎的虚荣，也批判大的恶行，只是他不用斯威夫特的那种令我们对人性绝望的方法，而是用他认为可以令社会迅速改善的善意的嘲弄、温和的幽默。若读了斯威夫特的直截了当的《致年轻女士的信》，再去读艾迪生的《解剖情郎的脑袋》和《解剖风情女子的心》，立刻就能明白后者影响更持久的原因。

这些读来愉悦的随笔还有值得注意的三个价值。第一，这些随笔兴趣广泛而新颖，是英国社会生活的最好画卷。第二，它们把文学批评艺术提升到了一个前所未有的高水准，不管人们对评判如弥尔顿这样的诗人有多少不同的意见，随笔必然能让英国人更好地了解和欣赏他们自己的文学。第三，文学爱好者内德·索夫特利、穷亲戚威尔·温布尔、商人安德鲁·弗里泡特先生、花花公子威尔·哈尼克姆、乡村绅士罗杰先生，这些英国文学的重要人物形象跻身自乔叟的乡村牧师到吉卜林的马尔瓦尼之中，永不磨灭，而艾迪生和斯蒂尔不仅引入了现代随笔，而且以这些人物预示了现代小说的黎明。他所有的随笔中，最出名和最受人们欢迎的是那些让我们熟识罗杰·德·科弗利、认识英国宁静的乡村生活和礼仪的裁决者的篇章。

2. 艾迪生的风格

艾迪生的随笔风格很特别，这表明英语语言越来越完美。约翰逊说："任何人只要想养成有风格的英语，亲切而不粗糙，雅致而不浮华，就一定要日夜攻读艾迪生的作品。"他还说："先生，若你有意成为一个好作家，就要日夜攻读艾迪生，或者，更有价值的是，你想成为一个诚实的人。"这在当时就是很高的评价，即便是如今，批评家也同意艾迪生的随笔本身就很值得一读，想要养成清晰和雅致的文风，更值得反复阅读。

3. 诗

艾迪生的诗当时很受欢迎，如今却少有人读。《加图》属于遵守古典的统一律之作，只是缺乏戏剧的力量，若当作悲剧读，必然是个失败之作；但它修辞优美、情感细腻，而这两者是当时好作品的必要特征。最好的场景在第五幕，加图手里捧读着柏拉图的《灵魂不朽》，眼前的餐桌上放着出鞘的剑，自言自语道：

> 肯定是如此——柏拉图，你推理得好！
> 从哪里来了这取悦人的希望，这种可爱的向往，
> 这对不朽的渴望？

或从何处而来这隐秘的恐惧，和内心的厌恶，

化为乌有？为何灵魂萎缩

回归它自己，对毁灭感到惊惧？

就是我们心中激荡的神性；

是上天自己，指出一个此后，

把永恒示于人。

很多读者常常会引用艾迪生的诗，却不知道这些诗是艾迪生写的。他的虔诚也体现在赞美诗里，有几首今天还得到大家的喜爱，被用于教堂之中。就像萨克雷一样，很多教众被他的《主在自然》的辉煌开头"高空无际的天穹"所震撼。几乎同样出名且受人喜欢的是他的《旅者赞美诗》，还有《继续的帮助》，开头是"当您所有的仁慈，啊！我的主"。后一首赞美诗是在意大利海滨的一场暴风雨中写成的，当时船长和船员们都惊慌失措，这反而表明诗，尤其是人们可以像祈祷一样歌唱的好赞美诗有时候是世上最有用的。

五 理查德·斯蒂尔（1672—1729）

几乎在每个方面，斯蒂尔都是他的朋友、伙伴艾迪生的对照——一个善良、好嬉闹、易动情的可爱的爱尔兰人。他在切特豪斯中学和在牛津大学时，几乎样样都和艾迪生分享，只求艾迪生有同样的情谊。与艾迪生不一样的是，他不喜欢学习，离开大学后加入皇家骑兵卫队。他先后做过士兵、船长、诗人、戏剧家、散文家、议会议员、剧院经理、报纸发行人，还有二十余种其他职业。凡事开始都兴高采烈，随后就放弃，有时候也不是出于他的本心，如他被从议会赶出来，有时候是因为其他事业更有吸引力。他的诗与戏剧如今已经没有多少人知

道了；可是读者要是翻找出来，也会对斯蒂尔其人了解一二。例如，他爱孩子，也是当时少数几个对女性始终真诚尊敬的作家之一。说到嘲弄罪恶、美化德行，他甚至超过了艾迪生。他是《闲话报》的创始人，随后又与艾迪生一起创办了《旁观者》，这两份报刊在不到四年的时间里，比其他杂志合起来还要更有力地影响后世文学。而且，虽然艾迪生因为塑造人物和随笔而获得赞誉，但其实罗杰爵士和其他很多人物真正的创造者是斯蒂尔。《闲话报》里的许多随笔很难说是某一个人写的；不过多数批评家认为最具有创新性的部分、人物、思想、满满的善意多来自斯蒂尔；艾迪生的任务是润色完善，加上幽默的笔调，从而使二人成为英国有史以来最受欢迎的文学访客。

《闲话报》与《旁观者》　斯蒂尔善于撰写政治性小册子，所以获得了一个官方公报作者的职位。同时，他还为几家小报写稿，由此萌生了创办一份报纸的想法，他要报纸不仅刊登政治消息，还刊登俱乐部和咖啡馆里的小道传闻，外加谈论生活和礼仪规矩的轻松随笔。斯蒂尔想到就要做到，很快就有了结果，这就是著名的《闲话报》，首期于 1709 年 4 月 12 日面世。报纸是小开本，逢取邮件日出版，每周三期，一份卖一便士。《闲话报》第一卷随笔赠言明明白白地阐述了报纸的严肃目标。

> 本报的根本目的是暴露虚假的生活巧智，撕去狡猾、虚荣和做作的伪装，推进衣着、谈话和行为方面的纯朴品味。

这个前所未有的新闻、传言和随笔的混合物取得了空前的成功。伦敦没有哪一家俱乐部或咖啡馆可以没有这份刊物，在文学中表达对当代生活的普遍关注就始于这份刊物。起初，斯蒂尔一个人写文章，署名用几年前斯威夫特使之扬名的艾萨克·比克斯塔夫。据说艾迪生最先承认他自己的一篇评论是斯蒂尔所写，作者的秘密于是真相大白。从那时起，艾迪生就成为主要供稿人，偶尔也有别的作者写几篇讨论英国新生活的随笔。[①]

斯蒂尔后来失去了官方公报作者的职位，而《闲话报》十分受人欢迎，已经成为别人的模仿对象。可不到两年时光，这份报纸就停刊了。两个月后，1711 年 3 月 1 日，《旁观者》第一期面世。在这份新报纸中，政治和新闻一类的东西被忽略了；这是一份纯粹的文学报，全部内容都是闲适小品文。当时人们认为这是个冒险的尝试，可是它立时就成功了，这证明人们还是急于阅读描写新社会生活的文学作品。随之而来的千奇百怪的读者来信也说明了《旁观者》在伦敦日常生活中扮演的角色。

> 旁观者先生，您的报纸是我茶点的一部分。我的仆人都清清楚楚，今天早上，我命上早餐（平时就这个时间用餐），她说茶已经煮好了，可《旁观者》还没有送到，她一直在等《旁观者》送来。

《旁观者》上的文章让艾迪生展现出最"值得记忆"的自己，无人可比。随笔大部分都是艾迪生所写，让艾迪生享誉至

---

① 《闲话报》的随笔中，艾迪生写了四十二篇，还有三十六篇是与斯蒂尔合作完成的，另外至少有一百八十篇是斯蒂尔独立完成的。

今的是首期报纸中对"旁观者"的一段描写：

> 没有哪一个大众常去的地方我不露面的。有时候我会挤进威尔（咖啡馆）的政治家圈子，聚精会神地听这个小圈子里的人们说话。有时候我在查尔德咖啡馆抽着烟斗，似乎一心一意地读《邮差》，却实际上在偷听屋子里餐桌边的谈话。星期天晚上我在圣·詹姆斯咖啡馆，或者就像前来倾听、期望长进的人一样，加入内室的政治小组。同样，在希腊、可可树几家咖啡馆，还有德鲁里巷、干草市场的剧院，我都是个常客。十多年来，市场上的人们都认为我是个商人，有时候我也在乔纳森街的货物批发市上装扮成一个犹太人。……因此，我没有生存在人们中间，而是一个旁观者……在本报之中我要保持的就是这么一个角色。

这两份刊物存在时间都不长，却在我们的文学中有非同一般的地位。在短短的四年中，艾迪生和斯蒂尔就一起把闲适小品文推上了现代文学最重要的体裁的位置，文学杂志从而赢得了表达民族社会生活的地位。

六 塞缪尔·约翰逊（1709—1784）

鲍斯韦尔《约翰逊传》的读者听完主人公无休无止的抱怨、看过主人公笨拙的举动，恐怕就会疑惑为什么读完书会对这个鲍斯韦尔五体投地崇拜的人保有尊敬。这个人不是当时最伟大的作家，甚至根本不是一个大作家，却成了英国文坛的"可汗"，几个世纪以来，他一直是这一辉煌文学中最出色和最有创造性的人物。这是一个高大、肥胖、笨拙的人，仪表粗

塞缪尔·约翰逊

俗，说话时唯我独尊，争辩起来很厉害，什么人都骂，横扫反
对者。"女士，"在餐桌边他对有教养的女房东说，"别胡说
了。""先生，"他又转向一个尊贵的客人，"我觉得你是一个
卑鄙的辉格党人。"说话时，他会发出受惊的动物似的叫声，
"有时候吹口哨，有时候像母鸡一样地咯咯叫"。一旦他以独
断和奚落结束争吵辩论，或者是挫败对手，他就会身子往后一
靠，"像鲸鱼喷气一样长出一口气"，再灌上无数杯热茶。然
而，这个高雅时代的古怪"君主"是一头名副其实的雄狮，
世人都在追随他。在他的陋室，身边聚集的是顶尖的艺术家、
学者、演员和伦敦的文人雅士，大家都崇拜他、热爱他，就像
希腊人倾听他们的圣人一样聆听他的裁断。

　　这令人惊异的壮观场面奥秘何在呢？若想翻开他的著作寻
求答案，必然失望。去读他的诗，除了忧郁与悲观，外加一点

双行体的道德议论，没有什么令人们感到快乐或鼓舞的。

> 可是，很少有人观察到，知情者与勇敢者
>
> 落入黄金的大屠杀中；
>
> 浪费巨大的害虫！不能控制的愤怒，
>
> 以罪行填塞人类的记录；
>
> 为了黄金雇佣的恶棍抽出宝剑，
>
> 为了黄金雇佣的法官扭曲法律；
>
> 累积又累积的财富买不来真理买不来安全；
>
> 财富增加，危险积累。[①]

　　这是了不起的常识，可不是诗；也用不着去翻阅约翰逊那如山的著作去得到这样的信息，因为任何一个道德家随手就会给出同样的教义。至于《漫谈者》里的随笔，曾经十分成功，尽管我们觉得用词宏大、句子匀称、引经据典都令人惊奇，可是也会觉得还不如去参加一场古色古香的三小时布道。读上几页就会懒懒地打呵欠，想上床休息了。

　　他的著作不能说明他为什么是领袖、为什么那么有影响力，我们只好去探究他的个性；其中事事令人回味。从鲍斯韦尔的传记里常常引用的几段话看，约翰逊就是一头古怪的大熊，滑稽古怪、动辄咆哮，让人们觉得可笑。可他还有另一面，他勇敢、耐心、仁慈、虔诚，戈德史密斯说他"只有皮肤像熊"；他是一个英雄，与贫困、痛苦、悲愁和对死亡的恐惧一直战斗，大丈夫般地战胜了它们。"那个烦恼已去；这个也会。"第一首盎格鲁－撒克逊抒情诗中悲哀的迪奥这样唱

---

①　选自《人类愿望皆虚幻》。

过。这恰能表达约翰逊伟大的受难的灵魂，他面对巨大的阻碍，从未对上帝、对自己丧失过信心。政治上的约翰逊是个保守派，赞成国王强权，反对成长中的人民自由。可是他的政治态度就像他的言行一样，只停留在表面；因为整个伦敦，没有人比他对穷苦人更仁慈了，他随时准备对邂逅的境遇艰难的男男女女慷慨相助。路上碰到睡在大街上的无家可归的阿拉伯人，他都会在他们的手里放上一枚钱币，想着他们一觉醒来会多么高兴；因为他知道挨饿意味着什么。这就是约翰逊，卡莱尔称他是一个"真丈夫的大块头"，人们就这样热爱他、敬仰他。[1]

（一）约翰逊生平

1709 年，约翰逊出生在斯塔福德郡的利奇菲尔德。他是一个小书商的儿子，一个穷人，但有才华，热爱文学。当时每个镇都有自己的书店的好日子里，书商的生活是一成不变的。从孩提时起，约翰逊就饱受身体畸形和疾病之苦，也因此无意辛苦劳作。他为到大学读书做准备，有时候在学校里，更多的时候则在父亲的书店里如饥似渴地阅读。等他进入牛津，他读的经典作品比大部分毕业生都多。约翰逊学业还没有完成，就因为贫穷离开了大学，随即开始了一个自由撰稿人辛苦谋生的生活。

他二十五岁时与一个年龄足以做他母亲的女子结婚——他自己称他们是真心相爱的一对——他们一起用妻子的八百英镑

---

[1] 约翰逊性格中令人喜欢的一面还表现在他曾在集市上忏悔自己少年时的不孝行为（参见霍桑《我们的故乡》中的《利奇菲尔德和约翰逊》）。他成年后的出众表现在那封写给切斯特菲尔德勋爵的名信中。他拒绝了勋爵对《英语字典》的赞赏。学生们应该阅读鲍斯韦尔《约翰逊传》中的整个故事。

嫁妆开办了一所私立学校，可学校以惨败收场。此时的约翰逊贫困潦倒，又乏外援，只好离开利奇菲尔德，离开家园，离开妻子，在此前的一个学生大卫·加里克，就是后来的那位名演员的陪同下徒步去了伦敦。在伦敦，借助以前的一些关系，约翰逊在书商们中间有了名气，不时地以写序言、评论和做翻译挣一点钱。

约翰逊和文学上的朋友们过着十分清贫的生活。当时，许多作家，恰如蒲柏的《愚人志》中曾无情嘲弄的那样，并没有有钱的庇护人支持。平时就混迹大街上或小旅馆里，像老鼠一样，睡在垃圾堆旁或码头上；有面包皮吃，或者一顿填饱肚子的饭食就能让他们忘记饥饿地工作上一阵子。有几个运气不错的住在格拉布街寒酸的公寓里，于是格拉布街便成了挣扎求生的撰稿人碰到运气的同义词。① 约翰逊告诉我们，他既吃不到饭又无处可去的时候，常常就在寒夜里的伦敦街巷整夜地走。不过，他给书商们写稿、给《绅士杂志》写稿倒还稳定，一时间他在伦敦已经小有名气，手头不缺活干，勉强可得温饱。

让约翰逊小有名气的是他的《诗人萨维奇传》和诗《伦敦》。萨维奇一生悲惨，用不着写一本传记。不过，约翰逊的成功却是真实的，虽然微小，书商们因此要求他编一本英语语言词典。这是一个巨大的工程，花了将近八年时间，词典还远未完成，他因之而赚的钱却花完了。编词典的间隙，他写了《人类愿望皆虚幻》和另外的一些诗，也完成了悲剧《艾琳》。

约翰逊看到《旁观者》大获成功，于是也办了两份刊

———————

① 约翰逊的《英语词典》中有这样的定义："格拉布街，伦敦的一条街道，历史小故事书、词典和时兴诗的作家多居于此；因此，地位低微的作品也被称为格拉布街。"

物——《漫谈者》（1750—1752）和《懒散者》（1758—1760）。后来《漫谈者》里的文章结集出版，很快就发行了十版，可是经济回报不大，约翰逊又把大多辛苦挣来的钱花在了慈善事业上。1759 年，约翰逊的母亲去世，身为名人的约翰逊竟然没钱，他唯一的传奇故事《拉塞拉斯》的创作，据说就是为了挣钱安葬母亲。

1762 年，约翰逊已经五十三岁了，他的文学耕耘像别人一样得到了来自王室的回报，乔治三世授予他三百镑的年金。此后，他的生活好起来了。他和艺术家约书亚·雷诺兹一起成立了著名的文学俱乐部，一时名流荟萃，伯克、皮特、福克斯、吉本、戈德史密斯，以及文坛、政界的许多人物都是其成员。鲍斯韦尔详细记录并留给世人的约翰逊的著名谈话就是在这个时期发生的。他谈话的理念，就像鲍斯韦尔书中处处展示的一样，是要不计代价战胜对手，要么以辩论击倒对方，或者对手倒下了，还要嘲笑、人身攻击；他武断地对待每个问题，发布神谕，随后以得胜者的神气告终。谈到哲学家休谟的死亡观，约翰逊说："先生，他要是真这么想，就是心理不正常，是个疯子。要不这么想，就是在撒谎。"随后就退出争辩，不发一言。令人惊奇的是，如今还有魅力的就是这些明显有错的自说自话，似乎人们看武断者乱说就很高兴。一次，一位女士问他："约翰逊博士，您为什么把马骸定义为马膝盖？""因为无知，夫人，纯粹是无知。"约翰逊大吼着说。

七十岁时，伦敦的几个书商拜访约翰逊，他们想再版几位英语诗人的作品，想让伦敦的文坛领袖约翰逊给写序言。他由此创作了《诗人传》，这是约翰逊最后一部文学作品。1784年，他死在舰队街的寒酸寓所里，随后葬在威斯敏斯特教堂受景仰的"诗人角"。

（二）约翰逊的作品

1.《英语词典》

"一本书，"约翰逊博士说，"要么帮助我们享受生活，要么让我们忍耐生活。"以这个标准判断，人们就会疑惑约翰逊那么多作品究竟该推荐哪一本。跻身"值得记住"的作品行列的分别是他的《英语词典》和《诗人传》，尽管两者的价值不在于文学，而在于研究文学。《英语词典》是第一本雄心勃勃的英语词典，尤其有价值，尽管词源常有误差，编者因为偏见和幽默也给出叫人吃惊的定义。例如，"燕麦"的定义是"一种谷物，在英格兰喂马，而苏格兰给人吃"，这里他对苏格兰人的偏见就露头了，他一直不理解苏格兰人。定义"养老金"时，他却借机敲打从伊丽莎白时代起就恭维奉承恩主的写作者，但后来他自己也舒舒服服地接受了一份年金。他为人诚实，性格独特，《英语词典》后来再版时他也不愿意更改词典中的定义。

2.《诗人传》

《诗人传》是约翰逊最可读的文学作品。写作《诗人传》之前十年，约翰逊主要精力在谈话，他放弃了《漫谈者》随笔的笨重风格，代之以轻快自然的表达。《诗人传》作为文学批评，常常误导人们。矫揉造作的诗人，如考利和蒲柏，得到赞赏；高尚的诗人，如格雷和弥尔顿，却评价偏低或不当。约翰逊给诗人们写的传记也不可与同时代出版的托马斯·沃顿的《英语诗歌史》相比。不过，它们是传记中的最佳读物，人们对早期英语诗人有印象，要归功于它们。

3. 诗歌与随笔

读者若想读约翰逊的诗，只要翻阅一下《人类愿望皆虚幻》就够了。他唯一的故事《拉塞拉斯》中满是华丽辞藻，没有多少故事，可是，要了解约翰逊个人关于社会、哲学和宗教的观点还就得读它。随便一篇随笔，如《读书》或者《空想之害》，都会让读者认识约翰逊的风格，这是当初演说家们钦佩模仿，后来又幸而为一种更自然的言说方式替代的风格。必须承认，他的大部分作品相当乏味。不是因为他的著作，而是因为鲍斯韦尔塑造的他的形象，约翰逊才享有英国文学中的伟大地位。

（三）鲍斯韦尔的《约翰逊传》

詹姆斯·鲍斯韦尔（1740—1795）是一个奇人，一个瘦弱矮小的苏格兰律师，他像一只狗一样围着高大的主人前后奔跑，要么因为主人的爱抚兴奋异常，要么因为主人轻拍而乖乖地趴下。只要在主人身边，只要能记下主人的神谕就心满意足。鲍斯韦尔一辈子的志向似乎就是享受伟大人物荣耀的反光，他的主要使命是记录他们的言行。他二十二岁时来到伦敦，当时约翰逊声誉渐起，这位不知满足的追名者简直就像一条饥饿的鳟鱼看到了鱼饵。他就像寻金者一样，约翰逊在哪里演讲，他就追到哪里，希望与之结识。最后，在戴维斯书店他抓住了良机。这个时刻的记录是：

> 我想起他对苏格兰的偏见很不安（鲍斯韦尔的话），那类的话我听到得太多了。我就对戴维斯说："不要告诉他我从哪儿来。""从苏格兰来。"戴维斯恶作剧似的大喊。"约翰逊先生，"我说，"我确实是苏格兰人，可这由不得自己。"……"那个呀，先生，"约翰逊大声说，"我发现你的老乡许多都身不由己。"这话可真是令我吃惊，坐下后我觉得自己有些尴尬，担心接下来会发生什么。

执着的鲍斯韦尔不怕拒绝，不怕嘲笑，一连几年追随约翰逊。为了接近偶像，即便文学俱乐部不欢迎他，他还是挤进去了。带偶像游历赫布里底群岛；一有机会就与他攀谈；约翰逊赴宴的时候，鲍斯韦尔就在外面恭候，随后陪同约翰逊在清晨的浓雾里走回家去。一旦约翰逊谈话时他不在场或者约翰逊在床上说了什么话，鲍斯韦尔就小跑着回家把前前后后记录下来。也正由于巨细靡遗的记录，今天才有了唯一的一个伟大人物的完美画像；伟大、虚荣、偏见、迷信，甚至他的容貌都留下来了。

魁梧的身材、因疾病长着疤痕的大脸、棕色的大衣、黑色的绒线长袜、前面焦黄的灰假发、脏兮兮的手、咬断且剪到肉的指甲。说起话来眼睛和嘴巴大开大合地抽动。我们看见这巨人走动，听见他喘气，随后就是"怎么啦，先生！""随后呢，先生？""不，先生！""你没有看透问题，先生！"[1]

有了鲍斯韦尔的记录，我们才知道了那些有名的对话，那些有力的口头论战，约翰逊赖此成名，人们今天依然对此感到惊奇。下面就是从鲍斯韦尔的无与伦比的传记里的一百多则谈话里随机选取的一则。听过约翰逊对苏格兰的偏见，以及他对伏尔泰、罗伯森和许许多多其他人的武断言辞之后，一个倒霉的理论家拿出近期一篇关于野兽未来可能的生活的论文，其中还引用了权威的经典。

---

[1]　参见麦考莱对鲍斯韦尔的《约翰逊传》的评论。

约翰逊不愿意听任何未经常规正统教规肯定的未来情形，就阻止这场谈话。谈话继续进行惹恼了他，他瞅准了一个机会就指责这个人。这个可怜的思考者，带着严肃的、超自然的、沉思的神气对他说："可是，的确，先生，要是我们看到一条聪明的狗，就简直不知道该怎么想。"约翰逊眼睛闪光，身体快活地摇摆着，迅即转过身答道："是的，先生，我们遇上一个特别愚蠢的家伙，就不知道该怎么想。"随即，他站起来，大步向火炉走去，站在那儿乐不可支地大笑起来。

随后约翰逊就谈起蝎子和自然史来，批驳事实，想要谁都拿不出证据。

他似乎喜欢谈论自然哲学。他说："丘鹬飞过北部乡村是有证据的，有人就在海上看见过。燕子肯定整个冬天都在安眠。它们往往几只聚在一起飞呀飞呀，然后成一堆扑到水下，躺在河床上。"他给我们说他的头几篇作品之一是一首写萤火虫的拉丁文诗：我很抱歉没有问哪里可以找到这首诗。

随后就是多到令人吃惊的话题和议论。他给图书馆分类，议定中国事务，评判与胜过自己的女人结婚的男子，嘲弄大众的自由，无情地抨击斯威夫特，有时候加上几句各式各样的预言，大部分与他关于燕子冬眠的知识没有两样。

次日一早，我去拜访约翰逊博士，他对前一天晚上自己的话得意非常。"啊，"他说，"我们谈得很好。""是的，先生，"我说，"您横扫了一帮人。"

听者不仅不怨恨这种少见的蛮横，反而似乎听不够。他们恭恭敬敬地听，赞扬他、奉承他，次日就把他的断语在伦敦四处传扬，傍晚又如饥似渴地跑来听。一旦约翰逊谈话热情减退，鲍斯韦尔就像架鹦鹉的女子、牵跳舞的狗熊的男子一样，他要刺激这个家伙，让他说话或跳舞来教育伙伴们。他讨好地凑近他的英雄，毫无来由地提出神学问题、社会理论、穿衣或婚姻时尚、哲学难题，如"先生，您认为自然感情是生来就有的吗？""若您与一个新生婴儿一起被关在一个城堡里，您怎么办？"随后就会有更多的约氏定理、裁决、预言。不知足的听众们围在他身边喝彩；鲍斯韦尔倾听着，满面笑容，随即跑回家把奇谈怪论悉数记录下来。这场面委实壮观，人们一时间不知道该笑还是该哭。可是我们知道了这个人、这些听众，几乎就像我们当时在场一样。而这，有意无意地得力于这个无人可比的传记家的超绝艺术。

约翰逊去世后，鲍斯韦尔观察等待了近二十年的时机来了。他要在世上大放光芒，不是因为反光，而是他自己的光芒。他把数不清的笔记、记录收集起来，着手写传记，不过他也不着急。约翰逊离世后的四年间，已经有几部传记问世，不过鲍斯韦尔全不看在眼里。他辛劳七年后，给世人献出了《约翰逊传》。这是一部不朽之作，赞扬是多余的，要去读才能欣赏。就像希腊的雕塑家一样，卑微的鲍斯韦尔创造出了比约翰逊的作品更经久不衰的大作。读了传记，约翰逊就是另一世界的人中最熟识的了；如果放下了书，还不喜欢、热爱所有的好文学，那真是缺乏敏感性。

七　晚期奥古斯都作家

约翰逊继承的是德莱顿、蒲柏在英语文坛的位置，古典主义运动的势头过去了。18 世纪下半叶，一大批令人印象深刻的作家出现了，他们各个面目不同，无法归类。总体上看，有三类作家值得注意：第一，古典作家，他们以约翰逊为先导，坚持优雅端庄的文风；第二，浪漫派诗人，如柯林斯、格雷、汤姆逊和彭斯，他们反对蒲柏做作的双行体，书写自然和人类心灵；① 第三，早期的小说家，像笛福和菲尔丁，他们引介了新的文学类型。浪漫派诗人和小说家要专章论述。另外还有一些作家，如哲学界的贝克莱和休谟；历史学界的罗伯逊、休谟和吉本；书信写作者切斯特菲尔德和蒙塔古；经济学界的亚当·斯密；以及二十来个政界的其他作家，如皮特、伯克和福克斯。从这些人中选取伯克和吉本两位，他们的散文作品风格优雅，是奥古斯都时期的代表。

（一）埃德蒙·伯克（1729—1797）

读完伯克所有的作品以便透彻地理解他不是轻松的任务，少有人能胜任。或者，像大多数人一样，这儿那儿地选读上一些，就会对这个人有一个错误的看法，要么过分地赞誉他出色的雄辩，要么过于实诚，认为他的时代实在发展缓慢，他的观点常常隐蔽在约翰逊式的晦涩里。其实这就是在伯克的十二卷作品中能看到的鲜明特征，作品中涉及当时范围极广的政治经

---

① 许多作家身上体现出古典和浪漫倾向的混合特征。比如戈德史密斯追随着约翰逊反对浪漫主义者，可他的《荒村》在思想上就是浪漫主义的，尽管古典的双行体简直同蒲柏的一样机械。伯克的演说也是"古典优雅"的，却不时显得浪漫且情绪激昂。

济思想，事实、哲学、统计学和奇妙飞翔的想象混合在一起，在某种程度上，英语文学中以前从未有过这样的作品。因为伯克在精神上属于新的浪漫派，而在风格上，他是一个真正的古典主义者。我们只能简要回顾一下这个了不起的爱尔兰人的生平来估计他在我们的文学中的地位。

1. 生平

1729 年，伯克出生于都柏林，父亲是爱尔兰的一位出庭律师。他在三一学院学完大学课程后去伦敦学习法律，但很快就因为追求文学而放弃了法律，文学又把他引入了政治。他有诗人的灵魂、想象力，对他来说，法律只是一块绊脚石。他的前两部作品《维护自然社会》和《崇高美和秀丽美理念起源的哲学调查》不仅给他带来了文学上的认可，也带来了政治上的认可，他先后获得了几个小职位。三十六岁时，他以温多弗选举人资格入选议会；随后的三十年间，他是下议院最有名的人物，也是下议院里公认的口才出众的演说家。他清正廉洁，公德私德都无可挑剔。他一生呼唤公平和自由，英国的雇员中没有比他更博学、更忠诚的。英国殖民地争取独立的时候，伯克的影响力达到了顶点；他在伟大的演讲之一《论同美洲的和解》中为殖民地的事业呼吁，这使得美洲的读者对他深感兴趣。他为美洲人说话很引人注目，因为在其他事务上，他远不是一个开明的人。浪漫派作家对法国大革命满腔热情，他则直接驳斥他们的说教；他批驳革命者的政策，与开明的辉格党决裂，加入了托利党，力主发动与法兰西的可怕战争，拿破仑则因这场战争倒台了。

值得庆幸的是，伯克虽然身陷党派政治的倾轧与痛苦中，却一直坚守真理与诚实的高贵理想。他的作品，无论是反对奴隶贸易的，还是为美洲人呼吁公正的，抑或是保护印度的穷人免受东印度公司贪婪盘剥的，又或者是反对对绝望挣扎的法国给予同情的，目标都是单一的人类福祉。1794 年领养老金退休时，他已经大获全胜，赢得整个国家的感激和爱戴。

2. 作品

伯克一生可以明确地分为三个阶段，分别对应着他依次关注美洲、印度和法国事务的时期。

第一阶段是预言时期。他研究了美洲殖民地的历史和情感，警告英国若一意孤行忽视美洲人民的要求、忽视美洲人精神，灾难就会来临。1774 年、1775 年他就有两次伟大的演讲《论美洲税制》和《论同美洲的和解》，它们是《独立宣言》的先声。这一时期，伯克辛苦一番，却一无所获；他事业惨败，英国失去了面积最大的殖民地。

埃德蒙·伯克

第二阶段不再预言，而是谴责。英国在印度进行殖民统治，但是伯克考察了获胜的方法，了解了这种没有感情的、迫使千百万穷苦的世居民众为了英国垄断的利益而辛劳的方式后，从心底里起了反感，再次成为被压迫人民的捍卫者。这一时期他最有名的两次演讲分别是《阿尔科特债务的要人》和精彩的《沃伦·黑斯廷斯的弹劾》。显然，尽管他仍然站在正义的一方战斗，他的事业却又一次遭遇挫折。黑斯廷斯被宣告无罪，对印度的掠夺仍在继续；不过，伯克辛劳了一番，改革的种子已经播下，只是很久之后才会成长结果。

令人吃惊的是第三阶段竟然是行动期。是因为法国大革命中大众疯狂的自由吓着了他，还是因为他逐渐高升而下意识地站到了上层阶级一边，不得而知。正如前半生从未被质疑，他依然真诚而高尚。他脱离了开明的辉格党，与反动的托利党联手了。他反对因法国大革命兴奋异常的浪漫派作家，大声疾呼不要让革命精神发展起来，忘记了那本来是使现代英国成为可能的一场革命。此情此景，我们恐怕得说他走上了歧路，可是却第一次成功了。在很大程度上是因为伯克的巨大影响，一直攀升的对法国革命民众的同情在英国遇到了阻力，随即起了战事，结果就是令人不快的特拉法尔加和滑铁卢战役的胜利。

《法国革命感想录》

这一时期伯克最有名的作品是《法国革命感想录》，最后出版前他多次润色修正。这部抱负远大的文学随笔，尽管非常成功，对读者来说却是令人失望之作。虽然伯克有凯尔特人血统，但他不理解法国人，也不理解普通民众以自己的方式为之战斗的原则。[①] 他对法兰西的控诉和呼吁让人想起一个缺乏幽默的传道者，他正在严厉批评一群不在教堂的罪人。该作品少有予人启发之处，多的是约翰逊式的华丽词语，这让时代都有点令人厌烦，即便人们赞赏作者的文采。更重要的是伯克第一

---

① 托马斯·潘恩的作品《人权》就是答复伯克的文章的，更为有趣，在英、美都有巨大的影响。

批随笔中的一篇——《崇高美和秀丽美理念起源的哲学调查》，在风格方面有时候可以与艾迪生发表于《旁观者》上的一组关于"想象的乐趣"的随笔对比一读。

伯克的演说

伯克最著名的演讲《论同美洲的和解》《论美洲税制》《沃伦·黑斯廷斯的弹劾》如今还作为散文典范供学校里的学生研读，这一事实往往会使它们的文学重要性被夸大。纯粹就文学看，演说的缺点够多了；其中列第一的——也是古典时期的特色——就是辞藻华丽，缺乏质朴气。[①] 严格说起来，这些演说不是给读者快乐和思想的文学，而是着意于修辞，考验的是人们的思想专注力。不过，这些都是表象，任意研读一篇就会发现它们的可贵品质，这是它们在英语文学学习中有重要地位的原因。

首先，这些演讲在表现英语的庄严和修辞力量方面是无可匹敌的。

其次，尽管伯克演说用的是散文，但他在本质上是一个诗人，他的意象，就像弥尔顿的散文作品，比我们的许多诗歌作品更加引人注目。他讲话讲究形象、意象、象征，他的语句抑扬顿挫的音乐效果说明他受读诗多的影响。他不仅表达形象，而且心中也富于形象，他属于复兴的诗人。有时候他的语言是假古典的，露出约翰逊一派的影响；而他的思想一直是浪漫的；支配他的不是实际的利益，而是理想，对人类的深切同情可能是他最醒目的特点。

---

① 同年，就是伯克发表言辞华丽的"安抚"演说的 1775 年，帕特里克·亨利面对弗吉尼亚的代表也慷慨地演讲了一番。两个人都在为正义的事业呼吁，都被崇高的理想激励着。然而，比较一下伯克的更出色的演讲和亨利的演说确实很有趣。伯克的演讲让我们想到了他的学识、光辉和雄辩；可是他没有说服我们去行动。帕特里克·亨利呼唤我们，我们便起身追随他了。这也是两位演说家的根本区别。

再次，这些演说的最高目标，不同于大多数政治演说，不是要赢得赞成、获得选票，而是要确立真理。伯克就像英国的"林肯"，对真理不可抗拒的力量有至高的信念，对人有信念，若我们这个种族的历史有一点意义，他就不愿接受谎言。这两个伟大人物的方法在这一方面很相像，各自以多种方式重复他们的理念，从不同的视角展示真理，以便吸引经历千差万别的人们。此外，这两个人又差别明显。林肯未受过教育，话语质朴简单，总举农场的例子，常常还讲一些恰当生动的幽默故事，他的观点听者一听不忘。学者型的伯克用语华丽端庄，举例遍及文学与历史。他的意象和典故，配上他少有的诗意的逻辑推理，遂使他的演说非同一般，却也完全偏离了他的话题和目标。

最后，对这个人和他的著作都应该最重要的一点是，伯克无畏地坚守公正的原则。他研读历史，发现自有人类以来，每一个改革家的最高目标就是确立人与人、国与国之间的公正。微小且暂时的成功吸引不了他；有真理就足以推动辩论；缺少公正，无法彻底解决一个问题。这就是他的立足点，黄金法则般朴实、道德律条般不可动摇。因此，尽管他的三个演说中的每一个愿望都明显落空，他为之斗争的原则却没有失败。就像一位现代作家谈到林肯说的那样，"那个充沛的、流在这个国家的脉搏里的生命依然在跳动"，在以公正塑造英国政治之路上，伯克的言辞依然有力。

（二）爱德华·吉本（1737—1794）

读者要了解伯克和约翰逊，就要大量阅读，做判断必须谨慎。但是要了解吉本，任务相对简单，因为只要考虑两本书——《回忆录》和《罗马帝国衰亡史》第一卷。《回忆录》里可见吉本个性的有趣之处：满意地看待事物的物质性，总是避开生活中的艰难和责任，寻找最容易的道路。"作为恋人我叹气，作为儿子我遵从。"当为了保证继承权时，他这样说。他放弃了他深爱的女人，回家来享受父亲的财富。这使人想起他的一生。然而，他的《罗马帝国衰亡史》是一部非凡的著作。这是我们语言中第一本以科学的原则写成的有确切事实基础的作品，历史事实与文学风格的结合使《罗马帝国衰亡史》成了吉本一生"值得记忆"的作品。

吉本的《罗马帝国衰亡史》

吉本像弥尔顿一样，一直想写一部不朽之作，也尝试过几个历史主题，后来还是轻易放弃了。他在日记里告诉我们这些模糊的念头是怎样确定为一个目标的。

> 那是 1764 年 10 月 15 日，我当时在罗马，坐在国会废墟中沉思，赤脚的男修士在朱庇特神庙里唱着晚课，我第一次有了书写这个城市衰亡的念头。

十二年后，即 1776 年，吉本出版了《罗马帝国衰亡史》第一卷；巨大的成功鼓舞着他写出了随后的五卷，并在十二年间先后出版。《罗马帝国衰亡史》以公元 98 年图拉真登基为开端，"筑了一条笔直的罗马大道"，穿越十三个世纪的混乱历史，以 1453 年拜占庭帝国垮台作结。《罗马帝国衰亡史》视野宏大，不仅涵盖了罗马帝国的衰落，还写到了北方蛮族的繁衍、基督教的传播、欧洲国家的重组、东罗马帝国的建立、伊斯兰教的兴起。但一方面，该书缺乏哲学的洞察力，只满足于史实，却不理解事件的起因，而且，吉本似乎缺乏理解思想和宗教运动的能力，所以《罗马帝国衰亡史》对基督教的巨大影响这一部分书写不足；另一方面，吉本的学识无可挑剔，他博览群书，史实均筛选自众多书籍和记录，以令人印象深刻的方式有序排列。而且，他处理文献和官方资料公正无私。由此，他贡献给我们的书是英语中的第一部历史，完全经得起现代学术研究的考验。

作品的风格与主题一样引人注目。的确，要是写别的主题，那种庄严的句子、响亮的发音就不匹配。可是热情洋溢的读者所有赞扬的话——完备、优雅、辉煌、全面、厚重、洪亮、丰富、详尽、绚丽、深透，这本书都当之无愧，不过必须承认，人们有时候私下里说书的风格会干扰对叙事的兴趣。他把事实从众多源泉中筛选出来，可又把它们隐藏在无休无止的历史叙述中，即使是最简单的史实，读者要确定也得再度筛选。另一个缺陷是吉本的观点世俗无比。他不喜欢个人，偏爱盛会和群体，他也缺乏热情和思想洞察力。带来的结果就是材料有时候过于直率，读者会疑惑自己阅读的书是写力量和机器的还是写人的。随便翻阅的阅读给人感觉极好，人们肯定会对优雅的古典文风和渊博的学识印象深刻；可若要继续读下去，人们就会渴望质朴、自然，最要紧的是渴望能让故去的英雄再度活现在书页上的热情。

这样的断语并不能掩盖这本书销量惊人的事实。而这本身就是证据，证明众多的读者认为该书不仅见识广博，而且可读、有趣。

第二节　浪漫主义诗歌的复兴

旧秩序改变，给新的腾出位置；
上帝实现自己方式多样，
以免一个好惯例败坏世界。

丁尼生《亚瑟之死》

一 浪漫主义的含义

德莱顿、蒲柏和约翰逊轮流做文坛之主，因为他们的垂范，诗歌崇尚双行体，文学表达普遍正式，在精神上趋于讽刺和批判。此时，一个新的浪漫主义运动悄悄现身。汤姆逊的《四季》（1730）是浪漫主义复兴值得注意的第一首诗。浪漫主义的诗、诗人数量和重要性稳步上升，直到华兹华斯和司各特的时代，浪漫主义精神远比古典主义更加彻底地主导我们的文学。雨果称为"文学自由主义"的浪漫主义运动就是要表达想象中的生活，而不是平凡的"常识"所见，那是18世纪英国哲学的核心信条。有六个显著特征把浪漫主义与我们刚才研究的所谓古典文学区分开来。

第一，规则和惯例不仅在科学与神学中，在文学中也是一般意义上人类自由精神的束缚，而浪漫主义运动强烈地反对和抗议其束缚。

第二，浪漫主义回到自然、回到朴素的人性中寻找素材，与古典主义恰成对照。古典主义主要局限于俱乐部、客厅和伦敦的社会与政治生活。汤姆逊的《四季》虽然有缺陷，却也揭示了近一个世纪以来英国的伟大作家很少注意的自然之财富与美。

第三，浪漫主义重新拾回了黄金时代的梦想，[①] 当初严酷的生活现实被忘记，所确立的唯一的永恒现实就是青春的理想。或许"梦想者生命永恒，辛劳者一日即死"最能表达现代诗人的不羁想象；不过，若我们认真考虑一下，一个民族的

---

① 浪漫主义复兴以人们对中世纪理想和文学的兴趣复兴为标志。由于这一兴趣，当时出现了沃波尔成功的传奇《奥特朗托堡》和查特顿的伪作《罗雷诗抄》。

梦想和理想是值得珍藏的财产，即使石头的纪念碑早已破碎，战斗早已被遗忘。浪漫主义运动强调的是这些青春的永恒理想，直指人的心灵，德莱顿和蒲柏的古典优雅从未做到这一点。

第四，由理解人类心灵生发的强烈的同情心是浪漫主义的鲜明特征。心灵没有把它的财宝向知识或者科学开放，而是给了同情天性的感觉；明智者和审慎者不可见的事物被展示给孩子们。蒲柏没有可感知的人性；斯威夫特的作品是可怕的讽刺作品；艾迪生醉心于上流社会，对普通人无话可说；就是心肠仁慈的约翰逊，对大众也没有感情，甚至支持罗伯特·沃波尔爵士放纵恶性的政策，直到革命迫使他关注人性的需求。随着浪漫主义复兴，一切都改变了。霍华德为改革监狱、威尔伯福斯为奴隶的自由各自勇气百倍地工作着，格雷则写出了"简短朴实的穷人编年史"，戈德史密斯写成了《荒村》。柯珀则唱道：

> 我的耳朵疼痛，
> 我每天都烦恼于报告
> 布满大地的罪恶和暴行的报告。
> 顽固的心里没有肉体，
> 它不为人类感觉。①

对穷人的同情、对压迫的反抗，越来越强烈，到彭斯达到了极致，彭斯是所有语言的诗人中最与未受教育的人贴心的。

第五，浪漫主义运动不是既定规则的书写，它是个人天才的表现。因此，新复兴的文学因不同作家的特点和情绪而多姿

---

① 参见《使命》卷二。

多彩。例如，若我们去阅读蒲柏，就会有一种一样的整体印象，似乎他的优美的诗是由同一台机器写出来的；但是优秀的浪漫主义作家的作品却变化多端。读浪漫主义作品，就像走过一个陌生的村子，遇见各种各样的人，人人可爱，人人难忘。自然和人的心灵焕然一新，就像以前我们从来没有留意过似的。因此，读以自然和人的心灵为素材的浪漫主义者的作品，我们很少感到厌倦，而是惊奇不断；新奇如朝阳、如大海，总会给我们深深感动的新的美，就好似我们以前从来没有见过。

第六，浪漫主义运动由天才引导，却也不是完全不受限制。严格来说，历史上文学上都没有新运动；每一个新运动都源出领先的某些好的发展，新运动都要满怀敬畏地仰望已去的大师。浪漫主义复兴的灵感来自斯宾塞、莎士比亚和弥尔顿，早期浪漫主义的诗首首都透着这几位领袖人物的影响。[①]

浪漫主义还有许多其他特点，不过这六个特点——反抗规则的束缚、回归自然和人的心灵、对承载英雄时代的古代传奇和中世纪传奇的兴趣、同情世间的劳动者、突出个人天才、在文学上不学习蒲柏和德莱顿而以弥尔顿和伊丽莎白时代作家们为榜样——是最醒目的、最有趣的。记住这些，我们就会更好地欣赏随后的作家的作品，他们在不同的程度上代表了 18 世纪浪漫主义诗歌的复兴。

二　托马斯·格雷（1716—1771）

> 宵禁的钟鸣响一日的丧钟；
>
> 低哞的牛缓缓走在草地上；

---

① 例如，菲尔普斯的《英国浪漫主义运动的起源》就列举了 1700 年到 1775 年之间的斯宾塞追随者。

耕地人脚步疲倦往家走，

把世界留给天黑和我。

眼中的大地景致渐渐隐去，

肃穆的寂静弥漫在空气中，

除了甲虫嗡嗡飞行，

催眠的叮叮声让山坳沉寂。

"英语中名气最大的那首诗"就是这样开始的，这是一首温和而忧伤的诗，早期浪漫主义诗歌都有这个特点。这首诗应该从头到尾读一下，因为它是这一类诗的完美典范。其中可见弥尔顿的《沉思的人》的痕迹，可是说到优美和含蓄，《沉思的人》也不见得能超过它。

（一）　格雷的生平

名气很大的《墓园挽歌》的作者格雷是浪漫主义诗人中最博学、最平和的人物。年轻时他体弱多病，他母亲生育了十

托马斯·格雷

二个孩子，只有他活了下来。童年不幸、父亲暴躁、慈母早逝，这一切给他的一生打上了忧伤的烙印，他的诗都明显透着忧伤。他先在伊顿公学读书、随后去剑桥大学学习，似乎一直以自己的兴趣为目标，而不在意课程安排。他像吉本一样吃惊地发现大学生活闲散又盲目。他的学校生活的一个收获是结识了霍勒斯·沃波尔，沃波尔带他出国去欧洲游历了三年。

能想象的古典主义和新起的浪漫主义之间的本质区别没有比格雷和艾迪生之间的通信揭示得更清楚的了，他们都记录了国外旅行的印象。约二十五年前，艾迪生翻越阿尔卑斯山时，天朗气清，他写道："旅途令人烦恼……你不能想象我看见平原有多么欢喜。"格雷翻越阿尔卑斯山是在冬初。"我带着海狸皮手筒、兜帽和口罩，毛皮靴子，还有熊皮衣，"他高高兴兴地写道，"没有一处悬崖、一条激流、一面绝壁不孕育信仰和诗的。"

格雷回到英国，在斯托克波吉斯小住，写成《伊顿颂》，可能也写了《墓园挽歌》草稿，不过，《墓园挽歌》完成是在八年之后的 1750 年。他生性羞怯，余生就在剑桥大学任现代历史和语言教授，但没有上课的麻烦事。在剑桥，他专心研究，倾情于诗，扎进新大英博物馆的手稿中，一时间在英格兰和苏格兰的"小人国"旅行，一时间又"四处觅食"写作。1771 年他在彭布罗克学院去世，葬在斯托克波吉斯的教堂墓地里。

（二）格雷的作品

1775 年出版的《书信集》是格雷很好的作品，《日记》也是描绘自然的典范；只是他在文坛的名声与地位要归功于一本薄薄的诗集。诗集里的诗自然地分为三个时期，也是格

斯托克波吉斯的教堂

雷从长期以来主导英语文坛的古典规则获得解放的三个进步阶段。

第一阶段是几首小诗，最好的是《逆境赞歌》《致春天》《伊顿公学前景》。这些早期的诗表明两件事：第一，这一时期所有的诗都有的忧郁气息出现；第二，对自然的研究不是因为自然的美与真，而是因为它是人类情感的合适背景。

第二阶段中同样的趋向更加明显。这个时代最完美的诗《墓园挽歌》（1750）就属于这个阶段。英国诗人致力于"忧郁的文学"一个多世纪，阅读弥尔顿《沉思的人》和格雷《墓园挽歌》就能看见"忧郁的文学"的发源和完善。这一阶段的另外两首有名的诗是品达体颂歌《作诗法的进步》和《吟游诗人》。第一首让人想起德莱顿的《亚历山大的盛宴》，音韵优美、表达多样则是受到弥尔顿的影响。《吟游诗人》在各个方面都既有原创性，又有浪漫气息。一个年老的吟游诗人，最后的威尔士歌手在荒凉的山口挡住了爱德华国王和他的大军，细腻、诗意却暴怒地预言恐惧和悲哀将会降临到暴君的头上。从诗的第一行"毁灭攫住了你，残暴的王！"到结尾，甚至老吟游诗人从高耸的石壁上一跃而下，消失在滔滔的大河里，都悸动着一股人类的古老高贵种族的热情。这首诗完全与古典时期决裂了，是文学的"独立宣言"。

在第三阶段，格雷暂时放下了他的威尔士素材，转向新的浪漫主义领域，两首古斯堪的纳维亚主题诗作《命运三女神》和《奥丁的后裔》（1761）是具体表现。这两首诗是格雷从拉丁文翻译而来，尽管缺乏古斯堪的纳维亚萨迦的根本力量和辉煌，但它们的奇特之处在于呼唤人们关注隐藏在北欧神话中未被用过的文学财富。古斯堪的纳维亚萨迦能流传至今且人们兴趣依然浓厚，在很大程度上应归功于格雷和珀西（1770 年出版《北方古史》）。

总之，格雷的作品是对 18 世纪多姿多彩的生活的有趣评论。他是一个学者，熟知当时所有的知识趣味，他的作品有古典主义的精确和圆润；但是他对自然、普通人和中世纪文化的兴趣也已复苏，作品的风格和精神都是浪漫的。同样，古典派与浪漫派的冲突、浪漫主义的胜利也清晰地体现在格雷的同代人、多才多艺的奥利弗·戈德史密斯身上。

三　奥利弗·戈德史密斯（1728—1774）

《荒村》是英文诗中人们最熟悉的一首，戈德史密斯在浪漫主义初期诗人中享有高位。可是我们若阅读一下这首诗，就会发现它不过是蒲柏《人论》风格的押韵散文；它的流行依赖于其唤醒的同情记忆，而不是因为其诗意的超绝。戈德史密斯擅长写散文，是随笔作家，文中有艾迪生的细腻圆润，而同情人类则有过之；他也是一个戏剧家，世纪之轮已经碾压而过，他的一出喜剧还常演不衰，这样的戏剧家可不多见。不过，可能比诗人、随笔作家、戏剧家更了不起的是小说家戈德

奥利弗·戈德史密斯

史密斯，他自担重任，扫除了早期小说中的冷酷和下流，以《威克菲牧师传》为英语小说增添了一个富有生命力的人物。就方法说，尤其是作诗，戈德史密斯受朋友约翰逊和古典主义者影响至深；但就素材说，就同情自然、同情人类说，他毫无疑问属于新起的浪漫派。总之，在约翰逊时代成名的文坛人物里，他多才多艺，是一个迷人、无常性、最可爱的天才。

（一）生平

戈德史密斯是一个无责任心、性格偏颇的天才，一生如此，若不是他在反复无常中一直那么可爱，他简直令人绝望。他出生在爱尔兰的帕拉斯镇，父亲是一个穷苦的助理牧师，人品高尚，是《威克菲牧师传》里的普林姆罗斯、《荒村》里的乡村牧师的原型。中学时期的戈德史密斯曾在多所学校就读，成绩不如意，被认为十分愚笨，没有希望。后来，他以减费生身份进入都柏林三一学院，靠勤工俭学抵付学费。因为爱恶作剧，校方不喜欢他，不过他也不在乎。生活一贫如洗，他更不在乎；他给街上的歌手写歌谣挣到的几个钱常常不是用来还债，而是到了闲荡的乞丐手里。在大学过了三年后，他逃跑了。就像廉价小说里所写的，他在外面差点饿死，受尽侮辱的他被发现并带回了大学。此后，他略微用功了一些，1749 年获得了学位。

令人奇怪的是，家人竟然鼓励这样一个闲散、没有责任心的人去担任圣职；不过事实就是这样。戈德史密斯与宗教还是打了两年交道，只是申请神职时被拒绝了。他想教书，可是也没成功。随后，他对美国有了想法，便带上备好的盘缠，骑了一匹骏马前往科克，在那儿可以乘船去往新世界。他一路上闲游闲逛，像个快乐的爱尔兰人，误船了，就又高高兴兴地来到亲戚们中间，钱已经花光，骑着一匹名叫费德班克的令人怜悯的老马，这是他在路上买的。① 他又借了五十英镑，准备去伦敦学习法律，但很快就打牌输光了钱，随后又可爱地不负责任地出现在绝望的亲戚们眼前。第二年，亲戚们送他去爱丁堡学习医学。在爱丁堡的几年里，他靠唱歌和讲故事广受欢迎，而医学对他来说仅仅是个令人烦恼的折磨。忽然间他又心血来潮，一心旅游，就出国了，表面上是为了完成医学学业，实际上是在欧洲漫游，像一个快乐的乞丐，唱歌吹笛换取食宿。他可能在莱登或帕多瓦学习过，不过都是顺带的。流浪一年多后，他回到了伦敦，拿着一个可疑的医学学位，说是在鲁汶或是帕多瓦获得的。

此后几年，戈德史密斯一直苦苦谋生，做过私人教师、药商助理、滑稽演员、乡村学校引导员，最后在萨瑟克当了医

---

① 这就是戈德史密斯的令人起疑的历险故事，细节不为人知。

生。他慢慢地转向文学创作，受雇于伦敦的书商，勉强生活。他的随笔和《世界公民》（1760—1761）引起了约翰逊的注意，约翰逊欣赏他，先是怜悯他穷，随后喜欢他的天分，并立刻宣称他是"如今所有作家中的第一人"。约翰逊的友谊是无价之宝，很快戈德史密斯就发现自己已经成了排外的文学俱乐部的一员。而他也不负约翰逊所望，迅即出版了《旅人》（1764），被赞扬为这个世纪最好的诗。他的手头阔绰起来了，书商纷纷请他写东西；他在舰队街买了新房子，装饰豪华；可是他过分爱好鲜亮的衣服，狂买丝绒斗篷，恣意施舍，花钱速度超过了挣钱速度。他一度重操旧业，当起了医生，可他光鲜的衣着并不像他所期待的那样带来顾客；随即他又转向写作，偿还书商们的债务。他写了几本肤浅粗糙、讹误多多的教科书，如《有生气的天性》以及英国、希腊和罗马史，这些给他挣来了面包和更多的漂亮衣服，而他的《威克菲牧师传》《荒村》《屈身求爱》则让他声名不朽。

　　结识约翰逊后，戈德史密斯就又被鲍斯韦尔盯上了。多亏了鲍斯韦尔的《约翰逊传》，我们才知道了许多戈德史密斯的生活细节，他的朴素、笨拙、滑稽和可笑，这些让他不断成为那个著名的俱乐部的笑柄和机智者。鲍斯韦尔不喜欢戈德史密斯，于是刻画起来也不奉承他，可就是这样也掩盖不了让人们喜爱他的那种感染人的幽默。四十六岁时，他发热病倒了，孩子般的轻信让他向一个庸医求治。他死于1774年，尽管他葬在别处，约翰逊还是在威斯敏斯特教堂给他立了一块碑，拉丁语碑文写得很大气。约翰逊说："不要记住他的脆弱，他非凡得伟大。"文学界——就像那位文坛领袖，虽然行事鲁莽，心底里却宽厚——愿意接受并记住这一结论。

（二）戈德史密斯的作品

戈德史密斯的早期随笔和后期的历史书用不着费笔墨。这些书各得其所，已经远离了普通读者的目光。或许其中最有趣的是一系列写给《公众纪录报》的书信（后来以《世界公民》为名出版），书信从一个假托的中国旅人角度出发，评价英国文明。[①] 下面的五部作品是戈德史密斯赖以成名的作品。

1.《旅人》

戈德史密斯在当代人中间获得名声是因为《旅人》（1764），可如今已经很少有人读了，除非有学生想知道戈德史密斯如何一度受约翰逊和他的假古典主义支配。这是一首长诗，双行体，审视和评判了欧洲各国的社会生活，诗中不少是戈德史密斯的游历和印象。

2.《荒村》

《荒村》（1770）的写法很古板，只是弥漫着诚恳的人类同情，完美地为个人反抗体制发声，许多普通人听得高兴，顾不上去问批评家是不是该认为这是一首好诗。虽然有这些缺点，马修·阿诺德也让人们注意到了这些缺点，但这首诗还是成了英文诗中有名的一首。不过，我们还是禁不住希望双行体里插入一些都柏林大街上的听众们着迷的爱尔兰民歌和歌谣，戈德史密斯在欧洲旅行时，一停下来开口唱，法国的农夫就喜欢非常。戈德史密斯当乡村牧师和教师的时候，创造了两个可爱的同英语一样不朽的人物，从而丰富了乔叟的作品。有人批评说"甜美的奥本"的图景从来不会出现在爱尔兰的任何一个村子，这有道理，不过也没有关系。戈德史密斯是一个绝对

---

① 这是戈德史密斯的理念，借自沃波尔，重现于伪作《一个中国官员的来信》，该书最近大受关注。

的梦想家，他必然就像看待他的债务和衣服一样，以纯粹理想主义的眼光看待一切。

3.《好心男人》《屈身求爱》

《好心男人》和《屈身求爱》是戈德史密斯的两部喜剧。前者是一个性格喜剧，虽然有惹人发笑的场景和人物柯鲁克，却上演失败，没有重演过。后者是一个密谋喜剧，很少有地常演不衰。生动热闹的场景，令人快乐的可笑人物马洛、哈德·卡斯特尔夫妇、托尼·伦普金依然让现代观众关注；几乎每一个业余剧团俱乐部或迟或早都会把《屈身求爱》放入受关注的戏单。

4.《威克菲牧师传》

《威克菲牧师传》是戈德史密斯唯一的小说，也是各种语言中第一本为家庭生活赋予经久的浪漫气息的小说。无论我们多么赞赏——马上就要说到的这种赞赏——英语小说的起源，我们还是惊讶于起源时期小说里常见的残酷和粗鄙。戈德史密斯像斯蒂尔一样，对纯洁的女性有一种爱尔兰人的敬畏，因此，当时的小说家如斯莫利特和斯特恩似乎津津乐道的庸俗和粗糙，他都像躲害虫一样避开了。因此，戈德史密斯为小说做了艾迪生和斯蒂尔为讽刺和随笔所做的事；他雅化并提升了小说，让它配得上古老的盎格鲁－撒克逊理想，成为我们最优秀的文学遗产。

简言之，《威克菲牧师传》是淳朴的英国牧师普里姆罗斯博士和他的家人的故事，是曾经幸福的他们经历苦难的故事。人们常说祸不单行，普里姆罗斯家可真是灾祸连连。牧师经历了贫穷、悲痛、监禁和难以启齿的女儿失踪，对上帝、对人类的信仰却大获全胜。小说结尾，他就像那些古老的殉教者一样，孩子们在斗兽场里，狮子在咆哮，他在唱着哈利路亚。不得不说这里戈德史密斯的乐观主义达到了极点。有时候读者自然地渴望能读到日常的有活力的语言的地方，会发现一些优美的约翰逊式的用语；读者经常心生困惑，即便世事皆有可能，好事也多得是，牧师的痛苦阴云也太容易转化为众多福祉了；然而读者不由自主地读下去，最后也得快乐地承认这个素材在别的作家手里本来会成为一个闹剧或残酷的悲剧，但戈德史密斯成功地创造出了一个有趣的故事。戈德史密斯把别的小说家依赖的浪漫激情、阴谋和历险弃置一边，就在这个普通生活的朴素故事里，成就了三件事情：为人父几乎是一件神圣的事；歌颂了作为文明中心的家庭生活的道德情感；创造了普里姆罗斯博士这一异乎寻常且不朽的人物形象，这个人物似乎不像是出现在一本书里，而更像一个我们的老熟人。

四　威廉·柯珀（1731—1800）

另一个有趣的诗人是柯珀，他像格雷和戈德史密斯一样，表现着浪漫主义与古典理想之间的斗争。不像戈德史密斯出版《旅人》和《荒村》那样顺利，柯珀的第一本诗集出版遭到了文学风尚的刁难。但是第二阶段，他写无韵体诗已经得心应手；他喜爱自然，喜欢朴素的如《使命》中的赶车人、信差之类的人物，表明他的古典主义正在逐渐被浪漫情感融化。后期作品里，尤其是不朽的《约翰·吉尔平》，柯珀把流行置之脑后，放开诗神的飞马，在大道上飞驰，已然成为浪漫主义早期最自然、最有趣的诗人彭斯的开路人。

（一）生平

天才柯珀生性腼腆、怯懦，一生都令人同情，他觉得人类世界太粗野，像一只受伤的动物一样退回了自然。1731

威廉·柯珀

年，他出生在赫特福德郡大伯克姆斯特德，父亲是一个英国神职人员。柯珀身体虚弱、生性敏感，母亲死后，缺少关爱，他的童年满是忧伤。六岁时，他被送去男童学校，学校里野蛮孩子的恐吓让他痛苦不已。有一个凶恶的孩子横行霸道，柯珀连他的脸都不敢正视，他一看到那家伙的鞋带扣，就吓得哆嗦。他的《学徒期，或学校回顾》（1784）里的凶狠的骂人话表明这一时期的学校经历影响了他的心理和健康。他学习法律十二年，但在公职公共考试前夕，他紧张得几乎要自杀。这个经历扰乱了他的理智，接下来他只好在圣·阿尔本的一家精神病院过了十二个月。1756 年，父亲去世，他得到了一小笔遗产，这让他可以不像戈德史密斯那样为吃饭挣扎。他身体恢复后，几年都寄居在昂温夫妇家。文雅的昂温夫妇发现了隐藏在这个羞怯、忧郁、别致幽默的人身上的天分。尤其是昂温夫人，关照他如关照儿子一样，柯珀贫寒一生所体验到的幸福主要来自这个女人的关爱，他所有的诗里的"玛丽"都是她。

对宗教的病态兴趣引发了柯珀的第二次精神错乱，这可能是受助理牧师约翰·牛顿的极端热情影响，柯珀曾和牛顿在奥尔尼的小教堂里共事，他们一起编订了著名的《奥尔尼赞美诗》。柯珀的余生就在间歇性的忧郁症和精神错乱的折磨中度过，他从事园艺、照顾无数宠物、写诗、翻译荷马的作品、写令人着迷的书信。他最好的两首诗是在活泼有教养的寡妇奥斯丁女士建议下写成的，奥斯丁给他讲了约翰·吉尔平的故事，希望他就此写一首歌谣。她还催促他写一首无韵体长诗；柯珀问以什么为题，她搞怪地指向当时的新家具沙发。柯珀立刻就写成了《沙发》，因为不时就有灵感，他经常就把这首诗添添补补，成品起名《使命》。该诗 1785 年出版，柯珀很快就被确认为当代的大诗人之一。他生命的最后一年是不断与精神错乱战斗的一年，1800 年死神冷酷地结束了这场斗争。他的最后一首诗《被抛弃的人》是一声绝望的呐喊，诗中，诗人是一个在暴风雨中被冲出船外的人，朋友们眼睁睁看着他丧生却无可奈何。

（二）柯珀的作品

柯珀的第一本诗集包括《错误的前进》《真理》《席间漫谈》等，其有趣之处在于表现了诗人如何受当时的古典规则束缚。总体上，这些诗沉闷枯燥，可以偶尔感染读者的是其亲切及纯粹的幽默性情。柯珀是一个幽默的人，只是经常的精神错乱妨碍了他在幽默作家中成名。

1.《使命》

《使命》以无韵体写成，出版于 1785 年，是柯珀最长的诗。如果我们习惯了华兹华斯和丁尼生的自然诗，就不容易欣赏《使命》惊人的独创性。可以肯定的是，《使命》就像华兹华斯的大部分诗，传统而"呆板"；不过，我们读过约翰逊时代的押韵随笔和做作的双行体，一下子读到柯珀笔下平凡的景致、树林和溪流、农夫和赶车人、奔忙的信使，就会意识到此时英国文学已经处于诗歌新时代的黎明了。

> 他来了，喧嚣世界的报信者，
> 溅满泥的靴子、系带子的腰身和结冰的头发：
> 背上背负着所有民族的信息。
> 忠于自己的负担，身后满满的负载，
> 然而不在乎自己所带来的，他的唯一使命
> 是引导它到命定的客栈，
> 进而放下期望的袋子，传递。
> 行走时他的哨声，轻快的家伙，
> 冷漠然而欣喜：悲痛的信使
> 可能给成千上万的人，欣喜的信使给一些人；
> 对他自己冷漠，无论悲痛还是欣喜。
> 屋舍成灰，贮存减少，
> 生、死、婚嫁、潮湿的书信
> 迅疾得如他流畅的鹅毛笔上的时光，
> 或负载着茫然的情郎的多情叹息，
> 或者应答的仙子，一样感动
> 他的马和他，都没有意识到。

2. 其他作品

柯珀最费心力的作品是以无韵体翻译的荷马史诗，出版于1791 年。其庄重、弥尔顿般的乐章、对希腊语的更好的翻译都让这个译本远超蒲柏的做作的双行体。比起查普曼那个名声

更大更富于想象的翻译，柯珀在很多方面更胜一筹；可是由于某种原因，这个译本并不成功，没有得到应有的承认。在思想上大有不同的是诗人为数众多的赞美诗，这些诗收在《奥尔尼赞美诗》里，1779 年出版，教堂如今还在使用。只要提及几行——"上帝行动得神秘""哦，走得离上帝近一点""有时候有轻微的惊喜"——就可以看出那种文雅虔诚如何在几乎不知道他的名字的千千万万人身上留下了深刻的印迹。迷人的柯珀的《书信集》出版于 1803 年，我们已经说完了他所有的重要作品，而喜欢阅读书信的学生会发现柯珀的信是书信中的上品。可是如今，柯珀为人们铭记不是因为他那些雄心勃勃的作品，而是因为一些小诗，这些诗走进了千家万户。其中，能引起理解的心灵极快反应的是他的短诗《写在收到我母亲画像时》，该诗起句不凡："噢，那些嘴唇有语言。"另一首诗《亚历山大·赛尔柯克》的开头"我是我所见的诸物的君主"，暗指被抛弃者塞尔柯克的经历（笛福《鲁滨逊漂流记》的灵感由此而来）多么深刻地影响了诗人腼腆的天性和怯怯的想象。最后也是最有名的是他不朽的《约翰·吉尔平》，当时柯珀的忧郁症发作，奥斯丁夫人给他讲了个故事。故事比药有效，因为整个晚上诗人的卧室里都传出来轻轻的笑声或强忍的大笑。第二天早餐时，诗人就背起那首诗人写得快乐无比的歌谣。即使不读柯珀别的作品，也应该读一读这首诗；读最后一节若没有开心的反应，那恐怕是缺少幽默和欣赏力。

> 如今让我们唱，国王万岁，
> 还有吉尔平，愿他长寿！
> 当他下一次骑马去国外
> 但愿我能在那儿看到。

五　罗伯特·彭斯（1759—1796）

古典主义流行了一个多世纪后，有三个人的作品值得关注，分别是格雷、戈德史密斯和柯珀。如果说他们像早醒的鸟儿在歌唱，告诉人们新的黎明到来了，那么同时代的另两位诗人歌唱的就是日出。第一个是庄稼汉彭斯，他自心底抒发对人类的淳朴的感情。第二个是神秘的布莱克，他对自己的想法也只理解一半，他的言辞就像音乐一样激励着天性敏感的人，或者如中天的明月，唤醒了那些平时沉睡在人们心底的朦胧欲望和愿望。若不是布莱克，这些东西永远都不会表达出来，因为它们是无名的。羞怯、神秘的布莱克在拥挤的城市享受他的精神生活，他的诗作是给那些能理解他的少数人的。彭斯在露天里过着悲伤、辛劳的生活，他的诗裏挟着太阳、雨水，触动了整个世界。彭斯的诗，就其所有的哲学而言，奠基于古典主义派从未理解的两个原则之上——普通人心底里是浪漫的理想热爱，质朴的人类情感是真正诗歌的本质。可能他就是遵循这两个原则，才成了世界上最伟大的歌者。他的诗歌信条在下面这几行文字中得到了总结：

> 给我一点自然的星火，
> 那就是我渴慕的学识；
> 此后，尽管我在泥水中跋涉
> 扶犁或拉车，
> 我的缪斯，尽管衣着寒酸，
> 也会触动我的心。

罗伯特·彭斯

（一）生平[①]

卡莱尔称彭斯的一生是"多片段的拼凑"，事实就是这样，有高贵的"农场雇工周末之夜"，也有"快活乞丐"的吵闹喧嚷。或许，悲伤生活的片段和细节最好还是不要提起，大家只需要关注有助于理解这个人、这个人的诗的事实就好。

1759 年一个黯淡的冬天，彭斯出生在苏格兰阿洛韦的一间土屋里。父亲是当时典型的苏格兰农民——贫穷、诚实、虔诚，为了一家人的生活，在贫瘠的地里从早忙到晚。终日的劳作让他高大的身躯佝偻了；头发稀薄灰白，贫穷的他在付不起租金的穷农场之间辗转，眼里满是焦虑、不安。一家人节衣缩食，为了不花费辛苦钱，与他人的交往都很少。一年到头，孩

子们都光头光脚，没有帽子戴，没有鞋子穿，还要帮父母干活，替父母分担租金的忧愁。大儿子彭斯十三岁的时候就顶个大人干活了；十六岁时，他就是父亲农场里的主要劳力；他描述这种生活是"隐士般的阴郁黑暗，苦役般的终日劳作"。1784年，辛劳一生的父亲因肺炎和死亡得以从债务人这一"监狱"解脱。两个年岁稍长的孩子想保全这个破败之家，为了一家人的生计，他们申请工钱欠款，可始终没有得到。靠着一笔微薄的资金，他们埋葬了父亲，在莫克林的莫斯吉尔又租了一个农场，艰难地熬着。

以上就是彭斯早期的生活故事，主要是他在书信中记录的。不过他的生活图景也有令人快乐的一面，在他的诗和书中可窥见若干。如彭斯关于上学的描述，他的父亲像大多数苏格兰农夫一样，也给了彭斯力所能及的最好教育。他不像奴隶，倒像个自由人，扶着犁，低唱着古老的苏格兰歌曲，依旋律配上更好的曲子。歇息的时候，他就静听风语，或者躲到一边，不去干扰鸟儿唱歌和垒窝。吃晚饭时，尽管饭食不多，一家人还是其乐融融，孩子们一手拿着勺子，一手捧着书本。贝蒂·戴维森是个故事宝库，她唱起英雄的歌谣，年轻的心便燃起热

彭斯故居

情，忘却一天的劳顿。《农场雇工的周六之夜》能让人们一瞥令人心生敬意的苏格兰农民生活，这些不畏艰难的男男女女，面对贫困却心怀信仰，充满自尊，他们粗糙的面容之下是一颗坚实如钢却也温柔的心。

十七岁时，彭斯离开农场去柯科斯沃尔德学习勘测，不幸由此开始。走私者、粗暴生活者、酗酒者经常混迹柯科斯沃尔德，彭斯很快就开始出入"喧闹的放浪"场所，这为他埋下了祸根。一开始他学习也很勤奋，可是有一天，他正在观察太阳的高度，看见旁边花园里有一个漂亮的姑娘，顿时爱情赶走了三角学。不久，他就放下手头的工作，游游荡荡回到了农场，又过起了穷日子。

彭斯二十七岁时才引起文学界的关注，跃居苏格兰文学界首位。彭斯家境贫寒、个性独特，一度想移居牙买加，他把早些年的诗收集起来，想卖了凑路费。这就是1786年出版的基尔马诺克版彭斯诗集，因为这本书，彭斯得到了二十英镑。据说他已经买了票，就在轮船出发的前一天晚上，他写了那首《告别苏格兰》，开头是"幽暗的夜飞快地聚拢来"，他本来认为这是他在苏格兰土地上写的最后一首诗。

第二天一早他却改了主意。他觉得文学冒险前途渺茫，而他的那本小书已经席卷苏格兰。一位当代人士说，不要说学者和文学界人士，就连"年轻的庄稼汉和女佣"都急切地掏出他们的辛苦钱买这本书。年轻的诗人没有去牙买加，而是急匆匆去爱丁堡商谈新书再版事宜。一路上满是热情的欢迎，在爱丁堡，苏格兰上流社会欢迎他、宴请他。这个意外的成功只持续了一个冬天，因为彭斯爱光顾小酒馆，纵情无度，使文雅的款待者大为震惊。第二年冬天，彭斯重游爱丁堡，只到高地畅游了一趟，没有引起多大的关注。失望的他愤怒地离开了爱丁堡，回到了令他更加自在的土地上。

彭斯最后几年的生活是令人伤感的悲剧，我们就略去不谈了。1788年，他买下邓弗里斯郡的埃利斯兰农场，娶了始终爱着他的吉恩·阿穆尔。他给她写了一首诗：

> 我看她如带露的花，
> 我看她可亲可爱；
> 婉转的鸟鸣中听见她说话，
> 我听见她令空气沉醉；
> 没有一朵花儿开放
> 在泉边、在树林，或在草坪；
> 没有一只美丽的鸟儿歌唱，
> 不让我想起我的吉恩。

这就足以让我们记住他的新娘了。第二年他被任命为收税官，负责收酒税。要是他不光顾小酒馆，微薄的薪水加上诗歌发表的收入，本来也可以让一家人勉强度日。此后的几年，他既辛勤劳作，也放纵自己，偶尔展露抒情天赋，写了不少诗歌——《美丽的杜恩》《我的爱人像一朵红红的玫瑰》《友谊地久天长》《高原上的玛丽》，还有令人荡气回肠的《苏格兰人》，写于暴风雨中他在荒原上策马飞奔之时，这让彭斯的名声传到了一切说英语的地方，只要是苏格兰人聚拢到一块儿，彭斯之名就赢得尊敬。1796年他在痛苦中去世，只有三十七岁。死前的最后一封信是写给一个朋友的，恳求借钱帮助应付法警，最后的一首诗是献给杰西·勒沃斯的，一个帮助照顾病中的彭斯的体贴姑娘。最后这首诗《若你一人在冷风里》配上门德尔松的曲子，成为现代最知名的歌曲之一，尽管唱歌的人很少想到是谁写的。

（二）彭斯的诗

彭斯的基尔马诺克版诗集的书名是《苏格兰方言诗》（1786），它就像斯宾塞《牧人日历》的出版一样，是英国文学史上一个新时代的开始。一个世纪以来，占主导地位的是冰冷的正式诗，到格雷和柯珀的浪漫主义才缓解了这个局面，他们借助灵感创作的令人耳目一新的诗歌就像春天归来的鸟儿的歌唱，能直达人心。《苏格兰方言诗》是一本小书，也是一本了不起的书，让我们觉得马洛的诗行"一点空间里有无穷宝藏"与它很贴切。其中的诗，如《农场雇工的周六之夜》《给一只老鼠》《致一朵山菊》《人为悲伤而生》《两只狗》《给迪尔的话》《万圣节前夜》，都表明了这个无名的耕田人身上的浪漫主义精神。爱、幽默、感伤、响应自然——所有触动人类心灵的诗意、情感都有了；自伊丽莎白时代起，人们的心灵还没有被这样触动过。读者如留意一下浪漫主义运动的六个特征，随后再读六首彭斯的诗，就会立即发现单单这一个人就完美地表达了这一新理念。先看一个例子：

> 一个亲吻，随后就要分手！
> 一个告别，永远！
> 我以心底深藏的泪水向你保证，
> 我给你敌视的叹息和呻吟。
> 谁会说命运令他忧伤
> 当她留希望之星给他？
> 我，没有喜悦之光照亮我；
> 周围的黑暗让我黑暗；

我不会责备自己偏颇的想象，

什么也不能阻止我的南希；

看到她就爱上了她；

只爱她，永远。

要是没有爱得那么体贴，

要是没有爱得那么盲目，

从未遇见——或从未分离

我们就不会心碎。

　　"一千个爱情故事的精华"都在这首小诗里了。因为彭斯反映了浪漫主义精神，批评家在文学史里给他留了重要的位置；也因为他的诗直达人心，他是大众的诗人。

埃尔的老布里格（埃尔桥）

这座桥在彭斯的家乡，他把它写进了自己的作品中。——译者注

1. 配乐的诗

其实彭斯为乐曲而写的许多诗没有必要再说，这些诗已

经进入整个民族的心灵，自己发言了。如精美的《若你一人在冷风里》，再如呼唤苏格兰人民爱国豪情的精彩的《苏格兰人》，卡莱尔说后者应该以旋风的喉咙吼唱出来。许多诗都是他盛年时所写，他扶犁走在田间，或者劳作休息时，古老的苏格兰音乐就回响在他的耳际。正是他对音乐的认识使他创作了那么多有音乐性的诗，让人一读就会感受到其旋律。

自然诗中，《给一只老鼠》和《致一朵山菊》无疑是最好的，可见我们脚下平日溜走了多少没有注意到的诗情。这两首诗最能体现彭斯的特点——因为自然本身而热爱自然。他的主要的诗作，如《冬天》和《景色宜人的河畔》，看待自然就像格雷一样，自然是人类情感之剧的背景。

他写了大量的抒情诗。令人惊奇的是，有时候世人笑的同时也在哭；读彭斯的诗，每一页都有微笑，也有泪水。值得注意的是，所有强烈的感情，自然地表达出来的时候，就会成为诗；而彭斯有一种超越其他作家的惊人能力，他能生动质朴地描写情感，一下子就能引起读者的共鸣。比如读到《我爱我的吉恩》，恐怕就会想起自己的意中人；读《给在天国的玛丽》，必定会悲伤地想起已逝的爱过的人。

2. 杂诗

彭斯除了写自然、写情感，还有大量的无法归类的诗作。值得注意的是《男儿当自强》，这首诗说出了对人性全新的浪漫评价；《幻象》中有彭斯早期理想的清晰影子；彭斯的宗教观和荣誉观没有反映在他的讽刺诗里，倒是在《给一个青年朋友的信》中表达得再明白不过了；在《致超凡脱俗的好人》中，诗人希望人们做判断时多一些仁慈；《诗人的墓志铭》是他一生的总结，放在他的诗作的最后很恰当；《万圣节前夜》

描绘的是乡野快乐的图景；《两只狗》写穷富之间的对比，一般被归为诗人的佳作，只是若不熟悉苏格兰方言，就不容易读懂。

《农场雇工的周六之夜》和《塔姆·奥桑特》是彭斯的长诗中最值得读的两首，一首是对贫穷但高尚的最好刻画；另一首很幽默，生机勃勃，最能引人共鸣，《塔姆·奥桑特》内容庞杂，既可怕又荒诞。这两首诗之外，长诗中就没有能给作者增加声名，也没有让人们读起来快乐的了。初学者最好专心地读彭斯那些优美的诗作，认识诗人在一个民族心中的位置，而把那些既令人伤感又模糊诗人形象的种种诗作置之脑后。

六 威廉·布莱克（1757—1827）

> 在野外的山谷里吹笛，
> 吹奏欢乐的歌儿，
> 我看见云端里有一个孩童，
> 笑着对我说：
> "吹奏一曲小羊的歌。"
> 我就欣喜地吹了一曲。
> "吹笛人，再吹一遍吧。"
> 我就又吹了，他听着，流泪了。
> "吹笛人，坐下记一下
> 在一本书里，人人就可以读到。"
> 然后他就不见了，
> 我拔下一根空芦管，
> 成了一支农人用的笔，
> 蘸上清水，

> 我记下了幸福的歌，
>
> 每个孩子都欢喜地要听。[①]

18 世纪的浪漫主义诗人中布莱克最独特、最有创新性。他几乎还是一个孩子时创作的作品似乎回到了伊丽莎白时代，以那个时代的诗人为榜样进行创作。可是在大部分时间里，他只受灵感指引，不效法任何人，除了自己神秘的心灵不听从任何人。虽然他是当时最为特别的天才，却几乎对时代没有影响。的确，我们还不太理解这个纯粹的想象诗人，这个神秘的、超验的疯狂人物，终其一生他都像一个忙碌不已的不可思议的孩童。

（一）生平

布莱克出生于伦敦的一个商人之家，他是一个想象力丰富的怪孩子，不理睬城市街道上熙熙攘攘的人群，却留意溪流、花朵和精灵。除了学习读书写字，他也接受了正规教育。从十岁起，他就开始抄诗、写诗，同时也开始了漫长的艺术学习生活，结果就是出版了自己的书，书页边上装饰的是手工上色的刻版画——这可是与众不同的背景装饰，妙的是它们与早期许多诗歌里强烈的艺术感很相配。孩童时，布莱克就有过上帝和天使在窗外向里看的幻觉；长大后，他认为已故的伟大人物的灵魂曾经来访过自己，这些人有摩西、维吉尔、荷马、但丁、弥尔顿，"庄严的身影，灰白却清晰"，他这样描述。他似乎从未自问过这些影像是不是纯粹的幻觉，而是从内心相信它们。对他来说，自然就是一个巨大的宗教象征，他能看到精

---

① 《天真之歌》序。

灵、仙子、恶魔、天使——它们通过花朵和星星的眼睛友好或
敌视地看着他。

> 蓝天上满是翅膀，
> 温和的太阳上升歌唱；
> 树上和田野里满是仙子精灵，
> 还有为自己作战的恶魔；
> 天使们置身有山楂树的树荫里，
> 上帝自己则在流失的时光里。

这种古怪的泛神论自然观不是信仰问题，而是布莱克生命
的本质。令人不解的是他没有想着寻求新的宗教，而是自顾自
地信下去，虽然有沮丧、有失败，他却欢快地歌唱、耐心地工
作。一些天分差的作家都得到了命运青睐，而他还是籍籍无名
的穷人，可他似乎丝毫不在意。四十多年来，他兢兢业业地从
事着刻书业，追步米开朗琪罗，但也有自己的出奇设计，直到
今天人们都惊奇不已。给扬格的《夜之思》、布莱尔的《坟
墓》和《约伯记的创意》几本书画的插图就像他的诗一样，
是布莱克心灵的清晰反映。他似乎从未刻意创作，从事起本行
来，他就会发奋努力。诗中有很多杂乱的意象、令人费解的狂
想，偶尔有珍宝般的句子感染人们歌唱。

> 啊，太阳花，疲倦了时间，
> 它数着太阳的脚步；
> 追寻甜美的金色地方
> 那是旅人行程的去处；
> 青年人因渴望而憔悴，

> 苍白的处女被大雪裹尸，
>
> 从坟墓里起身，渴望
>
> 我的太阳花要去的地方！

伦敦的街边长着这种奇妙的花，可就是它象征着布莱克的生活，表面忙碌平静，内心惊涛骇浪。后期的寓言性巨作，如《耶路撒冷》和《弥尔顿》（1804），他宣称是超自然力口述，他不由自主地写出来的。这两首诗晦涩难解，只是不时有一点短诗那样的诗意美闪现出来。许多批评家以"狂人"一词贬低布莱克，可这非常片面。他表现好的时候，他的抒情诗十分优美；表现最差的时候，他也只是"令人起疑"的疯狂，就像哈姆雷特，谜底就在他的疯狂样式里。他身上最奇特的是一生低微贫寒却理智清明、欢欣喜悦，像个孩子一样随性地玩弄着宝石、草棍、日光，抛出精美的诗歌或毫无意义的狂想曲。他是个天真的小个子，性情温和、态度亲切、目光中充满好奇，即便是最没有生气的画像也透着一股非凡的迷人力量。1827年，依然籍籍无名的他看着天国的幻象，微笑辞世。那几乎是一个世纪以前的事了，可是今天他依然是英国文学中最令人费解的人物之一。

（二）布莱克的作品

1783年出版的《诗意素描》是布莱克早期的诗集，其中的诗大多是少年时所写，有不少粗糙、语无伦次之作，也有几首新意突出的抒情诗。更知名的是后来的两本诗集《天真之歌》和《经验之歌》，展现了完全不同的人类思想景致。像他所有的作品一样，这些诗中有大量的明显无价值的东西。可是，以采矿人的话说，总"有利可图"，就像金砂闪着光芒，等着人们去筛选，不时地就会发现一个金块。

> 我的主就像眉上的花
>
> 盛开的五月的花；啊，生命如花般脆弱！
>
> 我的主像最高天堂里的一颗星，
>
> 魔咒邪恶拉他落到大地；
>
> 我的主像一日的睁眼；
>
> 可他被遮黑了；如夏天的月亮
>
> 被云遮住了；如高大的树倒下来，被砍倒了；
>
> 天国的气息留在树叶里。

　　布莱克的作品良莠不齐，所以阅读伊始，要读小选本，选把三本诗集里最好的诗编在一起的选本。斯温伯恩称他是 18 世纪"最重要的纯真天分"诗人，从任何一个角度说，都是这个时代堪与古代大师并肩的人物。[①] 这个赞誉明显过高，正如他人对布莱克的批评也过于严苛一样。若读《晚星》《记忆》《夜》《爱》《致缪斯》《春》《夏》《老虎》《羔羊》《土块与卵石》，就可能明白斯温伯恩的热情。当然，这三本诗集里就有我们的语言中最完美且富有创造性的诗歌。

　　说到布莱克的长诗，可就不像短诗了，寓言宏大、壮观、辉煌。虽然表面上布莱克的诗就像一个大谷壳堆，里面散乱的谷粒不值得去挑拣。但好奇的读者若能精读他中期的作品，如《乌里森》《天堂之门》《天堂与地狱的婚姻》《亚美利加》《法国革命》《阿尔比恩之女的幻觉》，就会理解布莱克令人惊异的神秘主义。后期的作品，像《耶路撒冷》和《弥尔顿》，

[①]　斯温伯恩《威廉·布莱克》。

太晦涩，没有任何文学价值。随便读到任何一首这样的作品，就不免称作者为狂人了。如果心中记挂着布莱克的诗歌和天分，仔细研读它们，就是去柔和地引述他给询问梦幻世界的孩童的答复。

> "哦梦幻世界是什么样的地方，
> 它的山脉溪流什么样？
> 哦父亲，我看到了母亲在那儿——
> 在美丽水边的百合花丛里。"
> "亲爱的孩子，我也在令人喜欢的溪流边
> 在梦幻世界里整夜徘徊；
> 宽阔的河流平静温暖，
> 我却到不了另一边。"

七 浪漫主义复兴时期的其他诗人

以上我们选了格雷、戈德史密斯、柯珀、彭斯和布莱克，他们是 18 世纪典型的宣告浪漫主义黎明的有趣作家。和他们同时代的其他作家，其作品在当时也很受人们欢迎。普通读者可以忽略，可是对学生们来说，他们是浪漫主义复兴在不同方面的表现，有重要意义。

（一）詹姆斯·汤姆逊（1700—1748）

汤姆逊是浪漫主义的先驱之一。与格雷和戈德史密斯一样，他在假古典主义和新浪漫主义之间摇摆不定；也是这个原因，他的早期作品显得有趣，就像一个孩童拿不定主意——是四肢并用在地上安全地爬还是冒着跌一跤的危险站起来走。有三首诗让他被人们纪念，《统治，不列颠尼亚》今天还是英国

的国歌之一，另两首是《懒散城堡》和《四季》。空幻、浪漫的《懒散城堡》（1748）的意象是纯粹斯宾塞式的，是完全以斯宾塞体写成的，那是怠惰的魔法师和他心甘情愿的俘虏们在瞌睡虫之地拥有的城堡。《四季》（1726—1730）以无韵体写成，描绘了一年中不断变化的景象和声响，还有诗人面对自然的诸多感受。对现代读者来说，这两首诗太枯燥，可是对浪漫主义复兴却有三个重要意义：盛行的双行体被放弃；诗歌创作的榜样不再是蒲柏，而是伊丽莎白时代的诗人们；人们开始关注忽略已久的可作为诗歌主题的自然生命。

（二）威廉·柯林斯（1721—1759）

柯林斯是汤姆逊的朋友、信徒，他与柯珀相像，身体柔弱，有些神经质，他身上也有精神错乱的可怕阴影。他的第一部作品《东方田园诗》（1742）情感上是浪漫主义的，却以盛行的机械的双行体写成。柯林斯所有的后期作品无论是思想还是表达，都是浪漫主义的。《咏苏格兰山地流行的迷信》（1750）是浪漫主义复兴时期的一首佳作，这首诗开启了一个新世界，任想象驰骋，有巫婆、侏儒、仙子和中世纪的国王。柯林斯最好的诗是颂歌《致淳朴》、《致恐惧》、《致热爱》和精巧的《夜颂》，还有短小的无名抒情诗，起句是"勇敢者沉睡"。《夜颂》诗行平衡、十分精巧，几乎不用押韵去凸显其旋律。

（三）乔治·克拉布（1754—1832）

克拉布的创作有趣地结合了现实主义和浪漫主义，有时候，他描写普通生活的作品让人想起菲尔丁的小说。《乡村》（1783）是刻画当时工人形象的作品，无人可比，原生的生命力像菲尔丁，韵律准确像德莱顿。起初，写诗并不成功，克拉布就放弃了文学梦。一连二十多年，他就在一个乡村郊区当神职人员，目光敏锐地观察身边的平常生活。后来他又发表了一些诗，特别像《乡村》，立刻就让他名利双收了。因为这些诗，他结识了沃尔特·司各特，司各特和其他人一样，认为克拉布是当时的一流诗人之一。克拉布后期的诗，《教区纪事》（1807）、《自治镇》（1810）、《诗体故事》（1812）以及《门厅故事》（1819）都是同样的诗作。这些诗以双行体写成，反映的是自然和乡村生活，其中多是乏味和黯淡，然而是克拉布亲眼所见的，是真实的男男女女的图景，所以直至今天这些诗仍有趣味。戈德史密斯和彭斯把穷人理想化了，有值得赞赏的同情心和洞察力。既不夸大罪恶，也不理想化德行，却有足够的浪漫，表现可怜的渔村，表现辛苦劳作的男女、孩子、工人、走私者、乞丐等普通人的各色各式的生活还是有赖克拉布。

（四）詹姆斯·麦克弗森（1736—1796）

麦克弗森是一个奇人，他迎合旧史诗英雄身上的新浪漫主义情绪，以一系列文学伪作赢得短暂却巨大的名声。麦克弗森本来是苏格兰的小学校长，受过教育，可显然不太在乎道德。他在苏格兰高地居民那里听到的盖尔语古诗令他激动不已，1760 年，他出版了《高地古诗拾零》，宣称他的作品是盖尔语手稿的译本。这个作品本身是否引人注目不能确定，但是大量的文献资料确实有待发掘，就如现在埃及古墓的开发一样引发了人们的兴趣，当时，爱丁堡立即筹集了一笔资金送麦克弗森去苏格兰高地搜集更多的"手稿"。成果就是史诗《芬戈尔》（1762），斯温伯恩称它是"干瘪可怜的诗歌伪作"，可作者宣称他是由诗人奥西恩的盖尔语作品翻译出来的。《芬戈尔》的成功令人吃惊，麦克弗森随即又写出了《特莫拉》（1763）——

情调相同的另一部史诗。两部史诗中，麦克弗森塑造的英雄有一股原始的庄严气概，人物形象高大却朦胧，意象偶尔显得宏伟，可反复吟咏的散文体语言有些浮夸。

> 这会儿芬戈尔威风凛凛地站起来，三次清清嗓子。克劳木拉在身边侍奉着，沙漠的子弟静静站着。芬戈尔来了，他们很惭愧，一个个红着脸低着头。芬戈尔就像大太阳天里飘来的雨云，缓缓地在山头移动，田地满是渴望。斯瓦兰看到了可怕的莫文国王就站在路上。黑乎乎的他倚着长矛，红眼睛四下里乱转。他就像卢瓦尔河岸上的一棵橡树，天雷击坏了它老朽的枝干。成千上万的子弟围在英雄的身边，大战的黑云在山顶积聚。①

这部阴郁的想象之作出版了，掀起了一场文学风暴。由约翰逊带头，几个批评家要求看原稿，麦克弗森拒绝拿出原稿，② 奥西恩的诗随即被称为伪作，然而它还是十分成功，人们把麦克弗森当作文学探索者敬仰，他也获得了一个官方职位，终生领着一份薪水。1796 年，他去世了，葬在威斯敏斯特教堂。当时的大多数诗人，如布莱克、彭斯都受他的伪诗影响，就连博学的格雷也上当了，很喜欢"奥西恩诗"，像歌德和拿破仑那样品位差别很大的人都赞不绝口。

---

① 这个《芬戈尔》片段有删节。
② 现在已知，当时在苏格兰高地有几个盖尔语诗歌片段被归在奥西恩（裁相）名下。麦克弗森就以这些作品为基础创作了史诗，大多数细节都是他自己想象的产物。所谓的"奥西恩"诗文 1807 年出版，当时麦克弗森已经死了十一年。这自然让这起伪案更加扑朔迷离。除少数几个可能真的是古老诗歌的残篇，大部分似乎是麦克弗森的作品回译为盖尔语的。

（五）托马斯·查特顿（1752—1770）

济慈把《恩底弥翁》题献给"神童"托马斯·查特顿，雪莱也在《阿多尼斯》中赞美过他，查特顿是浪漫主义复兴运动中最伤感最有趣的人物之一。他小时候常去布里斯托尔的古老的圣·玛丽·雷德克利夫大教堂，教堂的中世纪气氛令他着迷，尤其是有一口叫坎尼支的旧箱子，里面装着已经保存了三百年的发霉的手稿。孩童时期的查特顿以一种奇特异常的专注钻研这些古代的遗物，不自己写作，而是抄录手稿，后来他不仅能模仿手稿的拼写和语言，甚至能模仿原稿的笔迹。"奥西恩"伪作面世不久，查特顿就出示手稿，看起来很古老，包括中世纪的诗、神话家族史。中心人物有两个——神父、诗人托马斯·罗利和亨利六世时期布里斯托尔的商人威廉·坎尼支。似乎让人难以置信，一个十一岁的孩子竟然理解了这些中世纪传奇的构思。他重现了卡克斯顿时期的风格和写法，手法高妙，出版商都没有看出破绽；可是事情确实如此。查特顿写出了越来越多的所谓的《罗利文稿》——表面上是从古老教堂的收藏中拿出来的，实际上就是他想象力的产物。众多的读者都欣喜若狂，众人都被蒙骗了，只有格雷和少数几个学者发现了其中偶尔错用了 15 世纪的词语。作品都是精心写就的，明显带有文学天才的印记。如今重读《埃拉》或者《慈悲歌谣》，抑或是民谣体长诗《名字悲剧》，都很难相信这是一个孩子所写。十七岁时，查特顿前往伦敦，想以文为生。孩子气的查特顿受不了贫穷饥饿的挫折，沮丧之下就服毒自尽了。

（六）托马斯·珀西（1729—1811）

珀西是位于德罗莫尔的爱尔兰教堂的主教，因为珀西，英国文坛才有了第一次尝试系统搜集一个民族文学中的珍贵歌曲和歌谣的活动。[①] 1765 年，著名的《英诗稽古》分三卷出版。最有价值的部分是搜集来的古英格兰和苏格兰歌谣，例如《彻韦山追猎》《深棕色的女子》《树林孩子》《奥特本之战》，还有其他一些作品，要不是珀西，这些作品恐怕就会散佚失传。相对于珀西窜改搜集到的作品，随意增补删减，甚至还生造了几首诗作，今天这些歌谣有了更加可靠的版本。他这样做可能有两个动机。其一，同一首民谣的不同版本之间差别很大，珀西按自己的意思改动的时候，遵循的是其他许多作家的惯例。其二，珀西信服约翰逊及其学派的观点，认为有必要增补文雅的歌谣来"弥补年代古老的诗歌的粗糙"。我们今天面对历史和文学材料时都力求准确，所以珀西的做法听起来很古怪，可是这也反映了他所生活的时代的普遍理念。

虽然有这些不足，但珀西的《英诗稽古》依然是浪漫主义文学史上的新纪元标志，他对整个浪漫主义运动的影响是难以估量的。司各特说："我刚凑够了几个钱，就买了这本可爱的诗集；我想还没有另一本书让我那么经常阅读，或者读起来那么倾心。"司各特自己的诗完全就以这些早期的歌谣为基础，他的《苏格兰边地歌谣集》主要就得力于珀西作品的影响。

《英诗稽古》之外，珀西还有一部杰出的作品《北方古史》（1770），译自马利特的法语本《丹麦史》。这部作品影响很大，英语读者在这部书里发现了全新的迷人神话，比希腊神话更古朴、有魅力；我们今天的文学和音乐都还在受到索尔、奥丁、福瑞娅和瓦尔基里少女的魔力，还有以"众神之黎明"作结的充满激情与悲剧的宏大戏剧的影响。文学界应当深深感激珀

---

① 要阅读珀西之前的歌谣集，可参看菲尔普斯的《英国浪漫主义运动起源》第七章。

西，他虽没有写出自己的重要作品，可是他靠着搜集、翻译他人的作品，在催生 19 世纪浪漫主义运动的胜利中贡献良多。

第三节　第一批小说家

复杂的 18 世纪最主要的文学现象是所谓的古典主义一统天下、浪漫主义诗歌的复兴和现代小说的出现。三者之中，小说的出现最重要。除了小说最具现代性、如今阅读得最多和它是最具影响力的文学体裁之外，我们还可以自豪地说这是英国文学对世界文学的创造性贡献。其他的文学体裁，如史诗、传奇、戏剧都是在别的国家首先开始的；但是现代小说的理念似乎主要是在英国的土壤上生发的；[①] 以小说家的数量和精细品质说，其他国家难以相比。在研究这一新文学类型的作家之前，最好先简要考察一下小说的含义和历史。

一　小说的意义

（一）故事

或许一个普通读者关于小说作品说的最重要的话是一个问题：这是一个好故事吗？就这一方面说，今天的读者很像孩子和远古时期的人们，在欣赏一部叙事作品的风格和道德意义之前，先被作品的故事吸引。因此，故事元素是小说的必需品；可是追寻故事起自何处很难，那还不如去追寻人类的起源，只要有远古人的地方，我们就会看到他们急切地围在讲故事的人身边。在我们的撒克逊祖先的厅堂里，吟游诗人和故事讲述者一直是最受欢迎的客人；美洲印第安人的树皮棚屋里听海华沙

---

① 可以用"小说"之名来称呼的第一批著作几乎同时在英国、法国和德国出现。小说在英国发展迅速，深刻地影响了所有的欧洲国家。

的传说的人与希腊节日中听尤利西斯的漂泊故事的人一样投入。人们生来就本能地热爱故事，因此我们感激所有文学作品；而小说在某种程度上必须满足这一天性，否则就无人欣赏。

（二）传奇

我们要问的第二个关于一部虚构作品的问题是：想象可以介入多深？因为在很大程度上，就是依据想象的因素，我们才把虚构作品分为小说、传奇和单纯的历险故事。这个区分是模糊的，就像幼年与青年、本能与理性之间的区分；可还是有一些原则可以指导我们。我们会注意到，一个孩子成长时，有一个时期他希望故事里有人生经验里没出现过的骑士、巨人、精灵、仙子、巫师、魔法和非凡的历险。他讲的故事也是离奇的，可能只是一个梦的模糊记忆，要么就是觉醒的想象力的创造，可对孩子来说，这些故事就像其他生活一样真实。我们说这是孩子的"传奇"，这个名字确凿无误。因为这种突然的对非常人物和事件的兴趣标志着人类想象力的发展——起初是放肆，不受理性约束，理性是后来的事——就是要满足这一新兴趣，人类创造了传奇①。传奇原本是虚构作品，想象力大显身手，不受事实和可能性的约束。它面对的是非常的事件，英雄的能力都是夸大的，常常还要加上超人超自然的特点。不好画一条线说什么不是传奇，但是过度的想象、不可能的英雄和事件是所有文学作品中传奇的突出标志。

（三）小说

小说的起源同样也无法说清，但是我们建议读者想想自己

---

① "传奇"一名原来是指以罗曼斯语族的任何语言写成的故事，例如法国人的韵体传奇。这些故事来到英国的时候，中世纪的人们童心犹存，喜欢离奇故事，于是，"传奇"就被用来指有不羁想象的所有故事。

的经验。青年人成长时，传奇自然而然地不再令他们着迷。人生活于一个现实的世界里，认识男男女女，虽有好有坏，但都是实实在在的人，他就要求文学表达他凭经验而知道的生活。这就是知性觉醒的阶段，故事要有想象，也必须有知性。这一阶段之初，人们因《鲁滨逊漂流记》而欢喜，急切地阅读大量的历险故事和一些所谓的历史小说，只是每次人们要先被故事吸引，总是想读到充满想象力的主人公和"大海、大地上的动人事件"。虽然英雄和历险可以夸张，但是必须既是自然的，又属于可能的范围之内。逐渐地，历险和令人惊奇的事件越来越不重要，因为人们理解了真正的生活不是历险性的，而是质朴又有英雄气的劳作和职责，以及善恶之间的平常选择。最真实的是现实的生活，而不是国王的、英雄的、超人的生物的生活，是有奋斗、诱惑、大胜、失败的个人生活，就像我们自己的生活一样，所以任何能够忠实地描绘生活的作品都变得有趣了。于是人们放下历险故事，转向小说。小说是一种虚构作品，想象与知性合力以故事的形式表现生活，想象总是受理智引导和掌控。小说不仅关注传奇和历险，更关注现实的男男女女，其目标是表现支配人类生活的动机及其影响，以及个人选择对性格和命运的影响。这就是真正的小说①，因此它开辟了一个比任何其他类型的文学更宽广更有趣的领域。

————————

① 把虚构作品分为传奇和小说是比较武断的，可总体上说，似乎这是最自然、最令人满意的分类方法。许多作家使用通用术语"小说"指涉所有的散文虚构作品。他们把小说分为故事和传奇两类：故事是尽量简单地叙述生活事件的小说形式；传奇描写生活则纵情于复杂和非凡的情形。小说又可以分为人性小说，如《威克菲牧师传》和《织工马南》；历史小说，如《艾凡赫》；传奇小说，如《洛娜·杜恩》；目的性小说，如《雾都孤儿》和《汤姆叔叔的小屋》。不过，所有分类都不完美，即使最好的分类也有人反对。

1. 小说的前身

小说还未成长到真诚地表现人类生活和性格之前，已经默默地发展了几个世纪。小说的早期前身，是从公元2世纪到6世纪的名为希腊传奇的故事。这些写理想爱情和奇特历险的故事充满想象力，[1] 深受人们喜爱，深刻地影响了下一个世纪的传奇写作。第二个前身就是意大利和西班牙的田园传奇，它们是受维吉尔的《牧歌》启发而创作的。这一类传奇在14、15世纪十分受人欢迎，后来英语中最好的传奇——锡德尼的《阿卡迪亚》就有它们的影子。

小说的第三个最有影响的前身是骑士传奇，例如马洛礼的《亚瑟之死》。读着这些不同语言的美丽的古老传奇，明显可见每个民族都曾把传奇稍作改变，以便更能表现各自民族的特征和理想。总之，古老的传奇不可避免地偏向现实主义，尤其在英国，过度的想象受到限制，英雄越来越像人。在马洛礼和《高文爵士与绿衣骑士》的不知名作者，尤其是乔叟身上，我们能看到讲究实际的英国精神给予这些古老的传奇一种更加自然的背景，虽然不真切，却让英雄们表现了他们时代的男男女女的形象。《坎特伯雷故事集》有故事的趣味，人物又逼真又欢乐，至少是一个主旨为真实地反映生活的连续故事。

伊丽莎白时代，小说的理念日益明确。锡德尼的《阿卡

---

[1] 其中之一名为《图勒之外奇事》，讲了年轻的迪尼阿斯爱上姑娘德西里斯的故事。年轻人英勇非凡，历尽千辛万苦，甚至去了极北苦寒之地、飞上了月球。另一个故事是《以弗所传奇》，讲述了一对男女的故事。他们轻视爱情，可一旦见面，便坠入情网。只是真爱之路从不平坦，他们又分开了，备受艰难、多历险境，才"此后便幸福地生活着"。在高尔的《情人的坦诉》和莎士比亚的《配力克里斯》中出现的中世纪故事《泰尔的阿波罗尼奥斯》就是由这个故事改编的。第三个是田园爱情故事《达佛涅斯和克洛伊》，在后世的文学中多次出现。

迪亚》（1580）是一部骑士传奇，可是至少它的田园背景基本真实。它不像那些古老的传奇，魔法、奇迹不断，所以没有利用人们的天真。虽然其中人物十分理想化，叫人厌倦，却偶尔给人以真实众生的印象。培根的《新亚特兰蒂斯》（1627）是一个不知名国家的水手发现这个岛的故事，新亚特兰蒂斯岛上住着一个高等民族，文明发展超过当时的英国——1516 年莫尔在他的《乌托邦》里就是这样做的。这两本书既不是传奇，也不是小说，严格来说，只是对社会制度的研究。两本书把连续的故事作为给予道德教育、引发所需改革的方法，这种极有价值的方法被许多现代作家在所谓问题小说和（宣传特定主张的）目的小说中采用。

离真正的小说更近的是洛奇的浪漫故事《罗莎琳》，这个故事曾被莎士比亚用到《皆大欢喜》里。《罗莎琳》模仿一个意大利短篇故事，在伊丽莎白时代十分受欢迎。同时，英国也引进了西班牙流浪汉小说（得名自"流浪汉"一词）。流浪汉小说起初只是中世纪传奇的滑稽模仿，主人公不是骑士，而是低贱的恶棍或流浪汉，小说叙述的就是他们漫长一生的丑事和恶行。英语文学中最典型的流浪汉小说之一是纳什的《不幸的旅人》，又名《杰克·威尔顿的生活》（1594）。它也是历史小说的先驱，其情节在亨利八世和法国国王在金布战场上言辞华丽的对话中展开。所有这些短篇故事和流浪汉小说的重心多是英雄的历险，而不是生活和人物；读者的兴趣主要在于随后会发生什么、故事有怎样的结局。如今的没有多大价值的小说都使用这种办法，许多现代小说家深受其害。对历险、事件而不是对塑造人物的效果本身过度热情是现代历险小说和真正小说的区别。

清教主义时期，尤其是班扬的作品更接近现代小说；清教徒班扬一直关注人物，故事有确定的道德目的。在这些重要的方面，班扬 1678 年发表的《天路历程》与《仙后》不同，与所有其他中世纪寓言也不同，人物已不是没有血肉的抽象物，而是略有修饰的男男女女。的确，许多现代人读基督徒的故事，就会发现自己生活和经历的反思也在其中。《恶人先生的生与死》（1682）中对人的描写现实得简直就像是在班扬的时代。这两个鲜明的人物，"基督徒"与"恶人"已经名列了不起的英语小说人物之中了。班扬写得很好，他的敏锐眼光、人物刻画，以及对个体行为道德效果的重视，都被三十来年后的艾迪生和斯蒂尔继承。罗杰·德·科弗利爵士这个人物就是 18 世纪英国乡村生活的真实反映。《闲话报》、《旁观者》和《卫报》（1709—1713）中斯蒂尔对家庭的描绘已经切实地穿过传奇的疆界，进入了人物刻画的领域，而这是小说的开始。

2. 现代小说的发现

虽然虚构作品历史很长，可是直到 1740 年理查逊的《帕梅拉》出版，此前的文学中还没有真正的小说。这里所说的真正的小说指的是叙述情感压力下普通人生故事的虚构作品，人们对它的兴趣不依赖于事件和历险，而在于它忠于人性。一些小说家——戈德史密斯、理查逊、菲尔丁、斯摩莱特、斯特恩——似乎都抓住了以故事形式本真地反映生活的理念，并且同时发展了这一理念。结果就是趣味的大苏醒，尤其是在以前不大关注文学的人们中间。我们不可忘记，以前读者数量相对较小，除了像朗格兰和班扬这样的少数作家，作家主要是为上层人士写作的。18 世纪，教育普及，报纸杂志出现了，读者的数量猛增；同时，中产阶级在英国的生活和历史中获得了重要的地位。这些新读者和新的强势的中产阶级不受任何古典传统的约束。他们不尊重约翰逊博士和他有名的文学俱乐部的意见；他们读虚构作品时明显对夸张的传奇不感兴趣，这些不可能的英雄传奇、阴谋和邪恶的流浪汉故事原本是上层人士感兴趣的。时代需要新类型的文学，必须表达 18 世纪的新文学理想，换句话说，就是表达个人生活的价值和重要性。这样，小说就诞生了，以一种不同的方式确切地表达了人格的理念、平淡生活的尊严的理念，这些后来在美国和法国革命中宣扬的理念，曾经受到浪漫主义复兴时期的诗人们的欢迎。告诉人们的不是骑士、国王或者这一类的英雄，而是变身为普通男男女女的人，他们的想法、动机和奋斗，还有种种活动对他们性格的影响——这就是我们的第一批小说家的创作目的。他们的作品在英国被急切地阅读，在海外迅速传抄，都展示了这种新创作对各地的读者吸引力有多大。

考察现代小说的这些作家的作品之前，必须先提到开拓者丹尼尔·笛福，因为我们不知道如何给他分类，便把他置于早期小说家中了。

二　丹尼尔·笛福（1661？—1731）

通常人们把现代小说发端之功归于笛福；然而，他是否配享这一荣耀一直是个悬而未决的问题。随便翻阅一下一般列于现代小说阅读书单前面的《鲁滨逊漂流记》（1719），也可以明白这个激动人心的故事在很大程度上是一个历险故事，而不是笛福可能要写的人物性格的探究。青年人只要读廉价小说就还会去读它，他们跳过说教的段落，急急地读下去，去读惊险的部分；别的廉价小说都被扔到了干草棚的旮旯里，而《鲁滨逊漂流记》还骄傲地挂在圣诞树上或放在家庭书架的尊贵处，背后原因他们却很少领会。笛福的《维尔夫人的幽灵》《骑士回忆录》《大疫年纪事》中有事实、虚构和盲从，无法分类；而其他那些所谓的"小说"，如《辛格尔顿船长》《摩尔·弗兰德斯》《罗克珊娜》其实比流浪汉小说好不了多少，为了宣传清教，里面才有了大量的不自然的说教和忏悔。笛福的《鲁滨逊漂流记》把现实的历险故事提升到了一个很高的层次，只是他的作品难以被称为真正的小说，因为小说必须让事件忠实刻画人类生活和人物性格。

丹尼尔·笛福

（一）生平

笛福是伦敦屠夫福的儿子，笛福直到四十岁还姓福，后来他在姓前面加了一个贵族式的字头，这就是我们今天熟知的名字。他七十年的人生历经大起大落，穷过富过，做过发财的制砖工、挨饿的记者，在纽盖特监狱坐过牢，后来名声大振，受王室宠爱。不过这些事的细节都已不得而知。但是，有四个事实清清楚楚，可以帮助读者了解笛福的作品。

第一，笛福不仅是一个作家，还是一个样样皆能的多面手。他的兴趣主要在劳苦阶层，尽管他实践的价值令人怀疑，可是他似乎有持久的目的，就是教育和提高普通人。这在一定程度上解释了为什么他的作品流通如此之广，以致文学界的人士批评说"适合厨师阅读"。

第二，宗教上，笛福是激进的不信奉国教者。父亲本希望他能进入独立的政府部门，但他满腔清教徒的改革热情，想以笔去从事卫斯理以传教所成就的事业，然而，他缺乏卫斯理的真诚和坚定。他众多的作品里都可见改革的热情，而道德说教更是随处可见。

第三，笛福是一个记者、小册子作家，他对生动性有记者的理解，也有新闻人创作"好故事"的本能。他写了大量的小册子、诗歌和杂志文章；管理着几家报纸——有一份还很受欢迎，就是《评论》，从监狱里面发行到外面——大家没有注意到的是，他的报纸对同样的问题经常摇摆不定。笛福的文章十分有趣而又看似可信，他经常就被当权的政党如辉格党或托利党雇用。半个世纪的记者生涯培养了他直接、质朴的叙述风格，强烈的现实感如今还能感动我们。笛福的天才得力于两个新事物——"采访"和本报评论，今天的最好的报纸还都在使用这两个栏目。

第四，笛福了解监狱生活，因此有故事可讲。1702 年，笛福出版了一本引人注目的小册子《消灭异教派的捷径》，支持自由教徒反对"高飞者"，即托利党和国教派。笛福的言语冷峻幽默，让人想起斯威夫特的《一个温和的建议》，他宣称该绞死异教牧师，把自由教徒全都流放。笛福的讽刺十分尖刻而真实，异教徒和托利党都信以为真。因此，笛福遭到了审判，他以文字煽动获罪被判罚款，带枷示众三天，随后监禁。判决刚一宣布，笛福就写了《刑枷颂》。

歌颂神秘的国家机器，

想法子要关押想象——

　　笛福写了一组打油诗嘲弄执法者，他又擅长宣传鼓动，这些诗就传遍了伦敦。群众聚集到带刑枷的笛福面前为他欢呼；对手看见笛福反而因此出名，便把他送进了纽盖特监狱。他把这个经历写出来发表在一家发行量很大的报纸上，还在监狱结识了无赖、海盗、走私犯和各种社会边缘人物，这些人个个都有"好故事"让笛福以后使用。1704 年他获释，他把自己熟悉的罪犯故事讲述出来，同时进入政府，成了一名暗探，一名情报人员。他的监狱经历、对犯人的熟悉让他当了二十年暗探，进而也创作了许许多多的关于小偷、海盗的故事，如《艾弗里队长》，还有一些写进了后来专门写坏蛋和无赖的小说。

　　笛福快六十岁的时候转向了小说，写出了被后人铭记的了不起的作品《鲁滨逊漂流记》，该书当时就获得了成功，作者名满欧洲。笛福随后又很快写出了其他故事，赚足了钱的他舒舒服服地退隐纽因顿，当然不是无所事事，他的创作力只有沃尔特·司各特可以匹敌。1720 年，《辛格尔顿船长》、《邓肯·坎贝尔》和《骑士回忆录》出版；1722 年，《杰克上校》、《摩尔·弗兰德斯》和惊人的纪实作品《大疫年纪事》出版。因此，他的作品单增长极快，直到 1726 年《魔王故事》写完结束。

　　晚年，笛福与政府的秘密联系暴露了，人们义愤填膺，报纸上满是抨击，他一生辛劳经营的名声毁于一旦。他只好出逃伦敦。1731 年，还在躲避真实或想象的敌人的笛福悄然离世。

（二）笛福的作品

笛福作品单上列第一的是《鲁滨逊漂流记》（1719），任何文学中像这样长盛不衰近两个世纪的作品都不多。故事脱胎于亚历山大·塞尔柯克的亲身经历。他被流放到智利海岸附近的胡安费尔南德斯岛，孤身一人在那里生活了五年。1709年，他回到英国，成了名人，斯蒂尔曾把他的故事发表在《英格兰人》上，然而没有引起多大反响。笛福用的是塞尔柯克的故事是肯定的；只是他一贯机巧，宣称他1708年写了这个故事，一年以后塞尔柯克才归来。不管怎样，这个故事十分逼真，几乎可以说就是从一个水手的航海日志中直接拿出来的。《大疫年纪事》和《骑士回忆录》都足以说明笛福的艺术才能，他能把没有看见的事情描绘得像亲眼看见的一样。

《鲁滨逊漂流记》

故事的迷人处是逼真，读者读到其中的一连串想法、情感、事件，都会觉得完全忠实于生活。初看之下，一个人处身荒岛的情节不可能成为一个篇幅长的故事；可是读下去就会吃惊地意识到每一个微小的念头和行为——从沉船里抢捞东西、准备抵御想象中的敌人、沙地上发现脚印引起的大恐慌，记录的完全像孤身在岛的读者自己的所做所想。笛福漫长且多变的经历如今已经完全替代了塞尔柯克的经历；事实上，他"是当时唯一的被放置到荒岛上却不会茫然无知的人"[1]；他完美地把自己带入了主人公的境地，体会了失败，也体会了成功。因此，没有哪个读者不会跟着笛福的英雄，一同经历疲倦、焦虑的岁月，建造一艘一个人难以推下海的大船，在暴风雨的天

---

[1]　明托：《笛福传》，第139页。

气里，不用帮手在工棚或地窖日复一日地做一艘船或一个狗窝，刷漆完工却发现它比门宽了一英尺，只好打成碎片。这种绝对的自然是整个故事的特色。小说着眼的是人类的意志——耐心、刚毅和克服一切困难不屈不挠的撒克逊精神；正是这个因素，卢梭把它推荐为优秀的教育读本，胜过亚里士多德或近代作家的作品。而这说明了笛福这部杰作最重要的方面，即其主人公代表了整个人类社会，以自己的一双手完成了一切，如今这些工作因为劳动分工和现代文明的要求，得由不同的工人来做。因此，鲁滨逊是整个文明人类的代表。

笛福还有其他作品，林林总总，超过二百部，都是一样的真实，一样质朴的叙述风格。其中最有知名度的是《大疫年纪事》，细致地记录了严重的瘟疫的可怕；《骑士回忆录》十分真实，查塔姆在议会里竟把它当作历史引用；还有几部流浪汉小说，如《辛格尔顿船长》《杰克上校》《摩尔·弗兰德斯》《罗克珊娜》。有一些批评家把《罗克珊娜》列为现实主义小说中的佳作，但是像另外三部一样，也像笛福短小的叙述作品《杰克·雪柏德》和《卡图什》一样，这部作品是令人不快的关于罪恶的故事，以勉强和生硬的忏悔结尾。

三　塞缪尔·理查逊（1689—1761）

写出第一部现代小说的荣誉要归于理查逊。他父亲是伦敦的细木工，为了省钱，住在德比郡的无名小镇。1689 年，理查逊就出生在那里。这个孩子没有受过多少教育，可是却有写信的天分，少年理查逊就经常被做工的姑娘请去写情书。早期的这个经历，加上他热爱的不是男人的社会，而是"他的亲爱女士"的世界，让他对这些没有受过教育却情感细腻的女子十分了解，这在他的作品里都有体现。而且，他感觉敏锐，善于观察人们的言行，这使得他的描写准确，即便沉闷冗长也常常让人信服。十七岁时，他到了伦敦，学会了印刷，这个活儿他干了一辈子。五十岁时，他以写雅致的书信小有名气，几个出版商拜访他，提议编一个日常书信集，给不会写信的人用作范例。理查逊欣然接受提议，于是就有了那个巧妙的灵感——用连续的信件讲一个姑娘的生活故事。笛福已然讲了一个人类生活于荒岛的历险故事，可是理查逊要讲的是一个生活在英国的邻居般的姑娘的内心生活故事。这听起来简单，却标志着英国文学史上新时代的来临。我们就像面对其他了不起却简单的发现一样，奇怪为什么别人以前没有想到这个点子。

理查逊的小说

理查逊灵感的结果就是《帕梅拉》，或称《美德得报》，作者用一组信件讲述了一个非常可爱的年轻姑娘的努力、苦难和最后的圆满婚姻的故事。[①] 书分四卷，1740 年至 1741 年先后出版。它的名声主要来自它是第一本现代意义上的小说。除了这个重要的事实，单独作为一部小说看，《帕梅拉》的内容夸张乏味。不过当时它非常成功，理查逊又开始写另一个系列的书信（他只会这样讲故事），一有闲暇就写，花了六年时间。这就是《克拉丽莎》，也叫《一个年轻女士的故事》，1747 年至 1748 年之间分八卷出版。这是作者另一部更好的情感小说，读者以巨大的热情接受了它。在理查逊的女主人公中，克拉丽莎是最具人性的。她的疑虑、良心的顾忌，尤其是她的深切悲痛和蒙羞，都说明她是一个真实的女性。与之对比鲜明的是呆板的主人公拉芙莱斯，这表明作者不善于刻画男性

---

① 书商们不想要这样一本书。他们想要的是一本"书信手册"，一本书信写作规范，这样的书于 1941 年出版了，在《帕梅拉》出版后的几个月。

主人公。小说戏剧性强，因书信格式更显效果，读者因书信与人物距离更近，还可以从不同的角度看待生活。麦考莱对《克拉丽莎》印象十分深刻，据传他曾说要是这部小说丢失了，他可以凭着记忆把整本书写出来。

随后，理查逊抛开中产阶级的女性主人公，花了五六年时间写了另一组信件，讲一个贵族男子的故事。这就是七卷本小说《查尔斯·格兰迪森爵士》（1754），作者本意是要为中产阶级塑造一个有贵族品质和德行的模范主人公，读者主要是中产阶级。理查逊写《帕梅拉》，初期意在教读者如何写作，后期则有意于教大家如何生活；大部分作品中，按他的话说，主要目的是教导德行、好的举止。因此，他的小说受累于目的如同受累于自身。尽管他的小说中有乏味的说教和其他缺陷，他的以上三部作品却给文学世界带来了全新的东西，世人也欣赏这个礼物。因为这就是人类生活的故事，从内心讲述，依靠兴趣，依赖于对人性的忠实，而不是奇事和历险。读他的作品，整体上就像检查一艘老式的尾轮汽船模型，有趣之处在于未开发的可能性，而不是已经完成的业绩。

四 亨利·菲尔丁 （1707—1754）

（一）生平

单以能力论，菲尔丁是新小说家团体里最了不起的，是英国文学里最富于艺术性的人物之一。1707 年他出生在多塞特郡的东斯托尔。与理查逊不同，他接受了良好的教育，曾在闻名遐迩的伊顿公学求学多年，1728 年他获得了莱顿大学的文学学位。此外，他经历坎坷丰富，对生活了解深透。自莱顿大学毕业以后，他靠着给舞台写剧本、闹剧和滑稽戏凑合度日。1735 年，他娶了一个人人羡慕的妻子，他笔下的两个人物，阿米莉亚和索菲娅·韦斯顿身上都有这个女子的影子。婚后，二人在东斯托尔花天酒地地耗费着新娘不多的钱财。钱花光了，菲尔丁重返伦敦学习法律，偶尔写剧本或给报纸写稿补贴生活。一连十年光景，人们对他所知甚少，除了1742年他出版了第一部小说《约瑟夫·安德鲁斯》，1748年，他又被任命为威斯敏斯特治安推事。后来，他写出了最好的小说，可是他并没有全身心致力于文学，而是尽职尽责地做治安推事，尤其是收拾夜幕降临后为害伦敦街头的小偷和恶徒。1754年，他去里斯本休养，却死在了那里，就葬在当地的英国人公墓里。尽管他也有丑闻和不法行为，可是从他的最后一部作品《里斯本之行日记》中记录的令人悲伤的最后旅程，也约略可见这个人的慷慨和仁慈心肠。

（二）菲尔丁的作品

菲尔丁的第一部小说《约瑟夫·安德鲁斯》（1742）是因《帕梅拉》大获成功而写的，本来是用来讥笑、讽刺理查逊的女主人公的虚假情感与道德的。菲尔丁笔下的主人公是帕梅拉的哥哥，这位哥哥面临同样的诱惑，但是他没有因为德行得到报偿，反而被女主人粗暴地赶出了家门。滑稽的模仿就此结束，主人公走上了乡村大道，作者菲尔丁也把帕梅拉忘得干干净净，专心地讲安德鲁斯和他的同伴亚当斯牧师的奇遇故事。理查逊缺乏幽默感，说话装腔作势，偏爱女主人公的情感烦恼，喜欢抓住这个说教。菲尔丁和理查逊不同，他坦诚、有活力，又豪放又粗俗。菲尔丁关注的是身体，讲的是一个流浪的生活故事，不像理查逊那样灌输道德或者强调不得已的忏悔，他像笛福，只是对故事感兴趣，唯一的考虑是"因愚蠢一笑"。因此他的故事，尽管也有很多令人不快的事情，但还是给读者留下了强烈的现实感。

菲尔丁的后期小说有《大伟人江奈生·魏尔德传》，讲述了一个流氓的故事，叙述风格像笛福。他最好的小说是《弃儿汤姆·琼斯的历史》（1749）；还有《阿米莉亚》（1751），是一个遇人不淑的女子的故事。这些作品的长处是像扬·斯蒂恩笔下的画作一样生机蓬勃却粗放的人物充满了他的书页；短处是品位不足，想象和创新不够，所以情节少变化、多雷同。所有的作品中，最可贵的是真诚。菲尔丁讨厌虚假，喜欢有阳刚气概的人，无论是好人还是坏人。他的讽刺没有斯威夫特的苦涩，却类似于乔叟的巧妙、斯蒂尔的亲切。尽管他用力刻画的部分场景的道德意涵比笛福或者理查逊深刻得多，但他却从不说教；即便是人物再不好，他也牢记自己的弱点，以仁慈约束公正，从不妄做评判。总体上说，虽然菲尔丁的大部分作品品位不佳，读起来并不愉快，也少有益处，可是必须承认菲尔丁是一个艺术家，一个了不起的现实主义小说艺术家；优秀的学生读他的书可能会赞同现代批评家的判断，菲尔丁没有对当时男女众生的罪恶和德行说三道四，而是真诚地刻画了他们，他是名副其实的现代小说奠基人。

五　斯摩莱特和斯特恩

（一）斯摩莱特的小说

托比亚斯·斯摩莱特（1721—1771）显然想继续推进菲尔丁的事业；可是他缺乏菲尔丁的幽默、内在的仁慈，也缺乏菲尔丁的天才，因此，满纸都是恐怖和野蛮，有时候会错误地认为这就是现实主义的写法。斯摩莱特是个医生，行为古怪、天性凶狠，军舰上行医更助长了他的反常天性，也让他熟识了后来写进小说的海军和医学界的种种黑暗。

斯摩莱特最有名的作品有由主人公叙述的历险故事《兰登传》（1748）和海上艰苦经历的直白回忆《佩里格林·皮克尔》（1751），以及《汉弗莱·克林克》（1771），其叙述了一个威尔士家庭穿越英格兰和苏格兰的随性旅行。只有最后这一部作品读者读起来不会感到极大的反感。斯摩莱特才华不足，模仿《堂吉诃德》，结果就是简简单单的一系列粗俗的历险，完全是当时流浪汉小说的样子。要不是他无意间模仿了琼森的《个性互异》，他的名字可能都不会出现在小说家中；可是他捕捉到了一些怪诞的习惯，并因此塑造出了人物——例如《佩里格林·皮克尔》中的海军准将特拉宁、《汉弗莱·克林克》中的布兰布尔、《兰登传》中的鲍林——为夸张地刻画人类古怪行为的写作手法奠定了基础，狄更斯的漫画手法则把这一做法发展到了极致。

（二）斯特恩的作品

现代人把劳伦斯·斯特恩（1713—1768）比作"古代内藏强烈气味的小个中空铜萨堤尔"。比作萨堤尔倒不错，因为像斯特恩那样干瘦讨人嫌的人还真是少。这一比喻的唯一问题在于气味的性质，那是一个品位的问题。斯特恩的作品与斯摩莱特恰成对照，斯摩莱特专事粗糙的庸俗，人们还常误解其为现实主义；斯特恩则专注于奇想、遐思和温情的泪水，常常对人类的悲伤和遗憾假模假样地嘲笑一番。

人们还记得斯特恩的两部作品《项狄传》和《穿越法国和意大利的感伤之旅》。但把它们称为小说仅仅是因为我们不知道还能叫什么。按斯特恩的话说，《项狄传》开篇"没有想会怎么写"；书分九卷，1760 年到 1767 年先后出版，故事发展毫无方向，记录的是古怪的项狄一家的经历；书没有写完。

该书的优点是展现当时最不寻常的风格，还有古怪的人物，如托比叔叔和下士特里姆。他们虽然古怪，却被作者塑造得十分人性化，属于英国文学里了不起的"创造"。《穿越法国和意大利的感伤之旅》是奇特的大杂烩，其中有虚构，有旅行速记，还有各种话题的随笔，——篇篇风格特异，带有斯特恩面对生活时的种种做作看法。里面有不少章节要么是改编要么是整篇抄袭伯顿、拉伯雷和其他作家的作品。所以，阅读斯特恩，读者经常拿不准哪些部分是他写的，虽然每一页上都可见他的独特才华。

六　最早的小说家和他们的作品

1766 年，戈德史密斯的《威克菲牧师传》出版，第一批英国小说稳健收场。《威克菲牧师传》里尽是围绕盎格鲁－撒克逊传统里最神圣的家庭生活的普通情感，这一点前文已经提到。如果把《鲁滨逊漂流记》作为一部惊险小说排除在外，《威克菲牧师传》就是这个时期唯一的可以随时推荐给所有读者的一部作品，因为它给了这个新文学类型一个极好的理念，它以其前景而不是以当前成绩引人注目。短短的二十五年间，突然出现了一种繁荣的新文学形式，它影响整个欧洲几乎一个世纪，如今依然是文学享受的主体。每一个亮相的小说家都给这个类型增添了新因素，菲尔丁给理查逊分析人类心灵增添了活力和幽默，斯特恩则带来了才气，戈德史密斯突出的是纯洁和最诚恳的家庭情感，这种情感如今还在引导人们。因此，这些早期的从业者就像从反面雕刻浮雕饰物的工人群体。一个人做出轮廓，另一个人雕出眼睛，第三个人则用心雕刻嘴巴和人物的细腻线条，直到作品完成，饰物出现，人们才看见整个面目，并理解其意义。这就是寓言形式的英语小说的故事。

小　结

这一阶段处于 1688 年英国革命和 1789 年法国大革命开始之间。从历史的角度看，这一时期的开始——1689 年《权利法案》通过即不同凡响。这个有名的法案是立宪政府确立的第三部法案，也是立宪政府得以确立的最后一步。第一部是《大宪章》（1215），第二部是《权力请愿书》。现在的内阁政府形式是在乔治一世时期（1714—1727）确立的。西班牙王位继承之战中，马尔伯勒在欧洲大陆连战连捷，英国在海外的声望随之上升，帝国的疆域也在大幅度扩张，主要得力于克莱夫管理印度、库克管理澳大利亚和太平洋诸岛，以及七年战争即法印战争中，英国在加拿大和密西西比流域战胜法国。政治上英国分为两党：辉格党和托利党。前者为人民寻求更大的自由；后者支持国王对抗大众的内阁政府。两党之间持续的争斗对文学有直接的影响（一般是妨害文学），当时的许多大作家都曾受雇于辉格党或托利党为各自的利益或者为讽刺对手出力。尽管党争不断，当时社会发展依然迅猛，并很快在文学中得到了体现。俱乐部和咖啡馆越来越多，俱乐部的社会化生活培育了更好的举止、培养了宽容精神，尤其是一种表现在当时的大多数散文和诗歌里的外在优雅。此外，当时的国民道德水准很低。入夜之后，城市的街道上无赖为非作歹，贿赂、腐败是政治生活的常规，酗酒则是各个阶层的通病。在伦敦的众多高级酒店里都可见斯威夫特笔下那个堕落的雅虎种族的影子。因为社会的道德水准低，18 世纪的第二个二十五年里怀特菲尔德和卫斯理领导的卫理公会派重新得势就更显出其重要性。

这个世纪的文学异常复杂，但还是可以把它分为三个类别，即古典主义的盛行、浪漫主义诗歌的复兴和现代小说的开始。18 世纪的上半叶是散文的时代，主要是因为时代现实和社会兴趣需要表达出来。这一时期开始的现代报刊，如《纪事报》、《邮报》和《泰晤士报》，以及文学类报刊如《闲话报》和《旁观者》都极大地影响了服务现实的散文风格的发展。这一时期的诗歌，以蒲柏为代表，优雅、正式，缺乏想象力；双行体诗节取代其他形式，风行一时。散文和诗歌尤爱讽刺，自然不会产生高水平的文学。18 世纪下半叶，诗歌的这些倾向因浪漫主义诗歌的复兴得到了矫正。

学习时需要注意以下问题：

（1）奥古斯都或古典时期；古典主义的含义；这一时期最了不起的诗人亚历山大·蒲柏的生平及作品；讽刺作家乔纳森·斯威夫特；小品文作家约瑟夫·艾迪生；《闲话报》和《旁观者》的天才发起人理查德·斯蒂尔；主宰英国文坛几乎半个世纪的塞缪尔·约翰逊；把不朽的《约翰逊传》留给我们的詹姆斯·鲍斯韦尔；最了不起的英国演说家埃德蒙·伯克；以《罗马帝国衰亡史》闻名的历史学家爱德华·吉本。

（2）浪漫主义诗歌的复兴；浪漫主义的含义；托马斯·格雷的生平及作品；著名的诗人、戏剧家和小说家奥利弗·戈德史密斯；威廉·柯珀；了不起的苏格兰诗人罗伯特·彭斯；神秘主义者威廉·布莱克；浪漫主义早期的其他诗人——詹姆斯·汤姆逊、威廉·柯林斯、乔治·克拉布、奥西恩诗作者詹姆斯·麦克弗森、创造《罗利文稿》的托马斯·查特顿、专事收集古代歌谣的托马斯·珀西，珀西编的诗集叫《英诗稽古》，《北方古史》则是他翻译的古斯堪的纳维亚神话故事集。

（3）最早的英语小说家；现代小说的含义及历史；《鲁滨逊漂流记》的作者丹尼尔·笛福的生平及作品，虽然很难称他是小说家，但还是把他列在先驱者之列；理查逊、菲尔丁、斯摩莱特、斯特恩和戈德史密斯的小说。

选读书目

Manly's English Poetry and Manly's English Prose (Ginn and Company) are two excellent volumes containing selections from all authors studied. Ward's English Poets (4 vols.), Craik's English Prose Selections (5 vols.), and Garnett's English Prose from Elizabeth to Victoria are useful for supplementary reading. All important works should be read entirely, in one of the following inexpensive editions, published for school use. (For titles and publishers, see the General Bibliography at the end of this book.)

Pope. The Rape of the Lock and Other Poems, edited by Parrott, in Standard English Classics; various other school editions of An Essay on Man, and The Rape of the Lock, in Riverside Literature Series, Pocket Classics, etc. ; Pope's Iliad, I, VI, XXII, XXIV, in Standard English Classics, etc. ; selections from Pope, edited by Reed, in Holt's English Readings.

Swift. Gulliver's Travels, school edition by Ginn and Company, also in Temple Classics, etc. Selections from Swift, edited by Winchester, in Athenaeum Press (announced); the same, edited by Craik, in Clarendon Press; the same, edited by Prescott, in Holt's English Readings. Battle of the Books, in King's Classics, Bohn's Library, etc.

Addison and Steele. Sir Roger de Coverley Papers, in Standard

English Classics, Riverside Literature Series, etc. ; selections from Addison, edited by Wendell and Greenough, and selections from Steele, edited by Carpenter, both in Athenaeum Press Series; various other selections, in Golden Treasury Series, Camelot Series, Holt's English Readings, etc.

Johnson. Lives of the Poets, in Cassell's National Library; Selected Essays, edited by G. B. Hill (Dent); Selections, in Little Masterpieces Series; Rasselas, in Holt's English Readings, and in Morley's Universal Library.

Boswell. Life of Johnson (2 vols.), in Everyman's Library; the same (3 vols.), in Library of English Classics, also in Temple Classics, and Bohn's Library.

Burke. American Taxation, Conciliation with America, Letter to a Noble Lord, in Standard English Classics; various speeches, in Pocket Classics, Riverside Literature Series, etc. ; Selections, edited by B. Perry (Holt) ; Speeches on America (Heath, etc.).

Gibbon. The Student's Gibbon, abridged (Murray) ; Memoirs, edited by Emerson, in Athenaeum Press Series.

Gray. Selections, edited by W. L. Phelps, in Athenaeum Press Series; selections from Gray and Cowper, in Canterbury Poets, Riverside Literature Series, etc. ; Gray's Elegy, in selections from Five English Poets (Ginn and Company).

Goldsmith. Deserted Village, in Standard English Classics, etc. ; Vicar of Wakefield, in Standard English Classics, Everyman's Library, King's Classics, etc. ; She Stoops to Conquer, in Pocket Classics, Belles Lettres Series, etc.

Cowper. Selections, edited by Murray, in Athenaeum Press Series; Selections, in Cassell's National Library, Canterbury Poets, etc. ; The Task, in Temple Classics.

Burns. Representative Poems, with Carlyle's Essay on Burns, edited by C. L. Hanson, in Standard English Classics; Selections, in Pocket Classics, Riverside Literature Series, etc.

Blake. Poems, edited by W. B. Yeats, in Muses' Library; Selections, in Canterbury Poets, etc.

Minor Poets. Selections from Thomson, Collins, Crabbe, etc. , in Manly's English Poetry; Thomson's The Seasons, and Castle of Indolence, in Modern Classics; the same poems in Clarendon Press, and in Temple Classics; Selections from Thomson, in Cassell's National Library; Chatterton's poems, in Canterbury Poets; Macpherson's Ossian, in Canterbury Poets; Percy's Reliques, in Everyman's Library, Chandos Classics, Bohn's Library, etc. More recent and reliable collections of popular ballads, for school use, are Gummere's Old English Ballads, in Athenaeum Press Series; The Ballad Book, edited by Allingham, in Goldern Treasury Series; Gayley and Flaherty's Poetry of the People (Ginn and Company) , etc. See the Bibliography on p. 64.

Defoe. Robinson Crusoe, school edition, by Ginn and Company; the same in Pocket Classics, etc. ; Journal of the Plague Year, edited by Hurlbut (Ginn and Company) ; the same, in Everyman's Library, etc. ; Essay on Projects, in Cassell's National Library.

The Novelists. Manly's English Prose; Craik's English Prose Selections, vol. 4; Goldsmith's Vicar of Wakefield (see above); Selected Essays of Fielding, edited by Gerould, in Athenaeum Press Series.

参考文献

历史

Text-book. Montgomery, pp. 280 – 322; Cheyney, pp. 516 – 574.

General Works. Greene, ch. 9, sec. 7, to ch. 10, sec. 4; Traill, Gardiner, Macaulay, etc.

Special Works. Lecky's History of England in the Eighteenth Century, vols. 1 – 3; Morris's The Age of Anne and The Early Hanoverians (Epochs of Modern History); Seeley's The Expansion of England; Macaulay's Clive, and Chatham; Thackeray's The Four Georges, and English Humorists; Ashton's Social Life in the Reign of Queen Anne; Susan Hale's Men and Manners of the Eighteenth Century; Sydney's England and the English in the Eighteenth Century.

文学

General Works. The Cambridge Literature, Taine, Saintsbury, etc.

Special Works. Perry's English Literature in the Eighteenth Century; L. Stephen's English Literature and History in the Eighteenth Century; Seccombe's The Age of Johnson; Dennis's The Age of Pope; Gosse's History of English Literature in the Eighteenth Century; Whitwell's Some Eighteenth Century Men of Letters (Cowper, Sterne, Fielding, Goldsmith, Gray, Johnson, and Boswell); Johnson's Eighteenth Century Letters and Letter Writers; Williams's English Letters and Letter Writers of the Eighteenth Century; Minto's Manual of English Prose Writers; Clark's Study of English

Prose Writers; Bourne's English Newspapers; J. B. Williams's A History of English Journalism; L. Stephen's History of English Thought in the Eighteenth Century.

The Romantic Revival. W. L. Phelps's The Beginnings of the English Romantic Movement; Beers's English Romanticism in the Eighteenth Century.

The Novel. Raleigh's The English Novel; Simonds's An Introduction to the Study of English Fiction; Cross's The Development of the English Novel; Jusserand's The English Novel in the Time of Shakespeare; Stoddard's The Evolution of the English Novel; Warren's A History of the Novel previous to the Seventeenth Century; Masson's British Novelists and Their Styles; S. Lanier's The English Novel; Hamilton's Materials and Methods of Fiction; Perry's A Study of Prose Fiction.

Pope. Texts: Works, Globe edition, edited by A. W. Ward; Cambridge Poets, edited by H. W. Boynton; Satires and Epistles, in Clarendon Press; Letters, in English Letters and Letter Writers of the Eighteenth Century, edited by H. Williams (Bell). Life: by Courthope; by L. Stephen (English Men of Letters Series); by Ward, Globe edition; by Johnson, in Lives of the Poets (Cassell's National Library, etc.). Criticism: Essays, by L. Stephen, in Hours in a Library; by Lowell, in My Study Windows; by De Quincey, in Biographical Essays, and in Essays on the Poets; by Thackeray, in English Humorists; by Sainte-Beuve, in English Portraits; Warton's An Essay on the Genius and Writings of Pope (interesting book chiefly from the historical view point, as the first definite and extended attack on Pope's writings).

Swift. Texts：Works，19 vols.，ed. by Walter Scott（Edin-
burgh，1814 – 1824）；best edition of prose works is edited by
T. Scott，with introduction by Lecky，12 vols.（Bonn's Library）；
Selections，edited by Winchester（Ginn and Company）；also in
Camelot Series，Carisbrooke Library，etc.；Journal to Stella，（Dut-
ton，also Putnam）；Letters，in Eighteenth Century Letters and Let-
ter Writers，ed. by T. B. Johnson. Life：by L. Stephen（English Men
of Letters）；by Collins；by Craik；by J. Forster；by Macaulay；by
Walter Scott；by Johnson，in Lives of the Poets. Criticism：Essays，
by Thackeray，in English Humorists；by A. Dobson，in Eighteenth
Century Vignettes；by Masson，in The Three Devils with Other Es-
says.

Addison. Texts：Works，in Bohn's British Classics；Selections，
in Athenaeum Press Series，etc. Life：by Lucy Aiken；by Courthope
（English Men of Letters）；by Johnson，in Lives of the Poets. Criti-
cism：Essays，by Macaulay；by Thackeray.

Steele. Texts：Selections，edited by Carpenter in Athenaeum
Press Series（Ginn and Company）；various other selections pub-
lished by Putnam，Bangs，in Camelot Series，etc.；Plays，edited
by Aitken，in Mermaid Series. Life：by Aitken；by A. Dobson
（English Worthies Series）. Criticism：Essays by Thackeray；by
Dobson，in Eighteenth Century Vignettes.

Johnson. Texts：Works，edited by Walesby，11 vols.（Oxford，
1825）；the same，edited by G. B. Hill，in Clarendon Press；Es-
says，edited by G. B. Hill（Dent）；the same，in Camelot series；
Rasselas，various school editions，by Ginn and Company，Holt，
etc.；selections from Lives of the Poets，with Macaulay's Life of

Johnson, edited by Matthew Arnold (Macmillan). Life: Boswell's
Life of Johnson, in Everyman's Library, Temple Classics, Library
of English Classics, etc. ; by L. Stephen (English Men of Letters) ;
by Grant. Criticism: G. B. Hill's Dr. Johnson, His Friends and Crit-
ics; Essays, by L. Stephen, in Hours in a Library; by Macaulay,
Birrell, etc.

Boswell. Texts: Life of Johnson, edited by G. B. Hill (London,
1874); various other editions (see above) . Life: by Fitzgerald
(London, 1891); Roger's Boswelliana (London, 1874); Whitfield's
Some Eighteenth Century Men of Letters.

Burke. Texts: Works, 12 vols. (Boston, 1871); reprinted, 6
vols. , in Bohn's Library; Selected Works, edited by Payne, in
Clarendon Press; On the Sublime and Beautiful, in Temple Clas-
sics. For various speeches, see Selections for Reading, above. Life:
by Prior; by Morley (English Men of Letters). Criticism: Essay, by
Birrell, in Obiter Dicta. See also Dowden's French Revolution and
English Literature, and Woodrow Wilson's Mere Literature.

Gibbon. Texts: Decline and Fall of the Roman Empire, edited
by Bury, 7 vols. (London, 1896 – 1900); various other editions;
The Student's Gibbon, abridged (Murray); Memoirs, edited by
Emerson, in Athenaeum Press Series (Ginn and Company). Life:
by Morison (English Men of Letters). Criticism: Essays, by Bir-
rell, in Collected Essays and Res Judicatae; by Stephen, in Studies
of a Biographer; by Robertson, in Pioneer Humanists; by Frederick
Harrison, in Ruskin and Other Literary Estimates; by Bagehot, in
Literary Studies; by Sainte-Beuve, in English Portraits. See also
Anton's Masters in History.

Sheridan. Texts: Speeches, 5 vols. (London, 1816); Plays, edited by W. F. Rae (London, 1902); the same, edited by R. Dircks, in Camelot Series; Major Dramas, in Athenaeum Press Series; Plays also in Morley's Universal Library, Macmillan's English Classics, etc. Life: by Rae; by M. Oliphant (English Men of Letters); by L. Sanders (Great Writers).

Gray. Texts: Works, edited by Gosse (Macmillan); Poems, in Routledge's Pocket Library, Chandos Classics, etc. ; Selections, in Athenaeum Press Series, etc. ; Letters, edited by D. C. Tovey (Bohn). Life: by Gosse (English Men of Letters). Criticism: Essays, by Lowell, in Latest Literary Essays; by M. Arnold, in Essays in Criticism; by L. Stephen, in Hours in a Library; by A. Dobson, in Eighteenth Century Vignettes.

Goldsmith. Texts: edited by Masson, Globe edition; Works, edited by Aiken and Tuckerman (Crowell); the same, edited by A. Dobson (Dent); Morley's Universal Library; Arber's The Goldsmith Anthology (Frowde). See also Selections for Reading, above. Life: by Washington Irving; by A. Dobson (Great Writer's Series); by Black (English Men of Letters); by J. Forster; by Prior. Criticism: Essays, by Macaulay; by Thackeray; by De Quincey; by A. Dobson, in Miscellanies.

Cowper. Texts: Works, Globe and Aldine editions; also in Chandos Classics; Selections, in Athenaeum Press Series, Canterbury Poets, etc; The Correspondence of William Cowper, edited by T. Wright, 4 vols. (Dodd, Mead & Company). Life: by Goldwin Smith (English Men of Letters); by Wright; by Southey. Criticism: Essays, by L. Stephen; by Bagehot; by Sainte-Beuve; by Birrell; by

Stopford Brooke; by A. Dobson (see above). See also Woodberry's Makers of Literature.

Burns. Texts: Works, Cambridge Poets edition (containing Henley's Study of Burns), Globe and Aldine editions, Clarendon Press, Canterbury Poets, etc. ; Selections, in Athenaeum Press Series, etc. ; Letters, in Camelot Series. Life: by Cunningham; by Henley; by Setoun; by Blackie (Great Writers); by Shairp (English Men of Letters). Criticism: Essays, by Carlyle; by R. L. Stevenson, in Familiar Studies; by Hazlitt, in Lectures on the English Poets; by Stopford Brooke, in Theology in the English Poets; by J. Forster, in Great Teachers.

Blake. Texts: Poems, Aldine edition; also in Canterbury Poets; Complete Works, edited by Ellis and Yeats (London, 1893); Selections, edited by W. B. Yeats, in the Muses' Library (Dutton); Letters, with Life by F. Tatham, edited by A. G. B. Russell (Scribner, 1896). Life: by Gilchrist; by Story; by Symons. Criticism: Swinburne's William Blake: A Critical Essay; Ellis's The Real Blake (McClure, 1907); Elizabeth Cary's The Art of William Blake (Moffat, Yard & Company, 1907); Essay, by A. C. Benson in Essays.

Thomson. Texts: Works, Aldine edition; The Seasons, and Castle of Indolence, in Clarendon Press, etc. Life: by Bayne; by G. B. Macaulay (English Men of Letters). Criticism: Essay, by Hazlitt, in Lectures on the English Poets.

Collins. Works, edited by Bronson, Aldine edition; also in Athenaeum Press. Life: by Johnson, in Lives of the Poets. Criticism: Essay, by Swinburne, in Miscellanies. See also Beers's English Romanticism in the Eighteenth Century.

Crabbe. Works, with Memoir by his son, G. Crabbe, 8 vols. (London, 1834 – 1835); Poems, edited by A. W. Ward, 3 vols., in Cambridge English Classics (Cambridge, 1905); Selections, in Temple Classics, Canterbury Poets, etc. Life: by Kebbel (Great Writers); by Ainger (English Men of Letters). Criticism: Essays, by L. Stephen, in Hours in a Library; by Woodberry, in Makers of Literature; by Saintsbury, in Essays in English Literature; by Courthope, in Ward's English Poets; by Edward Fitzgerald, in Miscellanies; by Hazlitt, in Spirit of the Age.

Macpherson. Texts: Ossian, in Canterbury Poets; Poems, translated by Macpherson, edited by Todd (London, 1888). Life and Letters, edited by Saunders (London, 1894). Criticism: J. S. Smart's James Macpherson (Nutt, 1905). See also Beers's English Romanticism. For relation of Macpherson's work to the original Ossian, see Dean of Lismore's Book, edited by MacLauchlan (Edinburgh, 1862); also Poems of Ossian, translated by Clerk (Edinburgh, 1870).

Chatterton. Texts: Works, edited by Skeat (London, 1875); Poems, in Canterbury Poets. Life: by Russell; by Wilson; Masson's Chatterton: A Biography. Criticism: C. E. Russell's Thomas Chatterton (Moffatt, Yard & Company); Essays, by Watts-Dunton, in Ward's English Poets; by Masson, in Essays Biographical and Critical. See also Beers's English Romanticism.

Percy. Reliques, edited by Wheatley (London, 1891); the same, in Everyman's Library, Chandos Classics, etc; Essay, by J. W. Hales, Revival of Ballad Poetry, in Folia Literaria. See also

Beers's English Romanticism, etc. (Special works, above.)

Defoe. Texts: Romances and Narratives, edited by Aitken (Dent); Poems and Pamphlets, in Arber's English Garner, vol. 8; school editions of Robinson Crusoe, and Journal of the Plague Year (Ginn and Company, etc.); Captain Singleton, and Memoirs of a Cavalier, in Everyman's Library; Early Writings, in Carisbrooke Library (Routledge). Life: by W. Lee; by Minto (English Men of Letters); by Wright; also in Westminster Biographies (Small, Maynard). Criticism: Essay, by L. Stephen, in Hours in a Library.

Richardson. Texts: Works, edited by L. Stephen (London, 1883); edited by Philips, with Life (New York, 1901); Correspondence, edited by A. Barbauld, 6 vols. (London, 1804). Life: by Thomson; by A. Dobson. Criticism: Essays, by L. Stephen, in Hours in a Library; by A. Dobson, in Eighteenth Century Vignettes.

Fielding. Texts: Works, Temple edition, edited by Saintsbury (Dent); Selected Essays, in Athenaeum Press Series; Journal of a Voyage to Lisbon, in Cassell's National Library. Life: by Dobson (English Men of Letters); Lawrence's Life and Times of Fielding. Criticism: Essays, by Lowell; by Thackeray; by L. Stephen; by A. Dobson (see above); by G. B. Smith, in Poets and Novelists.

Smollett. Texts: Works, edited by Saintsbury (London, 1895); edited by Henley (Scribner). Life: by Hannah (Great Writers); by Smeaton; by Chambers. Criticism: Essays, by Thackeray; by Henley; by Dobson, in Eighteenth Century Vignettes.

Sterne. Texts: Works, edited by Saintsbury (Dent); Tristram Shandy, and A Sentimental Journey, in Temple Classics, Morley's

Universal Library, etc. Life：by Fitzgerald；by Traill (English Men of Letters)；Life and Times, by W. L. Cross (Macmillan). Criticism：Essays, by Thackeray；by Bagehot, in Literary Studies.

Horace Walpole. Texts：Castle of Otranto, in King's Classics, Cassell's National Library, etc. Letters, edited by C. D. Yonge. Morley's Walpole, in Twelve English Statesmen (Macmillan). Essay, by L. Stephen, in Hours in a Library. See also Beers's English Romanticism.

Frances Burney (Madame d'Arblay). Texts：Evelina, in Temple Classics, 2 vols. (Macmillan). Diary and Letters, edited by S. C. Woolsey. Seeley's Fanny Burney and Her Friends. Essay, by Macaulay.

思考题

1. 简述 18 世纪的社会发展情形。社会发展对文学有什么影响？为什么散文大行其道？早先的报纸对生活和文学有什么影响？与伊丽莎白时期的读者相比，这一时期的读者有什么特点？

2. 为什么这一时期散文和诗中都有大量的讽刺？列举主要讽刺作品。讽刺的目的是什么？文学的目标又是什么？二者有什么冲突？

3. 这个时期文学中的"古典主义"一词的含义是什么？约翰逊的古典主义与本来意义上的古典主义有联系吗？为什么这一时期又被称为奥古斯都时期？为什么当时人们不认为莎士比亚属于古典作家？

4. 蒲柏有什么独特性？简述其生平。他的主要作品是什么？他是怎样反映时代的批评精神的？他的诗的主要特点是什么？他的风格有什么是可以学得的？他的诗缺少什么？把他的诗的主题与彭斯、丁尼生、弥尔顿的比较一下。要是由乔叟或彭斯来讲《卷发遇劫记》的故事，会怎么样？蒲柏的诗与艾迪生的散文有什么相似处？

5. 斯威夫特的作品一般有什么特征？列举他的主要讽刺作品。他的风格中有什么可以学的？他在写作中是着力修饰还是力求效果？比较斯威夫特的《格列佛游记》与笛福的《鲁滨逊漂流记》，看二者的风格、目的、趣味有什么不同。这两个作家有什么相似处？为什么《格列佛游记》一直受人们喜爱？

6. 艾迪生和斯蒂尔为文学做了什么工作？以《旁观者》杂志第 112 期和第 2 期的散文为例，比较艾迪生与斯蒂尔的目标、幽默、生活知识和对人类的同情心。比较他们的幽默与斯威夫特的幽默。他们的作品是怎样为小说做准备的？

7. 约翰逊在文学界以什么闻名？能否解释一下他为什么有巨大影响？比较他与斯威夫特或笛福的风格。鲍斯韦尔的《约翰逊传》最突出的特征是什么？设想约翰逊、戈德史密斯和鲍斯韦尔在咖啡馆相遇，描述一下他们的会面。

8. 伯克因为什么而值得关注？什么伟大目标影响了他一生的三个阶段？为什么他被称为以散文说话的浪漫诗人？比较他与同时期其他作家的意象使用。他的什么风格可以学习？什么风格要避免？可否描述一下伯克的"美洲演讲"对后世英国政治的影响？伯克与弥尔顿的散文作品有什么相似处？

9. 吉本因为什么"值得牢记"？为什么他标志着历史写作的新时代？什么是以科学方法书写历史？比较吉本与约翰逊的风格。比较吉本与斯威夫特或者任何现代历史学家如帕克曼的风格。

10. "浪漫主义"这个词指的是什么？浪漫主义的主要特

征是什么？它与古典主义的区别是什么？以格雷、柯珀或彭斯的作品为例，解释浪漫主义的意义。可否解释浪漫主义中忧郁的流行？

11. 格雷的主要作品是什么？他的《墓园挽歌》为什么一直受人们喜欢？他的诗中有什么浪漫主义因素？格雷与戈德史密斯的作品有什么异同？

12. 请讲述戈德史密斯的生平故事。他的主要作品有哪些？以《荒村》为例指出他作品中的浪漫主义和古典主义元素。他的《威克菲牧师传》对早期的小说有什么贡献？解释《屈身求爱》流行的原因。列举戈德史密斯笔下的持久文学人物形象。《旅人》《荒村》《屈身求爱》中有什么个人性的回忆？

13. 介绍柯珀的《使命》。这部作品是怎样表现浪漫主义精神的？从《约翰·吉尔平》中选择片段解释柯珀的幽默。

14. 讲述彭斯的生平故事。有人说，"衡量一个人的罪要看他可以是什么样子和实际上是什么样子"，以彭斯为例，对照一下这个说法。他的诗的总体特征是什么？他为什么被称为"人民诗人"？他的诗选择的是什么主题？比较他与蒲柏的主题选择。他的诗《给一只老鼠》和《致一朵山菊》中可见诗人的什么个性？彭斯和格雷各怎样看待自然？哪些诗作表现了他对法国大革命和民主的同情？阅读《农场雇工的周六之夜》，解释它的恒久魅力。能否解释一下彭斯广受喜爱的原因？

15. 布莱克的诗有什么特点？布莱克是当时最了不起的诗歌天才，解释一下为什么喜欢他的人少。

16. 珀西的《英诗稽古》在哪一方面影响了浪漫主义运动？他的歌谣集有什么不足？可否解释在人人喜欢蒲柏《人论》的时代，为什么《彻韦山追猎》这样粗糙的诗还能受人们喜欢？

17. 麦克弗森的"奥西恩诗"是什么？能否说明奥西恩伪作十分成功的原因？

18. 讲述查特顿和罗利诗作的故事。阅读查特顿《名字悲剧》，就风格和趣味把它与古代歌谣如《奥特本之战》或者《彻韦山追猎》相比较（都可以在曼利的《英国诗歌》中找到）。

19. 现代小说的含义是什么？它和早期的传奇、历险故事有什么区别？小说的前身有哪些？模仿《堂吉诃德》的故事的目的是什么？《帕梅拉》为什么重要？菲尔丁给小说增添了什么元素？戈德史密斯的《威克菲牧师传》有什么贡献？从这个角度比较戈德史密斯、斯蒂尔和艾迪生。

大事年表

17 世纪末和 18 世纪			
历史		文学	
1689	威廉三世和玛丽二世一起登基	1683—1719	笛福的早期创作
	《权利法案》		
	《宽容法案》		
		1695	出版自由
1700（?）	伦敦俱乐部出现		
1701—1714①	西班牙继位战争		
1702	安妮女王（1702—1714）登基		
		1702	第一份日报《每日新闻》问世
1704	布伦海姆之战	1704	艾迪生的《战役》
			斯威夫特的《桶的故事》

续表

17世纪末和18世纪			
历史		文学	
1707	英格兰和苏格兰统一		
		1709	《闲话报》
			约翰逊出生（1709—1784）
		1710—1713	斯威夫特在伦敦，《给斯特拉的日记》
		1711	《旁观者》
		1712	蒲柏的《卷发遇劫记》
1714	乔治一世（1714—1727）登基		
		1719	笛福的《鲁滨逊漂流记》
1721	内阁政府成立，沃波尔成为第一任首相		
		1726	《格列佛游记》
		1726—1730	汤姆逊的《四季》
1727	乔治二世（1727—1760）登基		
		1732—1734	蒲柏的《人论》
1738	卫理公会兴起		
		1740	理查逊的《帕梅拉》
1740	奥地利继位之战（1740—1748）		
		1742	菲尔丁的《约瑟夫·安德鲁斯》
1746	詹姆斯党人叛乱		
		1749	菲尔丁的《弃儿汤姆·琼斯的历史》
		1750—1752	约翰逊的《漫谈者》
1750—1757	征服印度	1750	格雷的《墓园挽歌》

续表

17 世纪末和 18 世纪			
历史		文学	
		1755	约翰逊的《英语词典》
1756—1763	与法国交战		
1759	魁北克战役		
1760	乔治三世（1760—1820）登基	1760—1767	斯特恩的《项狄传》
		1764	约翰逊的文学俱乐部
1765	《印花税法案》	1765	珀西的《英诗稽古》
		1766	戈德史密斯的《威克菲牧师传》
		1770	戈德史密斯的《荒村》
		1771	大报出现
1773	波士顿倾茶事件		
1774	霍华德的监狱改革	1774—1775	伯克美洲演讲
1775—1783	美国独立战争	1776—1788	吉本的《罗马帝国衰亡史》
1776	《独立宣言》	1779	柯珀的《奥尔尼赞美诗》
		1779—1781	约翰逊的《诗人传》
1783	《巴黎条约》	1783	布莱克的《诗意素描》
		1785	柯珀的《使命》
			《伦敦时报》
1786	审判沃伦·黑斯廷斯	1786	彭斯的早期诗（基尔马诺克版彭斯诗集《苏格兰方言诗》）
			伯克弹劾沃伦·黑斯廷斯
1789—1799	法国大革命		
		1790	伯克的《法国革命感想录》
		1791	鲍斯韦尔的《约翰逊传》
1793	与法国交战		

① 此处"1701—1714"为译者补加，原著并无内容。——译者注

第四章　浪漫主义时期（1800—1850）

第一节　英国文学的第二个创新时期

　　19 世纪上半叶见证了浪漫主义文学和民主政治的胜利，在许多国家、许多历史时期，这两个事件都联系紧密，人们肯定会琢磨二者之间是不是有因果关系。前文已述，清教主义在英国人民自由运动中发挥了巨大的作用，此前人们就已经开始阅读，他们读的书是《圣经》。所以我们也可以同样地理解这个大众政治的时代，牢记浪漫主义文学的主要目标是普通人性的高贵和个人的价值。我们阅读《独立宣言》（1776）到英国《1832 年改革法案》之间的简明历史，面对的是巨大的政治动荡，只有"革命时代"才足以定义这个时期。只有阅读这一时期作家们的作品，才能理解诸多重大的历史运动；文学迅速传播到文明世界的理念必然地引发了法国大革命、美国联邦的建立和以改革法案确立于英国的真正自由。从根本上说，自由是一种理想；这种理想美丽、鼓舞人心、不可抗拒，就像风中的旗帜，众多分歧极大的书籍和小册子，从彭斯的《苏格兰方言诗》到托马斯·潘恩的《人权》都把这面旗帜稳稳地树在人们心里，芸芸众生如饥似渴地阅读着，宣扬普通生活的尊严，发出热情的呼喊，反对各种形式的阶级和地位压迫。

　　最先是梦想，是心中的理想；接着是宣扬理想的文字，让其他心灵感觉到理想之真之美；接着是众人一心的努力，让梦想成真：这应该是政治进步中文学作用的公正估量。

一　历史概况

这个阶段始于乔治三世在位的后半期，终于 1837 年维多利亚女王登基。1783 年 11 月的一个雾蒙蒙的早晨，乔治国王走进上议院大楼，声音颤抖地宣布认可美利坚合众国独立，他没有意识到这宣布了一个自由人的自由政府的胜利，而这是英国文学一千余年来的理想；虽然直到《1832 年改革法案》成为英国土地上的法律时，英国人才吸取了美国的教训，实现了作家们一直梦想的民主。

（一）　法国大革命

美利坚合众国独立到英国《1832 年改革法案》颁布之间的半个世纪是一个动荡的时期，英国人的生活却稳步前进。政治动荡的风暴中心是法国，法国大革命是一场宣扬天赋人权和废止阶级差别的革命暴动，它对文明世界的影响无法估量。英国多了不少爱国俱乐部和社会团体，都坚信自由、平等、博爱的信条，这是法国大革命的口号。小皮特领导的年轻的英国欢呼新法兰西共和国的成立，并伸出友谊之手；只允许自己革命的英国老派人物则满怀恐惧地看着法国的混乱，因伯克和王国贵族的误导，英法两国最终陷于战争之中。起初，就连皮特也觉得是一件好事，因为对与外国交战的突然热情——通过某种可怕的歪曲通常被称为爱国主义——会让人们转而关心邻国的事务，从而避免国内的革命。

（二）　经济形势

风雨欲来的革命起因不是政治，而是经济。由于钢铁、机器的出现，运输贸易的垄断，英国成了世界工厂。最大胆的梦想也不敢想象这样的财富增长，可是财富分配不均的情形连天使都要为之哭泣。成千上万的熟练手工工人因为最初的机器发明失业；为了保护少有的几个农业经营者，政府给玉米和小麦加了重税，面包贵得像是在饥荒时期，辛勤劳作的人们的钱却少得根本买不起。随之出现了令人惊奇的一幕，英国财富剧增，为养兵、为欧洲的盟国大把大把地花钱，贵族、地主、制造商和商人花天酒地的时候，大批的熟练工人却吵嚷着要一份工作。父亲把妻子和孩子送进矿井和工厂，每天十六个小时劳作得到的报酬几乎不够买当天的面包；每个大城市里都有饥饿的男男女女组成的暴民。不是伯克猜想的政治理论，而是这种难以忍受的经济形势孕育着另一场英国革命的危机。

了解了这些情形，才能理解以下两部著作——亚当·斯密的《国富论》和托马斯·潘恩的《人权》，它们几乎不能算作文学，不过对英国影响极大。斯密是个苏格兰思想家，他的写作就是为了支持一个信条：劳动是国家财富的唯一来源，任何使劳动不自然的企图，或者以保护性税费使劳动不能得到原材料的行为都是不公正的、毁灭性的。潘恩是个双重人格者，个性浅薄，不值得信赖，可是他对大众自由有一腔热情。1791年，他的《人权》在伦敦出版，简直就像彭斯反压迫的激情呼喊。其时巴士底狱被攻陷不久，《人权》给法国大革命在英国点燃的火焰上浇了油。他的书在英国流行一时，影响太大，英国政府竟然以危害英国体制为借口把他驱逐出境了。

（三）改革

一旦英国人抛开法国事务开始改善自己的经济状况，所有这些真实的或者想象的危险就都远去了。1815年，拿破仑在滑铁卢被击败，旷日持久的大陆战争结束了；海外声誉大振的英国开始关注国内的改革。非洲奴隶贸易已然失败；可怕的不法行为减少，其中包括穷苦的债务人和类似的轻微罪行；禁止使用童工；出版获得自由；男子选举权扩大；允许在议会里反对天主教；安德鲁·贝尔和约瑟夫·兰卡斯特带头，建立了成百上千所面向大众的学校。这仅仅是英国半个世纪以来可作为文明进步标志的几项改革。1833 年，英国宣称殖民地的所有奴隶都获得了自由，无意间也宣称英国最终脱离了野蛮。

二　英国文学的第二个创新时期

（一）浪漫主义时期的文学特征

关注文学最初如何反映时代的政治动荡是一件很有意思的事情；而后，动乱已过，英国开始非凡的改革，文学又突然培育出一种新的创造精神，华兹华斯、柯尔律治、拜伦、雪莱、济慈的诗歌，司各特、简·奥斯丁、兰姆和德·昆西的散文都反映了这种精神。这是一群了不起的作家，他们的爱国热情让人想起伊丽莎白时代，因为他们的才华，这一时代以英国文学中的第二个创新时期而闻名。

一开始，随着巴士底狱的坍塌，旧制度也似乎崩塌了，青年柯尔律治和骚塞建立了一个新机构——"萨斯奎哈纳河岸边的大同社会"，一个可以实现莫尔的《乌托邦》中的制度的理想联合体。就连华兹华斯都激情澎湃，这样写道：

> 幸福在黎明时有了生命，
> 此时还年轻就是至福。

必须记住的是，浪漫主义的本质是文学必须反映无雕饰的自然和人类本真，自由地追踪想象。伊丽莎白时代的剧作家的作品已有这一特点，剧作家们不顾批评家的条条框框，完全依赖自身的才华。柯尔律治的这种独立性就表现在《忽必烈汗》和《古舟子咏》里，这两首诗描绘了梦境般的图画，前者描写人口众多的东方，后者描写寂寞的大海。而对于华兹华斯，这种文学的独立性引导他向内追求普通事物的本质。他像莎士比亚一样，凭借自己的直觉行事。

> 在树林中发现语言，在溪流里阅读书卷，
>
> 在石头中看到训导，在各事中发现德行。

华兹华斯就这样超越当时的其他作家，给自然的普通生命和芸芸众生的灵魂赋予了壮丽的意义。虽然司各特在文学界名气更大，拜伦和雪莱的读者更多，但是柯尔律治和华兹华斯才是他们时代的浪漫天才的最好代表。

（二）诗歌的时代

这个时期的第二个特点是：这绝对是一个诗歌的时代。前一个世纪是实际地考察生活，在很大程度上是一个散文时代；可是如今，就像伊丽莎白时代一样，年轻的热衷创作者就像幸福的人要唱歌一样自然而然地奔向了诗歌。时代的光荣体现在司各特、华兹华斯、柯尔律治、拜伦、雪莱、济慈、穆尔和骚塞的诗里。若说这个时期的散文作品，尽管查尔斯·兰姆的小品文、简·奥斯丁的小说也逐渐为它们的作者在文学史中稳稳地赢得一席之地，可只有司各特的散文流传甚广。柯尔律治和骚塞（这两位和华兹华斯就是所谓的湖畔派三人组）写的散文要远多于诗歌，骚塞的散文也要比他的诗好得多。这是完全不同于现今的当时的时代精神使然，骚塞可能要说，他就是为了挣钱，才"把本来最好写成散文"的材料写成了诗歌。

（三）女性小说家

在这个时代，女性第一次在英国文学中取得了重要的地

位。出现这种有趣现象的主要原因是女性第一次获得了初步的教育机会，进入了国民的知识生活之中；情形总是如此，女性一旦获得公平的机会，她们立刻就表现得精彩无比。第二个原因恐怕在于时代本身的性质，这是一个极情绪化的时代。法国大革命深刻地搅动了整个欧洲，接下来的半个世纪里，大规模的文学运动，连同政治运动和宗教运动都表现出情绪化特征，与18世纪早期的冷静、正式、讽刺精神形成鲜明对照，从而更加引人注目。女性在天性上要比男性更加情绪化一些，很可能就是这个情绪化时代吸引了女性，她们有了以文学表达自己的机会。

强烈的情绪往往趋于极端化，在这个时代产生了一种如今看起来有点儿歇斯底里的新小说，但当时它可令神经兴奋的众多读者欣喜不已，他们沉迷于超自然恐惧的"恐怖"小说。安·拉德克利弗夫人（1764—1823）是这一夸张传奇流派最成功的作家之一。她的小说十分流行，里面通常有蓝眼睛的女主人公、鬼魂出没的城堡、暗门、恶棍、诱拐、危急关头的施救，混合着紧张过度的喜悦和恐惧。[①] 不仅普通读者喜欢，公

---

① 拉德克利弗夫人最好的作品是《奥多芙的神秘》，是一个被关在阴暗的城堡里的柔弱女子的故事。对祖上罪孽的疑虑令她焦虑，书里有令人起鸡皮疙瘩的鬼屋、暗门、滚板、旧画后面的神秘人物，还有通向地下室的暗道，阴暗恐怖，就像坟墓一样。在地下室里，女子发现一个箱子，里面有血迹斑斑的文书。她胆战心惊，借着摇曳的烛光，读到了一份年代久远的罪行记录。关键时刻，蜡烛却熄灭了，黑暗里伸出一只湿冷的手——啊！如今我们觉得这样的故事太愚笨，但它反映的是上一个时代人们对怀疑论的看法；另外，这是中世纪历险传奇的发展，只是这里的历险不在外界，而在内心。一般故事里的主人公碰到的是一个鬼而不是一条龙的时候，一个数着念珠的修女要胜过一个顶盔披甲的骑士。因此，这个时期的文学作品中男主人公少、女主人公多。这个时期，人们受的教育让他们不相信中世纪的妖怪和魔法，可他们无法不相信鬼怪和其他妖怪。

认的文学天才如司各特和拜伦也喜欢。

与这种浮夸的小说相对的是简·奥斯丁的更耐读的小说，她描绘起日常生活来令人着迷，还有玛丽亚·埃奇沃思的对爱尔兰生活的精彩描绘，后者启发了沃尔特·司各特去写他的苏格兰传奇。还有两位作家也获得了还算持久的名声，分别是诗人、剧作家、小说家汉娜·莫尔和简·波特，后者的小说《苏格兰酋长》和《华沙的撒迪厄斯》如今还在图书馆里传阅。另外还有范妮·伯尼（德·阿布利夫人）和其他几个作家，她们的作品在19世纪早期把女性在文学界的地位提升到了前所未有的位置。

（四）现代杂志

文学批评在这一时期也站稳了脚跟，因为出现了以下杂志：《爱丁堡评论》（1802）、《评论季刊》（1808）、《布莱克伍德杂志》（1817）、《威斯敏斯特评论》（1824）、《旁观者》（1828）、《雅典娜神殿》（1828）和《弗雷泽杂志》（1830）。这些杂志对后来的文学都有巨大的影响，编者分别有弗朗西斯·杰弗里、约翰·威尔逊（一般以克里斯托弗·诺斯的名字知名）、约翰·吉布森·洛克哈特，后者写出了《司各特传》。一开始，他们的批评比较苛刻，例如杰弗里抨击司各特、华兹华斯和拜伦都不留情面；洛克哈特也觉得济慈和丁尼生没有好作品。不过，批评越来越有智慧，也就开始发挥文化建设的功能了。后来，这些杂志开始联系并刊用不知名作家如哈兹里特、兰姆和利·亨特的作品，因此担负起了现代杂志的主要使命，给予每一个有能力的作家机会，让他们为世人所知。

第二节　浪漫主义时期的诗人

一　威廉·华兹华斯（1770—1850）

威廉·华兹华斯

英国文学中的浪漫主义运动成形于 1797 年。华兹华斯和柯尔律治那时退隐于萨默塞特郡的宽托克山，他们的思想成形了，要让文学"长久地令人类感兴趣"，他们宣称古典诗歌从未做到这一点。两位诗人的帮手是华兹华斯的妹妹多萝西，多萝西天性爱美、爱花朵，即使最平凡的人类生活也能引起她天性中的同情。这个沉默的伙伴可能是著名的 1798 年版《抒情歌谣集》的灵感的主要来源。在两位诗人的合作中，柯尔律治专注于"超自然的，或者至少是传奇"的主题；而华兹华斯则"赋予日常事物以新的魅力——从习性的冷漠中唤醒人们的关注，引导人们关注眼前世界的奇妙和魅力"。作品的精神可见于这本了不起的小册子里的两首诗——柯尔律治创作的精

品《古舟子咏》和表达华兹华斯诗歌信念的《丁登寺》，后者
是英文诗歌中最高尚、最重要的一首。公众没有留意《抒情
歌谣集》①，因为他们很快就要为拜伦的《恰尔德·哈洛尔德
游记》和《唐璜》欣喜若狂了。这种现象在生活中也很平常，
就像许多人在家门口就能看见奥利安和昂宿星图，可他们从不
在意，却要跑上一英里的路去看流星焰火。即使华兹华斯和柯
尔律治一辈子就写了这么一本书，他们仍然会因此名列这个赞
颂浪漫主义大获全胜的时代的代表作家之中。

（一）华兹华斯生平

丁尼生说华兹华斯"不说不道德的事"，要理解他的一
生，最好先去阅读《序曲》②，这首完成于 1805 年的诗记录了
成年前的经历在华兹华斯心里留下的印象。表面上看，他平淡
漫长的一生可以自然地划分为四个阶段：①1770 年至 1787
年，坎伯兰丘陵地区的童年和青年时期；②1787 年至 1797
年，包括剑桥大学读书、海外游历、亲历革命，这是目睹动荡
的焦虑彷徨时期；③1797 年至 1799 年，时间虽短，却是发现
自我、发现创作道路的重要时期；④北方湖区的漫长退隐时
期，他出生在那里，整整半个世纪，他就生活在大自然里，这
些在他的诗中都有反映。

华兹华斯的一生不是以事件引人注意，更多的是以思想而
独特。列出这四个阶段，也就可以概括华兹华斯的一生。1770
年华兹华斯出生于坎伯兰郡的科克茅斯的德文特河畔。

---

① 《抒情歌谣集》在美国比在英国受欢迎。此处（指美国——译者注）的
　　第一版出版于 1802 年。
② 《序曲》在华兹华斯去世几乎半个世纪后才出版。

> 人们热爱的，众河中最美丽的
> 混合他的低语于我保姆的歌声之中，
> 自他赤杨树荫和嶙峋石岸的跌落里，
> 自他的浅滩，发出一个声音，
> 顺着我的梦流过。

如果读者只读过他恬静崇高的诗作，却发现他性格喜怒无常、脾气暴躁，肯定会大吃一惊。他有四个兄弟姐妹，母亲为他的脾气感到绝望。他八岁的时候，母亲就过世了，不过母亲已经足以影响他一生了。他后来说母亲"是我们所有学识和情感的核心"。约六年后，父亲也去世了，华兹华斯只能由亲人们来照管，他们送他去位于美丽湖区的霍克斯黑德上学。很明显，对华兹华斯来说，大自然这露天的"学校"远比学校里的名著经典更有吸引力，他从书本学到的远不能和从花朵、小山、星星中学到的相比；不过，要想了解这一点，就要去阅读他《序曲》中的记录。一般读者也会在这首诗里感受到三点：第一，华兹华斯喜欢一个人与自然交流，从不觉得孤独；第二，华兹华斯与其他独自在树林或田野玩耍的孩子一样，感受到了活生生的精灵，无影无形却真实，沉默无语却友好；第三，他对此的印象与常人一般无二，平常、令人愉快。长长的夏日里，他游泳、晒太阳、在小山上奔跑；冬天的夜里，他溜冰的时候追着黑漆漆的冰块里星星的影子；湖上泛舟的时候，世界巨大陌生得令他突然害怕起来。他诉说这一切，其实不过是唤起了我们童年里种种模糊、幸福的记忆。他曾晚上跑到树林里看他安置的丘鹬套子，结果碰巧看见了另一个孩子的套子，就跑去看，看见那个套子套住了一只丘鹬，于是赶紧拿了跑回家。

> 孤独的小山里传来
>
> 低低的喘息声跟着我，
>
> 杂乱动作的响动

这就像内心图像，夜里穿过小树林回过家的孩子立刻就会有共鸣。他还讲到了在峭壁上找鸟窝。

> 啊，我攀在
>
> 渡鸦窝上方，抓着草疙瘩
>
> 对着滑溜溜的岩石半英寸宽的裂缝
>
> 撑得不牢靠，几乎（也似乎）
>
> 被急吹的气流挂着，
>
> 靠着裸露的岩石，哦，那时候，
>
> 我一个人悬在危险的山脊上，
>
> 高亢的干风那样地怪叫着
>
> 刮过我的耳边！天空似乎成了大地的
>
> 天空——以那样的行动推着风！

读这样的记录，所有人都会在诗人早年印象里回忆起自己的童年，重新体验生活中的无比快乐。

　　华兹华斯生活的第二阶段开始于1787年他在剑桥大学求学时。读者在《序曲》第三卷里就会看到华兹华斯对学生生活的冷静记录，看到学生们的琐碎日常、快乐、持续的茫然。华兹华斯学业并不突出，他愿意发展自己的天性而不是死跟课表，他更盼望假期到小山里消磨时光，而不是参加课程考试。或许，他的剑桥岁月中最有趣的事是结识了对政治充满热情的年轻人，那一首了不起的关于法国大革命的诗表达了这种精神，要说到一开始就搅得整个欧洲动荡不安的希望和抱负，那一首诗比一本历史书都有效。1790 年、1791 年华兹华斯两度去法国，第一次以青年牛津共和派的乐观态度观察世事。第二次到法国，他加入了吉伦特派，就是温和的共和派。亲人决计断绝对他的资助，催促他回英国，免去他和同一派的领导者一样上断头台的危险。有两件事情很快就冷却了华兹华斯的革命热情，终结了他平静一生中唯一的激动时刻。一是革命本身的过火行为，尤其是处死路易十六；二是拿破仑的崛起，与之相伴的是法国人对这个粗俗危险的暴君的盲目的吹捧。由他后面的诗可以看出，他的冷静很快就变成了厌恶与反对。华兹华斯的转变招致了雪莱、拜伦和其他极端者的抨击，可也收获了司各特的友情，司各特一直不同情革命，也不同情年轻的英国狂热分子。

前文已述华兹华斯生命中的决定性阶段是他与妹妹多萝西、朋友柯尔律治在阿尔福克斯顿庄园度过的岁月。他年已三十，却身无分文，没有职业、没有目标，所以决定献身诗歌，其重要性不言而喻。他也考虑过入法律行，可是他不得不承认自己对对立的概念和实践没有兴趣；他还考虑过担任神职，可是虽然满心倾向于教会，却觉得自己达不到担任圣职的资格；他也一度想入伍，为国效力，可是迟疑不决，怕病死在异国，无名无利地送命。他对自己的道路的决定明显是个意外，可在如今看来，更像是天意。当时，华兹华斯照顾患肺病的年轻朋友莱斯利·卡尔弗特，莱斯利病故时，留给华兹华斯几百镑的财产，并希望华兹华斯献身诗歌。这个意外的礼物让华兹华斯远离尘嚣，发挥自己的才华。终其一生，华兹华斯都是贫穷的，生活简朴、思想崇高。说到金钱，他的诗简直没有给他带来什么财富。只是发生了一系列意外事件，他才能继续他的事业。意外之一是他成了一个托利党人，担任了邮票分发的公职，后来又被政府任命为桂冠诗人。这个事件被勃朗宁写进了那一首著名然而考虑不周的诗——《失去的领袖》中。

> 他离开我们只是为了一把银子，
>
> 只是为了大衣上能多一根丝带。

在他生命的后半段中，华兹华斯退隐喜爱的湖区，先后在格拉斯米尔和莱德尔山居住。华兹华斯坚定不移、充满理想、

莱德尔山华兹华斯故居

奋斗不止，可公众的认可迟迟不来，这让人总是想起长期奋斗想要获得文学界承认的勃朗宁。在杂志上刊文的批评家几乎都挑他写得最不好的作品，以此为准，无情地嘲笑他的诗；他一本一本地写，可除了几个忠实的朋友，没有人认可。他的态度

总让人想起他在小山上遇见的穷老兵①，老兵不乞求，也不愿提起他为国服务多年，也不愿意说国家的关切不够，只是崇高且朴实地说：

> 我信赖天国的上帝，
> 我的信赖就在相信我的他的眼中。

如许辛勤，如许耐心，回报必然来临。早在华兹华斯去世之前，他已然感受到人人赞许的温暖阳光了。人们认识到了司各特和拜伦的局限，大众对他们的热情已然过去。批评家们把华兹华斯作为还在世的第一流诗人进行赞扬，认为他是英国有史以来最伟大的诗人之一。1843 年骚塞去世后，华兹华斯成了桂冠诗人，然而这并非他的本意。迟到的过度赞扬反而就像当初的过于忽视一样，都没有影响到他。他的诗作持续走下坡路的原因不是一般猜测的他因成功而自满，而是他太过保守，他独自写作，没有以别的文学界人士的标准衡量过自己的作品。1850 年他在平静中离世，终年八十岁，葬在格拉斯米尔的教堂墓地。

这个世界最了不起的自然信息阐释者的肤浅简短记录到此结束。熟悉自然、熟悉诗人的人自然会意识到任何传记都是不足的，因为涉及华兹华斯的本质文字总是难以表达。他高尚、真诚的一生，"英雄般幸福"，从未与他传达出的信息不一致过，这一点令人快慰。诗就是他的生命，他的灵魂就在他所有的工作中，只有阅读他所写的作品才能理解他这个人。

（二）华兹华斯的诗

初读华兹华斯的诗，常有失望之感。其中有妨碍正确欣赏

---

① 《序曲》第四卷。

诗人价值的两个困难。其一在于读者，人们常因华兹华斯太过质朴而困惑。人们习惯于欣赏诗中的戏剧效果，反而看不到不加修饰的美，如诗人的《露西》。

> 一块满是苔藓的石边的一朵紫罗兰，
> 若隐若现。

> 像一颗星般美，只有一颗
> 在天际闪耀时。

华兹华斯自己定的目标是把诗从"奇想"中解放出来，用质朴的真实的语言本真地描绘人与自然。读这样的作品，容易错过美、激情、力度，因为这些都隐藏在他极简单的诗行里。困难之二不是因为读者，而是因为诗人。必须承认，华兹华斯也不总是优美的，他的诗很少是雅致的，满是灵感的也不多见。可一旦有了灵感，就没有诗人能与他相比。但更多的时候，他的诗僵硬、缺乏想象力，简直令人们奇怪怎么会有人写出这样的东西。而且，他一点儿幽默感也没有，所以常常看不出崇高与可笑之间的那一小步距离。人们没有办法阐释《笨孩子》，也无法原谅《彼得·贝尔》的可笑和诗人令人伤心的愚笨。

1. 自然诗

由于这些困难，阅读华兹华斯最好避开长篇作品，以好的作品选本①开始。读这些精致的短诗、这些永留在人们记忆中的高尚诗行，可以理解华兹华斯就是英国文坛奉献的最了不起

---

① 道登编选的《华兹华斯诗选》是众多版本中最好的，参见本章结尾的书目。

的自然诗人。若细加考察，品读这些令人印象深刻的诗作，就会发现四个鲜明特征。

第一，华兹华斯是他周围世界的每一个微妙变化的敏感晴雨表。在《序曲》中，他自比伊奥利亚人的竖琴，能协调地应和风的每一丝轻抚。这个形象既有趣，又十分准确，因为一幅景象或一丝声响，无论是一朵紫罗兰、一座大山，还是一声鸟叫、瀑布的轰鸣，都美丽地留在华兹华斯的诗里。

第二，在书写自然的诗人里，华兹华斯诗句的真诚性无人可比。彭斯与格雷相像，喜欢把自己的情感投射到自然客体里，所以他的老鼠和山上的雏菊里更多的是诗人本身，而不是自然；可是华兹华斯把花、鸟、风、树、河的本真给了读者，他只愿让自然传达自己的信息。

第三，除了华兹华斯，还没有人在平凡世界里发现这么多的美。他不仅能看见，而且有洞察力。他观察得清楚，描述得准确，还深入事物的内里，发掘没有书写在表面的细腻含义。详细地说及或引用华兹华斯写花、星、雪和水汽的诗过于琐碎。他的世界里没有丑恶和平凡；相反，没有哪一种逃过人们眼睛的自然美不是因为他的指出才获得赞美的。

第四，处处得到认可的是自然的生活，不仅仅是生长、细胞变化，还是有感情的个人的生活。世界上了不起的诗都有认可自然品性这个特点。童年时的华兹华斯把自然物——溪流、小山、花朵甚至风都看作伙伴；他坚信整个自然就是活生生的神灵反映，他的诗于是就因"行于一切"的圣灵而震颤。柯珀、彭斯、济慈、丁尼生——这些诗人不同程度地奉献了外在自然的各方面；可是华兹华斯给予的是自然本身的生命，是遇见、陪伴孤身前往树林或田野的人的富于个性而逼真的精神印象。即使在莱布尼茨的哲学，或者印第安人的自然神话里，也找不到像华兹华斯那样在人们心里唤起的关于生动的自然的印象。这也暗示了华兹华斯诗歌的另一个喜人的特征：他似乎不是创造而是唤醒了一个印象；他触动了人们灵魂深处，所以，读他的诗，仿佛又一次回到了童年时的那个懵懂、美丽的奇境。

2. 人生的诗

华兹华斯自然诗的哲学就是如此。若探寻他的人生哲学，就会发现基于他的人与自然不可分的根本信念的"自然生命的生活"本身有四个信条。

第一，人在童年时对自然的一切影响就像一把风弦琴一样敏感，这时候的人就是世上欢乐与美的象征。华兹华斯相信孩童直接来自自然的创造，因此喜爱自然，对自然很敏感。

> 一次出生不过是一场睡眠和一次忘怀：
> 与我们一起起身的心灵，我们生命的星，
> 有背景在别处。
> 来自远方：
> 不在完全的遗忘中
> 不在彻底的显露里，
> 追寻着辉煌的云我们来了
> 自上帝，我们的家园。

他给这首优美的小诗起了个名字——《不朽颂》（1807），以此总结他的童年哲学。这个观点可能借鉴自诗人沃恩，一个多世纪以前，沃恩就在《撤退》里表达了同样的意思：让童年时光美好的是与自然和上帝的亲近，人应该一生保持这种亲近，让生活变得崇高。我们生命中最美好的部分就是受到了自

然的影响，《丁登寺》里的理念就是这样。在华兹华斯看来，社会和都市的扰攘生活弱化扭曲人性，要救治人性的贫乏，只有回归自然和简朴的生活。

第二，人生幸福的真正标准就是童年的天性和快乐。人工的快乐很快就乏味了。而人们在劳作中容易忽视能够恒久享有且不断增加的自然乐趣。《丁登寺》《彩虹》《责任颂》《不朽颂》中都有这种明确的说教。读华兹华斯的诗，没有一首不隐隐地透着野花的芳香。

第三，人性的真相，也就是劳作、热爱，分享微笑与泪水，这共同的遗产是文学长久且唯一的主题。彭斯，还有其他浪漫主义复兴早期的诗人开始表现平凡生命的浪漫兴趣这种了不起的事业；华兹华斯继续他们的事业，写了《米迦勒》《孤独的刘麦女》《致一个高原姑娘》《西行》《旅程》等诗作。他的主题不是王子与英雄，而是"最广大民众"的喜与忧。他的许多诗的隐含目的是表现这样一个主旨：所有的生活都是幸福的。这并不是机遇和环境造就的偶然，而是一件英雄的功业，正如劳作和耐心获得的其他成就一样。

第四，华兹华斯的自然哲学里还有一种神秘因素，这源于他相信每一种自然物都是活生生的神的反映。每一个地方都有神性存在、神性照耀；人也是神性圣灵的一种反映；除非人们可以理解通过人眼进入内心的自然，否则就不会理解一朵花或一抹夕阳所激发的情感。一句话，自然必须是"精神上可辨识的"。《丁登寺》里，几乎每一行都洋溢着自然的精神魅力。人类的神秘理念则更加清晰地表现在《不朽颂》里，爱默生称这首诗是"19世纪诗歌的高位标杆"。最后一首颂歌写得极好，华兹华斯把他的灵魂先在的迷人信条加诸对人和自然精神的诠释之上，这一信念先后借鉴印度、希腊作家处甚多，在他们那里，人的生活就是无终无始的连续不朽体。

3.《隐士》

华兹华斯以颂歌、十四行诗和描述性短诗知名，他的长诗多乏味无趣，所以还是不要一开始就读。就表现华兹华斯的英雄心态说，有一个现象很有趣，他的大部分诗作可以被认为是要在一首伟大的诗作《隐士》中占一席之地，包括《序曲》《旅程》，本意都是一首诗写一个方面，写的是自然、人类与社会。《序曲》书写一个诗人心灵的成长，是《隐士》的开篇。《格拉斯米尔的家园》是《隐士》组诗的第一部分，可是直到诗人死后的1888年才出版。《旅程》（1814）是第二部分，虽然华兹华斯打算把短诗都收在第三部分，完成一部诗人生活和作品的巨型史诗，可最终没有完成。不过，这一部没完成也不是坏事。虽然《达登十四行诗》（1820）、《致云雀》（1825）和《再访亚罗》（1831）说明他早年的大半热情还在，可他最好的作品就在《抒情歌谣集》（1798）里，再就是随后十年间所创作的十四行诗、颂歌和抒情诗。晚年的华兹华斯或许用力过度，其诗作就像散文一样乏味无趣。这令我们不禁怀念那顿悟的闪光、满是柔情的童年记忆，还有高尚情感的重现——每一样都是一首诗——那些才是阅读华兹华斯的惊喜所在。

> 天空和大地的公开显现，
> 山和谷的显现，他已看见；
> 更深的萌发的刺激
> 来到了孤独的他身边。
> 围绕我们身边的平凡中
> ——他能透露随意的真相

> ——一只沉静的眼的收获
> 在他的心上思索沉睡。

二 塞缪尔·泰勒·柯尔律治（1772—1834）

> 没有剧痛的忧伤，空无、黑暗和沉闷，
> 窒息、昏沉、不涉情感的剧痛，
> 没有自然的发泄口，没有舒缓，
> 无论是言语、叹息，还是泪水。

以上诗句选自精彩的《沮丧颂》，柯尔律治的一生给人们的印象就是沮丧，与朋友华兹华斯相比，就是忧伤、破碎、悲剧的一生。柯尔律治的一生，大多数时间在忧伤和懊悔中度过；可是面对别人，面对被他的文学演讲迷住的听众，面对聚集在他周围受他的理想和谈话启发的朋友，面对在记录他诗才的一小本诗卷中得到无尽愉悦的读者，他发出的还是令人愉快的信息，满是美、希望和激励。这就是柯尔律治，一个让世界欢乐的痛苦者。

（一）生平

1772 年，德文郡的奥特里圣玛丽有一个怪人约翰·柯尔律治牧师，他是教区教堂的牧师、当地文法学校的老师。柯尔律治牧师的布道意义深远，给那些乡下人引用希伯来语中的长篇大论，他告诉乡民那就是圣灵的语言。作为老师，柯尔律治为孩子们编订新拉丁文语法，教给他们学习拉丁文的捷径和窍门，让他们更容易地穿越拉丁文的可怕丛林。例如孩子们诉苦说语言的离格不好懂，他就告诉他们那就与"特性—奇特—

本性"的情形一样，这样一解释，就清楚多了。不管是当牧师，还是做教师，老柯尔律治一贯真诚、温和、善良，孩子们说起他，都觉得他就是"一种力量"。就在 1772 年，十三个孩子里最小的塞缪尔·泰勒·柯尔律治出生了，这孩子非常早熟，三岁就能阅读，五岁之前已经读完《圣经》和《天方夜谭》，而且记住的内容多得惊人。三岁到六岁，他在"家庭幼儿学校"读书。六岁到九岁（当时父亲去世，家庭陷入贫困），他就在父亲的学校里读书，阅读经典，读了大量的英语著作，一般不读小说，喜欢阅读难读的神学和玄学作品。十岁时，他被送往伦敦基督医院的慈善学校，结识了查尔斯·兰姆，兰姆写了一篇名文，记录了对那个地方和柯尔律治的印象。[①] 好像柯尔律治一连在这个学校待了七八年，一直没有回家，这个可怜的无人关心的孩子只能自己挣扎。以前还小的时候，他在田野里乱跑，手里拿着棍子，朝着野草一顿乱打，想着自己是正与异教徒作战的基督战士，如今他往往躺在学校的屋顶上，忘却了以前的玩伴，忘却了伦敦街头的扰攘，看着白云悠悠飘游，心里幻想着种种奇特历险。

　　这个不可自拔的梦想家十九岁时已经博览群书，比一位老教授还要渊博，他以慈善学校学生的身份进入了剑桥大学。学习了近三年后，因为一小笔债务，他逃离学校，入伍当了骑兵，可也只过了几个月，他就被找到带回了学校。1794 年，他没有获得学位就离开了剑桥。不久，他就和年轻的骚塞走到了一起，成为志同道合的朋友。法国大革命燃起了他的冲天热情——为了人类社会重生建起了著名的乌托邦。两个狂热分子创作的诗《罗伯斯庇尔的倾覆》里满是革命精神。他们的乌

---

　　① 见《伊利亚随笔》中的《基督的五号医院和三十年前》。

塞缪尔·泰勒·柯尔律治

托邦就在萨斯奎哈纳河两岸，这是一个理想主义社区，计划社区居民一起耕种学习，每天只工作两小时。而且，每位社员可以选一个好姑娘结婚，一同前往乌托邦。这两个诗人率先实践后一个计划，与一对姐妹分别成婚了，可是这时他们才发现自己连去这个新乌托邦的路费都出不起。

柯尔律治一生意志薄弱，虽有天赋与学识，却不愿意安定执着地为一个目标或任何事业努力。他先在德国求学；后来担任私人秘书，乏味的差事消磨了他的自由精神；随后他去罗马过了两年，一通乱学。后来，他创办了致力于真理和自由的报纸《朋友》；又计划在伦敦举行诗歌和美术讲座，听众们为此欢呼雀跃，直到他常常失约的事情在听众们中间传开；《晨邮报》和《导游》给他高职厚薪（总计2000镑），可他谢绝了，说："就是400万镑，我都不愿意放弃乡村和闲读古对开本书，一句话，一年拿到的钱超过350镑，我就觉得金钱成了罪恶。"然而，他几乎完全忽略了家人，自顾自地一个人生活，妻子儿女都丢给朋友骚塞去照管。他做论教派牧师的时候就十分缺钱，当时还是两个朋友的一小笔资助让他在没有固定工作的情况下凑合了几年。

柯尔律治的沮丧起因最明显的是来自生活中的可怕阴影。他早年患神经痛，为了缓解疼痛，他开始使用鸦片剂，这不可避免地带来了性格的变化。他依赖药物，天生的意志薄弱让他茫然而无力，病痛折磨、挣扎绝望了十五年以后，他完全放弃了，开始依赖海格特的吉尔曼医生的治疗。就在这一段时间，卡莱尔拜访过他，称他是"人中之王"，但又说："他给你的是一个观念，一个充满了痛苦、重负的人生，一半人生已逝，却还在诸多迷茫的大海之中苦苦漂流。"

生命中的阴影确实巨大，但也有阳光穿透乌云的时候。他在宽托克山与华兹华斯和其妹妹多萝西的相处就是柯尔律治生命中的一缕阳光，著名的 1798 年版的《抒情歌谣集》就是当时创作的。悲剧《悔恨》是个例外，这出剧借拜伦的影响在德鲁里剧院上演，柯尔律治得到了 400 镑，可是他的诗却一文钱都没有弄到。不过，他似乎对此也没有指望，因为他说："对于我，诗本身就是非同寻常的报酬。它慰藉我的苦恼，增加细化我的喜悦。因为诗，独居变得可喜；因为诗，我养成了在所遇所见中发现美好和美丽的习惯。"听了这番宣言，他的精妙的诗就更好理解了。第三缕阳光是同时代人的仰慕；尽管他作品不多，却以才华和学识成为文人领袖，人们就像面对约翰逊一样急切地倾听他的高论。华兹华斯也说，尽管当时也有他人表现不俗，可是柯尔律治是他所知的唯一的奇人。说到他的文学讲座，一个同时代的人说，"他的话语就像一个有活力有魅力的人重读喜人的诗"。而他的谈话，有这样的记录："拉长的夏日里，这个人平静、清晰如音乐般地向你低语着人和神的事，纵谈历史、协调试探，深入你的内心，把荣耀的、恐惧的景象显示给想象。"

　　最后一缕阳光是柯尔律治自己的心灵，他有缺点，可是他儒雅谦和，人们敬他爱他，兰姆就幽默地称他是"受损的天使长"。普遍的法则是苦难能够软化人性、让人性细腻化，柯尔律治也是这样。比起华兹华斯，比起其他伟大的英国诗人，柯尔律治诗里的同情笔调更加柔和深刻。以前，灵感和精彩的想象力让他的诗可与布莱克最佳的诗匹敌；后期，灵感想象力都已了无痕迹，可是诗里仍然温柔、喜悦、平静，"巨大的平和的平静"。他去世于 1834 年，葬在海格特教堂。《悔恨》里船夫曲的末一节比任何墓志铭都能表达世人的想法。

> 听呀！韵律在远去
> 在月光照耀的静寂大海上；
> 船夫停下船桨说，
> 求主垂怜！

（二）柯尔律治的作品

　　柯尔律治的作品自然而然地分为三类——诗歌、文学批评和哲学，分别对应着他的早年、中年和晚年。对于他的诗，斯托普福德·布鲁克说得好："他表现出众的作品可以订成二十页的册子，不过要用纯金做。"可以看出他早年的诗作受格雷和布莱克的影响较深，尤其是后者。一读柯尔律治的诗《白日梦》的起句，"我双眼一闭就有图画出现"，我们会立刻想起令人难以忘怀的布莱克的《天真之歌》。两位诗人的区别在于，布莱克只是一个梦想者，而柯尔律治却是少见的集梦想者与思考型学者于一身的人物。他早期诗歌有明显的布莱克的影

子，主要有《白日梦》《魔王之思》《自杀之辩》《该隐漫
游》。后期诗作十分自由，只是思考与研究掌控着想象，佳作
有《忽必烈汗》《克里斯特贝尔》《古舟子咏》。分析这些诗
作并不容易；读者只需要阅读它们，感受其音韵，惊奇于它们
能唤起的含蓄意义。《忽必烈汗》是一首未完之作，描绘的是
十月夕阳里绚丽的东方梦境。一个早晨，正在读珀切斯的书的
柯尔律治睡着了，醒来后就急忙写下了这首诗。

> 行宫的忽必烈汗
> 在堂皇的大厦里发布命令：
> 那里圣河阿尔普
> 流过深不可测的洞窟
> 流下阳光照不到的大海。

他才写了五十四行就被打断了，再也没有能写完。

　　《克里斯特贝尔》也是一首未完之作，本来柯尔律治计划写
一个纯洁姑娘的故事，一个变身女子杰拉尔丁的巫师给姑娘下了
魔咒。这首诗韵律奇特，诗句优雅；只是一种莫名的恐惧在诗中
回荡，这就是前文所说的惊悚流行小说的超自然恐惧。就这一
方面说，虽然因为斯温伯恩或其他批评家对柯尔律治的评价，
读者会急不可耐地想一睹为快，可是阅读这部作品还是要谨慎。

1.《古舟子咏》

　　柯尔律治对 1798 年版《抒情歌谣集》的主要贡献就是
《古舟子咏》，它是世界精品诗歌之一。虽然读者见到的是一
个神奇的地方，一艘幽灵船、一群断魂客、因信天翁而起的悬
在头顶的诅咒、极地幽灵、神奇微风，这些明显的荒唐事物却
展现出了一种绝对的真实。这首诗的技巧，包括韵律、押韵和

旋律都完美无缺，对寂寞大海的描绘无人可比。或许应该研究其含义，而不是其描绘；因为柯尔律治从不描绘什么，只是给人暗示，他的暗示简明准确，一读之下，脑海中的想象立刻就会把细节补充上。如果读者没有读过其他浪漫主义作品，引用诗的片段没有意义，这首诗全诗都值得阅读。

柯尔律治的短诗十分丰富，读者应该依自己的趣味选择。初级阅读者最好读一些早期的诗，随后再去尝试阅读《法兰西颂》、《青春与岁月》、《沮丧颂》、《情诗》、《独处中的忧虑》、《宗教冥想》、《无望的劳作》和了不起的《夏牟尼山谷日出前赞美诗》。译自拉丁文的短诗《圣母的摇篮赞美诗》和翻译的席勒的《华伦斯坦》表明柯尔律治是一个出色的翻译家，后者是英国文学里最好的诗歌译作之一。

2. 散文

从文学角度看，柯尔律治的散文《文学传记》（1817）（也称《我的文学生活与意见素描》）、《莎士比亚讲演集》（1849①）和《沉思助益》（1825）是最有趣的。前者是对华兹华斯诗歌理论的解说与批评，与英语中的其他作品比起来，这一部作品言之有据，新见迭出。《莎士比亚讲演集》清爽如仲夏时节的一缕清风，尤以扫去两百年来横亘在莎士比亚批评之路上的随意陈规著称，他的主张是去研究作品本身。还没有哪一部作品对莎士比亚的分析比《莎士比亚讲演集》更加细腻。柯尔律治以其哲学写作把德国唯心主义引入了英国。他有意与贝克莱并肩，勇敢地反对以前和当时依然危害英国哲学的边

---

① 此处的 1849 年应当是该作品发表年份（此时，柯尔律治已经离世多年）。1818 年，柯尔律治作了一系列关于莎士比亚的讲演，后来收集整理为《莎士比亚讲演集》一书。其他各作品后的年份也是如此，下文不赘述。——译者注

沁、马尔萨斯、穆勒，以及所有的唯物主义倾向。《沉思助益》是柯尔律治最深刻的作品，不过与文学阅读者相比，可能对学习宗教和哲学的学生更有意义。

三 罗伯特·骚塞（1774—1843）

与华兹华斯和柯尔律治联系紧密的诗人是罗伯特·骚塞；这三人都住在北部湖区，所以被苏格兰杂志的批评家称为"湖畔派"。骚塞能跻身这一派，主要是因为私人交游，而不是靠文学天分。1774 年他出生在布里斯托尔，后来在威斯敏斯特学校、牛津大学求学。上学期间，他就见解不俗，与学校主管冲突不已。后来他离开学校，与柯尔律治一起建造乌托邦。五十年里，他在文学园地辛勤耕耘，不愿意从事其他行业。他真心地觉得自己是当时了不起的作家之一，若是去读他的歌谣——一下子就能把他与浪漫主义联系起来的作品——会发现他若写得少一些，他给自己下的断语或许是真的。不幸的是他要养家糊口，还要养活柯尔律治一家，常等不及灵感来临，就不由自主地动笔了。

罗伯特·骚塞

骚塞的作品

骚塞每天都给自己定下写作任务，不知不觉间，已经坐拥书城。他勤奋的结果是 109 卷作品，还有约 150 篇发表在杂志上的文章，他的这些作品大部分都被遗忘了。他最有雄心的诗作是《莎拉巴》，一个阿拉伯魔法故事。《克哈马的诅咒》是一部印度神话杂集。《莫多克》是一部传奇，讲一个发现西方世界的威尔士王子的故事。《罗德里克》讲的是最后一个哥特人的故事。以上这些作品以及其他作品，尽管其中有的片段十分出色，可是整体上事件和写法都显得浮夸虚假。骚塞的散文比诗歌要好得多，他的令人赞扬的《纳尔逊传》传阅至今。此外，他还写有《英国海军将领传》、柯珀和韦斯利的传记、巴西史，以及半岛战史。

1813 年，骚塞成为桂冠诗人，他是在德莱顿之后从底层上升到那个位置上的第一人。《莎拉巴》一诗的起句是：

夜多美呀！
露的清新充溢在静谧的空气里。

有时候还会被人引用。短诗中的几首，像《学者》《老科鲁慈》《圣凯恩斯井》《印其开普暗礁》《洛多尔》还会令好奇的读者惊喜。骚塞人品端正，一贯耐心、乐于助人，这都足以让他与那两位人们常与他联系在一起的伟大诗人并列。

四 沃尔特·司各特（1771—1832）

司各特不仅是一个令人快乐的故事讲述者，而且是现代文学的一股巨大力量。前文已经提醒要关注 18 世纪的两大运动，如要欣赏司各特，还要回忆这两大运动。运动之一是浪漫主义诗歌因华兹华斯和柯尔律治而大获全胜；运动之二是第一批英语小说家的成功，文学摆脱了恩主和批评家的掌控，落入人民手中，从而成为塑造现代生活的力量之一，并因此大受欢迎。司各特的作品是这两个运动的缩影。华兹华斯和柯尔律治的诗只是少数人在读，可是司各特的长诗《马米恩》《湖上夫人》却让整个民族激动，浪漫主义诗歌第一次真正流行起来。当时的小说一度满足于刻画当世的男男女女，直到"北方奇才"的魔力让精彩的威弗利系列小说面世，一时间整个历史都变了。过去的死气沉沉的已故英雄之地如今重获生机，满是有惊人的真实魅力的男人女人。司各特的诗和散文都有缺陷，可这根本没关系，人们读他的诗主要是因为故事情节，而不是因为诗意有多出众。在司各特的笔下，中世纪明显的粗糙和野蛮大多都被忽略或遗忘了。司各特的小说活力充沛、人物形象鲜活、情节进展迅速、满是活泼的野外气息，吸引了成千上万本来不知文学愉悦为何物的读者。所以，一百余年来，浪漫主义精神主导着英国文学中的散文和诗歌，而司各特就是已知的确立和普及这一精神的关键。

（一）生平

1771 年 8 月 15 日，司各特生于爱丁堡。父母双方祖上都是边地世家，世代不爱读书，好斗、喜欢寻仇。父亲是个律师，为人正直，常常因诉讼中建议客户要诚实而失去客户。母亲受过教育、很有个性，喜爱幻想，讲的故事激起了司各特的热情，她故事里的往昔是一个英雄重生的世界。

司各特小时候身体瘦弱，腿有些跛，被送到特威德附近的罗克斯堡的乡下和祖母一起生活，祖母是个故事宝库，能讲数不清的边地恩仇故事。祖母的故事培养了司各特对苏格兰历史和传统的热爱，他所有的作品里都可见这一热爱。

司各特八岁回到爱丁堡，生活安定下来。上中学的时候，他学业优秀，却对教科书不感兴趣，对学业没有多少热情，而是更喜欢边地故事。他只上了六七年学，就进入父亲的营业处，一边学习法律，一边到大学听课。1792 年，他通过考试，进入律师界，可是前后六年时间，他都没有培养出从事法律行业的热情。他断断续续地工作了十九年，其间热衷于搜集苏格兰高地故事，不喜欢客户，不过也获得了两个不重要的法律职位，可以靠这个收入舒舒服服地活下去。他在特威德河边的阿西斯提尔安家，最好的诗歌就是在那儿写成的。

沃尔特·司各特

司各特的文学事业开始于翻译德国作家比格尔的浪漫歌谣《丽诺尔》（1796）和歌德的《葛兹·冯·贝利欣根》。不过他深爱的苏格兰高地就有大量的传奇，1802—1803 年，他搜集整理多年的三卷本《苏格兰边地歌谣集》问世。1805 年，司各特三十四岁，他的第一部原创作品《末代行吟诗人之歌》面世，甫一出版即获成功，《马米恩》（1808）和《湖上夫人》（1810）让整个苏格兰和英格兰兴奋不已，作者一夜成名。不过他依然诚恳且讨人喜欢，这时他就满心欢喜地决定放弃一直不见起色的法律行业，一心从事文学。可不幸来临了。他想多赚点钱，就悄悄地以印刷—出版家的身份和康斯特布尔公司、巴兰坦兄弟公司合伙，——这实在是一个悲惨的错误，就是这个悲剧结束了苏格兰最伟大作家的生命。

　　1811 年是司各特一生中的重要年份。这一年他似乎醒悟了，自己的诗已经成功，可是却还未"发现自己"；虽然还在继续写诗，可自己不是彭斯那样的诗意天才；前三部作品已经几乎穷尽了他的素材；他还认识到，要想赢得读者，他必须寻找新作。仅仅一年以后，又发生了一件事，就是拜伦突然为大众瞩目，这也反映了司各特对自我和读者有真实而正确的判断，这个情感时代的读者要浮躁得多。同年，即 1811 年，司各特买下了特威德河上阿博茨福德的房产，此后他的名字就与这块地方联系在一起。这位苏格兰的东道主就像他多年梦想的那样开始挥金如土，慷慨地款待宾朋。1820 年，他受封准男爵，沃尔特·司各特爵士这个新头衔比所有的文学成就都能改变他诚实的头脑。合伙经商的事儿他守口如瓶，威弗利系列小说在当时大受欢迎，他的作者身份却没有泄露。司各特认为以他的头衔，靠商业和文学挣钱不合适，他一心要人们认为他在阿博茨福德扩大房产和豪奢生活的钱都靠的是爵士身份和祖宗遗产。

　　拜伦的诗《恰尔德·哈洛尔德游记》很成功，相比之下，司各特的后期诗作《洛克比》《拉美莫尔的新娘》《岛王》就逊色一些。但司各特在这一时期进入了新的无人可与他匹敌的

阿博茨福德

领域。一天，他翻箱倒柜地找渔具的时候发现了九年前他开始写的一部废置的手稿。一读之下，他觉得简直就是佳作，于是花了三个星期写完，未署名便出版了。这就是他的小说处女作《威弗利》（1814），出版之后出乎意料地成功。销售量和人们对不知名作者的交口称赞简直前所未有，此后四年，《盖·曼纳令》、《古董家》、《黑矮子》、《清教徒》、《罗伯·罗伊》和《爱丁堡监狱》先后面世，英国人惊喜异常。这些新奇迷人的作品不仅在英国，就是在欧洲大陆，也是甫一出版便销售一空。

《威弗利》出版后的十七年里，司各特以几乎每年两部小说的速度写作，创造了众多的人物，书写了自十字军东征到斯图亚特王室衰落时期的苏格兰、英格兰和法国。除历史小说之外，他还写了《祖父的故事》、《鬼神学和魔法》、德莱顿和斯威夫特的传记、九卷本的《拿破仑传》，另外还有大量为杂志和评论刊物写的文章。司各特作品数量惊人，他的创作只是表面上看起来迅速和轻松。其实，他一贯勤于翻检古文献，几乎在所有的诗和小说里，都可见司各特那丰富的传说、习俗、历史和诗歌积累。这些东西是他四十年间搜集而来的，他记忆力超群，积蓄的材料简直就像一部百科全书。

开始的六年里，司各特专门写苏格兰历史，用九部杰出的小说描写了整个苏格兰，写了苏格兰的英雄精神、宏大信仰、热情，尤其是对世袭首领的忠诚；也写了各色人物，有苏格兰盟约派、保王党人、王侯和乞丐。想了解苏格兰和苏格兰人，最好的选择就是读这九部小说。1819 年，他的最受欢迎的小说《艾凡赫》出人意料地没有继续书写苏格兰，也向世人表明英国历史表面之下仍有一个遭忽视的富矿。今天，人们快速翻阅那些夸张的情节、生动的关于撒克逊和诺曼人的描写，以及所有如画的细节时，简直难以想象飞速创作的司各特当时正在病痛之中，迅速口述的时候也要忍不住呻吟。司各特有一个说法，人的意志完全可以支持一个人克服一切困难做"他有心去做的"，他的写作就是这个说法的最好例子。《肯纳尔沃思堡》《尼格尔》《贝弗利尔》《皇家猎宫》都是在短短几年间写成的，表明他已捕捉到英国历史的传奇一面。《罗伯特伯爵》和《护身符》写的是十字军的历史，《昆丁·德沃德》和《盖也斯顿的安妮》则是他在法国历史中获得的另一传奇富矿。

二十年来，司各特专心于文学，一方面要书写自我，另一方面也要挣钱维系豪奢生活，他认为一个苏格兰领袖人物就应该是这样的。1826 年，他正在快活地写作《皇家猎宫》时，灾难来临。虽然司各特的小说受人欢迎挣了很多钱，可是也无法支持可怜的巴兰坦兄弟公司继续经营，由于多年管理不善，公司倒闭了。司各特是一个隐身的合伙人，也承担完全责任。这时的司各特已经写出众多佳作，五十五岁的他疾病缠身，可是他面临的是一笔超过五十万美元的债务。本来公司与债权人和解也不困难，可是司各特不愿意以破产法逃避责任。他个人把所有债务承担起来，坚决地靠工作偿付债务。英国的情形确实变化了，以前挨饿的文学天才只能靠富有的赞助人给他一笔津贴，而司各特只靠自己一支笔，就能自豪地宣称要挣到一大笔钱。这是文学大众化的一个不引人注目的结果。要是他还能健康地活上几年，他无疑可以完成这一任务。位于阿博茨福德的宅第已经抵押给债权人，债权人慷慨大度，不愿接受，于是他还住在那里。两年时间里，他多面出击，几乎偿还了近二十万美元的债务，近一半是《拿破仑传》带来的收入。威弗利系列小说新版面世，挣了很多钱，司各特满怀希望，认为总有一天他会不欠任何人一分钱。可突然间他就支持不住了。1830年，他中风瘫痪，尽管不久之后，他又开始耐心顽强地口述写作，可身体再也没有恢复过来。他在日记里写道："我觉得中风很突然，因为我几乎没有觉察。它毫无先兆地来了，似乎我准备好了，可是上帝知道，我在黑暗的大海上，而船在漏水。"

政府并不总是没有良心，据记载，当时政府得知去意大利修养对司各特的健康有益，立即派遣一艘海军舰艇供这个没有率军作战过而只是以故事娱乐和平时期的男男女女的作家使用。司各特去了马耳他、那不勒斯和罗马，可他心底里还是留恋苏格兰，漂流了几个月后便返回故乡了。回来后，司各特看见特威德河、苏格兰的山、阿博茨福德的树木，听见了自己的狗的欢叫，不禁发出了喜悦的感叹。1832年9月，他与世长辞，随后葬在柴伯尔修道院的祖陵里。

（二）司各特的作品

司各特的作品属于这样一类，批评家乐意忽视它们，愿意让未经教导的读者由着自己的爱好发表意见。从文学的角度看，如果想要挑错的话，他的作品错误很多；但这些小说的本意就是娱乐，而且在这方面很少失败。人们一旦读过激动人心的《马米恩》、能经受时日考验的《湖上夫人》、描写十字军历史的《护身符》，感受了《艾凡赫》中的骑士精神、《密得洛西恩监狱》里那个苏格兰农家女的高尚、《清教徒》中苏格兰人的信仰，对司各特才华的肯定恐怕要远超过所写出来的诸多批评。

1. 司各特的诗

首先该承认司各特的诗艺术性不足，说得严重一些，他的诗缺乏深刻的想象和含蓄，而这些是一首诗成为人类最高尚、最持久的作品的要素。如今人们读他的诗，不是因为其诗意，而是因为它专注的故事性。即使这样，他的诗也很不错。文学初学者应该阅读长诗《马米恩》和《湖上夫人》，这些主题会令他们很感兴趣；许多读者就是因为这些诗才发现诗歌的趣味的。所以，它们是年轻初学者的首选，总能抓住读者的心，间接地引导读者读其他更好的诗。此外，司各特的诗一派青春活力，它的趣味在于生动的图画、英雄的人物，尤其是发展迅速的系列惊险情节，这些以前吸引读者，令他们高兴，如今仍有同样魅力。读者不时会发现简短的片段歌谣，如《船歌》《烈骑》，这都是英国文学中最知名的。

2. 司各特的小说

司各特的小说写得又快又多。他是一流的天才，但天才是"无穷的受苦能力"的定义几乎不适用于他。论及生活和历史的细节、刻画细腻的人物、追寻人类行为的逻辑结果，他也不擅长。他描绘人物比较粗糙，把人物拉入激动人心的事件之中，故事就推进到结尾。所以他的小说在很大程度上充其量就是历险故事；司各特成为青年读者长期的最爱，不是因为人物，而是因为故事惊险和情节的展开。同样的因素也使成熟的读者放下司各特，去读更好的小说家的作品，他们更有能力刻画人性，不是在激动人心的历险中，而是能在日常生活事务中创造、发现一种浪漫的趣味。①

3. 司各特的文学贡献

虽然有上述不足，可是如今若说司各特的作品已经过时，人们忍不住要强调他所成就的四项杰出功绩。

第一，他创造了历史小说。② 这一时期，利用历史塑造人物、发展故事的所有小说家都是司各特的追随者，都认可司各特的高明。

第二，司各特脱离一己之趣味，心系大众，他的小说气势宏大，情节繁复。除了《拉美莫尔的新娘》，他的小说中的爱情一般都苍白无力，可是斗争和大支派之间的情感却描写得很精彩。只要看一下小说的名字，就会明白六百多年历史中的英雄面貌是如何在书中得到表现的；这六个世纪中的所有派别——十字军、苏格兰长老会誓约支持者、骑士党、圆颅党、罗马天主教徒、犹太教徒、吉卜赛人、反叛者——都活过来了，宣扬着他们的信仰、战斗着。就叙事的眼界说，除了法国的巴尔扎克，英国没有一个作家能与司各特相比。

第三，在所有作家中，司各特第一个把场景当作情节的必要因素。他熟悉苏格兰、热爱苏格兰，在以苏格兰为背景的小说中，没有一个情节人们感受不到当地的气氛、感受不到其荒野和山脉。而情节的发生地，通常都是精心选择、认真描绘

---

① 参见并比较司各特对自己和对奥斯丁作品的批评。

② 司各特的小说并不是最早的以历史为基础的作品。在《威弗利》出版之前的三十年间，历史传奇就十分受人欢迎。可正是因为司各特的天才创作，历史小说才成了文学中的恒久类型。参见克罗斯《英国小说发展史》。

的，情节似乎就是自然环境的结果。最能表明场景和情节之间配合的应该就是《清教徒》，莫顿快走到老年苏格兰长老会誓约支持者的山洞了，胡思乱想着可怕的敌人，心里恐惧，与之相应的是眼前的惊险场景，一根滑溜溜的树干横跨在咆哮的大河上，下临深渊。第二个场景与情节配合的例子是东西方的武力和理想相遇，两方的头领在火热的沙漠里打斗，随后一起在绿洲的荫凉里啃面包，这是《护身符》开篇的情景。第三个例子就在迷人的恋爱场景里，艾凡赫受伤躺在地上，无奈地大发脾气，温柔的丽贝卡讲述着就在窗下发生的可怕的城堡攻击战，她的爱意欲说还休。艾凡赫一心想着战事，丽贝卡的心思却全在她爱的人身上，两者都很自然，都是在这类情形下人们所期待的样子。这些只是区区几个例子，司各特在小说中一直努力把场景和情节完美地结合起来。

第四，司各特之所以了不起，是因为他是重现历史的第一位小说家。他笔下的历史不是干巴巴的事实记录，而是一个舞台，活灵活现的男男女女在舞台上各自扮演着角色。卡莱尔一语中的，"这些历史小说揭示了这样一个真理——历史写作者不知道的真理：世界的过去事实上满是活生生的人，不是诸多协议、国家文件、辩论和抽象的人"。不光是历史的书页上，司各特热爱的苏格兰的所有山包上、峡谷里都是活生生的人——领主与夫人、士兵、海盗、吉卜赛人、传教士、男校长、高山部族、地方官、家人——整个苏格兰生活都真实地摆在我们眼前了。令人们惊奇的是，司各特创造了那么多的人物，却从来没有重复过。当然，他最熟悉的还是苏格兰，还是当地人。司各特对封建主义一往情深，笔下的领主都显得高傲、有贵族气。他写富家少女往往没有生机、保守，让人懊恼，她们说起话来咬文嚼字，行动起来就像是旧挂毯里的人物活过来了一样。可是一旦描写起别的人物，如《密得洛西恩监狱》里的珍妮·迪恩斯和《威弗利》里的那个老族人埃文杜，人们就一下子感受到了苏格兰人的精神气。

应该再重申一下，司各特一直都是理智、审慎、阳刚、振奋的。因为他的创作，人们更加理解了真实的高贵的人类生活，男人女人都成了更好的人。

五　乔治·戈登·拜伦（1788—1824）

拜伦其人其诗有明显的两面性，评论他的人往往只写其中一面。于是，一个批评家说他具有"真诚、力量的辉煌和不可磨灭的长处"，另一个批评家则会说他"华而不实、自吹自擂、专横傲慢"。两者都没有大错，这分歧源于看待一个人的个性和诗作时，只看一面，把另一面排除在外了。1816年离开英国出走之前，拜伦给人们留下的印象是生活放浪，他把自己打扮成一个浪漫英雄，表现比实际糟糕得多，而且喜欢违逆时俗。拜伦这一时期的诗作一般思想肤浅、虚伪，表达也激昂浮夸。海外漂泊时，他在意大利结识了雪莱之后逐渐成熟，这既是因为雪莱的影响，也是因为他经历丰富后思想变得成熟。这是一个认识了自己的幻灭者，他愤世嫉俗、悲观厌世，不过至少诚实地承认自己对社会的不快看法。这一时期拜伦的诗变深刻了，可还是夸张，他依然在公众面前宣泄情感，有时候又显得真诚，有英雄气，令人惊讶。刚到海外时，他的《恰尔德·哈洛尔德游记》第三章这样写道：

> 在我青春的夏日我确实歌唱，
> 一个流浪强徒他自己的忧郁心境。

　　若一直读下去，读到很好的第四章——感受其自然的诗意、就像军乐一样吸引住读者的活泼节奏——我们就会禁不住懊恼地放下书，感到遗憾，这个天才人物竟然花费了那么多的才能去写琐碎、不健康的小事。拜伦一生的真正悲剧是他才发现自我就离世了。

乔治·戈登·拜伦

（一）生平

　　法国大革命的前一年，即 1788 年，拜伦生于伦敦。若人们了解他不幸的出身，就会更同情他，对他也更宽容。他的父亲道德败坏、放浪挥霍；母亲出身苏格兰名门，急躁偏激。他的父亲挥霍完妻子的嫁妆后便抛弃了她，少年拜伦则由母亲抚养，他得到的是"唠叨和辱骂"。十一岁的时候，一位叔祖去世，拜伦成了纽斯特德修道院拜伦庄园的继承人，也成了英国最古老的家族的男爵头衔继承人。拜伦相貌英俊，但走路有点跛，这让人对他顿起同情之心。由于这一切，还有他的社会地位、伪英雄气的诗、放荡的生活——他有意给自己的生活蒙上一层神秘的浪漫色彩——他成了许多轻浮小伙子、痴情女子的偶像，拜伦本性轻浮，这些人让他变本加厉。拜伦天性慷慨，易动情，所以，在很大程度上，他是自己弱点和不幸境遇的牺牲品。

无论是在哈罗公学，还是在剑桥大学，拜伦的生活都是乱糟糟的。他不愿意读书学习，大多时候，都混在不受腿跛影响的取乐中。他的学校生活就像先前的少年生活一样，悲哀、空虚、叛逆并伴随暴力倾向，不过也有高尚和慷慨的时候。司各特称他"心底真正善良、情感温和，情感最和蔼最佳，但他愚蠢地蔑视公众，被痛苦地抛开了"。1807 年，拜伦还在剑桥大学，就出版了第一部诗集《懒散时光》。《爱丁堡评论》上对此发表了一篇严厉的批评文章，刺伤了自负的拜伦，他情绪十分激动，于是就仿照蒲柏的《愚人志》写了如今有名的双行体讽刺诗《英国诗人和苏格兰评论家》。他不仅攻击自己的对手，也批评司各特、华兹华斯，几乎当时的所有文人都未能幸免。只是后来他与这些没有招惹他他却批评过的人，如司各特和其他一些人成了朋友。有趣的是他自己写浪漫诗歌，却批驳所有的浪漫派大师，而接受蒲柏和德莱顿的人为标准。他最喜欢的两本书分别是《旧约》和一卷蒲柏的诗。说到蒲柏，他说，"蒲柏是诗歌中最伟大的名字——其他人不过是野蛮人"。

1809 年，二十二岁的拜伦开始游历欧洲和东方。旅行中创作了《恰尔德·哈洛尔德游记》头两章，这两章以浪漫的景色描写闻名。因为这部作品，拜伦一时大受欢迎，名声完全盖过了司各特。他自己说，"我一觉醒来，发现自己成了名人"，他立即称自己是"了不起的诗歌界拿破仑"。青年时期的拜伦最大的缺点是不真诚，一直扮演自己诗歌里的英雄。他的作品有了译本，名声在欧洲其他地方像在英国一样飞速传扬开来。歌德都被蒙蔽了，宣称在文学界人格这样高尚的人是空前绝后的。如今，浮华已然褪色，人们可以冷静地谈及其人其作，才发现甚至是批评家也会被浪漫的冲动裹挟。

英国人吹捧拜伦持续了短短几年时间。1815 年拜伦与名门闺秀米尔班克小姐结婚，一年以后，这位名门闺秀突然离家出走。她有女性的矜持，对此保持沉默，可是公众反应迅速，猜出了二人分手的原因。此时，人们也看穿了罩着拜伦的浪漫神秘之雾，发现他不过是一个爱咋呼的偶像，于是公众一片反对之声。1816 年，在人们的怀疑与失望中，拜伦离开了英国，再也没有回来。他在国外度过了八年时光，主要在意大利，他与雪莱在那里交往，直到 1822 年雪莱不幸身亡。拜伦的家一度是革命者和自称为爱国人士的不满者的集聚地，他对这些人过度信任，慷慨地资助他们。奇怪的是，他对一些人信任过度，却对人类社会或政府没有信心，1817 年他写道："我的政治信念简单地说就是绝对厌恶一切现存的政府。"国外漂泊期间，他完成了长诗《恰尔德·哈洛尔德游记》、《锡隆的囚徒》，戏剧《该隐》和《曼弗雷德》，还有其他几部作品。有些作品，如《唐璜》，以嘲笑故国人民视为最神圣的东西为乐，借此复仇。

1824 年，拜伦前往希腊，几乎全身心地投入帮助希腊人民反抗土耳其人的战斗中，为其争取自由。无从知晓的是他到底有多渴望去扮演一个英雄，又有多少自身固有的蓬勃的海盗精神激励着他。希腊人欢迎他，推举他担任首领，随后的几个月里，他发现自己根本没有置身于所期望的争取自由的英勇斗争中，身边是卑劣谎言之间的辩论、自私、虚伪、怯懦和诡计。1824 年，他身患热病，死于米索朗基。辞世前几个月，三十六岁的生日时，他写了最后一首诗，表达了他对生活的失望之情。

我的时光在枯黄的叶里，

爱的花朵和果实已远去：

虫子、溃疡和悲痛

只属于我。

（二）拜伦的作品

阅读拜伦，最好了解这是一个失望、痛苦的人，不仅是因为个人生活，也因为整体变革人类社会的期望。他主要把情感倾诉在诗里，在表达失望的欧洲大众对法国大革命未能产生一个全新的政府和社会的不满这一方面，他是当时最有表现力的作家。

1. 《懒散时光》

要了解拜伦天才和诗歌的全部，最好从第一部作品《懒散时光》开始，这部作品是诗人在读大学的时候写的。没有多少诗意，只是显现出他写诗的天分，并充满骑士派诗人的乐天精神；不过倒是出色地显现了诗人的魅力。诗集的序言自负而幼稚，宣称写诗只是他闲来试笔，而且这是他第一次也是最后一次以诗取乐。令人惊奇的是，他踏上最后的毁灭之旅前往希腊的时候，竟然又嘲弄了文学，说诗人"只是胡言乱语"。这种对艺术的厌恶足以让他成名，却实在让人们失望。即使在写得最好的片段里，例如在对自然或印度女子热情洋溢的细腻爱情的描述中，他的作品都会有不当的蹩脚双关语，或者有浅薄的插科打诨，这些破坏了人们觉得他的诗十分出色的最初印象。

2. 长诗

拜伦的《曼弗雷德》和《该隐》是他最好的两部戏剧作

品，拜伦可能也是无意，一部仿《浮士德》，一部仿《失乐园》。除了诗歌价值受到质疑外，这两部作品的有趣之处在于传达了拜伦的极端个人主义和他对社会的反抗。其他有名且值得阅读的是《马泽帕》《锡隆的囚徒》《恰尔德·哈洛尔德游记》。拜伦的作品中，《恰尔德·哈洛尔德游记》的前两章（1812）应该是人们经常阅读的，一方面是因为诗歌音韵悦耳，另一方面是因为它们描绘的就是欧洲旅游线上的地方；后两章（1816—1818）写于他离开英国以后，更加真诚，无论从哪个角度看，它们都是拜伦成熟天赋的更佳表现。散见于他的作品的是精彩的自然景色描写、精致的爱与绝望的抒情诗；可是它们混杂着太多的浮夸大话，还有许多令人不快的东西，初学者只需要阅读精心编辑的选集就好。①

人们经常把拜伦与司各特相比，因为他的作品描绘了欧洲与东方，正如司各特的作品展现了苏格兰和苏格兰人民。在诗句的节奏和韵律方面，两个人确有相像处，只不过相像是表面的，两个人深层的差别简直就像萨克雷与布尔沃·利顿一样大。司各特十分熟悉他笔下的乡村，熟悉那些作为可爱的、活生生的男人女人的家园的有趣的山包和峡谷。拜伦则假装知晓欧洲隐秘的、令人不快的一面，这些一般隐藏在黑暗里；可是他没有展现千姿百态的活生生的人，而是一直固守着偏颇与自负的自我。《该隐》《曼弗雷德》《海盗》《异教徒》《恰尔德·哈洛尔德游记》《唐璜》中的所有人物都是令人厌烦的自我重复，一个自负、失望、愤世嫉俗的人，生活、爱情和其他事物都不能安慰他。自然，天性如此的拜伦根本不能刻画一个真正的女性。他只是对自然尤其是瑰丽的自然一贯忠诚，《恰

---

① 参见本部分末的阅读书目和参考文献。

尔德·哈洛尔德游记》中对夜、风暴、大海的描绘是难以超越的。

六　珀西·比希·雪莱（1792—1822）

> 让我做你的里尔琴，即便森林是：
> 就算我的叶如森林的叶般落下！
> 你的非凡的和谐的骚动
> 会起自一个幽深、秋的色调，
> 悲伤却甜美。成为你，凶猛的精灵，
> 我的精灵！我成为你，鲁莽的一个！

珀西·比希·雪莱

　　这几行诗出自《西风颂》，我们能感受到诗里所隐含的雪莱思想。自然的精神——吸引人们的风和云、夕阳、初月，有时令他着迷，把他变成了带旋律的传达器。这时候他就是一个真正的诗人，他的作品就无与伦比。可也有不幸的时候，就是雪莱和拜伦一起为反抗社会的失败起义呼喊的时候。他的诗就像他的生活，有鲜明的两种基调。一种基调里，他是激进的改革家，想要推翻现行的体制，让缓慢的千年进程飞速奔跑。这个基调促成了大部分长诗，如《麦布女王》《伊斯兰的起义》《希腊》《阿特拉斯女巫》，这些诗就像人们可以预见的那样，有几分反抗政府、牧师、婚姻、宗教甚至上帝的酷评的意味。另一种基调体现在《阿拉斯特》、《阿多尼》和他出色的抒情诗里，雪莱总是忧伤、永远不满，是追随着模糊美景的漫游者。对于那些追求不能实现的理想的人，后一种基调有巨大的吸引力。

（一）雪莱的生平

看见幻象的有三类人，英国文学里这三类人都有。第一类是做梦者，如布莱克，他磕磕绊绊地走过这个现实的世界，却没有留意现实，一直幸福地留在梦里。第二类是先知、预言家，如朗格兰、威克利夫，他们看见了幻象，以人们能理解的方式默默地工作，要让眼前的世界更像他在幻象里看到的世界。第三类又分几种，有空想家、基督教狂热者、激进分子、无政府主义者、革命者等，名目众多。他们看到了幻象，就要打破多少个世纪的缓慢辛劳才建立的一切人类制度，原因就是这些制度挡了他们梦想的路。雪莱就是第三类人，与现存世界作战不休的人，一个殉道者、流亡者，原因很简单，他对现存的人和社会缺乏同情，他误判了幻象的价值和目标。

1792 年，雪莱出生在萨塞克斯郡霍舍姆附近的沃恩汉。父母都是世家子弟，在英国政治史和文学史上享有盛名。他像布莱克一样，少年时就生活在梦想的世界里，他和姐妹们觉得那个世界很逼真，怪物龙和旁边森林里的无头生物让他们既害怕又期待。他一目十行，天性爱读经典，对普通的学习方法不满意，就像浮士德一样，想要认识精灵，在《赞智力美》里写道：

> 还是个孩子时，我就寻找幻想，飞跑
> 过有人聆听的屋舍、洞穴和废墟
> 还有星光下的树林，害怕地迈步追寻
> 与已去的亡者高谈的希望。

雪莱就读的第一所学校的校长是一个精明冷静的苏格兰学者。学校管理一贯野蛮，惯用鞭笞，对雪莱来说，学校既是地狱，又是监狱；所以，当他十二岁进伊顿公学开始读预科的时候，他就开始积极反抗现行体制了。他长相俊美，文弱敏感；就像柯珀一样，在学校里饱受欺凌。他又与柯珀不同，他自信、愤慨、勇敢，有时候简直是鲁莽。他全身心地奋起反抗暴虐，很快就对抗起野蛮的新生当值陈规。同学们叫他"疯子雪莱"，他们就像一群狗簇拥着一只小浣熊，雪莱战斗、嘶叫着反抗。人们发现他在世上寻找、发现的就是反叛现存人类社会的由头，也就不奇怪他离开伊顿公学之后的行为，正如他在《伊斯兰的起义》里说的，他离开学校"与人类作战"。他的大学生活无非是早期经历的重复。在牛津大学读书的时候，他读了一些休谟哲学，立即就写了一本小册子《无神论的必要性》。这是一本粗糙、愚蠢的作品，雪莱把它邮寄给了每一个可能反感它的人。自然，这让学校主管大为不满，可雪莱根本不听任何人的话，也不辩解，于是1811年被学校开除了。

雪莱的婚姻更加不幸。在伦敦的时候，一个姐姐常给他零花钱，学校的一个姑娘——哈丽特·韦斯特布鲁克被他粗放的革命教义吸引了。韦斯特布鲁克因为参与抗议，随即离开了学校，不仅拒绝回学校，也不愿意听父母的话。在雪莱的吸引下，她便死心塌地地跟着雪莱了；这对偏激的年轻人马上就结婚了，正如他们所说，"遵从无政府主义的例子"。两个年轻人已经宣言反抗婚姻体制，推崇的是以喜好选择的理念。此后两年，他们就在英格兰、爱尔兰和威尔士漫游，靠的是雪莱父亲给的数额不大的一笔年金，因为雪莱对婚姻考虑不周，父亲剥夺了雪莱的继承权。这对夫妻不久就分开了，两年以后，雪莱与戈德温关系亲密，这是一个无政府主义的鼓动家、狂热的青年领袖，雪莱很快就信服了戈德温的理念，并与他的女儿玛丽私奔了。这是一个令人忧伤的故事，细节就不必提及了。可见雪莱是心灵高尚与性格轻浮的悲剧混合体。拜伦说他是"我见过的最文静、最友好、最少世俗气的人"。

一面是国内大众的敌意，另一面是自己身体虚弱，雪莱就在 1818 年去了意大利，这一去就再也没有回来。流浪了一阵子后，他定居比萨。比萨美丽、安静——许多英国诗人钟爱这座城市。在这里，一天最繁忙的时候，人们凭窗远眺大街，往往只能看见一头驴子，头在荫凉里，身子在日光下，懒洋洋地打着盹。他最好的诗都是在这里写的，也是在这里他收获了与拜伦、亨特和特里劳尼的友情，雪莱的意大利时光离不开这些人。他依然对英国的社会体制充满敌意；可生活是个好老师，雪莱也模模糊糊地认识到了他反抗的错误，他后期的诗渐多悲哀情绪。

哦世界，啊生活，啊时间！

　　我爬行在它最后的台阶上，

　　对着我曾站立的地方发抖；

　　你盛年的光荣何时返回？

　　不再——哦，永不再！

　　从那白日和黑夜中

　　快乐已经启程；

　　鲜丽的春日，和夏天，还有灰白的冬天，

　　以悲伤动我虚弱的心，可是喜悦

　　不再——哦，永不再！

　　1822 年，年仅三十岁的雪莱在意大利海滨乘小船游玩时溺水而亡。几天后海水把他的尸体冲到了岸上，拜伦、亨特和特里劳尼这些朋友主持在维亚雷吉欧附近火化。本来，人们满可以怀着敬意把他的骨灰撒到风里，风是他的不息心灵的象征；可是人们还是在罗马的英国人墓园里济慈坟墓的附近给他找了一块安息地。今天若去墓地拜谒，总会看见有英美的访客静静地伫立，面对那有名的墓志铭——众心之心。

（二）雪莱的作品

　　抒情诗人雪莱是英国文学中最了不起的天才之一，读者最好读诗人表现最佳的诗。《云》《致云雀》《西风颂》《致夜》——这样的诗必然会让读者去众多的作品里搜寻，找到对他来说"值得记住"的部分。

1.《阿拉斯特》

　　阅读雪莱的长诗，必须明白这是一个明显有两面性的诗人：一面是流浪者，永不满足地追寻理想的美；另一面是偏激的改革者，寻求推翻现有体制、建立共同的幸福。《阿拉斯特》（1816）又名《孤独的精神》，是雪莱的复杂情感的最好表达。诗中的他心神不定地穿越自然的巨大静寂，寻求可以满足他对美的热爱的梦中姑娘。这时的雪莱是月出时分的诗人，表述着原本无人表达的细腻想象。这首诗的魅力在于一连串的梦幻般的图景，始终没有丝毫的现实场景。创作该诗时，雪莱已经经历了漫长的斗争，开始意识到对他来说世界太强大了。所以，《阿拉斯特》是诗人的忏悔，不仅是失败的忏悔，也是对未来的美好事物怀着不灭希望的忏悔。

2.《解放了的普罗米修斯》

《解放了的普罗米修斯》（1818—1820）是一部抒情剧，是表现雪莱革命热情的最好作品，也是他最有特色的诗作。雪莱的哲学（如果还可以把一个没有希望的梦冠以这个堂皇的名称）是法国大革命的古怪延续，也就是，人类本来可以获得完美的幸福，只是现存的国家暴政、教堂、社会妨碍了人们。自然，像其他狂热分子一样，雪莱忘记了教会、政府和社会法律不是自外而来，而是人类创造的，是应人类需要创造的。雪莱诗中的英雄普罗米修斯代表着人类自己——一个公正高尚的人，被朱庇特用铁链捆绑着，受着折磨，诗中的朱庇特是人类体制的人格化。[①] 某个时候狄摩高根（雪莱给"必要"起的新名字）推翻了暴君朱庇特，释放了普罗米修斯（人类），普罗米修斯与自然中的爱和善之神阿西娅团聚了，大地和月亮唱着婚礼曲也加入了，一切都表明他们此后会幸福地生活在一起。

这时的雪莱不是向后看，而是朝前看，渴望黄金时代，他

---

① 无疑，雪莱的想法来自埃斯库罗斯一个失传的戏剧，这是《被缚的普罗米修斯》的续集。剧中，被暴君宙斯囚在悬崖上的人类的伟大朋友被释放，获得自由。

是科学和进化的预言家。如果把他的巨人同《浮士德》和《该隐》中的类似人物相比较，就会发现一个有趣的不同，歌德笔下的巨人有教养、自立；拜伦笔下的巨人坚韧绝望；雪莱笔下的巨人则在折磨之下保持耐心，看到了苦难之外的事物和希望。巨人与爱神成婚，优秀的生命会居住在大地上，他们将以血缘亲情替代现行的法律和社会惯例。这就是雪莱的哲学。可是初学者应该读这首诗，主要不是因为其思想，而是要读它青春的热情、精彩的意象，尤其是其非同一般的旋律和节奏。或许《解放了的普罗米修斯》如今是，将来还是一首只有少数人能欣赏其特有的精灵般的美的诗。在纯粹异教的理念中，它隐约地与弥尔顿的《复乐园》中的基督教哲学形成对照。

雪莱的革命性作品《麦布女王》（1813）、《伊斯兰的起义》（1818）、《希腊》（1821）和《阿特拉斯女巫》（1820）应该以《解放了的普罗米修斯》同样的标准判断。它们大多是对宗教、婚姻、国王治国权谋、祭司权术的恶言抨击，若作为改革方案，大都不切实际，只是很多片段十分精美，就凭这一点，这些诗都值得阅读。诗剧《钦契》（1819）中诗人的笔触第一次落到了现实的大地上，情节来自一个病态的意大利故事。女主人公比阿特丽丝因父亲过于凶残邪恶而杀死了他，最后被处以死刑。比阿特丽丝是雪莱笔下唯一真实的人物。

3.《阿多尼》

别具特点的是《心之灵》（1821），一首颂扬柏拉图之恋的狂诗，这是雪莱作品中最难理解，从而最具特色的作品。灵感来源于美丽的意大利姑娘伊米莉亚·维维安尼，她被迫进了修道院，雪莱想象自己在她身上发现了长久以来追求的女性理想。读这首诗应该配上《阿多尼》（1821）——雪莱长诗中最著名的一部。《阿多尼》是为济慈之死而写的一首精彩的挽歌。即便在悲恸之中，雪莱仍然表现出一种不现实感，诗中呼唤了众多虚无的寓言人物——悲伤的春天、哭泣的时光、黑暗、光彩、命运——都为可爱的人死去而恸哭。整首诗是一系列梦中的图画，因雪莱的想象，精致而优美。这首诗与弥尔顿的《黎西达斯》、丁尼生的《悼念集》并列为英文诗中三部了不起的挽歌。

（三）雪莱与华兹华斯

就诠释自然来说，雪莱让人想起华兹华斯，二人既相像又有差异。在两位诗人眼中，所有的自然物都是真理的象征，两人都认为自然浸染着激励一切的伟大精神生命。可是华兹华斯发现了思想的精灵，也发现了自然与人的灵魂共享的精神；雪莱发现的是爱的精神，这种精神主要为自己的快乐而存在，因此《云》《致云雀》《西风颂》这三首英文诗中的佳作并没有确切的信息给人类。雪莱《赞智力美》一诗最像华兹华斯；可是在《含羞草》一诗里，象征和意象都十分细腻，就谁都不像，只像自己。有时候对诗作的比较很有意义，若把雪莱的以"哦世界，啊生活，啊时间！"开头的微妙的《哀歌》一诗与华兹华斯的《不朽颂》相比，就会更加理解这两位诗人。两首诗都是回想许多青春的幸福记忆的，两者都表达了一种片刻的真实情感，可是一首诗的美只会让人们忧伤沮丧，另一首诗的美却以诗人自己的信念和希望激励人们。一句话，在自然里，华兹华斯找到了自己，而雪莱却失去了自我。

七　约翰·济慈（1795—1821）

济慈是最后一个浪漫主义者，也是最完美的浪漫主义者。司各特只是讲故事；华兹华斯革新了诗，也拥护道德律令；雪莱宣扬的是不能实现的改革；拜伦为自己的自负和对时代的不满发声；济慈则远离人类、远离政治判断，像一个教徒一样崇拜美，完全满足地书写内心，或者也是在反映他看到的、梦想到的自然世界的辉煌。而且，他还有新见，认为诗只为自身存在，若关注哲学、关注政治，或者关注任何或大或小的事业，诗就会受到损伤。《拉弥亚》里这样说：

> 莫非魅力在飞扬
> 只因冰冷的哲学触碰？
> 天际曾有可怕的彩虹：
> 我们知道它的声音、它的质地；它
> 被列在凡物的乏味目录。
> 哲学会剪去天使的翅膀，
> 以规则和线条征服所有神秘，
> 倒空愁闷的气氛、地精的矿藏——
> 驱散一道彩虹，就像不久前那样
> 让慈爱的拉弥亚化成一道影子。

济慈的诗歌理想十分远大，他研习并下意识地模仿希腊经典和伊丽莎白时代的最好作品，最后完成的薄薄诗集当时无人可比。如果意识到他所有的作品都是在 1817 年到 1820 年的短短三年里问世，而他二十五岁时就离开了这个世界，我们必然会认为他是 19 世纪早期最有前途的人物，是文学史上最非凡的人物之一。

（一）生平

济慈一生能奉献于美和诗歌显得很不可思议，因为他的出身实在低微。他是一个客栈马夫的儿子，1795 年出生在伦敦天鹅环客栈的马房里。读者若读过最早的小说家或者狄更斯笔下的简陋马房，就会明白那样的环境离诗有多么遥远。济慈还未满十五岁，父母就都离世了。他和兄弟姐妹都由监护人照管。监护人首先叫济慈离开了恩菲尔德的学校，去埃德蒙顿给一个外科医生做学徒。他学徒五年，又在医院当了两年外科医生助手。尽管已经很熟练，可以获准执业了，但他的心思还在别处，不喜欢这个职业。"有一天，听课时，"他对一个朋友说，"一束阳光射进了屋里，众多的小生物浮在阳光里，我的思绪就飞到仙王奥伯龙和仙境里了。"查尔斯·考登·克拉克送给济慈一本斯宾塞的《仙后》，这是诗人神思飞扬的开始。1817 年他放弃了医学，同年早些时候他出版了第一部作品《诗集》，这本《诗集》和第二部作品《恩底弥翁》（1818）在精神上都很谦逊。可这并没有让作者和作品免于《布莱克伍德杂志》和《评论季刊》的一些自负的批评家的猛烈批评。现在有人说诗人的勇气和志向被这些批评击垮了；① 但是济慈其实是一个坚强的人，他没有与批评者争吵，也没有被他们击垮，而是默默地怀着写不朽的诗的想法坚持写作。马修·阿诺德曾说，济慈"自带燧石和铁器"；下一部诗集他就大获成功，不友好的评论也就消失了。

　　济慈写诗的三年间主要住在伦敦和汉普斯特，有时候去英格兰和苏格兰漫游，也会去德文郡的怀特岛和湖区短暂休假，主要是想恢复身体，尤其是想让哥哥恢复健康。他的病最初是重感冒，很快就成了肺病；雪上加霜的是，他深爱着芬妮·布

---

　　① 雪莱在《阿多尼》这首诗中赞成这个说法，拜伦驳斥评论的讽刺诗首句也是"谁害死了约翰·济慈？我，《评论季刊》答道"。

劳恩，已经与她订婚，可由于贫穷和疾病日益加重，他们无法成婚。济慈的个人生活有这么多不幸，文学界又有严厉的批评之声，更加凸显那本薄薄的诗集中的《拉弥亚》、《伊莎贝拉》、《圣艾格尼丝之夜》和其他的诗（1820）是多么的不同凡响，它不仅是济慈出众诗才的证明，也是他美好、不屈精神的反映。《海披里安》的美和展示的希望惊动了雪莱，他慷慨地发出邀请，邀济慈去比萨和他同住；可是济慈不同意雪莱反抗社会的理念，就拒绝了。不过这个邀请确实让济慈动了去意大利休养的念头，于是他很快前往意大利，希望能恢复健康。他与朋友、艺术家赛文在罗马安顿下来，可是 1821 年 2 月，他到罗马不久就去世了。他的坟墓就在罗马的新教徒墓地，今天还是众多游客的朝圣之地。在所有的诗人中，还没有哪一个能像济慈那样，以英雄的生平、悲剧的死亡感动着诗人和崇拜者的心。

（二）济慈的作品

"除了大师无人能赞扬我们，除了大师无人能指责我们。"这两行应该写在济慈的每一卷诗集的扉页上，因为从来没有人像济慈那样不计得失地倾心于诗。济慈与同时代的诗人形成鲜明对比，拜伦公开宣称他厌恶那个让他闻名于世的艺术，而济慈只为诗活着，洛厄尔指出，他把一种道德倾注进了所书写的每一样事物中。在他所有的作品中，人们都有一种印象，他对他的艺术极度忠诚；人们也会感到一种强烈的不满，就是其行动缺乏壮丽的梦想。所以读完查普曼翻译的荷马作品，他写道：

> 我在黄金王国旅行甚多，
>
> 看到过许多美好的政府王国；

我也曾环游西方列岛

吟游诗人们效忠阿波罗。

有人给我讲说一个广阔天地

被眉宇间智慧焕发的荷马当领地治理；

可我依然没有吸吮它的晴朗

直到查普曼洪亮勇敢发声：

随后我觉得像天空的观察者

当一颗行星游进了他的视野；

或者像结实的鹰目科特兹

凝视着太平洋——所有他的人

胡想乱猜地彼此对视——

静默地，在达连海湾的山峰上。

　　这首动人的十四行诗里就隐含着 1817 年济慈出版第一本小诗集时的远大理想，还有他因自己无知的忧伤。他不懂希腊文，然而他读到了翻译得并不好的英语译本片段，从而觉得希腊文学有趣并为之痴迷。他就像莎士比亚一样，接受正规学校教育很少，可是有一种辨识古典作品的真正精神的出众能力——许多伟大的学者、前一世纪的大多数"古典"作家都缺乏这种能力——因此他就自己担负起以现代英语反映古希腊精神的使命了。

　　这种努力的不完美结果体现在他的下一部诗集《恩底弥翁》里，这本书讲述了一个被月亮女神深爱的牧羊人的故事。其以引人注目的诗行开头：

美的事物是永远的快乐；

可爱与日俱增；它从不会

化为乌有；可仍然

为我们留有一个安静的荫凉；一个睡眠

满是好梦，伴着健康、平静的呼吸。

诗集里的诗韵律、结尾都很完美，很能说明济慈后期作品的精神，其中有许多可以引用的诗行和片段，如《潘神颂》应该与华兹华斯的那一首"世界待我们太过"的十四行诗一起读。这首诗预示了济慈不可限量的前景，不过总体上有点混乱，就像一个现代的房子，缺少规划，装饰太多。济慈也察觉到了这一点，所以前言很谦虚，他说《恩底弥翁》不是一个完成的作品，只是一个不成功的表达希腊神话内在精神的尝试。

《拉弥亚》和其他诗作

济慈发表于 1820 年的第三本也是最后一本诗集中有《拉弥亚》、《伊莎贝拉》、《圣艾格尼丝之夜》和其他一些诗，是读者开始认识这位英语诗歌大师的一本必读作品。它有两个主题——希腊神话和中世纪传奇。《海披里安》是一个了不起的残篇，像是一个未完成的教堂拱门。主题是年轻的太阳神阿波罗推翻泰坦的统治。济慈认识到自己不成熟，知识不足，就把这部作品放到了一边，因出版商恳求，才把这个残篇与其他的成作一起付印出版了。

整本诗集，尤其是《海披里安》里明显可见弥尔顿的影响，《恩底弥翁》里则更多斯宾塞的影子。

长诗中，《拉弥亚》最含蓄，讲的是一个美丽巫女的故事，巫女本是一条蛇，变成了一个光彩照人、人见人爱的女子。可是由于老阿波罗尼奥斯的愚蠢哲学，她从爱人眼前永远消失了。《圣艾格尼丝之夜》是济慈最好的写中世纪的诗歌，它不是有韵传奇的模式，而是一种浪漫情绪的生动刻画，就像人人都可以感受到的，就是要让平凡的世界变得非凡。它就像济慈和雪莱的所有作品一样，有一种不现实感，且读其结尾：

> 这样他们就去了；是的，很久以前
> 这些恋人逃入了风暴。

　　济慈的希腊和中世纪想象的唯一结局就是从大梦中醒来。然而，值得注意的是，即便是在梦中，不可捉摸的美的事物进入了人们的生活，也会改变人们。济慈的语言是含蓄的。他说："想象可以比作亚当的梦，他一觉醒来，发现梦已成真。"

　　现在的读者知道济慈，主要是因为短诗。值得一提的是四首颂歌——《希腊古瓮颂》《致夜莺》《致秋》《赛姬颂》。这些诗就像邀人赴盛宴一样，读了它们，恐怕就会想读更多令人快乐的诗。那些只读过《致夜莺》的读者也会有四个感受——对感性美的热爱、一丝悲观情绪、纯粹异教徒的自然观和强烈的个人主义——这就是最后一位浪漫主义诗人的特点。

　　常有批评家认为华兹华斯是说教者、拜伦是蛊惑民心的政客、雪莱是改造者，济慈的作品则被认为走向了另一个极端，对人类的趣味都过于冷漠，因此，常遭到的批评是他对人类漠不关心。他的作品也被批评为过于柔弱，不适合一般读者阅读。关于这一点，有三件事情需要声明。其一，济慈写美只是为了美本身。美对正常人生犹如政府和法律一样不可或缺，人类文明越进步，越需要美来奖赏劳作。其二，济慈的书信像他的诗一样表现人类。书信中满是人性的同情、对社会问题的急切兴趣、幽默和对生活的敏锐洞察，没有丝毫的柔弱气息，反而时时透出一股崇高的阳刚气。其三，济慈所有的作品都是在三四年之内写成，此前少有准备，二十五岁就去世的他给人们留下了一笔永远珍贵的诗歌财产。他也常被人们比作他十分仰慕的"神童"查特顿，他把《恩底弥翁》题献给他。虽然两人都年纪轻轻就离世了，可查特顿当时还是个孩子，而济慈怎么说都是个成人。预言他享有丁尼生的高寿，又受过丁尼生那样好的教育，会有什么建树是没有意义的。济慈二十五岁的作品就像丁尼生五十岁的作品一样成熟，虽然这种成熟表明一株有雨水、温度、阳光的热带植物会迅速成长，一天之内便开花死亡。

正如前文所述，当时的批评家偏激、言辞尖刻地批评过济慈的作品。他被轻蔑地称为伦敦东区的"乡巴佬诗派"，诗派的代表是利·亨特，跟班是普罗克特和贝多斯。华兹华斯和拜伦一贯喜欢奖掖后进，可从未鼓励过济慈分毫。他像青年洛秦瓦，"赤手空拳独自骑行"。一向真诚仗义的雪莱最先发现了这个年轻的天才，人们赞誉的对象去世之时，他在高尚的《阿多尼》里表达了敬意——最先说了赞许的话，把济慈放入了英国伟大的诗人之列。毫无疑问，济慈应该属于这一行列。济慈一生忧伤，生时籍籍无名，死后却名声大振。把他置于浪漫主义复兴时期诗人名单的最后一个是恰当的，在许多方面他都是最优秀的诗艺家。与同代人相比，他似乎更用心地研究了词语，因此他的诗意表达、词与意之间的配合都比其他人完美得多。他认为诗是最高贵的艺术，更加倾心于诗。他也比别人更加强调美，因为在他看来，就如《希腊古瓮颂》中表现的，美与真是一体的，是不可分的。他丰富了整个浪漫主义运动，给浪漫主义的日常生活兴趣加入了古典主义和伊丽莎白时代诗歌的精神，而不是表面的字词。由于这些原因，济慈就像斯宾塞，是诗人中的诗人；他的作品深刻地影响了丁尼生，也影响了当代的大多数诗人。

第三节　浪漫主义时期的散文作家

一　文学批评

前面已经讨论过小说家沃尔特·司各特的出色作品，接下来很快就要说到简·奥斯丁的作品。其在19世纪早期以一种新的重要的批评性散文而引人注目。如果不把德莱顿和艾迪生的孤立的作品算在内，可以有把握地说英国现代意义上的文学批评1825年才出现。以今人的眼光看来，现存的文学批评大多是个人意见和偏见的结果。的确，系统研究文学在整体上开始之前，人们对当时的文学批评几乎没有什么期待。有一段时间，一首诗的优劣依照它遵循或反叛所谓的古典规则而判定；随后又遵循约翰逊博士的教条主义；接着依赖洛克哈特、《爱丁堡评论》和《评论季刊》的编辑们的个人判断，他们以文学批评的名义猛烈地抨击济慈和湖畔派诗人。19世纪早期兴起了一个新的批评流派，一方面受文学知识的引导，另一方面以人们所称的对上帝的恐惧为指导。后一个因素就表现在深厚的人性同情——浪漫主义运动的核心。德·昆西总结其重要性说："不去同情就是不去理解。"这些新批评家既对过去的大师十分敬畏，又能放下约翰逊和杂志编辑的教条主义和偏见，同情地阅读新人的作品，只有一个目的，就是发现他对瑰丽的文学宝库的贡献或企图贡献什么。柯尔律治、亨特、哈兹里特、兰姆和德·昆西就是这一新流派的重要人物，一些新杂志也在其中起重要作用，如最初真正鼓励兰姆、德·昆西和卡莱尔的就是 1820 年成立的《伦敦杂志》。

前文已经提及了柯尔律治的《文学传记》和《莎士比亚讲演集》。利·亨特（1784—1859）既是编辑，又是散文家，坚持不懈地写作三十余年，他的主要目的就是让人们了解、欣赏好的文学。威廉·哈兹里特（1778—1830）有一系列讲稿和文章，认为阅读是一种前往新乐土的浪漫旅程。他的作品，还有兰姆的作品都可见对伊丽莎白时代文学的新兴趣，伊丽莎白时代的文学也极大地影响了济慈最后和最好的诗集。对文学批评、文学欣赏感兴趣的人都可以从研读亨特和哈兹里特的作品中获益。不过相对他们的作品，对兰姆和德·昆西的作品的研读更重要，他们不仅是其他人写作的评判者，而且他们自己也写出了令人欣赏的作品，这些作品被世人小心地放置在"值得牢记的事物"中。

二　查尔斯·兰姆（1775—1834）

兰姆和华兹华斯属于完全不同的两种浪漫主义：后者显露的是自然的影响和孤独，前者则表现的是社会的影响。兰姆一生与柯尔律治交好，也赞赏、维护华兹华斯的诗学信念。只是华兹华斯离群索居，寄情自然与阅读，偶尔有一点道德说教；兰姆却出生、生活在伦敦的闹市。城市人群的喜怒哀乐、五行八作本身就让他感兴趣。按兰姆的叙述，当他站在拥挤的街头时，常常会为美好生活的丰富而流泪；若要下笔写作，恐怕就会像华兹华斯诠释森林和溪流一样，不想改变或改革，而只解说喧闹的有悲有喜的生活。他给人们留下了最好的对柯尔律治、哈兹里特、兰多、胡德、考登·克拉克和当时许多有趣人物的刻画；亏得他的领悟和同情，那个遥远时代的生活对今人来说才真实得如同亲历。他是英语散文家中最可爱的一位，他的文风细腻、古朴、幽默，作品中有一股柔和的光，洋溢着一种反抗不幸的快乐和英气。

查尔斯·兰姆

（一）生平

在伦敦中心，有一个奇特的、古朴的叫圣殿区的地方。周边是城市街道无休无止的吵嚷声，它地方不小、乱糟糟的，明显被人遗忘了，满是灰尘，却没有喧闹。原来这里是圣殿骑士团的大本营，这地方让人们想起十字军、想起中世纪，而今这里几乎全都是伦敦律师的事务所和公寓了。与别的地方相比，这里与查尔斯·兰姆的名字更有关联。兰姆说："我出生在圣殿区，生命中的头七年就在这里度过。后院、厅堂、喷泉、小溪……我都还记得。"兰姆的父亲是一个律师的穷雇员，也可以说就是个仆人。兰姆兄弟姐妹共七个，只有三个活了下来，他最小。大哥约翰是个自私鬼，不理会弟弟妹妹生活的艰难。

兰姆七岁的时候就读基督医院有名的"蓝衣"慈善学校。他读了七年，在这里与一个贫穷、少人照管的孩子成了终生的朋友，这个孩子就是世人记忆中的柯尔律治。[1]

伦敦基督医院

十四岁的时候，兰姆离开慈善学校，去南海公司当职员。两年以后，他又入职著名的东印度公司。这一干就是三十三年，其间有六个星期，就是1795年底和1796年初的冬天，他在一家精神病院里度过。1796年，兰姆的姐姐玛丽——一个才华与兰姆一样出众的姑娘突然精神错乱，杀死了自己的母亲。惨剧发生后，玛丽在霍克斯顿的精神病院里治疗了好长一段时间。1797年，兰姆把姐姐接回自己狭小的住所，此后一辈子兰姆就温柔体贴地照料着姐姐，这成了英国文学史上最美丽的一页。玛丽疾病发作前往往有明显的迹象，有时候快要发作了，人们就会看到姐弟两人脸上挂着泪珠，手牵着手，默默

---

[1] 见《伊利亚随笔》中的《基督的五号医院和三十年前》。

地向精神病院的大门走去。这些事对兰姆的人生很重要，想一想兰姆狭小的住所、他在大商业公司里干的日复一日的无聊的苦差事，就会珍视《熟悉的老面孔》中他的哀婉和英雄精神，那精神闪耀在英国文学史上最具人性、最令人快乐的随笔中。

兰姆五十岁时，《伊利亚随笔》第一集的出版让他成了名人，而兰姆也已经为公司忠诚服务三十三年，鉴于此，东印度公司授予兰姆一笔退休金，他可以舒适地安度余生。像他少年时离开学校一样，兰姆离开了东印度公司，一去不返，专心地从事文学事业了。[①] 1825 年 4 月，他给华兹华斯写了一封信，信中说："上周星期二我永远地回家了——简直就像从活着走向了永生。"可令人不解的是，从俗务解脱出来的兰姆似乎失去了力量，1833 年出版的最后的随笔集没有了早期作品的优雅和魅力。他于 1834 年死在了埃德蒙顿，靠着他的力量和亲情支撑了那么久的姐姐很快就落入了深渊。没有哪一个文人像兰姆那样受到圈子里朋友的热爱，所有认识他的人都会说起他的质朴、善良，这一切都可以在他随笔的字里行间看到。

（二）作品

兰姆的作品可以很自然地分为三个阶段。

第一阶段是他早期的文学创作，包括收入柯尔律治的《杂诗》（1796）一书中署名"C. L."[②] 的一些诗，传奇《罗萨蒙德·格雷》（1798），诗剧《约翰·伍德维尔》（1802），以及另外一些不成熟的散文和诗歌作品。第一阶段以 1803 年为界，这一年他不再为报纸写稿，此前他每天以六便士的价格给《晨邮报》写稿，一般是六个笑话或幽默、讽刺短文。

[①]　见《伊利亚随笔》中的《退休男子》。
[②]　"C. L."是查尔斯·兰姆英文姓名的首字母。——译者注

第二个阶段主要是写文学批评。《莎士比亚戏剧故事集》（1807）由他和姐姐玛丽一起完成，他自己改写悲剧部分，姐姐改写喜剧部分，这可以算作他的初次文学成功。《莎士比亚戏剧故事集》主要是为孩子们写的，可是兰姆姐弟埋头钻研伊丽莎白时代的文学多年，所以他们的这部书老幼咸宜，今天它仍是英国文学改写作品中最好的一部。1808 年，《莎士比亚时代英国戏剧诗人范例》问世。这一部作品引出了柯尔律治了不起的文学批评之作，也是培育济慈诗才的最明显的影响力量，在济慈的最后一部诗集里表现得很明显。

第三个阶段兰姆主要写生活随笔，一起收在《伊利亚随笔》（1823）和《伊利亚随笔后集》，后者出版于十年之后。这些随笔随着《伦敦杂志》的问世而出现于 1820 年，[①] 随后持续多年。随笔如《论烤猪》《古瓷器》《扫烟囱的小孩礼赞》《不完美的同情》《耳朵一章》《拜特尔太太谈打牌》《在麦柯利村头访旧》《饭前的祈祷》《梦境中的孩子们》，在集子里的编排也没有先后，不过都是欣喜地描绘伦敦生活的，一个沉默的不起眼小个子走过熙熙攘攘的伦敦街头时感受到的生活。《论烤猪》和《梦境中的孩子们》分别是随笔集的第一篇和最后一篇，兰姆的幽默和哀伤在其中表现得最好。

（三）兰姆的文风

兰姆的随笔古色古香、十分文雅、很有魅力。兰姆尤其喜欢古典作家，常下意识地借鉴伯顿的《忧郁的解剖》、布朗的

---

① 兰姆发表第一篇随笔《南海公司》时开玩笑，用的是以前一个职员的名字伊利亚。后来再发表，以至于 1823 年受人欢迎的随笔收集成册时依然用这个名字。随笔中，"伊利亚"就是兰姆自己，"堂姐布里奇特"是他的姐姐玛丽。

《医生的宗教》和早期的英国戏剧家。因为长期阅读，这种风格已经成为兰姆自己风格的一部分，不使用这些古雅的表述，他就无法表达新想法。虽然这些随笔都是对时代生活的抱怨或感激，可都十分个人化。换句话说，它们是兰姆和人性的优秀画卷。兰姆没有丝毫的虚荣和自负，他阅尽世事、话语亲切，引导读者按他的意思看待人生、看待文学。他的随笔成就基于大众关注与个人情趣的精妙结合，再加上兰姆少有的古朴风格和亲切幽默。这些随笔延续了早期散文家艾迪生和斯蒂尔的优良传统；不过，其情感宽广而深厚，幽默也比此前的散文更加吸引人。

三 托马斯·德·昆西（1785—1859）

德·昆西身上的浪漫色彩比兰姆还要强烈，不仅体现在文学批评作品里，也体现在他古怪和充满想象的生活里。他受过良好教育，甚至超过柯尔律治，是当时最敏锐的知识分子之一，可是他的出色智性总是服从梦想的激情。他与兰姆一样，是湖畔派诗人的朋友和伙伴，居住在格拉斯米尔华兹华斯的旧屋里近二十年。不过，除了相似之处，他们之间差别更大。从为人处事来看，兰姆是最有人性、最可爱的散文家；而德·昆西为人古怪，行事不可思议。兰姆写生活琐碎的作品透着同情和幽默两个根本品性；德·昆西的大部分作品，多少都有同情和幽默的特色，可根本还是以技艺出众。德·昆西眼中的生活模糊而紊乱，他的作品都让人怀疑是虚构的。《鞑靼人的起义》里的浪漫因素也很明显，德·昆西的大部分散文中的不现实感比雪莱诗中的还要明显。说到他的主题、事实、理念和批评，人们一般都心怀疑虑。他的文风，有时宏大，有时轻浮，有时华丽得像东方人的梦，有时候音韵可比济慈的《恩底弥翁》。可是，即便是反差很大的时候，理念和表达之间也有一种和谐，这种和谐除了纽曼，无人可以达到。关于德·昆西文风的过人精妙处，无论说什么，都只能说出这个问题的一半，让这些散文不朽的正是这种风格。

托马斯·德·昆西

（一）生平

1785 年德·昆西出生在曼彻斯特。他的父亲是一个生意红火的商人，母亲是一个娴静冷漠的女子，父母双方都难以解释这个儿子后来的奇特天分。他与年轻时的布莱克十分相像，小时候就喜欢做梦，他的梦生动真切，只是没有布莱克的梦那么迷人。他在巴斯的文法学校上学的时候，天分惊人，学习希腊文和拉丁文进步神速，令老师吃惊。十五岁时，他不仅能阅读希腊文，而且可以流利地对话。一位老师惊奇地说："那个孩子对着雅典人发表演说的本事超过你我给英国人讲话。"1800年他去曼彻斯特的文法学校读书,可是他发现课业水平远低于自己的水准,那里的生活粗俗不堪,自己天性敏感,根本无法忍受,便逃走了。一位刚从印度回来的叔叔觉得这孩子不喜欢那个学校,便劝家人不要再把孩子送回文法学校。靠着每星期一几尼的补贴他开始流浪,就像戈德史密斯一样,他随心所欲地行走,在山里露宿过,住过牧人和烧炭人的茅屋,也住过吉卜赛人的帐篷。他对曼彻斯特的学校心有余悸,后来就跑到了伦敦,举目无亲又身无分文,他的生活简直比以前吉卜赛式的流浪还要传奇。流浪的枝枝叶叶在《一个英国鸦片吸食者的自白》里有最好的描绘,里面不仅有他生活的记录,还有乱七八糟的梦想和想象,他像迷路的人一样在山上游逛,脚下就是挟裹着暴风的乌云,熟悉的大地都不见踪影。挨饿、流浪了一年后,家人找到他,送他进牛津大学求学,他学业优异,但也不稳定。1807年要申请学位时,他的笔试考得很好,可是一想到口试,他就恐慌不已,随后便逃出大学,一去不返。

在牛津大学的时候,德·昆西开始吸食鸦片;本来是想缓解神经痛带来的痛苦,可渐渐成瘾,几乎成了鸦片的无望奴隶。他痛苦了三十年,后来靠着非凡的毅力才戒掉鸦片。德·昆西身体孱弱但体质特异,他吸食大量的鸦片,量大到足以让几个普通人都丧命;但主要是鸦片激发了他活跃的想象力,除了身体太虚弱或者十分沮丧的时候,他一直怪梦不断。他住在格拉斯米尔与湖畔派诗人为伴二十年;就在这里,因为损失了一小笔钱,他就开始写作,想以此养家糊口。1821年他出版了第一部名作《一个英国鸦片吸食者的自白》,此后近四十年,他笔耕不辍,无所不写,给各个杂志写了大量的稿件。他从来没有想过名声的事,稿件都是以化名发表。幸运的是,

1853 年，他着手收集自己的文稿，整理出的文集竟有十四卷之多，最后一卷在他死后出版。

1830 年，因为常给《布莱克伍德杂志》写稿的关系，他与家人一起搬到了爱丁堡，在那里，他天才超逸，又满是孩子气，可笑的逸事极多，完全可以写成一本书了。他会在一个亲友都不知道的地方躲进一间屋子里住上几年，不让任何人前去打扰，直到屋子里塞满书籍和他乱七八糟的手稿，连浴盆都塞满；屋子实在太挤了，他就锁上门再去找一个新地方如法炮制。他死于 1859 年。德·昆西个子小，像个孩子，温和谦虚，与兰姆相像。他生性十分羞怯，一直一个人待着，可事实上他喜欢热闹。他知识广博、想象力活跃，人们觉得他的谈话几乎和柯尔律治的一样可贵。

（二）作品

德·昆西的作品可以分为两大类。第一类是大量的批评文章，第二类就是他的自传体手稿。读者不可忘记，他的所有作品都是为各种杂志所写，只是临死前才仓促地收集起来。所以，读他的作品，总体印象是混乱。

1. 批评随笔

从文学角度看，德·昆西最有启发性的批评作品是《文学回忆录》。其中有写得极好的赏析华兹华斯、济慈、哈兹里特和兰多的文章，还有研究前人的有趣文章。他最了不起的批评文章是《论〈麦克白〉中的敲门声》（1823），其最能体现德·昆西的批评才能；还有《论作为艺术的谋杀》（1827），从这篇文章读者可见他的古怪脾性。若还想选读一些，那么，其他的还有《给一个年轻人的信》（1823）、《圣女贞德》（1847）、《鞑靼人的起义》（1840）和《英国邮车》（1849）。在最后提到的这部作品中，《梦游》是他奇作中最具有想象力的一篇。

2. 《一个英国鸦片吸食者的自白》与其他作品

德·昆西的自传性作品中，最有名的是《一个英国鸦片吸食者的自白》（1821）。其中只有部分是吸食鸦片后的幻想，有趣之处主要是它描绘的德·昆西的生活和游历。随后应该是《来自深处的叹息》（1845），主要记录的是鸦片剂催生的忧郁怪梦。《来自深处的叹息》中最有趣的部分是读者一下子就与那些奇怪的女性人物如拉文那、玛丹娜、叹息女士和黑暗女士面对面了，德·昆西精妙的解梦能力尽显其中。1853 年他收集了约三十篇文章，称作《自传素描》，完成了对自己生活的记录。他的作品范围很广，写有小说《克洛斯特海姆》以及《政治经济学逻辑》、《风格与修辞随笔》、《希罗多德的哲学》，另外，他还写过关于歌德、蒲柏、席勒的文章，也给《大英百科全书》写过关于莎士比亚的文章。

（三）德·昆西的文风

德·昆西的文风尽显英语语言美，深刻地影响了罗斯金和维多利亚时代的其他散文家。德·昆西的作品有两个缺点，一是散漫，这使德·昆西的散文不断地离题；二是甘于琐碎，往往在段落中间的精彩处停下来，开个小玩笑或者说个俏皮话，这些玩笑或俏皮话虽然幽默，可是不能令人快乐。尽管有这些不足，德·昆西的散文仍然名列英国文学中为数不多的至高无上的典范作品之中。虽然他深受 17 世纪的作家影响，可他明显是要创立一种新风格，以期把散文和诗的最好部分结合起来。结果就是，他的散文就像弥尔顿的作品一样，比许多诗歌还要韵律和谐、富于想象。人们恰如其分地把他称为"风格心理学家"，这样他的作品就不是很受人们欢迎；可是对于那些能够欣赏他的少数人来说，总会得到写出更好作品的启发。阅读他的作品，人们会对英语语言文学油然而生敬意。

四　浪漫主义的其他作家

只要回顾一下前面学习过的作家——华兹华斯、柯尔律治、骚塞、拜伦、雪莱、济慈、司各特、兰姆、德·昆西——就能理解在仅仅半个世纪里横扫英国的生活和文学大变革，这变革得力于两个事件的影响：一个是历史上的法国大革命，另一个是文学上的浪漫主义运动。生活中，人们反抗政府和社会中过于严厉的权威；文学上，人们反抗的是更加严格的古典主义束缚，古典主义坚决遏制作家追随理想、自由表达愿望。当然，这样一个革命的时代本身就是诗意的——在这方面，只有伊丽莎白时代能超过它——这个时代诞生了大量的小作家，他们多多少少都追随着时代的领袖们。小说家有简·奥斯丁、弗朗西斯·伯尼、玛丽亚·埃奇沃思、简·波特和苏珊·费里尔，要是留心，就会发现都是女性；诗人有坎贝尔、穆尔、霍格（埃特里克牧羊人）、海曼斯夫人、希伯、基布尔、胡德和"英戈尔兹比"（理查德·巴勒姆）；还有多面手的作家，如西德尼·史密斯、"克里斯托弗·诺斯"（约翰·威尔逊）、查尔默斯、洛克哈特、利·亨特、哈兹里特、哈勒姆和兰多。各色各样的作家，令人惊奇，要把他们都记录下来需要一部大书。虽然他们不是这一时期的重要作家，但他们的大部分作品还是很受欢迎，有些还很耐读。穆尔的《爱尔兰旋律》、坎贝尔的抒情诗、基布尔的《基督年圣诗集》、简·波特的《华沙的撒迪厄斯》和《苏格兰酋长》今天仍然有大量的读者，而喜欢济慈、兰姆、德·昆西的主要是少数文化人；哈勒姆的历史著作和文学批评著作或许比吉本的作品还有名，可是吉本在英国文学中占有更重要的地位。在所有这些作家中，我们只选两位代表从浪漫主义时期走向维多利亚时代的过渡作家，就是简·奥斯丁和沃尔特·萨维奇·兰多。

（一）简·奥斯丁（1775—1817）

直到最近，人们才重新发现这位才女的天才和魅力，似乎她就是昨天的一位小说家，而不是华兹华斯和柯尔律治的同代人。就是她的读者，也少有人意识到她之于小说就像湖畔派诗人之于诗歌，小说因她变得精细、纯粹，开始真正反映英国人的生活。她也像湖畔派诗人一样，活着时少有人鼓励。她最了不起的小说《傲慢与偏见》完成于1797年，就是华兹华斯和柯尔律治的著名的《抒情歌谣集》问世的前一年；《抒情歌谣集》出版了，有人喜欢，而精彩的小说却到处碰壁了十六年才找到出版者。华兹华斯开始就有深思熟虑的目标，即让诗自然真实；奥斯丁小姐开始写作，一心要本真地展示英国乡村社会的生活，一反拉德克利弗夫人和她一派作家的过度传奇。但差异在于，在很大程度上，奥斯丁小姐有可取的幽默天赋，可悲的华兹华斯却没有。当时的玛丽亚·埃奇沃思描写爱尔兰人生活故事的《缺席者》和《拉克伦特堡》已经树立一个理性和杰出的例子。奥斯丁小姐紧随其后，写了至少六部作品，这些作品的价值一步步上升，直到人们很高兴地把它们置于日常生活小说的最前列。人们热爱她，不仅仅是因为她的细腻魅力，也是因为她的影响，即让小说正确回归，表达人类生活。在一定程度上，也是因为她，很多读者才愿意欣赏盖斯凯尔夫人的《克兰福德》，以及乔治·艾略特的有力且经久不衰的作品。

1. 生平

传记作家从简·奥斯丁的生活中收获不大，除非碰巧他也拥有奥斯丁展示平凡事物的美与魅力的能力。奥斯丁是史蒂文顿教区牧师乔治·奥斯丁的第七个孩子，1775 年出生在乡村牧师住所。她和姐妹们就在家里接受教育，操持家务，平静快乐地生活着，因为爱意的神灯照耀，琐事也就美丽起来。她很早就开始写作，似乎就是在做家务的空当里在起居室里的一个餐桌上写。如今人们把她看作英国作家中的珍宝，可当时她很谦虚，不愿意让人家把她看作小说家。所以，一有客人来访，她就用一张纸或一片布把作品盖上。她在出版商那里连连碰壁。《傲慢与偏见》如前文所说遭拒十六年；《诺桑觉寺》（1798）以很低的价格卖给了一个出版商，他把书稿丢在一边，忘在了脑后，直到 1811 年《理智与情感》出版，情形还不错，出版商才把在手头耽搁了十三年的书稿又卖回给奥斯丁一家，家人找到了另一个出版商。

1815 年，《爱玛》面世，《评论季刊》上发表了一篇匿名文章，对文坛新人的魅力不吝赞词，简·奥斯丁由此知名。没有几年，人们就知道了这位亲切的、慧眼独具的批评家就是沃尔特·司各特。直到奥斯丁早逝，司各特都是奥斯丁的崇拜者。这两位当时最了不起的小说家从未谋面，两个人都深居简出，奥斯丁小姐尤其不爱抛头露面。1817 年，一生平静的她在温彻斯特离世，随后安葬在当地大教堂。这是一个聪明、有魅力的小女子，她的作品里不时就透露出她的开朗和亲切。

2. 作品

没有哪一个英语作家作品的天地像简·奥斯丁那样狭小。法国小说家的成功靠的是选取自己最熟悉的小天地，奥斯丁与他们相像，她的作品有一种大多数小说家都没有的巧妙完美。奥斯丁偶然去过一次巴斯的水滨，其他时间都待在小小的乡村牧师住宅里，她的小说人物就是淳朴的乡下人。她的几个哥哥都是海军，因此海军军官成了她的故事中唯一激动人心的因素。但即使是这些宣誓效忠的英雄也把他们引人注目的英雄气抛到了脑后，言行变得和其他人一样。这就是奥斯丁的文学世界，她的使命是家庭，乐趣在于乡村聚会，主要兴趣在于婚姻。

裹挟着爱好、激情、志向、悲剧性奋斗的生活就像一条大河奔流而过，乡村教区的清静喜好却像岩石后面的漩涡一样，平静地周而复始。因此，人们理解奥斯丁的局限性并不困难；但是在她的那个天地里，她是无人可比的。她的人物完全忠实于生活，她的作品有一种细腻的微型画作的完美。她的小说中人们阅读得最多的是《傲慢与偏见》，但是另外三部——《理智与情感》《爱玛》《曼斯菲尔德庄园》也慢慢地挤进了小说排名的前列。从文学的角度看，可能《诺桑觉寺》是最好的一部作品，就是在这部小说里，这个温和的小妇人以幽默和巧妙的讽刺抵抗着《奥多芙》一类的畅销怪诞小说。随便选一本去读，人们就会同意沃尔特·司各特爵士的赞许："这个年轻女士生来会描写日常生活的纠葛和情感，就我所见，她的才华是最突出的。那种气势汹汹的调子，我自己就会，现在就这样在写；可是，要以巧妙的笔法、忠实的描写把平凡的事物和人物写得有趣，我就做不到了。这样一个天才却早早就死了，真是可惜呀！"

（二）沃尔特·萨维奇·兰多（1775—1864）

兰多不像到早期英语文学里寻找灵感的哈兹里特、兰姆、德·昆西和其他浪漫派批评家，他逆浪漫主义主流而行，模仿的是古代的经典作家。他的生活就像作品一样，非同寻常，充满了波折。他过于自我，爱发脾气，官司缠身，和子女的关系也令人伤心，简直就像李尔王和几个女儿的关系。而他专注于经典名著，体味古人的深远智慧，有点像品达和西塞罗。他的作品包括狂野奢华的《盖比尔》，以及有超凡古典风格和魅力的《伯里克利和阿斯帕西娅》。兰多就是这样，志向高远，一辈子与自己、与世界不和。

1. 生平

兰多一生坎坷，他生活的时期就是从华兹华斯的童年时期到维多利亚时代的中期。1775 年他出生于沃里克，父亲是医生。兰多继承了母亲的财产，可是很快就因为大手大脚和打官司挥霍完了。上了年岁后，他拒绝孩子们的接济，只愿意接受慷慨的勃朗宁的救济，来缓解捉襟见肘的生活。在拉格比公学、牛津大学，他的激进共和主义理念总惹麻烦；1808 年，他组织了一帮志愿者帮助西班牙人反抗拿破仑，遂与拜伦和一伙狂想家追随者结成了一伙。华兹华斯和柯尔律治因《抒情歌谣集》出版而享有大名的 1798 年，兰多也出版了《盖比尔》，他与拜伦的相似性在这本书里很明显。

1821 年，兰多的生活遭遇巨变，当时他四十六岁，格拉摩根郡兰托尼修道院的豪华房产已然不存，在科莫又历尽波折，最后在距佛罗伦萨不远的菲耶索莱安宁了一阵子。他赖以成名的经典散文作品就是写于这段平静时期。可惜的是，这种似乎处于风暴中心的平静为时太短，兰多愤怒地离开了家人，回到巴斯，一个人在巴斯住了二十多年。后来，兰多又被卷进一桩诽谤案中，为了躲避，愤怒的老人又逃回了意大利。1864 年，他死在了佛罗伦萨。他的一生可以由他蔑视一切的告别辞里见得一二。

> 我不与任何人争，没有人值得争；
> 自然我热爱，可是最爱的是自然艺术；

我以生命之火暖手；

火熄了，我就要走了。

2. 作品

兰多早期的创作引人注目的是强烈的浪漫主义色彩，例如《盖比尔》就是一首极其浪漫的诗作，其华美可以与拜伦和雪莱的任何一部作品相比。虽然有些诗行很优美、含义深刻，可是始终没有获得世人认可；他所有的诗歌类作品几乎都是这种情形。他的首部诗集出版于1795年，足足过了半个世纪后，最后一部诗集才在1846年出版。这部《希利尼人》中收录了一些早期的拉丁语译诗，如《英雄田园诗》。只要读一下《树神》，把它和第一部诗集中的抒情诗比较一下，就会意识到诗人惊人的文学能量，两部诗集的出版相隔半个世纪之久，可他的诗情丝毫未减。他的诗还是善于表情达意，使用的修辞手法也新奇醒目。

兰多主要靠散文作品在英国文学史中有一席之地。他的散文遵循严格的古典风格，思想深刻，在当代作家中很有影响。最有名的散文作品是六卷本《假想的会话》（1824—1846）。兰多把历史上各地出现过的人物聚拢到一起，有时候是两人谈话，有时候是一伙人谈话。于是，读者就会见到第欧根尼和柏拉图、伊索和埃及的年轻女奴、亨利八世和狱中的安妮·博林、但丁与比阿特丽丝、利奥弗里克与戈黛娃女士，还有其他许多人物，从爱比克泰德到克伦威尔，都可以谈话，一个个各抒己见，谈生命、谈爱情、谈死亡。亨利八世与安妮·博林的会面情形紧张、令人激动，不过这种不多见。一般来说，书中人物的会面与谈话都比较平静，读得多了，不免枯燥。可是话又说回来，读者读这本书，很快就会感到进入了一种既压抑又激动的平静，在高尚的氛围中一览世事，琐琐碎碎全都忘怀了。这本书风格古朴、思想高雅，在文学史中获得了应得的地位。

同样的评论也适用于《伯里克利和阿斯帕西娅》，这是一组假想的书信，讲述了一个小亚细亚的年轻女子阿斯帕西娅的故事，她游历了伯里克利治下的盛世雅典。这是兰多作品中最值得阅读的。其中不仅可见兰多的古典风格，而且更有价值的是，其中有许多超越记载希腊伟大时代史书的场面。

小　结

这一时期自与殖民地作战始，中经 1776 年《独立宣言》，直到 1837 年维多利亚女王登基。只要看一下随后的年表，就会发现两个时限都很含糊。本时期的前半段里，英国动荡不休，国内政治经济麻烦不断，对外则是横跨两个大洲和海洋的战争。它们引发的巨大变革让这一世纪得名"革命时代"。国内外动荡的风暴中心就是法国大革命，这场革命影响了全欧洲的生活和文学。欧洲大陆上，1815 年滑铁卢战役之后拿破仑的倒台显然阻碍了随法国大革命而来的自由的进步。① 可是在英国情形却相反，争取大众自由的动荡一度就要成为一场革命，却稳步发展，直至民主终获胜利。具体表现是《1832 年改革法案》和一系列十分重要的改革，例如选举权的扩大、限制天主教教徒条款的最后取消、国家学校体系的建立，紧随其后的是大众教育的迅速普及和 1833 年所有英国殖民地奴隶制的取消。自然还必须加上蒸汽时代的机器发明催生的诸多变革，这些变革引入了工厂体系，迅速地把英国从农业国家变成

---

① 参看维也纳会议（1814）和神圣同盟（1815）的相关历史。

了工业国家，使这一阶段以工业革命时期而闻名。

这一时期的文学作品主要是诗，思想上几乎全是浪漫主义的。因为，正如人们已经注意到的，与政府中民主精神胜利相伴的就是文学上的浪漫主义。起初，尤其是华兹华斯、拜伦、雪莱的早期作品，满是法国大革命激发的时代动荡和对理想民主的急切渴望。此后，狂热降温，英国作家硕果累累，这一时期成为继伊丽莎白时代之后的又一个创新时期。这一时期有六个重要特征：普遍流行浪漫主义诗歌；司各特创造了历史小说；女性小说家出现，如安·拉德克利弗夫人、简·波特、玛利亚·埃奇沃思，还有简·奥斯丁；文学批评发展了，主要见于兰姆、德·昆西、柯尔律治和哈兹里特的作品；哲学有朝政治和经济发展的趋向，主要见于马尔萨斯、詹姆斯·穆勒、亚当·斯密的作品；重要文学杂志出现，如《爱丁堡评论》《评论季刊》《布莱克伍德杂志》《雅典娜神庙》。

重点学习以下内容：①浪漫主义诗人：1798 年《抒情歌谣集》的重要性；华兹华斯、柯尔律治、司各特、拜伦、雪莱和济慈的生平与作品；②散文作家：司各特的小说；文学批评的发展；随笔作家，如兰姆、德·昆西、兰多和小说家简·奥斯丁的生平和作品。

选读书目

Manly's English Poetry and Manly's English Prose（each one vol. ）contain good selections from all authors studied. Ward's English Poets（4 vols. ）, Craik's English Prose Selections（5 vols. ）, Braithwaite's The Book of Georgian Verse, Page's British Poets of the Nineteenth Century, and Garnett's English Prose from Elizabeth to Victoria, may also be used to advantage. Important works, how-

ever, should be read entirely in one of the inexpensive school edi-
tions given below. (Full titles and publishers may be found in the
General Bibliography at the end of this book.)

Wordsworth. Intimations of Immortality, Tintern Abbey, best
lyrics and sonnets, in Selections, edited by Dowden (Athenaeum
Press Series); selections and short poems, edited by M. Arnold, in
Golden Treasury Series; Selections, also in Everyman's Library,
Riverside Literature Series, Cassell's National Library, etc.

Coleridge. Ancient Mariner, edited by L. R. Gibbs, in Stand-
ard English Classics; same poem, in Pocket Classics, Eclectic
English Classics, etc.; Poems, edited by J. M. Hart, in Athenaeum
Press (announced, 1909); Selections, Golden Book of Coleridge,
in Everyman's Library; selections from Coleridge and Campbell, in
Riverside Literature Series; Prose Selections (Ginn and Company,
also Holt); Lectures on Shakespeare, in Everyman's Library,
Bohn's Standard Library, etc.

Scott. Lady of the Lake, Marmion, Ivanhoe, The Talisman,
Guy Mannering, Quentin Durward. Numerous inexpensive editions
of Scott's best poems and novels in Standard English Classics,
Pocket Classics, Cassell's National Library, Eclectic English Clas-
sics, Everyman's Library, etc.; Lady of the Lake, edited by Edwin
Ginn, and Ivanhoe, edited by W. D. Lewis, both in Standard Eng-
lish Classics; Marmion, edited by G. B. Acton, and The Talisman,
edited by F. Treudly, in Pocket Classics, etc.

Byron. Mazeppa and The Prisoner of Chillon, edited by
S. M. Tucker, in Standard English Classics; short poems, Selec-
tions from Childe Harold, etc., in Canterbury Poets, Riverside Lit-

erature Series, Holt's English Readings, Pocket Classics, etc.

Shelley. To a Cloud, To a Skylark, West Wind, Sensitive Plant, Adonais, etc. , all in Selections from Shelley, edited by Alexander, in Athenaeum Press Series; Selections, edited by Woodberry, in Belles Lettres Series; Selections, also in Pocket Classics, Heath's English Classics, Golden Treasury Series, etc.

Keats. Ode on a Grecian Urn, Eve of St. Agnes, Hyperion, Lamia, To a Nightingale, etc. , in Selections from Keats, in Athenaeum Press Series; Selections also in Muses' Library, Riverside Literature Series, Golden Treasury Series, etc.

Lamb. Essays: Dream Children, Old China, Dissertation on Roast Pig, etc. , edited by Wauchope, in Standard English Classics; various essays also in Camelot Series, Temple Classics, Everyman's Library, etc. Tales from Shakespeare, in Home and School Library (Ginn and Company) ; also in Riverside Literature Series, Pocket Classics, Golden Treasury Series, etc.

De Quincey. The English Mail-Coach and Joan of Arc, in Standard English Classics, etc. ; Confessions of an English Opium-Eater, in Temple Classics, Morley's Universal Library, Everyman's Library, Pocket Classics, etc. ; Selections, edited by M. H. Turk, in Athenaeum Press Series; Selections, edited by B. Perry (Holt).

Landor. Selections, edited by W. Clymer, in Athenaeum Press Series; Pericles and Aspasia, in Camelot Series; Imaginary Conversations, selected (Ginn and Company) ; the same, 2 vols. , in Dutton's Universal Library; Selected Poems, in Canterbury Poets; Selections, prose and verse, in Golden Treasury Series.

Jane Austen. Pride and Prejudice, in Everyman's Library,

Pocket Classics, etc.

参考文献

历史

Text-book. Montgomery, pp. 323 – 357; Cheyney, 576 – 632.

General Works. Green, X, 2 – 4, Traill, Gardiner, Macaulay, etc.

Special Works. Cheyney's Industrial and Social History of England; Warner's Landmarks of English Industrial History; Hassall's The Making of the British Empire; Macaulay's William Pitt; Trevelyan's The Early History of Charles James Fox; Morley's Edmund Burke; Morris's The Age of Anne and The Early Hanoverians.

文学

General Works. Mitchell, Courthope, Garnett and Gosse, Taine (see the General Bibliography).

Special Works. Beers's English Romanticism in the Nineteenth Century; A. Symons's The Romantic Movement in English Poetry; Dowden's The French Revolution and English Literature, also Studies in Literature, 1789 – 1877; Hancock's The French Revolution and The English Poets; Herford's The Age of Wordsworth (Handbooks of English Literature); Mrs. Oliphant's Literary History of England in the End of the Eighteenth and Beginning of the Nineteenth Centuries; Saintsbury's History of Nineteenth Century Literature; Masson's Wordsworth, Shelley, Keats, and Other Essays; Poets and Poetry of the Nineteenth Century, vols. 1 – 3; Gates's Studies and Appreciations; S. Brooke's Studies in Poetry; Rawnsley's Literary Associations of the English Lakes (2 vols.).

Wordsworth. Texts: Globe, Aldine, Cambridge editions, etc. ; Poetical and Prose Works, with Dorothy Wordsworth's Journal, edited by Knight, Eversley edition (London and New York, 1896); Letters of the Wordsworth Family, edited by Knight, 3 vols. (Ginn and Company); Poetical Selections, edited by Dowden, in Athenaeum Press Series; various other selections, in Golden Treasury Series, etc. ; Prose Selections, edited by Gayley (Ginn and Company). Life: Memoirs, 2 vols. , by Christopher Wordsworth; by Knight, 3 vols. ; by Myers (English Men of Letters); by Elizabeth Wordsworth; Early Life (A Study of "The Prelude") by E. Legouis, translated by J. Matthews; Raleigh's Wordsworth; N. C. Smith's Wordsworth's Literary Criticism; Rannie's Wordsworth and His Circle. Criticism: Herford's The Age of Wordsworth; Masson's Wordsworth, Shelley, and Keats; Magnus's Primer of Wordsworth; Wilson's Helps to the Study of Arnold's Wordsworth; Essays, by Lowell, in Among My Books; by M. Arnold, in Essays in Criticism; by Hutton, in Literary Essays; by L. Stephen, in Hours in a Library, and in Studies of a Biographer; by Bagehot, in Literary Studies; by Hazlitt, in The Spirit of the Age; by Pater, in Appreciations; by De Quincey, in Essays on the Poets; by Fields, in Yesterdays with Authors; by Shairp, in Studies in Poetry and Philosophy. See also Knight's Through the Wordsworth Country, and Rawnsley's Literary Associations of the English Lakes.

Coleridge. Texts: Complete Works, edited by Shedd, 7 vols. (New York, 1884); Poems, Globe, Aldine, and Cambridge editions, in Athenaeum Press Series (announced, 1909), Muses' Library, Canterbury Poets, etc. ; Biographia Literaria, in Everyman's Library; the same, in Clarendon Press; Prose Selections, Lectures on Shakespeare, etc. (see Selections for Reading, above); Letters, edited by E. H. Coleridge (London, 1895). Life: by J. D. Campbell; by Traill (English Men of Letters); by Dykes; by Hall Caine (Great Writers Series); see also Coleridge's Biographia Literaria, and Lamb's essay "Christ's Hospital" in Essays of Elia. Criticism: Brandl's Coleridge and the English Romantic Movement; Essays, by Shairp, in Studies in Poetry and Philosophy; by Woodberry, in Makers of Literature; by J. Forster, in Great Teachers; by Dowden, in New Studies; by Swinburne, in Essays and Studies; by Brooke, in Theology in the English Poets; by Saintsbury, in Essays in English Literature; by Lowell, in Democracy and Other Essays; by Hazlitt, and by Pater (see Wordsworth, above). See also Beers's English Romanticism; Carlyle's chapter on Coleridge, in Life of John Sterling.

Southey. Texts: Poems, edited by Dowden (Macmillan); Poetical Works (Crowell); Selections in Canterbury Poets; Life of Nelson, in Everyman's Library, Temple Classics, Morley's Universal Library, etc. Life: by Dowden (English Men of Letters). Criticism: Essays, by L. Stephen, in Studies of a Biographer; by Hazlitt and Saintsbury (see above).

Scott. Texts: Numerous good editions of novels and poems. For single works, see Selections for Reading, above. Life: by Lockhart, 5 vols. (several editions; best by Pollard, 1900); by Hutton (English Men of Letters); by A. Lang, in Literary Lives; by C. D.

Yonge (Great Writers) ; by Hudson ; by Saintsbury (Famous Scots Series). Criticism: Essays, by Stevenson, Gossip on Romance, in Memories and Portraits ; by Shairp, in Aspects of Poetry ; by Swinburne, in Studies in Prose and Poetry ; by Carlyle, in Miscellaneous Essays ; by Hazlitt, Bagehot, L. Stephen, Brooke, and Saintsbury (see Coleridge and Wordsworth, above).

Byron. Texts: Complete Works, Globe, Cambridge Poets, and Oxford editions ; Selections, edited by M. Arnold, in Golden Treasury Series (see also Selections for Reading, above) ; Letters and Journals of Byron, edited by Moore (unreliable). Life: by Noel (Great Writers) ; by Nichol (English Men of Letters) ; The Real Lord Byron, by J. C. Jeaffreson ; Trelawny's Recollections of Shelley and Byron. Criticism: Hunt's Lord Byron and His Contemporaries ; Essays, by Morley, Macaulay, Hazlitt, Swinburne, and M. Arnold.

Shelley. Texts: Centenary edition, edited by Woodberry, 4 vols. ; Globe and Cambridge Poets editions ; Essays and Letters, in Camelot Series (see Selections for Reading, above). Life: by Symonds (English Men of Letters) ; by Dowden, 2 vols. ; by Sharp (Great Writers) ; by T. J. Hogg, 2 vols. ; by W. M. Rossetti. Criticism: Salt's A Shelley Primer ; Essays, by Dowden, in Transcripts and Studies ; by M. Arnold, Woodberry, Bagehot, Forster, L. Stephen, Brooke, De Quincey, and Hutton (see Coleridge and Wordsworth, above).

Keats. Texts: Complete Works, edited by Forman, 4 vols. (London, 1883) ; Cambridge Poets edition, with Letters, edited by H. E. Scudder (Houghton, Mifflin) ; Aldine edition, with Life, edited by Lord Houghton (Macmillan) ; Selected Poems, with introduction and notes by Arlo Bates (Ginn and Company) ; Poems, also in Everyman's Library, Muses' Library, Golden Treasury Series, etc. ; Letters, edited by S. Colvin, Eversley edition. Life: by Forman, in Complete Works; by Colvin (English Men of Letters) ; by W. M. Rossetti (Great Writers) ; by A. E. Hancock. Criticism: H. C. Shelley's Keats and His Circle; Masson's Wordsworth, Shelley, Keats, and Other Essays; Essays, by M. Arnold, in Essays in Criticism, also in Ward's English Poets, vol. 4; by Hudson, in Studies in Interpretation; by Lowell, in Among My Books, or Literary Essays, vol. 2; by Brooke, De Quincey, and Swinburne (above).

Lamb. Texts: Complete Works and Letters, edited by E. V. Lucas, 7 vols. (Putnam) ; the same, edited by Ainger, 6 vols. (London, 1883 – 1888) ; Essays of Elia, in Standard English Classics, etc. (see Selections for Reading) ; Dramatic Essays, edited by B. Matthews (Dodd, Mead) ; Specimens of English Dramatic Poets, in Bohn's Library. Life: by E. V. Lucas, 2 vols. ; by Ainger (English Men of Letters) ; by Barry Cornwall; Talfourd's Memoirs of Charles Lamb. Criticism: Essays, by De Quincey, in Biographical Essays; by F. Harrison, in Tennyson, Ruskin, Mill, and Other Literary Estimates; by Pater, and Woodberry (see Wordsworth and Coleridge, above). See also Fitzgerald's Charles Lamb, His Friends, His Haunts, and His Books.

De Quincey. Texts: Collected Writings, edited by Masson, 14 vols. (London, 1889 – 1891) ; Confessions of an Opium-Eater, etc. (see Selections for Reading). Life: by Masson (English Men of Letters) ; Life and Writings, by H. A. Page, 2 vols. ; Hogg's De

Quincey and His Friends; Findlay's Personal Recollections of De Quincey; see also De Quincey's Autobiographical Sketches, and Confessions. Criticism: Essays, by Saintsbury, in Essays in English Literature; by Masson, in Wordsworth, Shelley, Keats, and Other Essays; by L. Stephen, in Hours in a Library. See also Minto's Manual of English Prose Literature.

Landor. Texts: Works, with Life by Forster, 8 vols. (London, 1876); Works, edited by Crump (London, 1897); Letters, etc. , edited by Wheeler (London, 1897 and 1899); Imaginary Conversations, etc. (see Selections for Reading). Life: by Colvin (English Men of Letters); by Forster. Criticism: Essays, by De Quincey, Woodberry, L. Stephen, Saintsbury, Swinburne, Dowden (see above). See also Stedman's Victorian Poets.

Jane Austen. Texts: Works, edited by R. B. Johnson (Dent); various other editions of novels; Letters, edited by Woolsey (Roberts). Life: Austen-Leigh's Memoir of Jane Austen; Hill's Jane Austen, Her Home and Her Friends; Mitton's Jane Austen and Her Times; by Goldwin Smith; by Maiden (Famous Women Series); by O. F. Adams. Criticism: Pollock's Jane Austen; Pellew's Jane Austen's Novels; A. A. Jack's Essay on the Novel as Illustrated by Scott and Miss Austen; H. H. Bonnell's Charlotte Brontë, George Eliot, and Jane Austen; Essay, by Howells, in Heroines of Fiction.

Maria Edgeworth. Texts: Tales and Novels, New Langford edition, 10 vols. (London, 1893); various editions of novels (Dent, etc.); The Absentee, and Castle Rackrent, in Morley's Universal Library. Life: by Helen Zimmerman; Memoir, by Hare.

Mrs. Anne Radclife. Romances, with introduction by Scott, in Ballantynes' Novelists Library (London, 1824); various editions of Udolpho, etc.; Saintsbury's Tales of Mystery, vol. i. See Beers's English Romanticism.

Moore. Poetical Works, in Canterbury Poets, Chandos Classics, etc.; Selected poems, in Golden Treasury Series; Gunning's Thomas Moore: Poet and Patriot; Symington's Life and Works of Moore; Essay, by Saintsbury.

Campbell. Poems, Aldine edition; Selections, in Golden Treasury Series. Life, by Hadden.

Hazlitt. Texts: Works, edited by Henley, 12 vols. (London, 1902); Selected Essays, in Temple Classics, Camelot Series, etc. Life: by Birrell (English Men of Letters); Memoirs, by W. C. Hazlitt. Criticism: Essays, by Saintsbury; by L. Stephen.

Leigh Hunt. Texts: Selected Essays, in Camelot Series, also in Cavendish Library (Warne); Stories from the Italian Poets (Putnam). Life: by Monkhouse (Great Writers). Criticism: Essays, by Macaulay; by Saintsbury; by Hazlitt. See also Mrs. Field's A Shelf of Old Books.

思考题①

1. 为什么浪漫主义时期（1798—1837）又名革命时代？以自己阅读的诗和文章为例说明法国大革命对英国文学产生影响的原因。解释古典主义和浪漫主义之间的差别。你喜爱哪

---

① 注意：像浪漫主义这样的时期，要仔细阅读的诗歌和散文较多，差别较大，所以以下题目中只尝试提出关于阅读选择的一般性问题。

一种？

2. 这一时期文学的一般特征是什么？司各特和简·奥斯丁的小说表明了怎样的对立倾向？拜伦和华兹华斯的诗呢？

3. 简述华兹华斯的生平，列举几首他的佳作。为什么《抒情歌谣集》（1798）标志着重要的新文学时代开始？仔细阅读、分析《不朽颂》和《丁登寺》。可否解释华兹华斯的《给弥尔顿的十四行诗》和《法国革命》两首诗中所提到的政治形势？他在《威斯敏斯特桥的十四行诗》中是要描画一幅景象呢，还是别有目标？《责任颂》的中心思想是什么？比较华兹华斯的两首云雀诗与雪莱的相应诗作。从思想、音韵、自然观和意象的角度比较华兹华斯、莎士比亚和弥尔顿的十四行诗。引用华兹华斯的诗分别证明他认为自然是有意识的信念，揭示自然对人的影响，展示他对孩童的兴趣以及他对声音的敏感，证明悲伤的净化影响。简单比较华兹华斯《米迦勒》和彭斯《农场雇工的周六之夜》中的人物形象。以三首《致一朵山菊》为例，比较华兹华斯与彭斯的同主题诗的视角和方法。

4. 柯尔律治的生活有什么普遍特点？怎么解释他诗中反映的对人类的深厚同情？除了诗作，他还有什么引人瞩目的地方？可否引用他诗中的片段展示华兹华斯对他的影响？《古舟子咏》中有哪些人物？这首诗在哪一方面是浪漫的？解释它受人们喜爱的原因。这首诗的思想或风格给你留下了深刻印象吗？如果你读过《莎士比亚讲演集》，解释为什么柯尔律治的作品被称为浪漫主义批评。

5. 讲述司各特的生平故事，列举他的主要诗作与小说。可否谈论表现他英雄主义的诗作片段？他为什么被称为"北方奇才"？他的诗有什么普遍特点？选一首古代歌谣与《马米恩》比较，着意人物、故事的戏剧趣味、写作风格。在哪个意义上他是历史小说的创造者？他为什么得到了读者的长久关注？着重这个方面，比较他与简·奥斯丁。在你的印象中，他笔下的哪个人物最生动？列举几部如今模仿司各特或者表现出司各特影响的小说。阅读《艾凡赫》和《湖上夫人》，简要评述这两部作品的风格、情节、戏剧性、历险和不同人物性格与自然的契合度。

6. 为什么称拜伦为革命诗人？（以诗歌为例说明。）拜伦作品的一般特点是什么？他以写什么诗见长？（以《恰尔德·哈洛尔德游记》为例说明。）描述典型的拜伦式英雄。可否解释拜伦作品最初十分流行，后来影响减弱的原因？为什么在欧洲大陆还有人喜欢他？他的诗里有更多的思想和情感吗？请从这个角度比较他与雪莱、华兹华斯。拜伦和华兹华斯哪一个更加优秀？哪一个更幽默？哪一个心灵更健康？谁的诗歌理想更崇高？哪一个更能启发人、更有教益？若说拜伦的本质是力量，而不是魅力，是否公正？

7. 雪莱的诗有什么主要特征？是以思想、格式还是意象见长？哪些诗能见出法国大革命的影响？《尤根尼亚山中抒情》这首诗的主题是什么？雪莱在《含羞草》中要传达什么？雪莱的诗《云》《西风颂》中的自然观与华兹华斯《序曲》《丁登寺》《咏水仙》中的自然观有什么不同？《阿多尼》是一首什么诗？这首诗的主题是什么？再列举几首这种诗。雪莱在诗中是怎么刻画自己的？比较雪莱的《阿多尼》和弥尔顿的《黎西达斯》，考查诗中所表达的死后有灵观念。雪莱最喜欢描述什么情景？比较雪莱、华兹华斯与拜伦作品中的人物。你记得雪莱写过哪些关于普通人物或普通经历的诗吗？

8. 济慈《希腊古瓮颂》中所表达的诗歌信念的本质是什么？他的生平与写作有什么突出之处？他的早期诗作与雪莱和拜伦同时期的诗作有什么显著差别？他的诗作的主题是什么？什么诗作可以分别见出经典著作和伊丽莎白时代戏剧的影响？可否解释为什么他的作品被称为文学诗？济慈和雪莱往往被归在一类，他们的诗作有什么相似之处？解释一下济慈为什么在《圣艾格尼丝之夜》中写入代人祈福者。列举几个诗中提到的文友。比较济慈、华兹华斯、拜伦笔下的人物。济慈能让你想起斯宾塞吗？哪些方面有联系？华兹华斯、拜伦、雪莱和济慈这些诗人中，你个人喜欢哪一个？为什么？

9. 简述兰姆的生平并列举他的主要作品。他为什么被称为最有人情味的散文家？朋友们称他"伊丽莎白时代最后一人"，为什么？《伊利亚随笔》有什么特点？他的性格是怎样体现在散文里的？试举几例说明兰姆刻画人物的技巧。试从散文的主题处理、风格、幽默和趣味几个方面比较兰姆和艾迪生。你更喜欢哪一个，为什么？

10. 德·昆西的散文有什么特点？他为什么被称为"风格心理学家"？他作品里的某些虚构因素是什么因素造成的？从《英国邮车》《圣女贞德》《拉文那》《痛苦圣母》中挑选片段阅读，随后评论，主要考虑风格、观点和它留给人们现实和非现实的印象。

11. 兰多的哪些方面表明他脱离了浪漫主义？为什么兰多的诗会留在人们的记忆里？例如，为什么兰多总是想起《罗丝·艾尔默》？以其诗歌为例说明他的柔和、他对美的敏感、他唤醒情感的力量，以及他塑造人物的精巧。他的散文里是不是也有类似品质？可否说明为什么他的大多数散文似乎是译自希腊语？从《假想的会话》中选取一个片段，再从吉本或约翰逊的作品中选取片段进行对比，看看古典主义和伪古典主义的差别。选取《假想的会话》中的人物，对比他与历史上的人物。

12. 简·奥斯丁脱离浪漫主义表现在哪些方面？她为小说做出了什么贡献？她的作品与什么样的小说相对立？她的小说有什么魅力？从主题、人物、处理方式和双层叙述等方面简单比较一下简·奥斯丁和司各特（以《傲慢与偏见》和《艾凡赫》为例）。简·奥斯丁的人物要作者加以解说，还是自己表现自己？她的哪个方法还需要文学技巧的提高？简·奥斯丁在《诺桑觉寺》中是怎么评论拉德克利弗夫人的？她对 18 世纪的小说家还有其他评价吗？

大事年表

18 世纪 60 年代至 19 世纪 60 年代			
历史		文学	
1760—1820	乔治三世		
		1770—1850	华兹华斯在世
		1771—1832	司各特在世
1789—1799	法国大革命		
		1796—1816	简·奥斯丁的小说
		1798	华兹华斯和柯尔律治的《抒情歌谣集》
1800	大不列颠与爱尔兰联合		
1802	殖民澳大利亚	1802—1803	司各特的《苏格兰边地歌谣集》
1805	特拉法尔加战役	1805—1817	苏格兰诗
1807	取缔奴隶贸易	1807	华兹华斯的《不朽颂》、兰姆的《莎士比亚戏剧故事集》

续表

18 世纪 60 年代至 19 世纪 60 年代

历史		文学	
1808—1814	半岛战争		
		1809—1818	拜伦的《恰尔德·哈洛尔德游记》
1812	与美国第二次交战	1810—1813	柯尔律治的《莎士比亚讲演集》
1814	维也纳议会	1814—1831	威弗利系列小说
1815	滑铁卢之战		
		1816	雪莱的《阿拉斯特》
		1817	柯尔律治的《文学传记》
		1817—1820	济慈的诗
		1818—1820	雪莱的《解放了的普罗米修斯》
1819	第一艘大西洋汽船		
1820	乔治四世（1820—1830）	1820	华兹华斯的《达登十四行诗》
		1820—1833	兰姆的《伊利亚随笔》
		1821	德·昆西的《一个英国鸦片吸食者的自白》
		1824—1846	兰多的《假想的会话》
1826	首个禁酒协会		
1829	天主教徒解放法案		
1830	威廉四世（1830—1837）	1830	丁尼生早期的诗
	第一条铁路开通		
		1831	司各特最后一部小说出版
1832	《1832 年改革法案》		
1833	解放奴隶	1833	卡莱尔的《旧衣新裁》
			勃朗宁的《波琳》
1834	国民教育体系		

18 世纪 60 年代至 19 世纪 60 年代			
历史		文学	
1837	维多利亚女王（1837—1901）		
		1853—1861	德·昆西的文集出版

第五章 维多利亚时代(1850—1900)

第一节 进步和动荡的现代

1837 年维多利亚成为女王,与浪漫主义时期诗歌的丰产相比,英国文学似乎进入了荒年。柯尔律治、雪莱、济慈、拜伦和司各特已经去世,似乎没有作家可以填补这个空白。1835年,华兹华斯写道:

> 像云扫过山尖,
>
> 或没有约束的波浪,
>
> 兄弟多么迅速地相随,
>
> 从阳光进入了阴暗之地!

这几行诗表达的是 19 世纪早期文学人士的忧伤,他们忘不了刚刚逝去的时代的辉煌。可是这前几年的贫瘠只是表面现象,不是事实。的确,济慈和雪莱去世了,可是已经有三位追随者出现,他们注定要比他们的前辈受欢迎。丁尼生从 1827 年起就发表诗作了,他的早期作品几乎与拜伦、雪莱和济慈的后期作品同时面世。可是,直到 1842 年,他的两卷本诗集问世,英国文坛才认可他是文学领袖之一。伊丽莎白·巴雷特从 1820 年就开始写作了,可是过了二十年她的诗才合乎情理地流行起来;勃朗宁 1833 年就发表了《波琳》,可是读者开始认识到他的力量和独创性却是在 1846 年他最后的诗集《铃铛与石榴》面世的时候。而且,虽然浪漫主义似乎过去了,一大批了不起的散文作家——狄更斯、萨克雷、卡莱尔和罗斯金——已经开始一个新时代的文学辉煌，这个时代的成就仅次于伊丽莎白时代和浪漫主义时期。

一 历史概要

在这个伟大时代的众多社会和政治力量中，有四件事十分醒目。

第一，盎格鲁-撒克逊人争取个人自由的漫长斗争最终尘埃落定，民主成为大势所趋。人类普遍软弱和无知的时代出现的国王，还有与他一起出现的得意扬扬的臣僚，都被剥夺了权力，成了往事，国王成了名义上的元首。个人政府和统治者权力神授的痕迹消失了；下议院成为英国的执政力量；一系列改革法案迅速扩大了选举权，直到英国人民人人都能自己选举代表他们的人。

第二，这是一个民主的时代，也是教育普及、宗教宽容的时代，人们之间日益友好，社会却激荡不已。1833 年奴隶获得自由，可是到了 19 世纪中叶，英国人醒悟到，奴隶不一定就是被从非洲劫走在市场上像牛一样出售的人，那些在矿山、工厂工作的男男女女、孩童也是奴隶，他们更是可怕的工业和社会奴隶制度的牺牲品。自维多利亚时代以来，解放这些非自然竞争的被迫牺牲品就是人们的目标，这个目标今日更加迫切。

第三，这是民主的时代、教育发展的时代，因而是相对和平的时代。英国开始更多地思考战争的道德恶果，而不是其浮华和不实。国民意识到战争带来的负担、悲哀和贫困是由普通人承担的，战争带来的政治与经济利益却归了特权阶级。此外，随着贸易和友好外交关系的发展，英国在国内争取的社会平等显然属于全人类；兄弟情义是普遍的，不是谁独享的；正义也不能靠战争确立，战争一般地说只是全然的恐惧和野蛮。了不起的改革法案吸引人们的目光的时候，丁尼生已经成年，他表达了当时宣扬和平的自由主义者的信念。

> 直到战鼓不再擂响，战旗卷起
> 在人类的议会，那世界的联盟里。

第四，维多利亚时代，艺术、科学与机械发明发展迅速。只要查阅一下 19 世纪的工业成就记录就会了解其发展速度，从纺纱机到汽船、从火柴到电灯，此处也不必重复这个名单。教育提升、实用发明都影响了一个民族的生活，散文和诗必然要有反映；尽管人们太关注科学和机械，难以决断它们对文学的影响。这些新事物存在时间长了，就成了乡村道路一样司空见惯的东西，也会被更新、更好的事物替代。它们也就进入了人们的联想和记忆，写铁路的诗也就变得像华兹华斯写《威斯敏斯特桥的十四行诗》一样含义深刻了；可能在未来的某个更了不起的时间，今天街头工厂里拥拥挤挤的工人们也像中世纪节奏缓慢的耕田人一样古雅而富有诗意。

二　文学特征

若留心维多利亚女王的家谱，就会惊奇地发现女王的血管里既流动着征服者威廉的血，也流动着英国第一位撒克逊国王塞尔迪克的血；而这也似乎成了她这个时代文学的特征，文学同时拥抱着撒克逊和诺曼的生活，一个有力量有理想，另一个有文化而雅致。浪漫主义复兴已经完成使命，英国进入了自由时期，每一种文学形式，从最纯粹的传奇到粗糙的现实记叙，都竞相发声。今天，显然不可能从整体上判定这个时代，可是我们距这个时代前半期已经有相当长的时间了，可以留意到几个明确的特征。

第一，尽管这个时代有不少诗人，其中两位足可跻身最伟大者之列，可确实无误，这是一个散文时代。教育普及了，读者的数量成千倍地增长，所以这个时代也是报纸、杂志和现代小说的时代。报纸和杂志书写日常世界生活的故事，而小说既是展示现代问题和现代理念的最成功的途径，也是最令人愉快的文学娱乐形式。伊丽莎白时代戏剧所扮演角色在该时代由小说替代了；就语言、时代说，小说的数量、成功都是前所未有的。

第二，这一时期的散文和诗歌似乎都脱离了纯粹的艺术标准，也就是不再为艺术而艺术了，而是被一个确定的道德目标激励着。丁尼生、勃朗宁、卡莱尔和罗斯金，他们毫不含糊地坚守自己的信念，坚定地赞同道德目标、宣扬道德目标。除了说他们是英国文学的导师之外还能是别的什么呢？甚至小说也脱离了司各特的浪漫主义影响，现实地探讨生活，揭示生活可能是什么样子，应该是什么样子。无论人们读的是狄更斯的乐趣和柔情，还是萨克雷的社会缩影，或者是乔治·艾略特的心理研究，可以发现他们都有确定的目的，要扫除谬误，揭示隐藏的真实人性。因此这个时代的小说做的事情就像莱尔和达尔文为科学所做的事情一样，就是要发现真理，要揭示如何才可以培养人性。可能也是这个原因，维多利亚时代不是一个浪漫主义的时代，而是一个现实主义的时代，不是左拉和易卜生的现实主义，而是更深刻的现实主义，它要讲出整个真理，实在地揭示精神和肉体的疾病，把健康和希望确立为人性的正常状态。

　　第三，人们遵从科学以退化名义设定的人类和宇宙理念，已经习惯认定这个时代是充满怀疑和悲观的。这个时代也被认为是平庸的时代，缺乏伟大的理想。这些议论似乎都源于我们判定的是一个巨大得难以把握平衡的事物，而且距离我们太近。就像世界上最完美的建筑之一科隆大教堂一样，站在它的高墙和扶垛之下，距离太近地观察，就会觉得它只是一堆胡摆乱放的石头。丁尼生的不成熟之作就像小诗人的作品一样，有时候就是令人怀疑又绝望的勉强之作，不过他的《悼念集》就像暴风雨后的彩虹。勃朗宁《拉比·本·以斯拉》中有一种雄健豪迈的信仰，他的所有诗中弥漫的勇气乐观似乎更长于代表时代精神。斯特德曼的《维多利亚诗选》大体上是一本令人振奋的诗选，还没有哪一个时代有这么丰富的喝彩声。一些伟大的散文家，如麦考莱、卡莱尔和罗斯金，以及一些伟大的小说家，如狄更斯、萨克雷和乔治·艾略特都让人们对人性更宽容、更有信心了。

　　这样来说，认为这个时代太注重实际，不关注伟大理想可能只是一个只见谷壳却忘记里面饱满的谷粒的判断。要知道斯宾塞和锡德尼也曾断言他们的时代（我们如今认为这个时代是英国文学史上最伟大的时期）一心关注物质，文学上没有伟大之处。正如时光让我们对他们的盲目微微一笑，下一个世纪或许会纠正人们对这个世纪太物质的判断，关注这个时代人们之间宽容与友好的增长，看到对人类信念的文学表达，可能会认为维多利亚时代在整体上是世界历史上最高尚、最鼓舞人心的时代。

第二节　维多利亚时代的代表性诗人

一　阿尔弗雷德·丁尼生（1809—1892）

> 哦，年轻的水手，
> 你自港湾来
> 在海边岩石下，
> 你看着
> 那灰白头发的魔术师
> 眼里满是好奇，
> 我是梅林，
> 而我将死，
> 我是梅林
> 跟随着那灵光。
> ……
>
> 哦，年轻的水手，
> 下到港湾去
> 呼唤你的同伴，
> 开出你的船只，
> 再鼓起你的帆，
> 又，在它消失之前
> 消失在水滨，
> 跟着它，追着它，
> 跟随着那灵光。

读者若读令人难忘的《魔法师与灵光》，就会感受到诗人一生的思想，包括他对诗中理想的全身心专注，他的早期浪漫印象以及挣扎、疑虑和得意，还有他传递给人类的激动信息。整个维多利亚时代，丁尼生都是英国诗坛的顶尖人物。1850年华兹华斯去世，他被任命为桂冠诗人，这任命很恰当。在获得这顶桂冠的诗人中，丁尼生自知使命非凡，他努力填补空白，给这一称号带来了荣耀。丁尼生在这半个世纪中不仅是一个个体、一个诗人，还是一种声音——一个民族的声音，以精美的音韵表达了人们的疑虑、信仰和悲欢。他的诗作丰富多样，展现着英国伟大诗人的特征。斯宾塞的梦幻、弥尔顿的雄伟、华兹华斯的自然质朴、布莱克和柯尔律治的幻想、济慈和雪莱的音韵、司各特和拜伦的叙事力量——所有这些鲜明的特征在丁尼生的源源不断的诗中都有明显的痕迹。他的作品唯一缺乏的是伊丽莎白时代的戏剧化力量。蒲柏表现的是18世纪早期的做作，丁尼生展现的则是这个进步时代的不安分精神。因此，诗人丁尼生表达的个人性格少、民族精神多，他可能是维多利亚时代最有代表性的文学人物。

（一）生平

丁尼生的一生不寻常，从生到死他似乎只有一个念头，就是诗。他没有非凡的经历，不用播种燕麦，既无巨大的成功，也无巨大的挫折，不打理生意，也不担任公职。从1827年《两兄弟诗作》面世，到1892年去世，六十六年来，他一直心无旁骛地钻研诗歌艺术。在这一方面，只有诗友勃朗宁与他相似，可是其实两个人差别很大。丁尼生天性羞怯，对人冷淡，不喜欢与人交往，厌恶喧嚣和抛头露面，他像华兹华斯，愿意一个人静享自然。可勃朗宁却喜欢交游、喜欢喝彩声，喜欢世人、游历和大千世界的纷纷扰扰。

1809 年丁尼生出生在林肯郡索姆斯比的教区长住宅里。他早期的诗比任何传记都能表现他幼年生活的美好。他是勤奋好学的神职人员乔治·克莱顿·丁尼生牧师的十二个孩子中的一个，他的母亲是伊丽莎白·菲奇，温柔可爱，"不博学，可是持家宽厚"，《公主》一诗的结尾就是诗人作为儿子向母亲的真诚致意。有趣的是这家里的孩子多数都有诗才，他的两个哥哥查尔斯和弗雷德里克当时要比他有前景得多。

阿尔弗雷德·丁尼生
（依照乔治·弗雷德里克·瓦茨的照片绘制）

丁尼生七岁时，为了到一所有名的文法学校上学，就去了劳斯郡的祖母家。人的记忆都会淡化辛苦，令回忆美好起来，可是这些都不能减去丁尼生对学校生活的痛恨。他不像柯珀怕野蛮的同学，他怕的是老师，蛮横的老师在校门上贴上一条令人不快的拉丁文题词，那是所罗门以棍棒管理孩子的建议。在今天这个讲究心理学的时代，孩子要比课程重要，人们要培养的是男孩女孩，而不是拉丁文和算术。当人们阅读卡莱尔描写小学校长的文字时，会感到惊奇，显然这个校长与丁尼生的老师属于一类人，他"有一种叫记忆的才能，了解人类的灵魂，体力强健，以桦树条塑造心灵"。丁尼生度过四年不如意的学校生活后回家了，因为有父亲教他学问，当时他已经可以读大学了。他与哥哥们写了不少诗，最初的尝试在1827年的一本诗集《两兄弟诗作》中面世了。次年他又到了剑桥大学三一学院，在剑桥他成了一个小圈子的中心人物，这个小圈子的领袖是青年诗人亚瑟·亨利·哈勒姆。

在大学里，丁尼生很快便因诗才成为名人，入学两年后，他以《廷巴克图》一诗获得了校长奖章，自然，该诗的主题是校长指定的。此后不久，丁尼生出版了第一部署名作品《抒情诗》（1830），今天看来，书中的诗有些生涩、令人失望，可是其后期诗作的征兆已经显现。诗集中明显可见拜伦对早期诗人的影响。也可能是受拜伦的影响，丁尼生与朋友哈勒姆不久就乘船前往西班牙，想要加入反对斐迪南国王的起义。这纯粹是一场革命冒险，结果令人尴尬，这让人们想起约克公爵和他的一万战士——"一天他率领着他们上了小山，又浩浩荡荡地下了山"。从文学角度看，这个经历也不是没有意义。比利牛斯山脉的狂野之美留在了诗人心中，又清晰地出现在《俄诺涅》一诗里。

1831年，丁尼生没有拿到学位就离开了大学。他这么做的原因不清楚，他家境贫困，贫穷也许是一个重要原因。几个月后，他父亲就去世了；由于新教区长的慷慨，一家人才得以继续住在索姆斯比的教区长住宅里。丁尼生就像隐居在霍尔顿的弥尔顿一样在这里深居简出生活了近六年。他博览群书，亲近大自然，苦苦思索令英国人恼怒的改革法案问题，空闲时间才写诗。1832年晚些时候，他这一时期的成果以一本诗集的形式面世了，诗很了不起，诗集名字却简单，就叫《诗》。他当时仅二十三岁，诗集中的诗却形式多样、音韵优美。值得我们喜悦地阅读、珍视的有《食莲者》《艺术之宫》《梦中的美人》《磨坊主的女儿》《俄诺涅》《女郎夏洛特》；可是《评论季刊》的批评家以前就抨击过他的作品，此时态度依然严苛，毫不留情。不幸的是丁尼生十分敏感，结果自然让人不快。1833 年，朋友哈勒姆死亡，丁尼生一段时间都很抑郁、忧伤；精美的短诗"碎了，碎了，碎了，在你冰冷的灰石上，哦，大海！"里面就有这种忧伤的表达，这是他为朋友发表的第一首挽诗。粗暴偏激的批评深深刺激了他，读者若是读过他的传记，再读《魔法师与灵光》，就会发现批评对他的伤害之深。

哈勒姆死后差不多十年时间，丁尼生没有发表任何作品，一家人行踪不定，不时迁徙，在英国四处搬家，寻找平静。尽管不发声，丁尼生还是在写诗，就是在忧伤的迁徙岁月里，他开始创作不朽的《悼念集》和《国王的田园诗》。1842 年，几个朋友劝他把作品公之于世，他犹犹豫豫地出版了《诗集》。《诗集》瞬即大获成功，其中包括之前提到的为哈勒姆写的完美的挽歌，如《尤利西斯》和《亚瑟之死》这样宏伟的无韵体诗，还有精巧的田园诗，如《多拉》和《园丁的女儿》。后者甚至引起了华兹华斯的兴趣，他给丁尼生写信说他一辈子都想写一首《多拉》一样的田园诗，可是却没有写出来。从这时候起，丁尼生对自己对作品越来越有信心，他在英国诗坛最知名也最受爱戴的诗人的地位也逐渐确立。

1850 年是丁尼生的幸运之年。他继华兹华斯之后被任命为桂冠诗人，同年他与艾米莉·塞尔武德结婚。

> 她柔和的意志改变我的命运
> 让我的生命成为芳香的祭坛火焰

他与艾米莉相恋已经十三年，可是他太穷，结不起婚。1850 年还有一件大事，就是《悼念集》的出版，这本书他断断续续写了十六年，应该是他流传最久远的诗了。三年后，他用作品挣来的钱租下怀特岛上的法令福德居所，这是他离开索姆斯比的教区长住宅之后第一次安居下来。

此后四十年，丁尼生就像华兹华斯一样，在"平和宁静里"度过时光，静静地写作，广交朋友。从和善而富有同情心的维多利亚女王到自己庄园的雇工，他的朋友有显赫的，有卑微的。丁尼生对朋友一视同仁，满怀真诚。在朋友们眼中，他始终如一，质朴、强健、宽容、高尚。卡莱尔描述他"有风度、五官丰满、目光微暗、古铜色皮肤、头发乱蓬蓬——十分文静、友好、实诚"。他喜欢一个人待着，讨厌抛头露面，大海两岸的无数游客前来拜访他，一定要见到他本人，这有时候令他受不了。为了躲开干扰，他在萨里的奥尔德沃斯买了地，又建造了一所房子。当然，他一年中的大部分时光还是在法令福德的家里度过。

丁尼生精力过人，情感充沛，笔耕不辍，只要翻看他的作品就会明白。差一点的诗如《公主》，是他初期的作品。他不听挚友相劝所写的戏剧作品瑕疵也不少。可是说到底，他的大部分诗作创意新奇，活力四射。他在奥尔德沃斯去世，那是一个月夜，身边放着莎士比亚的《辛白林》，书翻到"挽歌"一页，家人围在旁边。

> 不再怕太阳的热，
> 也不怕严冬的凶猛；
> 你的尘世的使命已完成，
> 归去家园，拿好你的报酬。

丁尼生的坚强、高尚反映在他最好的一首诗《过沙洲》里，这首诗写于他八十一岁时，他希望把它作为诗集的压卷之作。

> 落日与晚星，
> 还有一个给我的明确召唤！
> 愿没有沙洲的哀叹，
> 我出航，
> 可这样浑厚的潮汐，移动，如沉睡着，
> 激不起喧嚣和泡沫，
> 它们从无边的深海而来
> 如今又回归故乡。
> 暮色和傍晚的钟声，
> 随后就是昏黑！
> 愿没有离别的哀伤，
> 我启程时；
> 因为穿越远方时空界限
> 潮水会带我远行，
> 我希望见到领航人
> 穿过沙洲后。

（二）作品

开始阅读丁尼生，心里应该默记两个要点。第一，丁尼生的诗阅读欣赏易，研究难，这些作品适宜于人们在餐桌边阅读，就像每天享受锻炼一样。第二，最好想办法在青年时期开始阅读丁尼生的作品。他与勃朗宁不同，欣赏勃朗宁一般需要成熟的心态，丁尼生的创作目的不是教导，而是愉悦、鼓舞。

只有青年人能充分欣赏他，可不幸的是，除了极少的例外，人们的学校时光过去后，青春也就过去了。诗的秘密，尤其是丁尼生的诗的秘密就是永远的青春，就像伊甸园里的亚当，刚自上帝手中创造出来，眼前是一个新世界，新鲜、精彩、令人振奋。

1. 早期的诗与戏剧

除非是想全面了解这一时期的诗歌情形，否则丁尼生早期的诗作和后期的剧作都可以弃之不顾。不过意见也不统一，但一般的判断似乎是早期的诗作受拜伦影响太大，若与丁尼生中期的杰作相比，这些诗就显得比较生涩。戏剧作品一共有七部，他立志要以一组系列剧表现英国的大部分历史。《贝克特》是其中的佼佼者，在舞台上得到了许多好评；其他剧只能表明丁尼生缺乏戏剧才能，也缺乏成功戏剧家的幽默感。

2. 《公主》和《莫德》

此外，丁尼生的诗作还有很多，每个读者都该依照自己的喜好去选择。① 前文说到的 1842 年版《诗集》最值得一读。《公主》（1847）是一首无韵体诗，三千多行，丁尼生在诗中回答了关于女性权利和阶层的质疑，当时就冒犯了大众，现在依然。在这首诗里，一个婴孩最后解决了哲学家一直思考的关于人类社会的问题。其中的短诗，如《泪水，空流的泪水》《军号歌》《甜美与低微》是最令人快乐的部分，可一般都难以达到他后期作品的水准。《莫德》（1855）是文学中的单人剧，讲了一个陷入恋情的年轻人的故事，他先是病态，随后入迷、发怒、

① 对初学者，范戴克编的小册子《丁尼生的诗》是最佳版本，里面收录了诗人早期到晚年的作品（参见本章末尾的阅读书目）。

谋杀，继而发疯和康复。丁尼生最喜欢这部作品，他多次从中间选片段给朋友大声朗读。或许我们若能听丁尼生朗读，就能更好地理解它；可是总体上，这首诗显得过于考究和夸张。此外，年轻的恋人们最喜欢的几首抒情诗，如《莫德，来花园吧》，也缺乏美与力量，只是"漂亮"。

3.《悼念集》

丁尼生最受欢迎的作品应该是《悼念集》，这本诗集的主题和精妙艺术使其成为"不会消亡的少数不朽之作之一"。诗作最初源于朋友哈勒姆之死引发的深深的悲伤。这个悲伤的事件促使他一首一首地写下去，诗人的忧伤渐渐褪去个人性，为死者哀伤的悲痛和对不朽的质疑逐渐占据了诗人内心。逐渐地，诗成了一种表达，先是表达一种普遍的疑问，随之表达一种普遍的信念，这种信念不是基于理性或哲学，而是基于心灵对不朽的本能。该诗集由一百多篇不同的抒情诗组成，主题是人类之爱的不朽。写作历时三年，起初是痛苦的哀伤和疑虑，随后是平静和希望，最终成为信心和信仰的高尚赞歌——一种由爱激励而生的谦逊的信心和信仰——这是想到文学中寻求慰藉的悲伤人士的最佳选择。虽然达尔文的巨著还没有写出来，但科学已经推翻了许多旧生活概念。丁尼生离群索居，可是他对时代问题思考深入，他以这首诗作为他对人类疑虑和质疑的答复。普遍的人类趣味、精美的格式和韵律使这首诗至少在受人们欢迎程度上成为英国文学中最好的哀悼诗；虽然从文学批评的角度看，弥尔顿的《黎西达斯》无疑更富艺术性。

4.《国王的田园诗》

《国王的田园诗》是丁尼生后期作品里的佼佼者。其主题是凯尔特传说中的亚瑟王与他的圆桌骑士，故事主要取自马洛礼的《亚瑟之死》。居于系列神话核心的自然是民族史诗的主题；可是时间已经过去四百年，许多诗人都用过这个材料，却没有人写出了不起的史诗来。前文已经提及，弥尔顿和斯宾塞曾经仔细考虑过这个素材；英语作家中，只有弥尔顿有才力把它用到一首了不起的史诗中。丁尼生在《亚瑟之死》（1842）一诗中开始使用神话故事；写史诗的想法要晚一些，大约是在1856 年，这一年他写了《杰伦特和伊尼德》，随后又写了《维维安》、《伊莱恩》、《格温娜维尔》和其他一些男男女女的人物，一直到1885 年写了田园诗的最后一部分——《贝林》。后来，这些作品被收集在一起，统一编排。结果根本不是一部史诗，而是一系列以亚瑟为线连接起来的单独诗作，诗中的主人公亚瑟想要建立一个理想王国，最终功败垂成。

5.《英格兰田园诗》

丁尼生还有一个内容完全不同的诗集叫《英格兰田园诗》①，以1842 年的《诗集》开头，意在反映千差万别的英格兰人生活。在这些诗中，最好的是《多拉》《园丁的女儿》《尤利西斯》《洛克斯利庄园》《加拉哈德爵士》；其实别的诗也值得一读。其中，最有名的是《伊诺克·雅顿》（1864），在这首诗里，丁尼生不写中世纪骑士、领主贵族、英雄和仙子，而是去占英国人大多数的下层人民中间寻找真正的诗歌素材。诗歌韵律美妙，诗人对平凡生活充满同情，也揭示了隐藏在男男女女中的美和英雄气，一下子就成了人人喜爱的作品。就销量说，这是诗人生前最受欢迎的作品。

丁尼生的晚期作品，如《叙事诗》（1880）和《得墨忒耳》（1889）中也有些很好的诗，不可忽视。前一部里有鼓舞人心的战歌，如《保卫勒克瑙》，还有呼天抢地的悲痛画面，

---

① 丁尼生的《国王的田园诗》和《英格兰田园诗》的拼写不同，例如《多拉》。

加拉哈德爵士（亚瑟王的圆桌骑士之一）

如《利斯巴》；后一部中最有名的是佳作《罗姆尼的懊悔》，
《魔法师与灵光》表达的是诗人的终生理想，另外一些精巧的短
歌，如《画眉鸟》和《橡树》中可见诗人虽已年老，却仍然灵
动、充满活力。这么丰富的作品当然会令人们长年享受到文学
的乐趣，几乎用不着提及其他的诗作，如《小河》和《轻骑兵
的冲锋》这些孩子们都熟悉的作品；如果有人还在思考那个老
而又老的生死问题，就该去读《薪水》和《高级泛神论》。

（三）丁尼生诗的特征

　　总结丁尼生这些作品的特征不是容易的事，不过有三个特
征比较醒目。第一，丁尼生本质上是一个艺术家。维多利亚时
代没有别人像他那样专一地精心研究诗歌艺术；就音韵和诗的

精益求精来说，只有斯温伯恩可以与他相比。第二，就像那个时代的伟大作家一样，他更像个老师，更经常是个导师。前一个时代里，因为法国大革命的动荡，社会有点无政府状态，有个性成为文学的常规。丁尼生的主题契合他的时代，赞同守秩序，遵守现实世界的规律进化发展，遵从精神世界的法律造就完美的人。《悼念集》《国王的田园诗》《公主》是三首主题差异很大的诗；然而就诗作为精神哲学而言，或考察其未明确说出的内容，每一首诗的主题都是自然和精神世界律法的有序发展。

（四）丁尼生的思想

这自然是新的诗歌信念，不过丁尼生要传达的信息不止于此。律法意味着源泉、方法和目标。丁尼生诚恳豪迈地面对自己的疑惑，甚至在人类的悲哀与迷失中发现了律法。他认为这律法来源既无限广大又是个人性的，发现所有律法的目的都是显示神之爱。因此，所有的世间之爱都成了天国的影像。丁尼生吸引读者的地方与莎士比亚大概一样，就是他笔下的女性人物，这些女性纯洁温柔、很有教养，人们尊敬她们就像盎格鲁－撒克逊先辈敬爱他们所爱的女性一样。丁尼生与勃朗宁一样，也曾深爱过一个优秀的女子，女子的爱让生活的所有意义变得明晰了。他传达给人们的信息又进了一步。因为世上有律法和爱，信仰就是唯一的面对生死的合理态度，尽管人们并不理解生死。简单地说，这就是丁尼生的全部思想和哲学。

若要以其生平和作品确定丁尼生在文学中的永久地位，那也该应用以前检验弥尔顿和华兹华斯的标准，这也是曾经应用于所有了不起的大诗人的标准，像德国批评家那样问："他有什么新思想传达给世界或祖国吗？"坦诚地说，我们还不能确切地知道答案，丁尼生离我们的时代太近，难以客观地评价。这一点很清楚。他生活在一个相当复杂的时代，立身于上百个了不起的人物之中，被视为领袖。整整半个世纪，人们都认为他就是英国的声音，人们觉得他是个男子汉、是个诗人，热爱他、尊敬他，包括有远见的批评家，还有轻易不肯奉献真心的一帮人。目前，这应该就是对丁尼生的充分赞美。

二　罗伯特·勃朗宁（1812—1889）

> 人生多美好，纯粹的生活！就该
> 全身心全感觉永远快乐！

这首选自勃朗宁《索尔》的《大卫之歌》显示着勃朗宁所有作品中都有的惊人力量和希望，这个时代诗人三十年笔耕不辍，最终得到了认可，被认为可以与丁尼生并列。后来的时代认定他是一个更了不起的诗人——甚至是自莎士比亚以来英国文学中最伟大的诗人。

（一）勃朗宁的晦涩

阅读勃朗宁的主要困难是他文风晦涩，半个世纪以前的批评家常常嘲笑这一点。当时批评家对勃朗宁早期作品的态度在丁尼生对《索德罗》的幽默批评中可见一二。这首晦涩的诗的第一行是"谁可能会听人讲索德罗的故事"，最后一行是"谁将听人讲索德罗的故事"。丁尼生说这是全诗中他唯一能理解的诗行，而且这两行诗显然都是谎言。仔细考察，会发现这些困扰丁尼生和许多不友好的批评家的晦涩产生的原因有很多。其一，诗人的思想常常晦涩难解，或者十分微妙，语言没有完美地表达出来。

思绪很难

打包成小动作，

想象突破语言逃逸。

其二，勃朗宁凭着自己的联想因一事想到另一事，从不考虑读者的联想或许完全不一样。其三，勃朗宁不注意炼字，常常省略，让读者觉得突兀。我们不太理解他的思考过程，所以要考究其突兀的部分之间的联系。其四，勃朗宁诗中的暗示一般比较牵强，往往来自他广泛阅读中偶尔捡拾的片段信息，普通读者既找不到，也理解不了。其五，勃朗宁写得太多，校订太少。他本来可以把自己的想法说清楚，可是想法刚刚像一群燕子掠过心头，他就去表达了。他专注于完全不与他人相似的个人心思，试图表达控制个人行动的隐秘动机和原则。他就像地下的矿工，掘出的是泥土和矿石的混合物；读者必须自己筛选，才能从杂质里分离出金子来。

这应该可以说明勃朗宁的诗为何晦涩了。必须补充一句，这个缺点似乎不可原谅，因为有时候勃朗宁明明能直接、优美、简洁地写作。

（二）教导者勃朗宁

要发现勃朗宁诗中的珍宝，就不要过于在意勃朗宁诗中的缺陷，而要正视它，同时忽视它。英国文学史里的诗人，没有人像勃朗宁那样纯粹、有意、出色地做过人们的导师。他意识到自己在一个疑虑与怯懦的世界中，要担负传递信仰与信心的使命。三十年间，他面对冷漠与嘲笑勇敢而情绪高涨地奋斗着，直到世人认可他、追随他。他二十二岁时写成的《巴拉塞尔士》最好地表达了他一生的信念。

> 我像鸟儿看自己无痕的路一样看着自己的路。
>
> 我将到达，——什么时候，先走什么回环路，
>
> 我都未问过；除非上帝遣来冰雹
>
> 或使人炫目的火球，冻雨或者沉闷的雪，
>
> 某个时候，他恰当的时候，我会到达；
>
> 他指引我和鸟，在他恰当的时候。

他不像许多其他诗人，他不是娱乐性的诗人，人们不能吃饱后躺在躺椅里读他的诗。读他的诗要正襟危坐，始终警醒，一直思考。若人们这样做了，就可能会发现勃朗宁是英语诗人中最能激励人的诗人。他带给人们积极向上的生活。他的力量、对生活的欣喜、坚定的信仰，还有他无比的乐观都会感染人们，让人们变化、升华。关于勃朗宁我们能够说的最好的事情就是他的思想缓慢却稳步迷住了所有受过良好教育的男男女女。

（三）生平

勃朗宁的父亲表面上是一个生意人，在英国银行当了五十年职员；但在心底里，他是个学者，又是个艺术家，兼有两者的品位。勃朗宁的母亲是一个定居苏格兰的德国船主、商人的女儿，敏感、有音乐天分，性格十分可爱。她属于凯尔特血统，卡莱尔说她是真正典型的苏格兰淑女。勃朗宁的身形是典型的不列颠人——矮壮、宽胸、强健；就是在没有生气的画像里，从不同的角度看，他的面容也会不一样，有时像个英国商人，有时又像个德国科学家，有时还像雷默斯大叔，无疑，这些都是他差别甚大的混血远祖的影子。

罗伯特·勃朗宁

　　勃朗宁 1812 年出生在伦敦市郊的坎伯韦尔。他的家和他就读的第一所学校都在佩卡姆，在那里他可以看到伦敦。朋友丁尼生喜欢山林原野和美丽的乡间，而夜间的城市灯火、白日冒烟的烟囱在勃朗宁眼中则很有魅力。他正式上学时间短，且时断时续，家里有家庭教师和父亲，父亲常常让孩子自己随天性发展。勃朗宁像少年时代的弥尔顿，也喜欢音乐，许多诗，如《阿布特·沃格勒》和《加卢皮的托卡塔曲》中，他阐释乐律学之绝妙超过了英国文学中的其他作家。不过他与弥尔顿还是不同，他的诗里虽有一种了不起的旋律，可音乐对诗行的效果不一致，常让人疑惑喜欢音乐的耳朵怎么能忍受这刺耳的音调。

　　勃朗宁与丁尼生相似，很早就写诗，五十年间，几乎每个星期都写诗。他六岁开始写诗，当时模仿拜伦的风格，幸运的是这些早期作品已经遗失。接下来他又崇拜雪莱，他的第一部有名的作品《波琳》（1833）可以看作对雪莱及其诗作的颂词。此前六年，丁尼生的早期作品《两兄弟诗作》出版且获利丰厚；可勃朗宁的《波琳》找不到出版商，最后还是由一个慷慨的亲戚出钱资助才出版。这部作品很少受到批评家的关注，他们像饥饿的鹰扑向鸽子棚一样只关注丁尼生的前两部诗集。两年后，《巴拉塞尔士》写成，他的悲剧《斯拉特福》也得以登场；但直到1840年《索德罗》出版，他才引起足够的关注，却因风格晦涩和怪异受到谴责。六年后的1846年，勃朗宁突然名声大振，不是因为这一年他完成了《铃铛与石榴》（这是勃朗宁给"诗与思想"或者"歌唱与训诫"的象征性名字），而是因为他与当时英国最有名的女作家伊丽莎白·巴雷特私奔了。伊丽莎白·巴雷特早就是名人了，婚前是，婚后更是，而且她的名声比勃朗宁大得多，起初人们甚至认为她的成就超过了丁尼生。所以，在勃朗宁的作品本身引得大家关注之前，他的名声更多来自与伊丽莎白·巴雷特的婚姻。伊丽莎白·巴雷特卧床多年，生活不能自理，勃朗宁开始求婚遭拒，后来竟然传奇般地带着她逃跑了，这简直是堂吉诃德般的异想天开。如今看来，对伊丽莎白·巴雷特来说，爱情的甜蜜和意大利的生活胜过了医生，勃朗宁和妻子在比萨和佛罗伦萨度过了幸福的十五年。他们的爱情故事记录在勃朗宁夫人的《葡萄牙人十四行诗》中，还有的记录在新近出版的《书信集》里，书信写得很好，只是书信情意绵绵，满是体己的话，若是让一心好奇的人去读，不免有些亵渎之意。

勃朗宁夫人1861年在佛罗伦萨去世。对于夫人离世，勃朗宁简直难以承受，他带着儿子回到英国。此后要么住在伦敦，要么就辗转在意大利各地，在意大利住得最多的地方是威尼斯的雷佐尼科宫，今天，游客来到这个美丽城市，几乎都会前去雷佐尼科宫朝圣。勃朗宁与朋友丁尼生相反，他走到哪儿，身边总是簇拥着爱戴他的好交际的衣着光鲜、彬彬有礼的男男女女，掌声、欢呼声不断。他的早期作品在美国要比在英国更受欢迎。1868年《环与书》出版后，英国人终于认识到这是英国的了不起的大诗人之一。1889年12月12日他在威尼斯去世，就在这一天，他眼见了自己最后一部作品《阿索兰多》的出版。尽管意大利答应给他一块安息地，可英国执意要迎回自己的诗人，于是他被安葬在威斯敏斯特教堂的"诗人角"，就在丁尼生墓旁边。他最后一部作品的尾声里的几行诗很好地表现了他一生的思想。

> 从不回头，挺胸向前的人，
> 从不怀疑云会裂开，
> 从不做梦，尽管正义会失败，邪恶会胜利
> 我们倒下是为奋起，经受挫折是为更好地战斗，
> 睡去是为了醒来。

（四）作品

只要瞥一眼勃朗宁著名的诗集的名字，如《戏剧抒情诗》（1842）、《戏剧传奇和抒情诗》（1845）、《男人女人》（1853）、《剧中人物》（1864），就可以看出戏剧因素在他所有作品中的重要性。的确，他的诗可以分为三类：纯粹的戏剧，如《斯特拉福》和《印迹里的污点》；戏剧叙述诗，如《皮帕经过》，这首诗格式是戏剧，不过并不是为了上演；戏剧抒情诗，如《最后一次同骑马》，这个集子里是一些表达个人强烈感情的短诗，还有一些描绘人类生活的戏剧性经历，这时候主人公一般会现身讲故事。

1. 勃朗宁与莎士比亚

虽然人们常常把勃朗宁与莎士比亚相比，但读者会明白勃朗宁实在缺乏莎士比亚的戏剧大分。他没有能力塑造一批人物，让他们的言行表现人生的悲喜剧。他也不能满足于生活、公正无私，而总要引出道德教训来。勃朗宁始终有道德趋向，总愿意发表自己对生活的看法，而莎士比亚从来不这样。勃朗宁的戏剧力量在于刻画他称为心灵史的东西。有时候，如在《巴拉塞尔士》中，他就一心追寻人类心灵的轨迹。更多的时候，他捕捉住生活中的戏剧时刻，就是不息的善恶斗争中的关键时刻，以深刻的洞见刻画主人公的思想和情感；不过他总是要告诉我们，英雄心中的善恶会如此这般地占上风。如在《我已故的公爵夫人》中，说话人一般会在叙述故事之外，时不时地增加一个词，从而无意中表明他是什么样的人。正是这种从内里揭示灵魂的能力长久地迷住了研究者。勃朗宁眼界开阔，人世种种，笔下都有。《阿布特·沃格勒》中的音乐家、《安德烈·德尔·萨托》中的艺术家、《沙漠之死》中的早期基督徒、《莫利葛》中的阿拉伯骑手、《赫维·里尔》中的水手、《公子罗兰》中的中世纪骑士、《索尔》中的希伯来人、《布劳斯琴的冒险》中的希腊人、《卡利班》中的怪物、《卡尔什》中的不朽的死者——勃朗宁超人的才华就表现在对所有这些和另外一百多个人物的描写中。勃朗宁对各色人生的巨大同情是他与莎士比亚最相似的方面，而在其他方面，他们差别很大。

2. 写作的三个阶段

若把所有这些戏剧诗分成三个阶段，早期应该是 1833 年到 1841 年；中期应该是 1841 年到 1868 年；晚期就是 1868 年到 1889 年。这个诗人的早期作品好处理得多。早期人物研究里，《波琳》、《巴拉塞尔士》（1835）和《索德罗》（1840）可说的不多，不过要说明：若是一开始就读这些作品，很可能就不会去读其他作品，那就太遗憾了。在能因为他的无可置疑的美德而忍耐他的严重缺陷之前，先不要读这些晦涩难懂之作，而要读真正吸引我们的好诗。第一部戏剧《斯特拉福》（1837），也是早期作品，就适用于这样的考虑。

《索德罗》遭到了无情的批评，这反而刺激了勃朗宁，他第二阶段较好的作品就有所反映。而且，他进步很快，只要比较一下名诗集《铃铛与石榴》（1841—1846）系列中的八组诗与此前的作品就可以知道。这一系列中的第一组诗就包括《皮帕经过》，这首诗在总体上是他长诗中最完美的；另一组诗包括《印迹里的污点》，这是他最可读的戏剧诗。即便是初读勃朗宁的人，都会惊讶这两首诗的美与力量。同时期的重要作品是两部戏剧《科隆布的生日》（1844）和《在阳台上》（1855），它们的对话细腻，但缺乏动作，不能吸引观众，所以上演并不成功。勃朗宁所有最好的抒情诗、戏剧和戏剧诗几乎都是中期阶段辛劳的成果。1868 年，《环与书》面世，这是勃朗宁最崇高的诗才在世界面前的展示。

第三阶段开始的时候，勃朗宁近六十岁了，他写作比以前更加勤奋，几乎一年出版一部诗集。《集市上的菲芬》、《红棉睡帽村》和《旅馆相簿》，还有其他许多作品都表明勃朗宁揭示人类行为隐秘之源的能力是如何一步一步增长的。不过，他也经常令人厌烦地闲扯，让人们对他的作品的兴趣难以持久。可能有一点很重要，他最好的作品是在夫人影响之下写成的。

3. 推荐阅读

勃朗宁的短诗十分丰富，要建议初学者阅读哪一首令人踟蹰。不过，可以先读《我的星》、《伊芙琳·霍普》、《需要什么》、《国外思乡》、《夜半会面》、《再说一句》（悼念亡妻的精致短诗）、《仿真》（《向前看》）、《皮帕经过》中的短诗、爱情诗（如《炉边》和《最后一次同骑马》），以及无与伦比的《穿花衣的吹笛手》、《赫维·里尔》和《他们如何带来好消息》一类的歌谣。这当然只是建议，只是个人的偏爱；要是翻阅一下勃朗宁的诗集，就会看到由别人推荐的更好的更能代表勃朗宁的几十首诗。[①]

心灵探究

勃朗宁专注戏剧性心灵探索的作品也有不少可读。《安德烈·德尔·萨托》是最好的一部，展示了"完美画家"的力量和软弱，"画家"爱上一个没有灵魂的美丽女子，生活悲惨，事业不顺。仅次于《安德烈·德尔·萨托》的是《书信诗》，重现了阿拉伯医生卡尔什的经历，勃朗宁独特的展示真理的技巧得到了最好的表现。卡尔什给旧主人写了一封信，字里行间可见这位东方科学家的半嘲弄、半热诚的迷惘心态。他描述偶遇的拉撒路，还有已然看到不朽的荣耀却不能摆脱凡尘生活的大事小情，这些都成了英国文学中意义深刻的最具有原创性的部分。《我已故的公爵夫人》篇幅短小，可是对自私自利者心理的探究却很真切，公爵夸奖着亡妻的画像，没有意识到自己的个性已经暴露。《主教吩咐后事》则是另外一个自负世俗者的有趣心理展示，这是一个牧师，他的言语透露出的要比梦境展示的多得多。《阿布特·沃格勒》无疑是勃朗宁最细腻的一首诗，该诗描写一个音乐家的心灵。《莫利葛》袒露的是一个阿拉伯人的心灵，这个阿拉伯人很自负，对自己的在比

---

① 对初学者，洛维特编的小书《勃朗宁诗选》是最佳版本（参见本章末尾的阅读书目）。

赛中从未落败的快马自豪不已。一个对手偷走快马，骑着逃走了；不过，因为快马习惯了主人，陌生人骑上它，它就不愿飞跑。恼怒的莫利葛骑着另一匹马赶了上来；他没有把偷马贼打下马鞍，而是吹嘘起自己的马神骏无比，说只要用马缰绳碰到马脖子上的一块地方，就没有别的马能跑过它。偷马贼立刻就碰了那块地方，快马顿时飞奔而去，踪影全无。莫利葛丢了骏马，却因保住了骏马无可比拟的荣耀得意扬扬。《拉比·本·以斯拉》是一首难以分析的诗，要欣赏就要从头读起，这应该是勃朗宁作品中被引用得最多的诗，很好地表达了勃朗宁一以贯之的人生信仰。自然，读这些诗都不过是建议。可是，若是读者有心劲阅读勃朗宁就应该选择它们。还有另一个心灵探究诗的名单，上面有《加卢皮的托卡塔曲》《语法学家的葬礼》《利波·利比兄弟》《索尔》《克里昂》《沙漠之死》《西班牙修道院独白》，在另外的读者看来，这些诗也很有趣，且含义深刻。

《皮帕经过》

勃朗宁的长诗中至少有两首值得阅读。《皮帕经过》除罕见的诗意外，还是对无意识影响的探究。勃朗宁听到一个吉卜赛姑娘在家附近的小树林唱歌，就写了这首诗，不过他把场景移到了意大利的小山城阿索洛。皮帕是个丝织工，早晨外出享受一年中难得的假日。她想着自己的快乐，迷迷糊糊地想与别人说说自己的快乐，让别人也快乐。她孩子气地想着怎么和阿索洛的四个幸福的大人物一起快乐。她没有想到她所梦想的四个大人物其实也是苦多于乐。诗中的她边走边唱：

> 一年正是春天
>
> 一日也在清晨；

清晨正在七点；
山边露水似珍珠。

百灵鸟在展翅高飞；
蜗牛在蓟草上爬；
上帝在天国安坐——
世界一切如常！

天意让她的歌声传到当时正面临巨大危机的四个大人物耳中，他们因此改逆境为顺境。可是皮帕对此一无所知。她只是欢欢喜喜地过假期，要上床休息了还在唱歌，根本不知道自己所做的好事。除了另一首外，这应该是勃朗宁最好的诗作。而且这首诗很有价值，不仅让读者快乐，也完全对得起人们阅读所花的时间。

《环与书》

《环与书》是勃朗宁作品中的精品。这是一首鸿篇巨制，比《失乐园》长一倍，比《伊利亚特》长约 2000 行。阅读之前，我们应该了解其中没有有趣的故事或戏剧性的情节推动。诗讲的是吉多伯爵杀死他年轻貌美的妻子的可怕故事。勃朗宁详细地告诉人们他是在什么时间、什么地方找到这场犯罪和审判的记录的。

故事到这里就结束了，下面是全书的象征部分。诗的题目与伊特鲁利亚金匠的习惯相关，伊特鲁利亚金匠在做精美的雕花戒指的时候，会把纯金与其他金属混合起来增加硬度。戒指做成后，把酸液倒在上面，其他金属就会融化，精美的图案就留在纯金上。勃朗宁的文学素材里就包括 1698 年罗马吉多审判中的证据，所以他有意这样处理。他的用意是把诗人的想象与朴实的事实结合起来，创造美的艺术作品。

结果就是一系列独白，戏剧中的不同人物把一个同样的故事讲了九遍。伯爵、年轻的妻子、嫌疑人牧师、律师们、主持审判的教皇，每个人都讲述这个故事，台词朗诵无意间透露了各自的本性。最有趣的人物是吉多伯爵，他先是鲁莽地拒绝，随后就是一副可怜的怯懦相；年轻的牧师卡彭萨奇帮助吉多的妻子从野蛮的丈夫身边逃脱，被诬陷为动机不纯；年轻的妻子蓬皮利娅是戏剧中最高尚的人物，在各方面都可以与莎士比亚笔下的伟大女性相提并论；教皇是塑造得比较杰出的形象，是勃朗宁笔下最有力的男性人物。读着这些人物讲述的故事，就读到了诗人最好的作品，读到了英语中最有创造性的诗。

（五）勃朗宁的地位与思想

1. 勃朗宁与丁尼生

把勃朗宁与前面学习过的丁尼生比较一下，就可以更深刻地理解他在英国文学中的地位。至少在一方面，这两个人完全一致。他们都觉得爱是生活的最高目标和意义。不过，在另外的方面，尤其是探讨真理的方法上，两个人恰成对照。丁尼生首先是一个艺术家，然后才是导师；可在勃朗宁那里，教导总是第一位的，但他对表达教导的形式不用心，简直太不用心了。再者，丁尼生受浪漫主义复兴的影响，选择主题很讲究；而勃朗宁捞到网里"都是鱼"，愉快不愉快的主题他都一样高兴，目的只在于表明善恶中都有真理。若我们还记得不研究科学的人接受勃朗宁的核心科学态度这一事实，他们之间的差别就更明显了。丁尼生虽然不研究艺术，一心致力于科学，但他的作品总是充满艺术天赋；勃朗宁的作品在形式上缺乏艺术性，但其艺术是人们研究的恰当选题。

2. 勃朗宁的思想

这两个诗人传达出的思想差异更大。丁尼生的思想反映的是时代日趋有秩序，可以以一个字——"法"来总结。在他看来，个人意志必须抑制，自我必须处于次要地位。他的顺从有时候有一种东方的宿命论气息，偶尔有命运与悲观相结合的叔本华的影子。而勃朗宁的思想是个人意志战胜一切障碍，个人总是至高无上的。他的整个诗作里没有东方的色彩，没有疑虑、没有悲观。他是盎格鲁－撒克逊之声，面对一切困难说，"我能，我会"。因此他比丁尼生要激进得多；或许正是这个原因，研究他的人更多，青年人喜欢丁尼生，成年人则在勃朗宁那里找到更多满足。因为勃朗宁战无不胜的意志和乐观精神，如今他被认为是疑虑时代发出最强信仰之声的诗人。他的力量、乐观的勇气、对生活和发展的信仰都超越了死亡之门，像号角一样呼唤着美好的生活。这也能说明他对如今开始欣赏他的人们的影响。若要说未来，只能说他在国内外越来越受人们欢迎。

第三节　维多利亚时代的其他诗人

一　伊丽莎白·巴雷特

伊丽莎白·巴雷特（勃朗宁夫人）或许是19世纪其他诗人中最受大众青睐的。1806年她出生在达勒姆附近的科克斯霍大屋。她的童年和少年时代在莫尔文山中的赫里福德郡度过，莫尔文山因《农夫皮尔斯》一诗声名远播。1835年，巴雷特一家迁到了伦敦。伊丽莎白·巴雷特因出版诗集《天使及其他诗歌》（1838）在文学界有了名声。1840年，她哥哥惨

勃朗宁夫人（伊丽莎白·巴雷特）

死，伊丽莎白·巴雷特深受打击，本就有病的她一度病危。此后的六年间，她就一直卧病在床。不过，她内心的力量和心灵之美督促她每日坚持学习、写诗，关注早晚会让维多利亚时代作家忙碌的社会问题。这个虚弱的病人孤独沉默地辛劳受苦，她的卧室门上真该写上"我的心就是我的王国"。

　　1844 年，巴雷特出版了《诗集》，其中的诗冲动、紧张，读者却十分喜爱。《孩子的哭声》是反对使用童工的人性抗议之声，深深打动了当时的读者，年轻的女子巴雷特的诗人声誉一度盖过了丁尼生和勃朗宁。事实上，1850 年华兹华斯去世的时候，人们甚至认真地考虑要把桂冠诗人一职授予她，不过最终还是给了丁尼生。勃朗宁的资料里表明，《杰拉尔丁女士的求婚》一诗应该是他在 1845 年给巴雷特写信的缘起。不久勃朗宁就拜访了病中的巴雷特，两人一见钟情，次年，勃朗宁不顾女诗人父亲——显然这是个一心只想自己的暴君——的反对，带着巴雷特出逃结婚。他们热烈的爱情记录在勃朗宁夫人的诗集《葡萄牙人十四行诗》（1850）里。这本诗集里的爱情诗既高贵，又鼓舞人。斯特德曼认为第一首诗"我一度想象忒奥克里托斯是怎样歌唱的"可以与英语中的任何一首诗媲美。

勃朗宁夫妇在比萨和佛罗伦萨加萨古伊迪幸福美满地生活了十五年，他们有同样的诗歌理想，而爱情是世界上最重要的事物。

> 我怎么爱你啊？让我数数。
> 我爱你有深有宽有高
> 我的心能触到，当感觉离开目光
> 伸向存在和理想之美的尽头。
> 我爱你到日常的层次
> 静寂时的需要，接着阳光和烛光。
> 我随心爱你，如人们爱权利；
> 我真挚地爱你，人们不听赞许；
> 我爱你以现实的激情
> 在我旧日的悲哀里，以我童年的信仰；
> 我爱你以我似乎失去的爱
> 以我失却的圣者——我爱你以呼吸，
> 微笑、泪水，我一生的！——和，若上帝愿意，
> 死后我爱你更深。

勃朗宁夫人全身心地支持意大利反抗奥地利暴政的斗争；《加萨古伊迪之窗》（1851）是诗与政治的结合体，必须承认这部诗集太过情绪化。1856 年她出版了《奥罗拉·莉》，这是一部诗体小说，主人公是个年轻的社会改革家，是既有诗情又热心政治的年轻女子，与伊丽莎白·巴雷特很像。小说以诗歌形式宣扬了狄更斯和乔治·艾略特在他们的小说中所鼓吹的政

治和社会理想。勃朗宁夫人的最后两卷作品分别是《议会之前的诗》（1860）和她去世后才出版的《最后的诗》。1861年她遽然辞世，安葬在佛罗伦萨。勃朗宁有一名句"啊吟唱的挚爱，半是天使半是鸟"，恰当地形容了她生命的脆弱、精神的空灵。

二　但丁·加百利·罗塞蒂

罗塞蒂是一个被驱逐的意大利画家、学者的儿子，他自己既是杰出的画家，又是了不起的诗人。他是前拉斐尔派运动①的领袖，出版了前几期《萌芽》、一部薄薄的散文作品《手与灵魂》和有名的《幸福的女郎》。后者开头是：

> 蒙福的女郎探出身子
>
> 从天国的金栏杆；
>
> 她的双眼深过
>
> 平静时的海；
>
> 她手里捧着三朵百合花，
>
> 发上的星星有七颗。

---

① 这个词的意思是"拉斐尔之前的画家"，一般指19世纪中期的画家发起的一场艺术运动。在罗马圣·伊索多雷修道院工作的德国艺术家兄弟会最先使用该词，他们的理想是恢复中世纪艺术的纯洁和质朴。今天这个词通常是指一个团体，包括七个艺术家——但丁·加百利·罗塞蒂和他的哥哥威廉、威廉·霍尔曼·亨特、约翰·埃弗里特·密莱恩、詹姆斯·柯林森、弗里德里克·乔治·史蒂文斯和托马斯·伍尔纳——1848年他们在英国组成前拉斐尔兄弟会。他们的正式刊物是《萌芽》，莫里斯和罗塞蒂早期作品大多发表在这份刊物上。他们师法早期意大利画家，称他们"质朴、真诚和虔诚"。他们着意推进质朴自然的艺术和文学，面对怀疑与物质主义，他们的目标之一是表达中世纪艺术的"奇妙、尊严和敬畏"。就他们回归中世纪神秘主义和象征主义看，前拉斐尔派运动让人想起当代宗教的牛津运动。

这两部早期的作品，尤其是《幸福的女郎》，质朴而精美，是前拉斐尔派理想的代表作品。

1860 年，订婚已久的罗塞蒂和伊丽莎白·西德尔结婚了。英格兰姑娘伊丽莎白·西德尔小巧美丽，罗塞蒂把她画进自己的画里、写进自己的诗里。两年以后妻子去世，罗塞蒂一蹶不振。在葬礼上，罗塞蒂把自己所有未出版的诗稿放进了亡妻的棺材。朋友们坚持劝说，他才把手稿又掘出来，在 1870 年出版。这本爱情诗集的出版轰动了文学圈，人们赞誉罗塞蒂是在世的最伟大的诗人之一。1881 年，他出版了《歌谣与十四行诗》，其中收录了以勃朗宁为原型的《忏悔》和基于中世纪迷信的《海伦妹妹的歌》；《国王的悲剧》是故事体戏剧精品；《生命之屋》是一部诗集，收录了反映诗人获得爱情与失去爱情的一百零一首十四行诗。这个诗集是英语中最了不起的三大爱情诗集之一，完全可以与勃朗宁夫人《葡萄牙人十四行诗》、莎士比亚的十四行诗比肩。人们说罗塞蒂与莫里斯都像在画布上作画一样在诗中作画，这种高质量的画作是他们的诗作的重要特征。

三　威廉·莫里斯

莫里斯是作家与艺术家的有趣混合体。艺术家莫里斯是建筑师、设计师，是家具、地毯和墙纸制造者，是从事艺术印刷和书籍装订的凯姆斯科特公司的创建人，后人实在该大大地感谢他。从童年时候起，他就喜欢中世纪神话和理念，后来的作品完全都是中世纪精神的。一般认为《地上乐园》（1868—1870）是他的精品。这一组令人愉悦的诗体故事讲述了一伙流浪的北欧海盗在传说中的亚特兰蒂斯岛遭遇船难，在岛上发现了一个具有理想希腊人特征的优秀种族。海盗们在岛上生活了一年，他们讲述自己所在的斯堪的纳维亚半岛的故事，听主人讲经典和东方故事。莫里斯对冰岛文学兴趣浓厚，以一首古老歌谣为基础的《沃尔松传奇》、散文体传奇《狼人之家》、《呼啸平原的故事》和《山根》都体现了他的这一兴趣。后来，他对社会主义产生了浓厚兴趣，创作了两部传奇——《梦见约翰·鲍尔》和《乌有乡消息》，是现代人描写遵循莫尔的《乌托邦》原则的理想社会的尝试。

四　阿尔杰农·查尔斯·斯温伯恩

斯温伯恩是维多利亚时代最后一位诗人。斯温伯恩是技巧性的艺术家，他精于各种古老的英语诗歌体裁，还特别善于创造新形式，就这一点看，他似乎是英国文学中最了不起的人物之一。的确，恰如斯特德曼所说，"斯温伯恩之前，我们没有意识到英语诗歌的范围如此之广"。这说的不是斯温伯恩的诗的内容，而是和谐的韵律和多变的形式。1892年丁尼生去世后，斯温伯恩无疑成了在世的最伟大的抒情诗人，他没有当上桂冠诗人是因为自由言论、嘲笑王室和传统习俗，还有早期作品里的异教精神引发的偏见。他写了大量的诗、戏剧和文学批评随笔；可是我们还是距离他的时代太近，无法判定他作品的价值和他在文学中的地位。阅读和评价斯温伯恩的作品完全可以从一卷诗选开始，尤其是从表现热爱大海和童年生活的精美篇什开始。一般认为，《卡里顿的阿塔兰忒》（1864）是他的精品，是依据希腊悲剧写成的出色抒情剧。斯温伯恩在作品中把丁尼生对韵律的热爱推到了极致，常常因韵害意。他的诗总是音韵和美，像音乐一样独一无二地唤起人们的情感。

选择这四位诗人——勃朗宁夫人、但丁·加百列·罗塞蒂、莫里斯和斯温伯恩——作为这一时代其他诗人的代表略显武断。还有很多诗人值得研究，如亚瑟·休·克勒夫和马修·阿诺德①，阿诺德经常被认为是怀疑派诗人，其实他不过是怀着敬畏之心凭借理性和人类经验探索真理；天主教神秘主义者弗雷德里克·威廉·费伯是一些精致的圣歌的作者；勤奋好学的约翰·基布尔是《基督年圣诗集》的作者，这是最著名的宗教仪式诗；另外还有女诗人，如阿德莱德·普罗克特、简·英奇洛和克里斯蒂娜·罗塞蒂，她们个个都有一大帮热心读者。可此时想探寻这些诗人的相对价值却是一个不可能完成的任务。这些诗人的诗作艺术精巧、音韵雅致、思想深刻、情感宽广，他们也急于以各自的方式探索真理，尤其重要的是他们给英语诗歌带来了活力与清新之气。

第四节　维多利亚时代的代表性小说家

一　查尔斯·狄更斯（1812—1870）

把狄更斯的生活、工作与前文提及的两位大诗人相比，其差别会令人们吃惊。丁尼生和勃朗宁都受过文学相关的教育，同时没有受过尘世的苦难，被温柔地守护着。可是卑微的穷孩子狄更斯却吃苦不少，他给鞋油贴标签来补贴没有前景的家庭，平时就像一只无家可归的猫一样睡在柜台下面，一周一次怯怯地前往大监狱探望因债被关押的父亲。1836 年，他的《匹克威克外传》面世，生活就像被魔术师挥手施魔法了一样发生了变化。那两位诗人还在为世人的认可缓慢挣扎，狄更斯却已家资巨富、名满世间，他被认为是英国的文学英雄、众人

① 阿诺德是当时知名的诗人之一，可因为他对英国文学的影响主要基于他是一个批评家，所以主要把他作为一个散文家进行研究。

的偶像，无论在哪里，只要他一出场，就会有欢呼与掌声相随。其中当然有小说家和诗人之间的巨大差异，当时的潮流是现实主义，浪漫主义者的极端、早期小说家的古怪与荒谬都已经远去。可是狄更斯的作品却以突出古怪与荒谬，漫画式地塑造人物流行起来。

（一）生平

狄更斯早期的生活显出他为后来所做的工作辛勤准备过，只是准备未获承认罢了。最好的解释是，一个孩子早年的艰辛和苦难有时候不过是神的信使的假面，起初看来糟糕的环境往往就是一个人力量的源泉，其影响力可以持续到他的将来。他是贫寒之家的八个孩子中的第二个，1812 年生于兰德波特。他的父亲，原来是海军办公室的职员，人们多认为他就是米考伯先生的原型。一家人生活入不敷出，在故乡一直靠借贷度日，狄更斯九岁时，全家迁到了伦敦。债务如影随形，一连两年他的父亲都运气不佳，随后被投入债务人监狱。狄更斯的母亲，也就是米考伯太太的原型，那时开了一家年轻女士的寄宿店，可是，用狄更斯的话说，没有一个女士前来住宿。唯一的访客是债主——凶恶的债主。从狄更斯刻画的米考伯一家人的泪水、欢笑、得过且过，也能约略看到狄更斯自己的家庭生活。

十一岁时，狄更斯离开学校到一家黑鞋油厂的地下室工作。这个时候的他，以他的话说，是一个吃苦耐劳的"怪小孩"。这个孩子和他遭遇的苦难都反映在大卫·科波菲尔这个人物身上，熟悉大卫·科波菲尔的故事就了解了这个孩子的经历。这是一幅令人心酸的景象，敏感的小狄更斯为了几个便士从黎明干到天黑，辛苦之余打交道的都是小混混和流浪儿。不过，这就是他了解穷人和社会边缘人内心深处的缘由，这些很快就反映在他的文学作品里，引人同情，感动了全英国。一笔数目不大的遗赠结束了这个家庭的苦难，父亲出狱了，狄更斯去了惠灵顿寄宿学院，显然，这是一所野蛮的学校，没有价值，狄更斯称校长是一个蠢人、暴君。狄更斯在这所学校里没有学到什么，他的兴趣在于故事，在于演出他想象中的英雄情节。但是，个人经历对于小说家有巨大的价值，狄更斯由此创作了《尼古拉斯·尼克贝》中的训子学院，并因此革除了英国私立学校的部分弊端。无论在哪里，狄更斯都是一个不可思议的敏锐观察者，他活跃的想象力使他从常人根本不留心的事件和人物中设计出故事来。而且，他是一个天生的演员，一度还是为慈善奔走在英国的非专业团队的核心人物。敏锐的观察力、活跃的想象力和演员的素养，这三个因素激励着他，是他生活和写作的关键。

狄更斯刚满十五岁，又离开学校去工作，这次是在一家律师事务所任职。他的父亲这时受雇于一家报纸，专门报道议会发言。狄更斯学父亲的样子，也想做个记者，晚上就学习速记。狄更斯做起事来既专注又积极，仅仅两年，他已经是一个能报道重大活动的记者了，就像一辆重载大车摸黑蹒跚开过泥泞的乡村道路，向伦敦城奔去。可能就是在这个时期，他熟识了旅馆、马厩和"爱马"人，这些后来都被写入他的小说。他的志向也远大起来，开始自己写作。二十一岁的时候，他把第一份稿件"偷偷、发抖、害怕地投入了舰队街一家黑乎乎的邮局的一个深色信箱里"。第一份稿件的名字是《明斯先生与他的表哥》，1835 年①收进他的第一本书《博兹札记》。读

---

① 此处的年份"1835 年"系作者误记，该书出版于 1836 年。——译者注

查尔斯·狄更斯

（依据丹尼尔·麦克里斯的画像）

者如今读到这些速写，看到狄更斯对伦敦的底层生活一清二楚，也就完全理解了狄更斯在报纸行业的成功。他最出名的作品《匹克威克外传》在 1836 年到 1837 年连载面世，狄更斯因此名利双收。以前从来没有过那么有活力那么快乐的小说出现，尽管它构思粗糙，其中人物和事件都夸张混乱，但却充溢着一种英国大众喜闻乐见的幽默。一个世纪的四分之三都过去了，它依然是最能让人们消愁解闷的书之一。

此后，狄更斯的生活喜事连连。《匹克威克外传》之后，很快就出版了《雾都孤儿》《尼古拉斯·尼克贝》《老古玩店》，还有其他许多作品，似乎这位新秀作家有无限的力量创造出古灵精怪、柔和可笑的人物。写小说的余暇，他几次想编辑一份周报；不过他的精力耗费在了别的事业上，除了周刊《家常话》，他的新闻事业起色不大。他的表演兴致又起，以前他经营业余演剧团很成功，这会儿他就着手戏剧化地朗读他自己的作品。此时他已经是英语语言中最受欢迎的作家，所以他的朗读也很成功。人们成群结队地来听他朗读，他的出行总是欢呼不断。小说和朗读给他带来大把的金钱，他买了以前一直向往的加德希尔宅邸安家。此后他的记忆就没有离开过这个地方。尽管很长时期他的时间和精力都花费在旅行上，然而他从朗读转向小说写作的专注劲儿无人可比，随后，为了放松，他又沉溺于他所谓的伦敦街道的魔灯中。

1842 年，还是个年轻人的狄更斯受邀访问美国和加拿大，他的作品在这两个国家比在英国还出名。狄更斯被当作国家贵宾，处处是荣耀和赞赏。此时的美国在大多数欧洲人心目中简直就是一块广阔的天国仙境，大地上涌出金钱，生活幸福得就像在度假。显然狄更斯也心存梦想，这不切实际的期待自然落空了。这个巨大的国家的粗犷、本色激起了他心中强烈的偏见，即使二十五年后的第二次访问也未能让他克服这个偏见，访问的结果就是他粗暴的批评之作《美国笔记》（1842）和《马丁·朱述尔维特》（1843—1844）。这两部不友善的小说有一种虚假的笔调，狄更斯慢慢地不受欢迎了。加上他入不敷出，原本幸福和谐的家庭生活也越来越不愉快，直到 1858 年他与妻子离婚。至此，狄更斯的灵感似乎已经枯竭，为了寻求灵感，他到意大利旅行，可还是一无所获。随后他又返回了伦敦，从 1848 年到 1853 年，他又创作了《董贝父子》《大卫·科波菲尔》《荒凉山庄》三部出色的小说，这也表明他的力量与天才已经恢复过来。后来，他又开始给大众朗读作品，听众们欢呼雀跃，很快，听狄更斯朗读变成了人们追求的时尚，人们就像饥饿的人渴望面包一样渴望听他朗读。这些事耗费了狄更斯的体力和心血，死亡的到来必不可免。1870 年，还在创作《埃德温·德罗德》的狄更斯去世了，随后葬在威斯敏斯特教堂。

（二）基于生活的狄更斯作品

以上的这个小传记不能令人满意，可也能给人们理解狄更斯的作品以启发。第一，孩童时的狄更斯贫穷而孤独，渴望社会关注，这就是他作品中描绘孩子的令人心酸的场景的基础，这些描绘让无数读者落泪。第二，律师事务所和法庭任职让他认识到了人类生活完全不同的一面。就是在这些地方，他学会了理解社会的敌人和牺牲品，当时严酷的法律对这二者常常难以分辨。第三，曾身为记者的经历，再加上后来是几份报纸的经理，让他学会了生动地写作，知道如何恰到好处地满足大众趣味。第四，心底里一直是一个演员的狄更斯捕捉所遇之人的每一个戏剧化的可能性、每一个紧张情形、每一个独特的声音和手势，在小说里又把这些重现出来，他的夸张的描写方式最受读者的喜爱。

除了他的外部经历，若关注其内在天性，也会发现两个明显的因素。一是他过人的想象力，通常被人们忽略的事件在他眼中也会成为好的故事，想象力让最平常的事物——大街、商铺、雾、灯柱、驿马车——都变得细节丰富而浪漫，遂使他的许多描写就像抒情诗一样。二是他极其敏感，只有欢笑或泪水才可以缓解。这两个因素就像阳光与阴影交错一样，穿行在他所有的作品里。

（三）狄更斯和大众

考虑到狄更斯的社会经历和天性，要预知他能写出什么样的小说就不难。他感情细腻，同情孩子和社会边缘人；他认为个人过失更多是因为社会；他的语言既富于戏剧性又过于夸张；他十分敏感，与大众总是很亲近，擅长揣摩大众的趣味，让大众欢笑，让大众流泪。如果取悦大众本身是一种艺术，狄更斯就是人们拥有的最伟大的艺术家之一。不过要切记的是创作时的他不是伪君子，不是煽动家。他是他所热爱的变动不居的芸芸众生之一。富于同情的心灵让他以众人之乐为乐，以众人之忧为忧。他反抗不公，扶持弱者、抵抗强梁；他给弱者以勇气，给沮丧者以希望；公众以热爱回报他，他觉得这是最好的报酬。这就是狄更斯这么受人欢迎的原因，在这一点上，他与莎士比亚相同。虽然二人天分不同、作品不同，但都以琢磨和取悦公众而获得成功。

（四）狄更斯小说的总体设计

推究一下狄更斯前三部小说产生的背景，就会有一个有趣的联想。《匹克威克外传》是应一个编辑建议创作、连载发表的作品。每一章都配有一幅西摩（当时的一个滑稽艺术家）创作的讽刺画，目的是娱乐大众，有时候也是为了卖报纸。于是英语文学中前所未有地出现了一系列充满活力、快乐无比的人物、场景和事件。此后，无论狄更斯写什么，他都被标记为一个幽默作家。就像如今这个时代的一位美国作家，他的作品，不管是写盛会，还是写葬礼，都被认为必有笑料。一句话，他是自己作品的牺牲品。狄更斯目光敏锐，知道风格定型的危险，他的下一部小说《雾都孤儿》目标严肃，想要革除让穷人受苦的社会弊端。主人公是一个穷孩子，不幸的社会牺牲品；为了让人们关注真正的穷人，狄更斯夸大了孩子的不幸，满纸满页的感情，一不小心就会成为多愁善感的滥情。第三部小说《尼古拉斯·尼克贝》也是一部受欢迎的成功作品。其实在他后来的大部分小说中，狄更斯都把前两部作品的原则结合了起来，一方面展现欢乐，另一方面展现不公和苦难。就像生活本身一样，他把幽默与痛苦、泪水与欢笑结合起来了。为了强化场景里的光明与黑暗，提升叙述的喜剧效果，他塑造了可厌可憎的人物，以纯真和德行衬托出恶行的可恨。

（五）狄更斯小说中的人物

在狄更斯大部分的小说里，都会有三至四类差别很大的人物：第一类，无辜的孩子，如奥利弗、乔、保罗、小蒂姆和小内尔，在每个成人心里激起一种强烈的怜悯幼小之情；第二类，讨厌的、古怪的陪衬人物，如斯基尔斯、费根、奎尔普、尤赖亚·赫普和比尔·塞克斯；第三类，说话夸夸其谈的滑稽人物，如米考伯和萨姆·韦勒；第四类，柔和有效地刻画出来的人物，如《荒凉山庄》中的戴德罗克女士、《双城记》里的悉尼·卡顿，他们都有真实人物的尊严。狄更斯大部分小说完全属于目标小说或问题小说。因此，《荒凉山庄》批评的是"法律拖延"；《小杜丽》则批评迫害穷苦的债务人的不公；《尼古拉斯·尼克贝》批评的是野蛮的校长和慈善学校对学生的虐待；而《雾都孤儿》描写的是英国济贫院里穷人无奈的堕落和苦难。狄更斯的小说有严肃的目的，要让小说成为道德和正义的工具。不管人们对他的人物夸张有什么想法，可以肯定的是他的小说着力纠正社会对待穷人时的自私和不公，其作用甚至超过当时其他文学人士的总和。

（六）狄更斯的局限

乍一看，苛评小说家狄更斯似乎是冷酷的，是没有必要的。他是每个家庭都欢迎的客人，是一个以故事消磨人们时光的亲昵朋友，他给了人们太多美好的欢笑和泪水，也总有愉快的教导。他强调这样一个事实：这是一个美好的世界，有过错潜入，多是因为欠缺考虑，只要一点儿人性的同情，过失就会得到弥补。一个众多社会问题重压之下的时代很欢迎这样的理念，批评这个让我们兴高采烈的伙伴就像是恶意地谈起一位刚刚走出我们家门的客人一样粗鲁。可是人们不能仅仅把狄更斯看作一个朋友，还要把他看作一个小说家，以评判其他作家作品的标准评判他的作品。可是这样做的时候，人们有时候会有一点儿失望。必须承认，狄更斯的小说虽然有真实的细节，却很少给人真实的印象。他书中的人物，虽然可以与读者一起笑、一起哭、一起恐惧，可有时候只是漫画式的，都是特殊人物的夸张，不免让人想起本·琼森的《个性互异》。狄更斯的艺术确实给了人物足够的真实性，他们能代表我们熟识的某些类型的男男女女；可是一读之下，人们常觉得自己好像在通过显微镜观察一颗水滴里的芸芸众生。其中一片活跃景象，闹哄哄的奇特众生，有些美丽、有些古怪，但都离人们熟悉的日常生活很远。令人们感兴趣、吸引人们的不是这些人物的真实性，而是作者的经营天才。我们不愿意这样批评他，狄更斯的作品是阅读的上上之选。只要人们喜欢健康的有趣故事，他的作品就会一直受人欢迎。

（七）推荐阅读

狄更斯除了成功地推动学校、监狱和济贫院的改革，还让人们都欠下一笔感激债。1843 年后，他用心经营的文学作品就是给读者讲一个圣诞故事。在某种程度上，就是因为这些故事满是善意的快乐，所有英语国家的圣诞才成了一个快乐时节，家人要互赠礼品，也要记起那些不如我们幸运的人，记得他们还是我们的弟兄。即便不读狄更斯的其他作品，一年一度的圣诞节里还是该记得他，阅读能让人青春焕发的节日故事

《炉边蟋蟀》和《教堂钟声》，当然最先要读的还是无与伦比的《圣诞颂歌》。只要人类还能为圣诞节的精神感动，后面这一本就该被阅读、被热爱。

《双城记》　许多人认为《大卫·科波菲尔》是狄更斯小说中的杰作。从这本小说开始阅读是个不错的选择，不单是因为故事非常有趣，也因为从这本书能瞥见作者的少年时光和家庭。若纯粹为了取乐或者看热闹，《匹克威克外传》则是人们最喜欢的；但若说到艺术成就，说到塑造的了不起的人物悉尼·卡顿，没有哪一部作品可以与《双城记》相比。《双城记》故事动人，情节紧凑，一直推进到激动人心的高潮和不可避免的结尾。一般地，狄更斯会在主要人物之外引入几个令人同情的古怪滑稽人物，写上一些多余的戏剧性片段；但在《双城记》里，围绕着主要故事的每个情节都很恰当。

像狄更斯别的小说一样，《双城记》里人物众多，有为了所爱的人放弃生命的流浪汉悉尼·卡顿；有年轻的法国流亡贵族查尔斯·达尼；有从可怕的监禁"被唤醒"的马奈特医生和他的女儿露西，露西是故事的女主人公；还有可爱守旧的大银行职员贾维斯·洛里，躲在酒铺门后不动声色地偷记、罗织罪名害人的德法奇太太。符合狄更斯一贯写法的还有十几个人物，在悲剧中扮演着小角色，却个个都被刻画得很好。小说场景设在巴黎，时间是在法国大革命期间；尽管狄更斯没有顾及历史细节，可是他重现了恐怖统治的氛围，《双城记》是这一时期历史记录的最佳补充。作品符合狄更斯一贯的生动风格，展示了他对生活的想象理念、对细腻情感和戏剧化经历的偏爱。的确，在这本小说里，他的才华不如在其他小说中那么炫目、华丽，而是为了艺术效果显得克制柔和，就像遮暗的光。

对狄更斯的成长经历和创作方法感兴趣的读者最好连着阅

读他的头三部作品——《匹克威克外传》《雾都孤儿》《尼古拉斯·尼克贝》。这些作品正如已经指出的，清楚地展现了他如何从专事逗乐成长为目标严肃的作家，而且这些作品一起催生了他后期作品的规划。对别的作品，只能以我们个人的判断指出最值得阅读的——《荒凉山庄》《董贝父子》《我们共同的朋友》《老古玩店》——只是这些作品大显成功之日离我们尚近，我们难以决断它们的长久价值和影响。

二 威廉·梅克皮斯·萨克雷（1811—1863）

萨克雷和狄更斯是当时最成功的两位小说家，读者是他们的仰慕者，也像他们的朋友，比较他们的生活、工作和他们看待生活于其中的世界的态度是自然而然的。狄更斯童年境遇艰难，缺少朋友、缺少高等教育，却欢快、自信、精神抖擞地成年了，对工作也满怀欣喜；世界一开始对他很苛刻，他却到处发现善，即便是监狱和贫民巷也有善，因为他着意寻找善。萨克雷在英国最好的学校里度过了少年时光，有钱、有朋友、有各种优裕的条件，面对生活却不自信、满是疑虑，不喜欢让他出名的文学职业。他性格宽厚可爱、心地善良，敬重生活中的纯洁和良善；然而他对他如鱼得水的世界满是愤世嫉俗之情，眼中所见只有伪善、欺诈、虚荣，因为他寻找的就是这些东西。人们可以在这个世界上找到自己想要的东西，狄更斯在平凡的人们中间找到了他的金羊毛，而萨克雷在上层社会找到了自己要找的东西，这是很有意义的。不过，两位小说家的主要区别不在于他们所处的环境，而在于性情。让萨克雷留在济贫院里，他仍会发掘材料写一本《势利脸谱》；让狄更斯到社会中去，他会忍不住在戴假发扑香粉的贵族中间发现意想不到的故事。因为狄更斯浪漫而富于情感，更多地以想象来诠释这个世界；萨克雷是现实主义者，是道德家，他只以观察和反思来判断。萨克雷的目的是给人们描绘一幅他的时代的真实社会图画，他发现世界满是阴谋和势利，进而讽刺这个社会，指出其虚伪之处。他的小说受到了斯威夫特和菲尔丁的影响，不过他没有前者的讽刺，也没有后者的粗糙，他的讽刺总因高尚的柔情而软化。总体来看，狄更斯和萨克雷两人的小说描绘了引人注目的 19 世纪中期英国社会各阶层的图画。

（一）生平

1811 年萨克雷出生在加尔各答，当时他的父亲在印度政府任公务员。萨克雷五岁的时候，父亲去世了，母亲带着他回到英国。之后母亲再嫁，萨克雷去著名的切特豪斯公立学校读书，《钮可谟一家》中就生动地描绘了这个学校。此时的狄更斯正在被贫穷和雄心撕扯，他要能去这个学校，恐怕会觉得这里简直是名副其实的天堂。可是萨克雷厌恶这个学校，厌恶学校的粗野习惯，有时候叫它"屠宰场"。他在给母亲的信中说："学校里有三百七十个孩子。可我希望只有三百六十九个。"

1829 年，萨克雷进入剑桥大学三一学院学习，可是他想成为艺术家，不到两年，他没有拿文凭就去德国和法国学习了。1832 年，萨克雷成人时拥有了一笔可以舒舒服服生活下去的财产，就回到英国，安居在圣殿区学习法律。很快他就强烈厌恶起法律行业来，《潘登尼斯》中就有他对法律和学习法律的青年人的态度的反映。他参与赌博和投机，还想办一份报纸，结果自己的钱也赔进去了。二十二岁的时候，他不得不第一次以艺术家和插图画家的身份谋生。此时（1836）狄更斯与萨克雷的一次相逢也有趣地反映出两位作家的相对重要性。

威廉·梅克皮斯·萨克雷

当时曾为《匹克威克外传》画插图的西摩刚刚过世，萨克雷带着几幅画拜访了狄更斯，希望能够为已然慢慢走红的狄更斯画插图。这位文学艺术家当时还籍籍无名，画作没有被接纳，他还得奋斗十余年才能得到认可。插图画家没有当好，萨克雷便开始文学生涯，给《弗雷泽杂志》写讽刺社会的稿件。这是成功的尝试，随后《马夫精粹语录》《霍格蒂家的大钻石》《凯萨琳》《菲茨·布多·佩帕斯》《势利脸谱》《贝瑞·林登》等作品让他在《笨拙》和《弗雷泽杂志》的读者中有了知名度，可是他要成为当时的伟大小说家之一还要等到《名利场》（1847—1848）的出版。他的早期作品充满讽刺，有的讽刺社会，有的讽刺走红的小说家们，如布尔沃、迪斯累里，尤其是狄更斯——他怎么也看不惯狄更斯笔下的多愁善感的男男女女。在这期间，他于1836年结婚，在家里幸福地过了几年。后来年轻的妻子患病了，精神错乱，只好把她送进精神病院。此后的岁月里，萨克雷因为妻子过着生不如死的黑暗日子。他不愿意回家，常在俱乐部流连。虽然俱乐部里的人都喜欢他的机智与善意，可是他的作品里总有一种伤感的潜流。多年以后他说尽管婚姻已然毁灭，但他"还要重新来过，因为看到了爱是所有凡尘善行的王冠和实现"。

《名利场》不温不火地成功之后，人到中年的萨克雷又创作了三部小说，他的名声主要依赖这三部作品——1850 年的《潘登尼斯》、1852 年的《亨利·艾斯芒德》和 1855 年的《钮可谟一家》。狄更斯到处讲演，激动的大众都想亲眼看见文学人物，听他们说话，他戏剧化地朗读自己的作品十分成功。萨克雷为了增加收入，也做了两次讲演，十分出色，第一场是《18 世纪的英国幽默作家》，第二场是《四个乔治》，两场讲演在英国令人满意，在美国尤其令人满意。正如前文所述，狄更斯对美国十分失望，以粗暴的批评发泄他的不满；而修养极好的萨克雷只看到了慷慨的人们最好的一面，无论是在公共场合还是私下里都大讲特讲新土地的优点，新土地不停歇的前进精神令他着迷。萨克雷与狄更斯不同，他面对听众缺乏信心，也像大多数文学人士一样，不喜欢讲演，所以很快就不再做了。1860 年他成了《康西尔杂志》的编辑，杂志办得有声有色，他自己收入丰厚，似乎正准备为世人努力写作（人们一直相信他会创作出更好的作品），却突然在 1863 年去世了。他的遗体安葬在肯萨尔格林，威斯敏斯特教堂只安放了一尊半身像来纪念他。

（二）萨克雷的作品

1.《亨利·艾斯芒德》

初读萨克雷的作品时可以不读他早年撰稿谋生时给杂志所写的讽刺作品，而是从《亨利·艾斯芒德》（1852）读起。这本小说虽然名气不是最大，读的人也不是最多，却是他最好的小说。细腻的历史和文学风格是这部作品的鲜明特色之一，只有了解 18 世纪历史和文学的读者才能欣赏其价值。主人公是艾斯芒德上校，他就是故事讲述人，他带着读者穿越安妮女王的朝堂和营地，完整准确地描画了过去的那个时代，没有其他小说曾做到这一点。前文已述，萨克雷是一个现实主义者，他一下笔，用的就是他所描绘的时代的好学绅士的风格和方式。他对 18 世纪的文学了解通透，在细节上重现了 18 世纪文学的风格。在叙述中，他插入了一个所谓的来自《闲话报》的短文。这篇短文写得十分好，在风格上几乎难以说出它与艾迪生和斯蒂尔的作品有什么区别。

《亨利·艾斯芒德》的现实主义

萨克雷在事件叙述中坚持现实主义，他没有描写战争的自豪和壮丽，因为这是一般人的错觉，他写的是战争的真相，写的是残酷与野蛮；他刻画的将军和领袖也不是像人们惯常在报纸上所见的英雄形象，而是充满阴谋、猜忌，被自私的野心所鼓动的人，马尔伯勒公爵不再是一个战神，不再是战争狂热分子的偶像，而是不讲信誉的贪婪可鄙的家伙。总之，萨克雷给人们揭示的是战争"隐秘"的一面，一般来说历史把这些东西都忽略了。他写当时的文人的时候，还是用同样坦诚的现实主义手法，笔下的斯蒂尔、艾迪生和其他文坛领袖不再头戴光环，而是穿着拖鞋和浴衣的普通写作者，要么在书房里抽烟，要么在酒馆里喝得醉醺醺，一副滑稽相——完全就像平日生活中的那样。因此，无论是就风格还是就事件论，《亨利·艾斯芒德》都应列于英语里最好的历史小说之中。

《亨利·艾斯芒德》的情节

这个故事的情节与萨克雷作品的大多数情节一样，虽然满足了小说家的目标，却十分单薄。故事中人物的计划失败了，理想黯淡了，青年的梦想全都不见了。核心情节是一个爱情故事，可是与之匹配的光彩、艺术和芬芳却不明显。主人公十年间倾心一位青年女性——一个美的典范，最后却与女子的母亲结婚了。故事结尾是一些虔诚的评论，评论上天的恩赐和他个人的命运。在习惯了浪漫小说的人们的眼中，这样的结尾似乎令人失望，几乎有点怪异；可是不要忘记萨克雷的本意就是依他所见描绘生活，而生活中的人与事总与传奇中不同。我们认识了萨克雷这个人物，也就会意识到他的故事不可能有别的结尾。他的情节就像他的文风一样，是现实主义小说家所能达至的几近完美境地。

2. 《名利场》

《名利场》（1847—1848）是萨克雷最有名的小说。这是他第一部了不起的作品，意在表达他对身边社会生活的看法，反对畅销小说中夸张的主人公。他以《天路历程》中基督徒前往天国之城时路过的名利场做主题。在这个集市上，有许多摊位出卖"各种各样的虚荣"，一路走去就会看到"演杂耍的、骗子、玩游戏的、傻瓜、耍猴的、无赖、流氓等各类人物"。这明显是社会生活的一个侧面；只是班扬和萨克雷的不同在于，班扬笔下的名利场只是长途旅行中的一个小插曲，一个人们走向更好的地方时的中途驿站；而萨克雷描绘的是他的时代的上层社会，是一个长期逗留的地方，小说中的人物大半生都混迹其中。萨克雷称这部作品是"没有英雄的小说"。整个故事的行动没有策划、没有进展，围绕着两个女士——温顺软弱的艾米莉亚和敏锐、无原则的心机女子贝基·夏普——展开。贝基·夏普决不允许别人挡她的道，一心从社会的众多傻瓜手中捞钱。总体上，这是萨克雷最有力但不是最振奋人心的作品。

3.《潘登尼斯》

萨克雷的第二部重要小说《潘登尼斯》（1849—1850）是《名利场》开启的讽刺社会的延续。阅读萨克雷作品的人读完《亨利·艾斯芒德》就该读这一部，对我们来说，意义有二：其一，这本小说里有比其他作品更多的萨克雷的生活细节；其二，这本小说包含一个刻画有力的能永远提醒人们提防自私危险的人物。这个人物，依萨克雷的话，"既非天使亦非顽童"，而是社会的典型青年，他十分了解这类人物，准确刻画了一个粗心、温厚但本质自私的人，他始终只关心自己的利益。《潘登尼斯》是深刻的道德研究，是英国文学中对善意的自私的最有力质疑，甚至不比写及这一点的乔治·艾略特的《罗摩拉》差多少。

4.《钮可谟一家》

加上另外两部小说《钮可谟一家》（1855）和《弗吉尼亚人》（1859），这就是萨克雷全部了不起的小说。前者是《潘登尼斯》的续集，后者则是《亨利·艾斯芒德》的续集。两者都有续集的一般命运，在力量与趣味上都不如前作。不过，《钮可谟一家》理应享有高位，有的批评家甚至把它列为作者的第一名作。它像萨克雷的所有小说一样，讲了一个关于人类弱点的故事；不过，作者内心的温柔和善意在这部作品中表现得最明显，主人公也应该是他笔下所有人物中最真实、最可爱的。

5. 萨克雷的随笔

英语文学中的萨克雷不仅是小说家，还是随笔作家。《18世纪的英国幽默作家》和《四个乔治》都是19世纪最细腻的随笔。尤其是前者中展现的萨克雷不仅学识广博而且对随笔写作见解深刻。显然，这个19世纪的作家就像熟悉挚友一样熟悉上个世纪的艾迪生、菲尔丁、斯威夫特、斯摩莱特和其他了不起的作家；他给人们生动地描写了这些作家幽默的细腻品位，除了兰姆，他的描写无人可比。[①]《四个乔治》的风格是细腻的讽刺，直率地再现了英国的四位统治者及他们生活过的宫廷。这些作品文风细腻、幽默温厚、文学批评见识出众，作者以他真切的学识、真挚的同情让过去时代的人们在书页中活了过来。

（三）总体特点

批评家评价小说中反映的萨克雷生活观的时候，众说纷纭，以下的总结不必看作绝对的断语，而应该看作尝试表达无批判力的读者读他的作品时的一般印象。萨克雷首先是一个现实主义者，他描绘他眼里的生活。他自己说，"我的眼睛上面没有大脑，我描绘我看到的"。他笔下的人物，尤其是社会中的弱者和邪恶分子十分准确且忠于生活。不过这些人物在他的书中起的作用过大，过度影响了他对人性的总体评判。萨克雷有一个明显的特点，他与狄更斯和卡莱尔一样，对细微的感觉和情绪敏感过人。他也像他们一样，容易被社会的虚伪激怒；可他不像狄更斯，能在笑与泪中发泄，他也不能像卡莱尔那样激烈谴责、大胆预言。他转向了讽刺，毫无疑问是受了讽刺发挥重大作用的 18 世纪文学的影响，而他对 18 世纪文学十分熟悉。他的讽刺不像蒲柏那样针对个人，也不像斯威夫特那样野蛮，而是充满善意和幽默；不过使用太滥，太在意错误和弱点，不是任何一个英国社会大阶层的真实写照。

---

①　应该指出，说《18 世纪的英国幽默作家》太富于情感，并不准确。在某种情形下，尤其是谈到斯蒂尔，读者恐怕不太同意萨克雷对自己话题的恩主般的态度。

萨克雷是一个现实主义者、讽刺作家，也是一个道德家。他像艾迪生一样，是一个本质的道德家，所有作品的目的就是产生一个道德印象。他尊重善意，所以他以真实价值判定潘登尼斯和贝基·夏普。他不像莎士比亚，满足于做一个艺术家，只讲一个艺术化的故事，让故事去传达自己的信息；他要阐说并强调作品的道德意义。人们用不着以自己的良知判定萨克雷人物的行为，道德之美、邪恶之丑都明明白白地摆在纸上。

（四）萨克雷的风格

对萨克雷小说的看法当然各个不一，可批评家们有一点是意见一致的——他的英语干净质朴。不管思想是忧伤的还是幽默的、浅白的还是深刻的，他都表达得不吃力、不做作，特别完美。他的作品中有一种难以描绘的细腻魅力，人们仿佛在听一个绅士讲故事，风格轻快、细腻、自然，读起来有极大的乐趣。

三　玛丽·安·伊文斯（乔治·艾略特）（1819—1880）

维多利亚时代的所有作家有两种倾向。一是强烈地分析生活问题的知性倾向；二是说教倾向，就是向人们说明可以解决这些问题的办法。这一时期的小说尤其失去了写作的纯艺术理想，确定地以道德教化为目的。在乔治·艾略特身上，这两种倾向达到了顶点。与同时代的其他了不起的人物相比，她更明显也更自觉地是一个说教者、一个道德家。她虽然内心对宗教深信不疑，却主要服膺当时的科学精神；她对宗教信条和政治体系都不满意，就把责任作为生活的最高守则。她所有的小说都意在表达：一是普遍道德力量在个体身上的表现；二是确立道德准则为人类社会的基础。除了道德教诲，读乔治·艾略特的作品还可以看到英国的乡村生活，就如在狄更斯作品里看到城市街道的画面、萨克雷作品里看到社会的虚荣一样。在那些曾经甚至让英国小说排在世界小说前列的女作家中，乔治·艾略特目前无疑还处在最高的位置上。

（一）生平

乔治·艾略特是玛丽·安·伊文斯的笔名，她开始写作比较晚，几乎四十岁时才开始。1870 年至 1880 年，她是在世的英国小说家中的领头人，此时萨克雷和狄更斯已经过世。乔治·艾略特 1819 年出生在离埃文河边上的斯特拉福镇约二十英里的沃里克郡的阿伯瑞农庄。她的父母都属于普通质朴的务农阶层，他们按照当时严格的宗教习惯抚养她长大。她的父亲是讲实际的英国人，为人正直，属于那种本性高贵、默默地干好自己事情的人，他靠着自己的优秀品质在乡民中获得了地位。

乔治·艾略特出生几个月后，一家人便搬到了格里夫教区，她基本上在那里度过了童年。她早期小说里就有英国中部地区乡村的风景和她的家庭生活场景。例如《佛洛斯河磨坊》里的玛姬和汤姆·杜立弗就有她和哥哥的影子；《亚当·比德》里的黛娜·莫里斯、波伊泽夫人的原型就分别是她的舅母和母亲。她后期小说的主人公身上就有父亲的影子，父亲的形象在《米德尔马契》中的凯莱布·加斯身上反映得最充分。她在纽尼顿和考文垂的两所私立女校学习了几年；母亲死后，十七岁的她回家操持家务。从那以后，她的教育就完全靠博览群书了。她早年的一封信里透露了她的学习办法，她说，"我心里有一堆互不相关的历史碎片，古代现代都有。有诗作残篇断简，包括莎士比亚、柯珀、华兹华斯和弥尔顿；有报纸议题；有艾迪生和培根的零星文章、拉丁语动词、几何学、昆虫学和化学；有评论和玄学。可这一切都被琐碎烦扰的现实事务、焦虑和家务事打断、干扰和阻碍了"。

玛丽·安·伊文斯（乔治·艾略特）

　　艾略特二十一岁的时候，她们再次搬家。这一次搬到了考文垂附近的富利斯希尔。在这里她结识了生意兴隆的缎带商查尔斯·布雷一家。查尔斯·布雷家是附近的自由思想者聚会的地方。艾略特在偏远的环境里成长，对世界了解不多，自由的氛围影响了她，她就在年轻人的信念里摇摆不定。她一阵子狭隘狂热地拥护一种教条，随之又摆向激进主义的另一端。随后（大约是 1860 年）她不再赞成自由思想家，而是本能地信仰宗教，似乎追寻责任、理想的同时又在探索确定的信仰。这种让人想起卡莱尔的精神斗争无疑造成了她大多数作品里的那一层英伦迷雾一般的昏暗与忧郁，尽管给她写传记的克罗斯告诉人们她根本不是一个伤感忧郁的人。

　　1849 年，艾略特的父亲过世，布雷一家带着艾略特出国漫游欧洲大陆。回到英国后她给《威斯敏斯特评论》写了几篇关于自由主义的文章，不久就成了这份杂志的助理编辑。在伦敦盘桓的这段时间是她职业生涯的转折点，是她文学生活的真正开始。她与斯宾塞、穆勒和当时的一些科学家交往密切，通过斯宾塞，她结识了多才多艺的作家乔治·亨利·刘易斯，后来她与刘易斯在一起生活。

刘易斯支持她的写作，她开始为杂志写小说。第一个作品是《阿摩司·巴顿》（1857），后来收录进《教区生活场景》（1858）。她的第一部长篇小说《亚当·比德》1859 年面世，好评如潮，她去世前还在懊恼再也没有那样成功的作品。不过，这意外的成功是一个鼓励，次年她完成了《佛洛斯河磨坊》并着手创作《织工马南》。作品取得了巨大成功，公众一心探问，才知道作者原来不是如大家所想是一个英国牧师，而是一个女子，她突然之间就跃居在世作家的前列了。

此前，乔治·艾略特一直局限于英国乡村生活。后来她突然放弃了自己十分熟悉的场景与人物，要写一部历史小说。那是 1860 年，她在意大利旅行，有了《罗摩拉》（1862—1863）的"大规划"——以强大的文艺复兴运动为背景的一部小说与道德哲学的结合之作。她对自己所写的事件没有了解，写这本书让她辛苦了数年。她说开始写的时候自己是一个少妇，完成的时候已经是一个老太婆了。《罗摩拉》没有得到大众的喜爱，拥有同样命运的是《费利克斯·霍尔特》（1866）和《西班牙的吉卜赛人》（1868）。《西班牙的吉卜赛人》是作者要写一部戏剧诗的宏愿的结果，但《罗摩拉》的悲剧重演了。为了积累素材，她去了西班牙，此前她就决定要以西班牙为自己诗性作品的背景。《米德尔马契》（1871—1872）出版后，乔治·艾略特重获大众青睐。其实这部作品与早期作品相比，不够自然，显得做作而迂腐。她认为《丹尼尔·迪隆达》

（1876）是自己最了不起的作品，可是其中分析评论太多的毛病很明显。这一段时间她的生活平淡无奇，生活之路上的里程碑就是一部部小说的面世。

在艾略特成功不断的岁月里，丈夫刘易斯是她最有共鸣的朋友和评论者。1878 年刘易斯去世，她似乎难以承受这一打击，这一时期的信件充满了孤独和对理解的渴望。后来令人大吃一惊的是，艾略特与比自己年轻得多的约翰·沃尔特·克罗斯成婚，克罗斯以为她写传记闻名。"深深的下面是一条悲伤的河，可是——我能享受新来的再开始的生活。"六十岁的老妇人这样写道。她是一个小姑娘的时候就像她笔下的玛吉·杜立弗，渴望有人爱、有人能依赖。她对新生活的兴趣只持续了几个月，因为同年（1880）十二月她就去世了。她的画像能反映出她的长处和短处，她的面容阳刚坚毅，与挂在佛罗伦萨修道院书桌上方的那一幅萨沃纳罗拉画像既相像又有反差。

（二）乔治·艾略特的作品

对应乔治·艾略特生活的三个阶段，她的作品比较容易地分为三组。第一组包括早期的随笔和各种作品，时间上是从1846 年她翻译施特劳斯的《耶稣传》到 1854 年她与刘易斯结婚时创作的作品。第二组作品包括《教区生活场景》《亚当·比德》《佛洛斯河磨坊》《织工马南》，都出版于 1858 年至1861 年之间。中期的这四部小说都是基于作者自己的生活经历写成的，背景都在乡下，人物形象来自英国中部地区的乡民，乔治·艾略特小时候就熟悉这些人。这几部作品应该是她最耐读的作品，它们自然、随性，不时闪现真正的幽默。后期小说缺乏这些因素，但也可见作者的文学创作能力上升很快，到《织工马南》已达极点。

书写意大利生活的《罗摩拉》（1862—1863）标志着第三阶段的开始，这一阶段还有三部小说——《费利克斯·霍尔特》（1866）、《米德尔马契》（1871—1872）、《丹尼尔·迪隆达》（1876），戏剧诗《西班牙的吉卜赛人》（1868）和一个杂文集《西奥弗拉斯特斯·萨奇的印象》（1879）。这些作品给人的总体印象没有中期小说好。它们显得吃力、无趣，里面有许多深刻的人物反思和分析，但观察不够，描写乡村生活的画面感不强，很少有人们称为灵感的东西。不过，还必须补充一下，文学判断的意见并不一致，也有一些批评家断言《丹尼尔·迪隆达》是作者天才的最高表现。

1. 总体特征

按作者自己的说法，所有这些小说的总体特征可以描述为心理现实主义。这意味着乔治·艾略特在她的小说里做了勃朗宁在诗歌中想要做的事情，就是表现灵魂的内在挣扎，揭示掌控人类行为的动机、冲动和遗传的影响。勃朗宁讲完故事就停止了，要么把他的结论用几句话说给读者，要么让读者自己得出结论。但是乔治·艾略特不满足于此，她还要细腻地说明人物的动机和可以吸取的教训。而且，灵魂的发展、道德力量的缓慢生长和衰退才是她真正感兴趣的。就这一方面说，她笔下的男女主人公与狄更斯和萨克雷笔下的人物差别很大，后两位小说家的人物是已经成形的，人们有把握判断既定的情形下他们有什么作为。在乔治·艾略特的小说里，人物形象是逐渐发展的。他们根据所做的事或珍视的思想从弱发展到强，或从强发展到弱。比如在《罗摩拉》中，蒂托初次露面，读者不知道他是好是坏，也不知道他最后会变好还是变坏。可是随着时间流逝，读者可以看到他因为自私的冲动而一步一步地堕落下去。罗摩拉的性格在小说开始也只是略微暗示了一下，但随着每一个自我牺牲的行为获得了美与力量。

2. 道德教化

蒂托和罗摩拉这两个人物是作者道德教化的范例。维多利亚时代尊崇规律原则，丁尼生就深受影响。对乔治·艾略特而言，规律就是命运，它超过了个人自由和意愿。对她来说，道德原则就像重力一样是必然的、自动的。蒂托的堕落、《米德尔马契》中多萝西娅和利德盖特的悲惨失败简直就像苹果落地一样，也像一个失去平衡的人膝盖受伤一样自然。一定的行为对个人产生确定的道德效果；性格是一个人一生中行为的总和——正如人的体重就是构成人的许多不同部分重量的总和。所以奖惩不需要最后的裁决，因为在一个道德律法不容亵渎的世界里，这些因素会自动管理自己。

关于乔治·艾略特小说的特征，可能还应该说到一件事情——她的小说都显得相当消沉。生活的快乐、微笑大笑的阳光与开朗，她都没有。据说有一次，丈夫说她的小说根本上都是伤感的，她流着泪说她必须以自己所看到的描述生活。

3. 推荐阅读

虽然乔治·艾略特在第二个阶段日臻成熟，《织工马南》更是达到了顶峰，她的心理分析在《丹尼尔·迪隆达》中更趋明显，但她的第一阶段小说在某些方面应该是最好的。整体上说，从新鲜又富于灵感的《教区生活场景》开始，按照作品创作的顺序读下去是个很不错的选择。第一组小说里，《亚当·比德》最自然，也可能比其他作品合在一起都能感动更多的读者。《佛洛斯河磨坊》更富于个性，因为其中有许多乔治·艾略特的生活，她早年的生活场景和朋友也都有迹可寻。这个故事叙述小姑娘和小男孩的部分太多，比例失调，这自然是因为男男女女都有一种留恋早年记忆的倾向。

《织工马南》

《织工马南》是乔治·艾略特艺术表现最完美的小说。以它为范例可以分析一下艾略特的理想和方法。首先该注意的是其文风，沉重且有一点自觉，缺乏狄更斯的活力和逼真，也缺乏萨克雷的优雅和自然。小说人物是英国中部地区的普通人，主人公是一个亚麻织工，一个被抛弃者，孤独地玩赏积攒起来的辛苦钱。钱被偷了，他就绝望了。一个被抛弃的孩子来到他的火炉前，织工才重回生活、重获幸福。讲故事的时候，首先，作者是个现实主义者，笔下的人物自然，举止的细节、说话的腔调也很精确；其次，作者是个心理学家，她不停地分析说明动机；最后，作者还是个道德家，她笔下的每个人物的行动和反应都有普遍道德力量的影响，尤其是她写到了凡是作恶者必然会遭到惩罚。因此，故事在很大程度上是个悲剧；因为，艾略特认为悲剧和苦难紧随着我们，隐藏在生活之路的每个转折处。《织工马南》像她其他所有的小说一样消沉。甚至艾比的婚礼都让人们想要把头扭过去——婚礼就是艾略特笔下应该的那样有一丝悲伤和不圆满。读者合上书，得到的是有力而恒久的现实印象。穷织工塞拉斯·马南、好心却自私的戈弗雷·卡斯、爱唠叨谨遵教规的教区文书麦西先生，以及心地善良的乡村妇人多利·温思罗普——她不理解宗教的神秘，就以人类之爱解释上帝——所有这些人都是真实的人，一旦相遇就永不会忘记。

《罗摩拉》

《罗摩拉》与艾略特的英国背景小说一样，都有普遍的道德主题；只是场景完全不同，人们对这部小说有什么长处也意见不一。这部小说深刻地探究了一个人物的道德成长和另一个人物的道德堕落。小说的场景和人物都来自意大利，故事发生在文艺复兴运动的关键时期。当时萨佛纳罗拉在佛罗伦萨势力正盛。这样了不起的主题和极佳的背景完全可以写一部伟大的小说，艾略特一直阅读、研究，直到她自信已经理解了故事的地点、时间和人物。所以，《罗摩拉》读起来很有趣，在许多方面它是艾略特最有趣的作品。它也被称为英国最了不起的历史小说之一；只是它的缺点也很严重，人物和地方描写都不太贴合其背景。

在意大利之外的土地上阅读这部小说，读者只想着故事和小说家的力量；可是要是到了意大利，到了小说所描写的地方、身处小说所描写的场景，就会不时想到乔治·艾略特既不了解意大利，也不了解意大利人。莫里斯、罗塞蒂甚至勃朗宁都十分仰慕艾略特，可是作者在书中表现出来的对意大利生活的生疏也让他们读不下去这本书，阅读既无快乐也无益处，索性就把书丢开了。一句话，《罗摩拉》是一部了不起的道德探索之作，是一部有趣的书；可是其人物不贴近意大利人，这部小说整体上缺乏艾略特英国背景小说有力的现实感。

第五节　维多利亚时代的其他小说家

前文所述的三位伟大的小说家就是这个时代小说发展的缩影，狄更斯以小说解决社会问题，萨克雷以小说刻画他所看到的社会生活，而乔治·艾略特则以小说传播基本的道德准则。维多利亚时代的其他小说家就是这三位大小说家的影子。因此，查尔斯·里德身上有狄更斯的影子，安东尼·特罗洛普和勃朗特姐妹则追步萨克雷，乔治·艾略特的心理学在乔治·梅瑞狄斯的艺术表达里得到了反映。小说在现实地探究社会、道德之外，还有传奇的因素。现代小说家少有人能逃开传奇的影响。19 世纪的英国文学以沃尔特·司各特的浪漫主义开始，最后就像一个喜欢回归故乡的人一样，还是高高兴兴地以布莱克默的《洛娜·杜恩》和罗伯特·路易斯·史蒂文森的传奇回归本源。

一　查尔斯·里德

里德喜欢舞台效果，喜欢刻画普通生活浪漫的一面，还喜欢把小说当作社会改革的工具，他的作品让人想起狄更斯。《佩格·沃芬顿》就是从幕后表现舞台生活的；《可怕的诱惑》则是社会改革和改革家的故事；《设身处地》讲的是一个反抗行业联盟不公的劳工的故事。他的经典之作《出家与还俗》（1861）是英国文学中最优秀的历史小说之一，是对德国文艺复兴时期欧洲学生与流浪生活的精心描写。它与乔治·艾略特的《罗摩拉》有一点儿类似，故事背景也是同时期的意大利；两部作品是同一时期两个差异很大的小说家重现一个早已逝去的时代生活的尝试。

二　安东尼·特罗洛普

就其现实主义来说，特罗洛普的理念是小说就是闲暇时的娱乐，他身上有萨克雷的影子。《尤斯塔斯钻石》中的女主人公莉齐·尤斯塔斯应该是《名利场》的女主人公贝基·夏普最好的翻版。特罗洛普是现代小说家中最勤奋、最有计划的，每天都要写完定量，他笔下人物的丰富让人想起巴尔扎克的《人间喜剧》。他的经典之作是《巴彻斯特塔》（1857）。作品描述了一个教区总教堂镇的生活，主教、神职人员、家人和随从都刻画得十分细腻。这本书最好与《看守人》（1855）、《巴塞特的最后编年史》（1867）和同一系列的其他几部小说一起阅读，因为场景和人物都一样，都是作者天才的最好表现。霍桑说他的小说："恰好合我的品位——真实而又充实——真实得就像有巨人劈下大地的一块，放到玻璃柜子里，居民丝毫没有怀疑他们在被展出，依然照常生活。"

三 夏洛蒂·勃朗特

夏洛蒂·勃朗特的作品里也可见萨克雷的身影。她意在把小说变成社会的现实图景，她给萨克雷的现实主义增加了激情、略不平衡的浪漫主义。这一因素部分是勃朗特小姐自己天性的表现，也是因为她遭遇了一连串的家庭悲剧后陷入孤独痛苦的生活。要理解她们的作品，就该记得夏洛蒂·勃朗特和妹妹艾米莉是因为无法忍受家庭教师和教师的生活才转向文学的，[①] 是为了缓和她们自己命运的悲哀和伤感才以想象创造了一个新世界的。然而，这个新世界里还有以往的悲哀，勃朗特所有的小说后面都有一颗痛苦的心。夏洛蒂·勃朗特最有名的作品是《简·爱》（1847），这部作品让人们隐约想起马洛的戏剧，虽然缺陷不少，却是强烈爱憎的有力和迷人表现。作品一下子就得到了大众的喜爱，作家也因此跻身在世小说家的前列。《简·爱》除了是一本小说之外，它的有趣之处在于开始的部分也反映了作者自己的生活和经历。《简·爱》加上《雪莉》（1849）和《维莱特》（1853），就组成了三部曲，这个天才的女性就因这些小说被后人纪念。

[①] 艾米莉·勃朗特（1818—1848）的天分只是略低于其名声大振的姐姐。她最有名的作品是《呼啸山庄》（1847），一部有力、病态的爱恨交织的小说。马修·阿诺德曾说，"就是为了刻画激情、热切和悲痛"，除了拜伦，无人比得上艾米莉·勃朗特。夏洛蒂·勃朗特的小说《雪莉》中有一幅精美的艾米莉·勃朗特画像。

四　爱德华·布尔沃·利顿

利顿是个实实在在的多面手，19 世纪流行的小说类型他几乎都尝试过。他早年受拜伦的影响，写诗写戏剧；可他的第一部重要作品，也是他最好的小说之一《佩勒姆》（1828）是对拜伦式绅士的嘲弄。《佩勒姆》书写上层社会的当代礼仪，有萨克雷之风，同一类型的其他小说，相似性就更加明显，例如《马尔特拉瓦斯》（1837）、《卡克斯顿家族》（1848—1849）、《我的小说》（1853）和《凯内尔姆·齐令里》（1873）这些作品。利顿至少有两部小说让人想起狄更斯，就是《保罗·克利福德》和《尤金·阿拉姆》，主人公是罪犯，却没有刻画成社会的压迫者，反而成了受害者。利顿一度十分受人欢迎，也曾试写过传奇小说，如《莱茵河畔朝圣录》和《赞诺尼》，还写过《魔鬼和妖怪》这样的鬼故事。如今他的名声主要源于模仿沃尔特·司各特的历史小说《庞贝城末日记》（1834）、《罗马英雄黎恩济》（1835）[①]和《哈洛尔德》（1848），后者是他最有雄心的作品，是历史的补充。利顿的小说既感伤又有点哗众取宠，虽然很有趣，可似乎不能在小说史上占据高位。

五　查尔斯·金斯利

内涵上与其他小说家的作品完全不同的是博学的神职人员查尔斯·金斯利的小说。他的作品自然地分成三类。第一类是社会研究和问题小说，例如《阿尔顿·洛克》（1850），主人公是伦敦的一个裁缝、诗人，还有《酵母》（1848），写的是

---

① 原文 *Riettza* 疑为 Rienzi（《罗马英雄黎恩济》）之误或另一拼法。——译者注

农业工人的问题。第二类是历史小说，如《痕迹》《海佩霞》
《西去》。《海佩霞》是一个基督教接触异教的故事，背景是 5
世纪初的亚历山大城。《西去》（1885）是他最有名的作品，
讲述的是伊丽莎白时代激动人心的英国海陆大征服的故事。第
三类各种各样的作品都有，其中最好的是《水孩子》，讲的是
一个烟囱清扫夫的故事，母亲常在晚间的床边读给孩子听——
盖着被子的孩子高高兴兴，瞪大眼睛听着。

六　伊丽莎白·盖斯凯尔夫人

伊丽莎白·盖斯凯尔夫人像金斯利一样，想把小说当作社
会改革的工具。她是曼彻斯特一个神职人员的妻子，亲见大城
市里的产业贫民的奋斗理想，她对他们的观察、同情就反映在
《玛丽·巴顿》（1848）和《北与南》（1855）里。1853 年，这
两部问题小说出版的间隙，她的经典之作《克兰福德》出版
了。小说中的克兰福德镇无疑就是柴郡的纳茨福德，盖斯凯尔
夫人的童年就在那里度过。她描写乡村的琐碎事务满是同情、
敏锐观察和温情幽默，这样《克兰福德》成了英语语言中最
令人愉快的作品之一。同时，盖斯凯尔夫人还写了英国文学中
最好的传记之一《夏洛蒂·勃朗特传》。

七　理查德·多德里奇·布莱克默

布莱克默作品很多，不过其名声主要源于 1869 年出版的
出色小说《洛娜·杜恩》。这个迷人传奇的背景是 17 世纪的
埃克斯穆尔。书中有许多传奇的场景和事件；自然景色描写尤
其出众；语言富于节奏感，简直就是诗；整本书别具一格，道
德严肃。虽然任何语言里都很难找到好的传奇作品，但《洛
娜·杜恩》完全配得上它在英国文学中赢得的经典之一的地

位。读者读了会获益的布莱克默的其他作品有他的第一部小说《克拉拉·沃恩》（1864），还有《斯盖尔女仆》（1872）、《春之天堂》（1887）、《佩利克洛斯》（1894）和《故事屋故事》（1896）。虽然这些都可以算是他不错的作品，可没有一部能像《洛娜·杜恩》那样受人欢迎。

八　乔治·梅瑞狄斯

梅瑞狄斯太像现在这个时代的人，都不好把他算作维多利亚时代的小说家。他第一部名作《理查德·费弗雷尔的苦难》出版于 1859 年，与乔治·艾略特的《亚当·比德》同年出版。但是直到 1885 年《十字路口的黛安娜》出版，他作为小说家的才能才广为人知。他与勃朗宁相像，小说情节紧凑、思想丰富，即便这样，他也在落寞无名中挣扎了多年，最好的作品大都出版了，快被忘记的时候他才在英语小说界获得了重要的位置。时间尚不足让人们判定他的作品是否能传诸久远，可是随便翻阅一下就会发现他与乔治·艾略特既相像又恰成对照，他与艾略特一样，是个现实主义者，是个心理学家；不过乔治·艾略特以悲剧宣扬道德教诲，梅瑞狄斯则更愿意用喜剧，他笔下的罪恶并不可怕，而是可笑。乔治·艾略特笔下的人物始终都是个人，展示的是普遍的道德力量对个人的作用。梅瑞狄斯作品中的主人公则是一类人，他让一类人表达他的目的和思想。因此他的人物说话都不像乔治·艾略特的人物那样自然；他们更像勃朗宁的人物，把一段话的内容塞进一句话或一声感叹里。因为令人费解的风格和心理，梅瑞狄斯一直都不是很受欢迎；可要是遇上善于思考的批评家，就会把他列为英国最伟大的小说家。刚开始接触他的读者最好读他最质朴最轻快的《亨利·埃斯蒙德的历险》（1871）。除了前文提到的两部，他最好的作品还有《包尚的事业》（1876）和《利己主义者》（1879）。人们认为，后者是维多利亚时代最有力最令人信服的小说之一。

九　托马斯·哈代

哈代与梅瑞狄斯一样，似乎应该属于当代，而不是过去。这两位小说家构成了有趣的对比。梅瑞狄斯文风晦涩难懂，哈代的文风则直接质朴，所见事物均为现实。梅瑞狄斯把人当作宇宙间最重要的现象，人的奋斗被胜利的希望之光照亮。在哈代笔下，人是世界上无足轻重的部分，在与比自己强大的力量斗争中，有时候既不能触及也不能影响制度，有时候则体现出以败坏人类事务为乐的阴冷的世俗精神。因此，哈代不是一个现实主义者，而是一个被悲观主义蒙住双眼的人。他的小说虽然有力，有时候还很迷人，可总是令人不愉快，其中的道德教化也不令人鼓舞。从读者的角度看，他早期的一些作品，如平和美丽的爱情故事《绿林荫下》（1872）和《一双蓝眼睛》（1873）是最有趣的。然而，哈代出名是在《远离尘嚣》出版之时，这本书最先匿名发表在《康希尔杂志》上，大家认为别人写不出来，很大可能是乔治·艾略特写的。一般认为，《还乡》（1878）和《林地居民》是哈代创作的精品。不过，哈代在我们这个时代写的两部小说《德伯家的苔丝》（1891）和《无名的裘德》（1895）更能代表哈代的文学艺术和悲观哲学。

十　罗伯特·路易斯·史蒂文森

与哈代恰成对比的是史蒂文森，这是个勇敢、快乐、阳刚的人，他的作品让人们变得更加勇敢、更加快乐。史蒂文森的小说除了有内在价值，还很有趣——它们是回归沃尔特·司各特的纯粹浪漫主义的标志。正如前文所述，19 世纪的小说有明确的目的。它不是要表现生活，而是要纠正生活，要给紧迫的道德和社会问题一个解决方案。19 世纪末，哈代对现代社会现状的忧虑成了一种对文学创作的压制，史蒂文森摆脱了这种压制，进入了令人快乐的传奇领域，这样，年轻人反而因此找到了问题的答案。问题变了，可青年人一如既往，因此，未来的人们可能会认为史蒂文森是英国作家中作品最能传诸久远的作家之一。他的一生都在"英雄般幸福地"战斗，最初是与贫穷斗，后来是与病痛斗，短短一篇文章根本写不尽他，就是一部长篇传记也不够，因为对史蒂文森来说，事件不重要，重要的是思想，而传记作家写不出思想。虽然他早就写出了更好的作品，可第一部成名作是《金银岛》（1883），一个引人入胜的海盗寻找藏金的故事。《化身博士》（1886）是一部深刻的道德寓言，史蒂文森把人物的心理和细腻分析留给了读者，重点关注的是小说中的故事。《诱拐》（1886）、《巴朗特里的村长》（1889）和《戴维·巴尔弗》（1889）是历险小说，其中满是真实的苏格兰生活。史蒂文森在萨摩亚过早离世，留下两部未完之作《赫米斯顿村的魏尔》和《圣·艾芙》。后者由奎勒－库奇在 1897 年完成；前者还幸运地保留原状，虽然没有写完，却被普遍认为是他的精品。除了这些小说，史蒂文森还写了许多散文，最好的篇目收集在《给少男少女》《人书旧事》《回忆与画像》里。《内河航程》（1878）、《塞文山区骑驴旅行记》（1879）、《横渡平原》（1892）和《生手移民》（1894）中则满是他游历的快乐画面。《下层丛林》（1887）是一小本诗集，《儿童诗园》则是母亲们一直愿意留着给孩子读的书之一。

作品里的史蒂文森都给人一种倾心玩乐而非工作的印象，

读者很快就会加入作者的快乐里。他人格美好，凭一人之力就唤醒了众多读者心中的爱与仰慕，我们自然可能夸大了他这个作家的重要性。即便这样，研读他的作品也会发现他是一个完美的文学艺术家。他的风格质朴完美，他的写法、事件都对当代作家有深刻的影响。

第六节　维多利亚时代的散文家

一　托马斯·巴宾顿·麦考莱（1800—1859）

麦考莱是 19 世纪最有代表性的人物之一。若把他与勃朗宁或萨克雷相比，他不是一个了不起的作家，可与同时代人相比，他与当时的社会和政治斗争联系更加紧密。麦考莱为劳动者的福音呼吁的时候，狄更斯正在写小说以改善穷苦者的状况。麦考莱精神振奋地肩负起他认为最重要的时代使命，恐怕在推进著名的改革法案的通过上，他了不起的演说要比任何人的贡献都大。像大多数伊丽莎白时代的人一样，他是一个留心实务的人，而不是一个文人，他的作品里看不到标志文学天才的想象力和心灵洞察力。人们的印象是他有一个敏锐、务实、诚恳的头脑，总是以往昔的经验观照当下的问题。而且，麦考莱这个人头脑非凡、天性快乐、正直诚实，本来就能鼓舞人们向往更好的生活。

（一）生平

1800 年，麦考莱出生于莱斯特郡的罗斯利坦普尔，父亲是苏格兰裔，一度任塞拉利昂获得自由的黑奴的总督，一生大部分时间都致力于废止奴隶贸易。麦考莱的母亲生于公谊会教徒家庭，才华出众、善解人意，麦考莱身上就有她的影子。父母的影响、麦考莱对家人的忠诚挚爱，在特里威廉那一本有趣的传记里有最好的记录。

孩提时代的麦考莱很像柯尔律治。三岁的时候，他就如饥似渴地读书了；五岁时他"说起话来文绉绉的"；十岁时他已经写成一部《世界通史概要》，还写了不少赞美诗、诗体传奇、维护基督教的论辩文章，以及一部雄心勃勃的史诗。他从孩童时期起读书就一目十行，终其一生都是这样，他读过的书数量和种类都多得令人难以置信。而且他过目不忘，不论是长诗还是文章，他只要读过一遍就能背出来；像《天路历程》《失乐园》《克拉丽莎》之类的小说，他不仅记得片段，而且能大段大段地引用。有一次，为了试试自己的记忆力，他竟然背出了四十年前他在一份报纸上读过的两首诗，尽管那两首诗他读过之后，四十年间再没有想到过。

十二岁的时候，这个神童被送进了小谢尔福德的私立学校，十八岁时，他进剑桥大学三一学院学习。在剑桥，他是个有名的古典学者和出色的演说家，只是数学不及格。他给母亲写的信里说："要是用词语表达我对那门科学的憎恶——它是对心灵的惩罚！还不如说就是挨饿、监禁、折磨、覆灭！"这句话可以用来评论麦考莱后来的写作，他的作品缺乏他所厌恶的科学的精确和逻辑次序。

学完学院课程，麦考莱又学习了法律，当了律师，投身政治，1830 年他进入议会，几乎立刻就成了自由党或辉格党的最出色的辩论家和演说家。格莱斯顿曾说："只要他一起身演说，人们就像听到了号角，挤坐到长凳上。"他当选议员时家庭贫穷，父亲后来又破产了，抚养兄弟姐妹的担子就落到了他身上；但是他毫无怨言，快乐地担起了责任，经过他的一番辛劳，一家人都过上了舒适的生活。他在政界春风得意，这不是因为有什么徇私或者阴谋，而是他才干过人、工作勤奋，且人品优秀。他曾几次进入议会，是印度最高议会的法律顾问，是内阁成员，这些别人奋斗一生都得不到的高位他婉拒了多次。1857 年，他的才干、为国辛劳都得到了认可，并因此获得了爵位，成了罗斯利的麦考莱男爵。

托马斯·巴宾顿·麦考莱

麦考莱的文学事业起步于大学时期他给杂志写歌谣和散文。后来的日子里，具体事务占用了他的大多数时间，他出众的散文都是早起或晚睡的时候创作的。1825 年，著名的《评弥尔顿》发表在《爱丁堡评论》上，轰动一时，麦考莱因此获得了公众的关注，此后的二十年间他一直是这本杂志的供稿人，公众也一直关注着他。1842 年，他写成《古罗马谣曲集》，1843 年，三卷本的《文集》面世。1847 年，因为热情赞同宗教容忍，他暂时失去了在议会的席位；这个损失实在是件好事，他有了机会创作《英国史》——这是一部他已经计划多年的不朽之作。1848 年，《英国史》前两卷问世，其受欢迎程度简直可以与最畅销的小说相比。第三、四卷（1855）

更加受人欢迎，麦考莱继续一心写作随后的部分，但1859年他突然离世了。他被葬在威斯敏斯特教堂的"诗人角"，离艾迪生很近。他在如日中天的时候写的一封信里的一段话还依然可以帮助人们了解他和他的事业。

> 如今可以诚恳地说，多少年来，这一段时间我最幸福——有空闲，独立生活。我身在议会，体面地大丈夫般地立身于议会之中。我的家境也属殷实。我有余闲致力文学，可也不是被迫要以这个挣钱。若我还有众多选择，我不敢肯定自己不会偏爱目前的生活。我的的确确十分满意。

（二）麦考莱的作品

1.《评弥尔顿》

麦考莱在文学界以散文、战歌和《英国史》出名。他的第一部重要作品《评弥尔顿》（1825）本身就值得研读，这是对那位清教徒诗人的评判，同时也是麦考莱所有作品的钥匙。首先，这部作品很有趣，不管人们有多么不同意作者的意见，这部作品还是很吸引人，让人们总是觉得懊恼的是竟然这么快就结尾了。其次，要关注的是这篇散文的历史品位。人们读到的不仅是弥尔顿，也是他生活的时代、他处身其中的伟大运动。麦考莱就是能够解说决定一个作家的作品和影响的那部分历史情形的作家之一，这部书中历史和文学恰当地结合在一起。再次，要注意的是麦考莱对他的主题的热情，一般的热情常常是盲目的，可是人们所见的这种热情，在追赶几乎令人喘不过气来的故事时却一直能高兴地感受到。麦考莱爱塑造英雄，笔下的人物总是在与困境斗争，人们天性里的英雄气由此苏醒，应和着作者的呼唤。最后，最突出的就是麦考莱的文风，他的风格清晰、有力、可信。《爱丁堡评论》的编辑杰弗里接到书稿后，激动地回复说，"我越揣测，却越不明白你的风格自何而起"。读者与这位编辑一样好奇，不过，若细加思考，就会明白这样的风格不可能随便得来——它是渊博的学识、无意中模仿其他作家、工作中一贯清楚地说话和写作的天分共同造就的。

2. 其他散文

另外的散文里也可见麦考莱创作之初的那些特点。他的散文涉及面很广，不过可以分为两大类：文学批评和历史散文。文学批评中有名的是评论弥尔顿、艾迪生、戈德史密斯、拜伦、德莱顿、利·亨特、班扬、培根和约翰逊的文章。历史散文中有名的是关于克莱夫勋爵、查塔姆、沃伦黑斯廷斯、哈勒姆的《宪法史》、冯·兰克的《天主教会史》、腓特烈大帝、霍勒斯·沃波尔、威廉·皮特、威廉·坦普尔爵士、马基雅维利和米拉博的作品。麦考莱大部分散文都创作于 1825 年至 1845 年，年富力强的他同时也在为现实的国事奔走。他的散文作品有片面处、有不准确处，可总是很有趣，许多繁忙的人最初的历史和文学知识都是因阅读这些散文而获得的。

3.《古罗马谣曲集》

麦考莱最好的诗歌作品就是《古罗马谣曲集》（1842），这是一本司各特式的歌谣集，歌颂罗马共和国时期的古代英雄。写这样的歌谣不需要太多思想和情感，需要的是清楚、活力、热情、情节，麦考莱天生就具备这些因素。然而，他希望叙事忠于传统，所以比其他歌谣作者用心得多。诗集出版后，很受人们欢迎，诗集中引人注目的是激动人心的尚武精神、细腻的诗歌艺术、对勇气和爱国之情的呼唤。就是五十余年后的今天，弗吉尼厄斯和贺雷修斯在桥上的片段还是许多读者最喜欢的部分。

4.《英国史》

麦考莱的经典之作《英国史》依然是英语里最受人们喜爱的历史作品之一。这本书本来的内容是要从 1685 年詹姆斯二世登基写到 1830 年乔治四世去世，但最后只完成五卷。麦考莱十分关注细节，五卷书只写了十六年的历史。据估计，完成同样规模的作品需要写五十卷，要一个人写上一个世纪。

麦考莱的写作方法与吉本相似。麦考莱对历史本身就很熟悉，可是在写作前，他还大量阅读，查阅原始文献，寻访他要描写的地方。萨克雷评论说，"麦考莱读二十本书才写一句，行百里路才写一行"。若说到麦考莱创作时的勤奋，这也不是什么夸张之辞。

麦考莱的历史散文与文学散文一样，都喜欢塑造英雄，他全身心地投入他所描写的场景氛围，文字的生动与真实性简直令人们吃惊。例如，蒙茅思叛乱或者审判七位主教的片段简直像司各特历史小说中的篇章一样精彩。

麦考莱搜寻材料就像讲究科学的历史学家一样，可使用材料时更像一个小说家或戏剧家。写到马基雅维利的时候，他说："最好的画像是有一点夸张的，我们不好说谨慎地使用一点虚构叙述的夸张历史作品是最好的，但这样的作品虽然准确性有所丧失，可效果却所获甚大。"无论他对历史作品的这个说法正确与否，麦考莱自己写作时就是这么做的，他的叙述就像小说一样引人入胜。他的人物个个都有血有肉，以他的话说就是"让我们到他们的屋子顶上、到他们的饭桌旁边"。这方法当然很好，只是也有缺点。麦考莱崇拜英雄，笔下的人物要么太好，要么太坏。他热衷于细节，却错失了重大运动的重要性，忽视了不拘小节的领袖人物的重要性；他喜欢描写重大事件，却看不到潜在的原因。总之，他缺少历史洞察力，他的作品虽然十分迷人，却很少被置于英国信史之列。

（三）普遍特征

阅读麦考莱的优秀散文和《英国史》章节的读者会发现三个特征。其一，麦考莱不是个文人，而是一个公众演说家。他的语言运用自如、表达出众、对照有力，逸事和插图让他把自己的意思说得清清楚楚。他的文风简明，"会跑的孩子就能读下去"，读者一直都喜欢他。其二，他饱满的精神和热情富于感染力，他说自己"全身心写作"，主要就是为自己的快乐和消遣。通常快乐写作的人会唤醒读者心中的快乐。其三，麦考莱有"气质缺点"。他博闻强记，却没有时间思考以形成定论。正如格莱斯顿所说，麦考莱"总是在讲述、回忆、阅读、创作，从不反思"。因此，他写出了那篇席卷整个英国的《评弥尔顿》，后来却说其中"没有一段是自己成熟的判断所赞同的"。无论演说还是写作，他总是考虑急切的听众或读者，他内心那天生想要掌控和迷住众人的演说家力量一直都在。因此他就放纵热情，旁征博引，一心取悦读者，忘记了批评作品或历史作品首先要准确，其次才是有趣。

二　托马斯·卡莱尔（1795—1881）

与麦考莱形成鲜明对照的是杰出的快乐散文家托马斯·卡莱尔，他是19世纪的先知和监察员。麦考莱是一个务实的人，帮助并乐于看到他热爱的英国进步。卡莱尔远离现实事务，疑虑地旁观他的时代的进步，告诉人们值得人类努力的只有真理、正义和不朽的生命。麦考莱喜欢物质享受；最喜欢有出众的时髦人物陪伴；即便是病痛缠身的时候，他的写作也满怀希望和温厚。卡莱尔却像一个沙漠里来的希伯来先知，他的预言要旨是：“给在耶路撒冷快乐着的人以痛苦！”两个人都是这个世纪避开两种极端的典范人物，只是方式不同——麦考莱务实且乐于有用之事，卡莱尔则精神痛苦、内心挣扎不已——我们会发现时代标准在我们身上留下的深深痕迹。

（一）卡莱尔的生平

1795 年，彭斯去世前几个月，卡莱尔出生在邓弗里斯郡艾喀尔菲亨，此时司各特还没有出版他的处女作。卡莱尔与彭斯一样，出身农民——健壮、淳朴、敬畏上帝，农民身份对他后来的生活影响之大难以估量。提到母亲，卡莱尔说，“与她

托马斯·卡莱尔

（仿詹姆斯·麦克尼尔·惠斯勒的画像）

生活的这个星球比，她太温和太恬静"。提到自己的石工父亲，他写道："我全心希望的是像他盖房子一样写书，像他那样男子汉般地走过这个阴郁的世界，不要让后人指责。"

《旧衣新裁》里有一些卡莱尔早年学校生活的有趣片段。九岁时，他进安南语法学校学习，学校里大孩子欺侮他，给他送了一个"泪包"的绰号。他对当时的老师只有嘲弄，称他们是"瘦骨嶙峋的书呆子"，给学校起了个德国名字"后击文理中学"。父母希望他能进入政府部门工作，他一直忍受到1809 年进入爱丁堡大学。随后就开始了五年的痛苦生活，他的记录是："我自尊有余，也有幽默，早早患了胃病，没有朋友，没有体验过人间生活。"他经常发脾气，责备公众，这种令他不得安宁的疾病是重要原因，但不友好的批评家常常因此苛责他。

大学毕业之后，卡莱尔备尝艰辛。他放弃了进入政府部门工作的打算，他深爱的父亲为此十分伤心。无论他走到哪里，疑虑总是如浓雾般包围着他，他怀疑上帝、怀疑同伴、怀疑人类的进步，进而怀疑自己。他身无分文，第一要务是踏实谋生。他先后当过中学教师、大学导师，学过法律，还为《爱丁堡百科全书》写过各种文章。卡莱尔一直在怀疑中挣扎，他说生活"一直就在不确定的恐惧中"。一连六七年他都痛苦不已，这有时候令人想起班扬的心灵挣扎。1821 年，关键时刻到来了，当时卡莱尔突然间就摆脱了疑虑，发现了自我。"就是一瞬间，"他在《旧衣新裁》里说，"我心中就有了一个念头，我自问：你到底害怕什么？为什么像一个懦夫一样沮丧抱怨、畏畏缩缩？你这个卑劣的家伙！你面前最可怕的灾祸究竟是什么？死亡？唉，死亡，也说下地狱的痛苦吧，还有魔鬼和人能做的一切对付你的事！你没有心吗？你不能忍受

爱丁堡大学

一切痛苦吗？虽然是个流浪者、自由之子，地狱消耗你的时候把地狱踩到脚下，让地狱来吧！我要蔑视地迎上去！我就这样想着，似乎一股火焰漫过我的整个灵魂，我把邪恶的恐惧永远地甩脱了。"这场恐惧与信仰的斗争以及信仰的胜利都记载在《旧衣新裁》的两个重要章节"永远的肯定"和"永远的否定"里。

　　此时的卡莱尔确定要从事文学事业，只要能糊口什么都愿意做。他从法语翻译了勒让德尔的《几何学》，为杂志写文章，从事翻译的同时继续研究德国文学。他翻译的歌德的《威廉·迈斯特》于 1824 年问世，1825 年又出版了《席勒传》，1827 年出版了《德国传奇选例》。就在此时，他开始与自己的文学英雄歌德通信，直到这位德国诗人 1832 年去世。1826 年，卖文为生的卡莱尔与才华简直与自己一般无二的美貌女子简·威尔士成婚。不久，卡莱尔为贫穷所迫，一家人回到了克里根－普托克（霍克斯山）的一个农场，过起了远离亲朋、孤独沉闷的生活。卡莱尔在农场生活了六年，他许多最好的散文和《旧衣新裁》最有原创性的部分就是在这期间写的。《旧衣新裁》寻求出版整整两年，最后在 1833—1834 年的《弗雷泽杂志》上连载刊出了。这时的卡莱尔开始以一个作家的身份进入公众视野，因为觉得靠杂志谋生的人要与编辑密切联系，于是他听了妻子的话迁居伦敦"创业谋食"。切尔西的切恩街一向因莫尔、伊拉斯谟、博林布鲁克、斯摩莱特、利·亨特和许多其他文学界名人而知名，卡莱尔就在这里安顿下来——开始享受自孩童时期以来的第一次真正平静的生活。1837 年《法国大革命》问世，卡莱尔名声大噪；同年，为了挣钱，他又开始做系列讲座——《德国文学》（1837）、《欧洲文化的阶段》（1838）、《现代欧洲的革命》（1839）、《英雄与英雄崇拜》（1841）——整个伦敦为之轰动。利·亨特说："卡莱尔似乎就是清教徒复生，他的思考、经历和德国哲学解放了他。"

虽然卡莱尔反对当时的潮流，称《改革法案》是"进入黑暗"，民主"是最坏而不是最好的管理"，他质朴的真诚却不容置疑，尚在世的作家中他的话被人们引用得较多。而且他身边围绕着一伙支持他的朋友——爱德华·欧文、骚塞、斯特林、兰多、利·亨特、狄更斯、穆勒、丁尼生、勃朗宁，还有最有力的支持者爱默生。1833 年爱默生到克莱金普陶克专程拜访了卡莱尔，因为爱默生的巨大影响，卡莱尔的作品在美国比在英国更受欢迎，卡莱尔也因此挣了更多的钱。

重头著作《腓特烈大帝传》（1858—1865）出版后，卡莱尔的名声如日中天。卡莱尔为这本书整整苦熬了十三年，以他的话说，就是"毁了整个家庭生活和幸福"。1865 年，《腓特烈大帝传》完成，卡莱尔被推选接替格莱斯顿成为爱丁堡大学名誉校长，这是他最自豪的时刻。人生一片欢欣，可当他在苏格兰发表就职演说的时候，噩耗传来，妻子去世了，这是一个巨大的打击，他从此一蹶不振。此后他活了十五年，疲惫而漠然，他的最后时日就像十一月的一个迟钝的黄昏。若能想到他对伴侣曾一同辛劳却没有分享成功的悲痛与悔恨，也就容易理解《回忆录》的满纸忧伤了。卡莱尔于 1881 年辞世，按照他的遗嘱，他没有葬在威斯敏斯特教堂，而是葬在了艾喀尔菲亨普通亲人的墓地中间。不管人们有多不赞成他的思想，遗憾他在小作品里的粗暴，也都会赞许他在一封信里的观点，他的所有斗争和写作的目标就是"人类应该寻求真理、信仰真理，要过配得上真理的生活"。

（二）卡莱尔的作品

评价卡莱尔这个人、这个作家，有两种分歧很大的观点。第一种观点的依据主要是他的次要作品，如《人民宪章运动》《当今小册子》《拍摄尼亚加拉》，认为他文风粗野、暴躁易怒、反人类；他对不理解的人与物，如进步、民主、科学、美国、达尔文都著文抨击；他的文学见解都是偏见；他以先知开始却以责骂者结束；他言行不一，抨击各种虚伪，自己却是虚伪者。第二种观点依据的是《英雄与英雄崇拜》《奥利弗·克伦威尔的书信和演讲》《旧衣新裁》，宣称这些作品是天才的最佳表现；认为他的文风粗犷独特，别人与他一比，都显得虚弱苍白；他是 19 世纪了不起的导师、领袖和先知。

其实平衡这两种极端的意见才会发现真相。人们也留意到，认可第一类批评意见有些理由的时候，还要以一个作家最好的作品而不是最差的作品判断他，一个人的成就和目的必然都要考虑到，正如"若要在你的心里为我的名字建造屋宇，突出处就是在你的心里"。无论卡莱尔和他的作品有什么不足，他的内心一直就想着给真理和正义之神造就宫殿。

卡莱尔的重要作品可以分为三大类——文学批评作品、历史作品和《旧衣新裁》。以前的文学中没有《旧衣新裁》这样的东西，所以它自成一类。其实还应该加上传记、《书信集》和《回忆录》，他写的传记就是人人钦佩的《约翰·斯特林传》。《书信集》和《回忆录》十分有趣，可以作为他更好的知名之作的参照。此处略去了他的译作，还有他在《人民宪章运动》、《当今小册子》和一些散文中对人类和体制的过度抨击，这些对他的名声和影响都无足轻重。

1.《论彭斯》

散文中，能体现卡莱尔直指事物核心、揭示作家心灵而不是作品的最好的几篇是《论彭斯》《司各特》《歌德》《特点》《时代的标志》《鲍斯韦尔的〈约翰生传〉》。[①]《论彭斯》中的这几篇通常都会被选出来细心研读，它们有四个方面很突出。①卡莱尔完全胜任自己选择的使命，他与他的英雄有许多共同之处。②卡莱尔风格独特、持论明确，往往会把人们的注意力引到他的话题之外，可是在《论彭斯》里，他似乎可以暂时忘却自我，一直坚守自己的话题，让人们想到的是彭斯而不是

---

① 卡莱尔的文学见解虽然十分积极，但不可全盘接受。有时候他的见解很片面、很偏激，更多表现的是他自己，而不是他所研究的作家。

卡莱尔。他的风格虽然缺乏润饰，可是十分质朴耐读，没有中断、粗糙、突兀和让他的许多作品减色的一般的"结节"。③卡莱尔对传记和文学批评别具新见。批评的目的是揭示人的本身、目的、理想和对宇宙的看法，传记的目的是"揭示社会作用于他的结果和方式，结果和方式都自他对社会的影响而来"。④卡莱尔评论人的时候常常很严格，有时候甚至很严厉，可是在《论彭斯》里，彭斯"生活片段"的悲剧吸引着他、软化了他。他日趋热情，稀奇的是，他还明确地为他的热情抱歉，"我们爱彭斯，我们同情他；而爱和同情是会放大的"。这样，他就奉献了最柔和、最有欣赏力的散文，也是英语作品里最有启发性的关于彭斯的文学批评。

2.《英雄与英雄崇拜》

《英雄与英雄崇拜》（1841）是卡莱尔作品中被人们读得最多的书，卡莱尔历史作品的核心思想就在这本书里。"世界历史，"他说，"实际上就是奋斗过的伟大人物的传记。"要了解历史真相，不光要研究大事件，还要研究人物；不仅要读正式文件，还要读英雄传记。卡莱尔在这部书中总结英雄有六类：①神祇英雄，主体是奥丁神，是"典型的诺斯曼人"，卡莱尔认为奥丁原来可能是一个英雄酋长，后来被国人神化了；②先知英雄，讲的是穆罕默德和伊斯兰教的兴起；③诗人英雄，但丁和莎士比亚是典范；④牧师或宗教领袖英雄，如路德就是宗教改革的英雄，诺克斯是清教主义的英雄；⑤文人英雄，卡莱尔的选择令人惊奇，他选的是约翰逊、卢梭和彭斯；⑥国王英雄，如克伦威尔和拿破仑这样的革命英雄。

《英雄与英雄崇拜》不是一本历史书，也不是以吉本的方式科学写成的书。卡莱尔对任何形式的科学都没有耐心；科学在建构理论之前要耐心搜寻事实和证据，无论是关于国王还是青菜，这些辛苦的价值他没有给予正确估计。所以，这本书错讹很多，不过都是一些粗心所致，甚至是无关宏旨的错误。最严重的错误是他对历史的想法。现代各阶级日渐获得自由，他不赞成这个时代的历史理念。在他看来，民主的进步是邪恶的，是"转向黑暗和混乱"。按他的意见，上帝会在一定的时间给我们派来天才，有时候是牧师或诗人，有时候是战士或政治家；不过，不管他们表面上是什么，他们就是我们真正的治理者。而且，卡莱尔认为，不管何时，这些人一出现，大众就要追随他们，一个人被追随就是他英雄精神和君主身份的可靠标志。

不论赞成卡莱尔与否，都该暂时接受他特殊的历史观，否则《英雄与英雄崇拜》的价值就不会显露。这本书里满是原创的、有力的惊人之论，弥漫着一股强烈的道德诚意。人们越是读它，就会发现自己越钦佩、越不愿忘怀它。

3.《法国大革命》

卡莱尔的《法国大革命》（1837）应该被看作一部严肃的历史著作；不过，他的英雄崇拜又挤上前来，他的作品就是聚光于戏剧情形里的众多人物，而不是追寻结果的起因。书中章节的名称——"复活的阿斯特来亚""空谈者""战神德布罗意"——往往与现代的历史理念不合，这更让人想起卡莱尔的个人风格，而不是法国历史。书中的他不是历史学家，而是宣传家。他的文本就是永恒的正义，他的教训就是所有的恶行必然会招来恶报，他的方法很有戏剧性。他从众多的历史细节中选择了一些独特的历史事件和鲜明的历史人物，生动地描写了暴民冲向凡尔赛宫、路易十六之死、恐怖时代等事件，就像见过灾变的亲历者。他描写丹东、罗伯斯庇尔和这场悲剧中的其他大人物，让人想起莎士比亚的历史剧；而在描画冲动引导的暴乱者的骚动时，就更像一部伟大的散文史诗。虽然怎么说这都不是一部信史，可它是英语作品里最有戏剧性、最令人激动的故事。

4.《奥利弗·克伦威尔的书信和演讲》

卡莱尔还有两部历史作品至少值得留意一下。六卷本的《腓特烈大帝传》是普鲁士帝国这位英雄的生活与时代的巨幅画卷。《奥利弗·克伦威尔的书信和演讲》是卡莱尔最好的历史作品。他的用意是揭示这位伟大的清教领袖的心灵。最重要的是他先把克伦威尔自己的话记录下来，然后以评论的方式把它们连接起来，评论里满是生动有力的人物和事件描写。克伦威尔是卡莱尔崇拜的伟大英雄之一，他细心地展示着催发他热情的事件。结果就是卡莱尔创作出一位伟大人物整体上最逼真的画卷。别的历史学家一直诽谤克伦威尔，英国大众对克伦威尔满是偏见和恐惧；卡莱尔的力量表现在他以一本书改变了英国大众对一个伟人的判断。

5.《旧衣新裁》

卡莱尔唯一的创新作品《旧衣新裁》（1834）是一本哲学与传奇的混合之作，既有智慧，又有胡言乱语——作者头三十五年思想、情感和经历的混乱拼凑。书名的意思是"修补的裁缝"，来自一首古老的苏格兰歌曲。主人公是提奥奇尼斯·托尔福斯德吕克——一个德国教授，在维斯尼希特沃大学（不知其所在）工作。故事就是这位奇怪的教授的生平和观点。书的中心思想就是衣服的哲学，这被认为是思想的外在象征表现。这样，人的身体就是他的心灵的外衣，宇宙就是不可见的上帝的可见外衣。裁缝的工作笨拙而难以效法，为了让裁缝自由地引进新方法，卡莱尔假设了一个编辑职位，主要翻译、编辑老教授的手稿，手稿是一堆装在十二个纸袋子里的数

不清的纸张，纸袋子分别以黄道带的名称命名。编辑假装要把
这些混乱的手稿整理一下。他随便就从一个话题跳到另一个话
题，引用手稿中的话语发表惊人之论，在文中加注释表示他不
为托尔福斯德吕克的疯话负责——这些其实都是卡莱尔自己的
想象和理想。就是这个原因，他的作品有时候语无伦次，虽然
有时候很生动，也会因为其文风不免有含糊和不合语法之处。
《旧衣新裁》不是本易读的书，可是若要花时间，必会有所
得。其中的许多段落不像散文，更像诗。读者读了"永远的
否定"、"永远的肯定"、"回忆录"和"正常的超自然主义"
这些章节，内心肯定会有变化。他走过这世界会更加温柔、更
加虔诚，似乎就走在永恒里，因为卡莱尔的思想进入了他的
心里。

（三）卡莱尔作品的总体特征

关于卡莱尔的文风，读者意见不一。因为他以差异很大的
方式影响了不同的人，而且他的表达差别很大。有时候他似乎
就在谈话，平静、冷峻、幽默、令人信服；有时候他又似乎狂
热异常，对着读者挥着胳膊又喊又叫。麦考莱的风格就像是一
个十足的演说家，若称卡莱尔是一个说教者也完全是合理的，
只要能给读者留下强烈的印象，他不太在意方法。一个现代文
学批评家就说："他的指尖到处，句子都活了。"虽然卡莱尔
常常不遵守语法和修辞的规则，但人们还是愿意让一个创造性
天才以他生动和优美的方法表达他自己的严肃信念。

（四）卡莱尔的理念

卡莱尔的理念可以用两个词语总结——工作和沉默。卡莱
尔主要是为上层社会演讲和写作，富有感情地讨论世界上劳动
者的情形；他为后者要求的不是慈悲和同情，而是正义和荣

誉。所有的工作，不管是脑力的还是体力的，都是神圣的；工作本身就足以确认一个人是不是大地和上天的子女。卡莱尔认为社会上满是平凡事务，他以真诚为标准，呼吁人们放下虚伪，思考真理，以真理而活。他没有艾迪生那种细腻的讽刺和幽默，他认为那是虚假的东西。他愤怒起来就显得粗暴而冷漠。不过不可忘记，比卡莱尔更加了解社会的萨克雷在《名利场》和《势利脸谱》中也满是贬损地刻画社会。很明显，社会需要坦诚的发言，卡莱尔则以《圣经》的方式发言了。了解卡莱尔笔下的社会的哈丽特·马蒂诺总结卡莱尔的影响时说他"给英国人心中灌输了真诚、热切、健康和勇气"。除了上述的卡莱尔的理念，他还有一个信念，世界是由他从未忘怀的正义之神管理的，人类历史是"无言的《圣经》"，只不过在缓慢地展示其神圣目标。若确信这一点，就会更好地理解19世纪的道德和知识生活中卡莱尔的道德魅力和深刻影响。

三　约翰·罗斯金（1819—1900）

开始学习罗斯金，首先要知道他是一个了不起的好人，这个人比他的书更要激励人。他有些方面像朋友卡莱尔，他也自认是卡莱尔的信徒；可是他的同情更宽厚，他更满怀希望、更鼓励人、更仁慈。面对竞争体系里的辛劳和贫穷，卡莱尔借斯威夫特《一个温和的建议》的严肃讽刺建议组织年度打猎，成功人士可以射杀不幸的人们，以猎物供养陆军、海军。面对同样问题的罗斯金则写道："我再也不能沉默忍耐；从今日起，虽然没有多少助手，也要尽力减除这种苦难。"他随之放弃了自己已经是公认领袖的艺术批评领域，开始撰文讨论劳动和正义问题。他捐献财产，建立学校和图书馆；还建立了圣乔治工人同业公会，把自己和卡莱尔主张的兄弟友爱和合作原则推向实践。

虽然他的文风出众，足可跻身英语散文大家之列，可一般不把他当作一个文学人物，而是把他看作一个道德教师，除非人们看到书后那个勇敢真诚的作者，否则就很难欣赏他的作品。

约翰·罗斯金

（一）生平

1819 年罗斯金生于伦敦。父亲是生意兴隆的酒商，发了大财，闲暇时间就读书、欣赏画作。儿子罗斯金给他的墓碑上写的是："这是一个诚实的商人，所有的人都珍视他，觉得他乐于助人。他最爱儿子，教他说真话，说出他的真诚。"罗斯金的母亲笃信宗教，稍有一点儿严肃，深信所罗门的话"智慧来自棍棒和斥责"，教养儿子如清教徒般严格。

罗斯金早年生活在伦敦郊区的赫恩山，这段生活记录在有趣的传记《自传》里。他的这段童年时光既短促又孤独，不过还是有几件影响了他性格的事情值得提一下。第一，他受到的教育既有训导，又有实例，凡事都要说真话，而他此后牢记不忘。第二，他玩具很少，大部分时间都在玩赏花、叶、云甚至地毯上的人物和图画，这是后来出现在他的作品里的细腻、准确观察的基础。第三，他的第一位导师是母亲，其后是私人教师，所以他没有接受过公立学校的训练。这种孤立培养的影响在他所有的作品里都有体现。他与卡莱尔一样自信武断——这是没有以当时其他人的标准检查他的作品的结果。第四，他每天都大段大段逐字逐句地读《圣经》。结果就是，他说，"我听《圣经》的每一个词就像听耳熟能详的音乐一样"。阅读他的后期作品，总会发现这些神圣文本的高贵质朴以及其中的生动意象。第五，他与父母多次出游，旅途中见到的英国和欧洲的如画美景强化了他本来就有的对自然的热爱。

1836 年，十七岁的罗斯金进入牛津大学基督教堂学院学习。这个羞怯、敏感的孩子热爱自然、热爱一切反映自然的艺术，只是完全不知道该怎么当学生，该怎么成为一个男子汉。1840 年，一直令他烦恼的肺病发作，他只好离开牛津大学。为了恢复健康、改换心情，随后的两年他就在意大利各地漫游，为后来的成名作《现代画家》的第一卷搜集材料。

罗斯金的文学事业自童年时期就开始了，那时候大人鼓励他随意写作诗歌和散文。1859 年已经是成名的散文家的罗斯金出版了一部自己画插图的诗集，不过，除了插图，这本书没有多少重要意义。《现代画家》（1843）第一卷本来是热情支持艺术家特纳的，最后成了一篇论"艺术是自然的真正图画"的艺术散文，"艺术的外在景象、内在精神都是这样"。这部当时只简单地署名"牛津毕业生"的作品激起了一场意见不一的风暴；不过不管批评家对其艺术理论有多少争辩，大家都认为这个无名作者是写景散文的大家。此后的十七年间，罗斯金经常去欧洲参观艺术馆，又写出了《现代画家》的另外四卷。同时他还在写别的书，——《建筑的七盏明灯》（1849）、

《威尼斯的石头》（1851—1853）、《前拉斐尔派》以及众多的
讲义和散文，这些成绩让他在艺术界享有了类似马修·阿诺德
在文学界的地位。1869 年他被任命为牛津大学艺术教授，这
大大提升了他的声望和影响，不光是在学生中间，还有在众多
讲座听众和读者中间。《艺术讲座》、《雕塑讲座》、《版画讲
座》、《迈克尔·安吉拉和丁托列托》、《英国的艺术》、《亚诺
河谷》（托斯卡纳艺术讲座）、《圣·马克的休憩》（一部威尼
斯历史作品）、《佛罗伦萨的清晨》（是对基督教艺术的研究，
如今经常被用作佛罗伦萨美术馆的导游册）、《菲耶索莱的规
则》（一篇学校素描和油画的论文）、《威尼斯的美术学院》、
《英国的快乐》，所有这些围绕艺术的作品都表明了罗斯金的
文学努力。此外还有《爱的侍从》（对鸟的研究）、《普罗塞尔
皮娜》（研究花朵的）、《丢卡利翁》（研究波浪和石头的），
他还就政治经济学写了各种文章，这表明罗斯金像阿诺德一
样，也开始关注时代的现实问题。

1860 年，罗斯金的声望如日中天，他一度抛开艺术，开
始思考财富与劳动的问题，当时的经济学家们自如地使用这些
词语，却没有过多思考它们的基本意义。"除了生活没有财
富，"罗斯金这样宣称，"生活，包括爱、喜悦、仰慕的力量。
能够养育最多的高尚和幸福的人们的国家拥有最多的财富。"
戈德史密斯在诗作《荒村》里就宣扬过这样的信条，被人们
认为太情绪化，可是这样的说法出自英国这位了不起的领袖和
导师之口，简直就像一颗炸弹。罗斯金写了四篇文章支持这一
理念，呼吁政府更社会化，以便改革。这些文章发表在《康
希尔杂志》上，当时萨克雷是杂志的编辑，公众反响太强烈，
文章便没有继续发表。罗斯金随后把这些文章编辑成册，1862
年以《时至今日》之名出版了。《关于政治经济学的论文》

（1862）是另一部观点新颖的探讨资本与劳动原则、竞争体系罪恶的作品，有人指斥作者是空想家、疯子。这一实践阶段的作品还有《岁月》《劳动者的力量》《芝麻与百合》《野橄榄花冠》。

罗斯金的晚年坎坷渐多，首先是他的计划都落空了，其次是大众对他的目的和理性的批评。批评家批评、斥责他的原则，这使他痛苦不已，有时候他就像卡莱尔一样满腹怨言。不过，人们还是应该记得他奋斗于其中的环境。接踵而至的疾病击垮了他的身体，他的爱情生活令人失望，婚姻也不幸福，努力似乎都归于失败。他几乎把全部财产都捐给了慈善事业，可是穷人似乎比以前更多了。他创立的著名的圣乔治工人同业公会也不景气，竞争体系的暴虐似乎树大根深，难以撼动。1879年罗斯金的母亲离世，他离开伦敦，退隐科尼斯顿湖畔的布兰特伍德，这里风景秀丽，是华兹华斯原来钟爱的地方。"家中天使"——表妹塞文夫人悉心照料着他，他就在这里平静地度过了生命中最后的时光。因诺顿教授的建议，他在这里写了自传《普雷特列塔》，该书以独立的个人眼光回顾了青年时期的活动，是他最有趣的著作之一。1900年他平静离世，依照遗愿，没有举行隆重的葬礼和仪式，他被安葬在科尼斯顿的小教堂墓地。

（二）罗斯金的作品

罗斯金作品很多，人人喜欢，有三本该列在最前面。《尘埃伦理学》是面向家庭主妇的系列讲稿，特别受主妇们喜爱。《野橄榄花冠》是三次讲演的书面稿，分别讲工作、买卖和战争，面临职业和责任问题的好学深思的人特别喜欢这个作品。《芝麻与百合》是男女皆宜的作品，罗斯金的作品中，这一部最有名，也最适合初学者阅读。

1.《芝麻与百合》

《芝麻与百合》中最先引起人们注意的是其象征性的题目。"芝麻"来自《天方夜谭》中强盗洞的故事，意思是打开宝库的密语或护身符。无疑，它的本意就是介绍这部作品的第一讲，即《国王的宝藏》，谈论书籍和阅读。"百合"出自《以赛亚书》，是美、纯洁与和平的象征，介绍的是第二讲《王后的花园》，详细讨论了女性的生活和教育。这两讲编成一本书本来就很恰当，可是作者又加了一部分《生活的神秘》。这一部分以对话开始，说的是自己生活中的失意，全篇弥漫着一种忧伤，有时候简直就是悲观，与另外两部分的气氛完全不同。

2.《国王的宝藏》

虽然第一个讲演的主题是书籍，罗斯金却想办法向读者展示了他的整个生活哲学。他以大量的细节给人们讲述了一本真正的书的构成。他以弥尔顿的《黎西达斯》为例细究词语的意义，指导人们如何去阅读。这种对词语的细究给了人们打开"国王的宝藏"——那些收藏各个时代高贵心灵、思想的珍贵书籍的钥匙。

罗斯金揭示了教育的真正意义和目的、劳动的价值和生活的意义；他谈到了自然、科学、艺术、文学、宗教；他界定了政府的职能，表示衡量国家是否伟大的标准不是金钱和商业，而是精神生活。他批评了时代的不公，并引用劳作和苦难的悲惨故事表明他的理论是多么适应日常所需。这部作品规模不大，可是异常丰富，没有含混之处。罗斯金的头脑长于分析，一个个话题的过渡也非常自然。

3.《王后的花园》

在《王后的花园》里，罗斯金探讨的是女性的地位和教育问题，这个问题丁尼生曾在《公主》里予以解答。罗斯金的观点是一切教育的目的都是获得力量护佑、补偿人类社会，女性要一直在这一事业中起表率作用。罗斯金在文学中搜罗例子，他认为文学女性，尤其是莎士比亚笔下的完美女性无人可比。罗斯金长于创作谈论女性、声援女性的作品，这部作品的理想崇高，巧妙的表达又十分少有，基本是罗斯金作品中最令人愉快、最鼓舞人心的。

4.《时至今日》

罗斯金的社会批评作品里，表达其经济学说主旨的有两部，给工人的系列书信《劳动者的力量》和由讲述政治经济原则的四篇论文组成的《时至今日》。《时至今日》的讨论前提是当前的竞争体系的核心是财富的理念，罗斯金想要探讨究竟什么是财富。他的核心观点是人比钱更重要；一个人的真正财富应该在其心灵，而不是在其口袋里；生活和工作的主要目标是"产生出尽可能多的呼吸通畅、双目明亮、内心幸福的人"。

要实现这个理想，罗斯金有四个建议。①建立培训学校教授青年男女三方面的内容——健康的法则和实践、高贵和正义的习惯、可以赖以生存的职业。②建立农场和工作坊生产一切生活必需品，只接纳优良的、诚实的人参与工作，工作和薪水要有标准。③失业者应该被接纳入最近的政府学校：如果缺乏能力，就要教授其技能；如果能胜任工作，就要为其提供就职机会。④要有舒适的家园接受老者和病者，应该出于正义，而不是慈善。劳动者应该像战士或政治家一样服务国家，这种情况下退休金绝不该是不光彩的。

5. 艺术作品

罗斯金的艺术作品很多，值得推荐的是《建筑的七盏明灯》（1849）、《威尼斯的石头》（1851—1853）和《现代画家》前两卷（1843—1846）。说到罗斯金的艺术理论，西德尼·史密斯预言说，"它引发了品位领域的革命"。此处不过多讨论，只指出他作品里最明显的四个原则：①艺术的目的，像人类其他努力一样，就是发现并表达真理；②艺术要忠于现实，必须摆脱常规老套，要模仿自然；③道德与艺术联系紧密，精研任何艺术都会发现艺术生产者的道德优势和弱点；④艺术的真正目标不是取悦少数文雅之士，而是服务于平常生活之日用。"投射光于画作了不起，"他说，"给生活投射光就更了不起。"罗斯金努力奋斗，实际目的就是要让艺术服务于生活。在这一点上，他是当时的所有伟大作家的同盟，他们把文学当作推进人类进步的工具。

（三）总特征

阅读罗斯金的作品就像游览画廊，一会儿驻足观赏一幅画像或乡村风景画，一会儿又惊叹艺术家的画技之巧，却把艺术家的主题忘记了。罗斯金是伟大的文学艺术家，也是伟大的道德导师，人们欣赏这一个作品是因为文风，而下一个作品可能就是因为他给人类传达的理念了。他最好的散文作品应该是《普雷特列塔》和《现代画家》中的描写片段，这些部分意义含蓄、文字华美、形象丰富，有时候很有节奏感，其韵律简直像诗作一样。罗斯金对各种形式的美都有过人的敏感性，可能超过任何一位英语作家，他帮助人们看到并欣赏了周围世界的美好。

（四）罗斯金的道德理念

罗斯金的道德理念很丰富，而且在多部作品中都有体现，随便的总结会显得不充分。整整半个世纪以来，他都是英国的

"美的使徒"，他所维护的美从来不是文艺复兴中那样愉悦感官的、异教的，而是信奉宗教的，面对的是人的心灵而不是人的眼睛，是面向更好的工作与生活的。罗斯金在经济文章里更加坦诚、更富有道德性。总结一下罗斯金的目的和理念，就是改变让人们劳作、悲伤的不合理的邪恶的竞争体系；让老板和侍者互相信任、互相帮助；把寻找美、真理、善良当作生活的主要目标，发现了美、真理、善良之后，让人们的内心追随它们。把艺术和文学的财富与穷人富人一起分享；不管是体力劳动还是脑力劳动，都不停工作，赞美人们所热爱的事物。而最突出的是，罗斯金就像乔叟笔下的乡村牧师，在说教前他已经实践了自己的信条。

四 马修·阿诺德（1822—1888）

阿诺德以文学批评家和导师的身份在文学界高居权威地位多年，其地位与罗斯金在艺术界的地位类似。他的文学作品中明显有两种情绪，他的诗里反映的是时代的疑惑，这个时代发生了科学与天启宗教之间的冲突。不过明显的是他没有体验过《旧衣新裁》里所记录的激烈的内心斗争，也没有"永远的肯定"里面抒发的乐观的信念。阿诺德一生充满怀疑，他的诗表达的就是悲哀、悔恨或者退缩。而在散文里，他表现出了骑士精神——好斗、愉快、自信。他像卡莱尔一样厌恶虚伪，抗议他所提及的野蛮社会；可是他写作起来，笔调轻灵，更多的是讽刺和逗乐。卡莱尔批驳起来像一个希伯来先知，让人觉得若拒绝他的理念，就会彻底迷失。阿诺德则像一个文雅的希腊人，他语调柔和、言辞委婉，给人的印象是，若不同意他的观点，肯定是缺乏文化。这两个人思想方法都不同，面临的却是同样的问题，追求的却是同样的目标，秉持的也是同样的道德真诚。

（一）生平

1822 年，阿诺德出生在泰晤士河谷附近的兰勒姆城。他的父亲托马斯·阿诺德曾任拉格比公学校长，读过《汤姆·布朗的学生时代》的人都会熟悉他。阿诺德先在温彻斯特和拉格比上学，为去大学求学做准备，随后便进入牛津大学巴里奥学院学习。他在牛津大学获得了诗歌奖金，在阅读古典作品方面表现优异。与其他诗人相比，阿诺德最能反映他的大学的精神。《吉卜赛学者》和《塞西斯》就多次提到牛津大学和周围的乡村，不过最突出的还是诗中的冷漠气息，似乎牛津大学的人都一心专注于古典的梦想和理想，不关心现实中的日常事务。

大学毕业后，阿诺德先在拉格比公学教授古典文学。1847 年他开始给兰斯顿勋爵当私人秘书，年轻的诗人被任命为政府的督学。阿诺德担任督学三十五年，在国内四处游历，考察教师、矫正不计其数的试卷。他还曾在 1857 年到 1867 年间担任牛津大学诗歌教授，在此期间他做了著名的讲演《论翻译荷马》。就英国和外国的学校他写了不计其数的报告，曾三次赴国外学习欧洲大陆的教育方法。由此可见阿诺德忙碌而辛苦，他声明说自己最好的文学作品都是在一天的繁重工作结束后的深夜里写的。

应该记得，卡莱尔宣扬劳动的时候，阿诺德正在天天辛劳，他耐心快乐地工作着；一日劳累后，他便像兰姆一样急急地走开，去到文学的乐园。他婚姻幸福，热爱家人，尤其是爱孩子，不嫉妒、不痛苦，表面冷漠，内心却真诚、慷慨和正直。若能看到作品背后的这个人，就会更好地欣赏他的作品。

阿诺德的作品可以分为三类——诗、文学批评和社会现实性作品。他从中学时就开始写诗，他的第一卷诗集《迷途浪子和其他诗作》是 1849 年匿名出版的。三年后他又出版了《恩皮多克利斯在埃特纳火山口上和其他诗作》。只是两本诗集都卖出去很少，如今都没有再印行流通了。1853—1855 年他出版了签名本《诗集》，十二年后他出版了最后一部诗集。与丁尼生早期的作品比，阿诺德的这些作品未得到读者青睐，于是阿诺德转向了文学批评，几乎放弃了诗歌写作。

他主要的文学批评作品是讲稿《论翻译荷马》（1861）和两卷本《批评文集》（1865—1888），阿诺德靠这些作品成为英国最有名的文学人士。随后，他就与罗斯金一样转向了社会问题，《友谊的花环》（1871）的本意就是讽刺甚或改变英国的大中产阶级，他称这些人为非利士人。他最典型的有关社会问题的著作《文化与无政府》问世于 1869 年。随后是四本宗教主题的书——《圣保罗和新教》（1870）、《文学与信条》（1873）、《上帝与圣经》（1875）和《教堂与宗教论文后集》（1877）。加上《在美国的演讲》（1885）就是他重要作品的完整名单了。1888 年，正当声誉如日中天的时候，他却遽然辞世，死后安葬在兰勒姆的教堂里。阿诺德早年的一首十四行诗的几句很好地阐释了他一生的思想。

　　　　一节课，自然，让我学习你，
　　　　每一阵风里都吹着一节课，
　　　　两个使命的一节课一直是一个
　　　　尽管大声的世界宣告着敌意
　　　　未从宁静隔开的辛劳；
　　　　劳作的，持久的果实超越

远远喧嚣的方案，平静中完成，

太伟大急躁不了，太高昂不要竞争。

（二）阿诺德的作品

1. 阿诺德的诗

欣赏阿诺德的诗要记住两件事。其一，他在家里受到的教育是对天启宗教的单纯、虔诚信仰，大学里他又被投入疑虑与质疑之中。他诚实恭敬地面对这些疑虑，心底里渴望接受父辈们的信仰，可是他的理性又想得到科学的精确和证明。这种理智与情感、理性与直觉的斗争现在还在继续，这就是阿诺德在疑虑与信仰之间徘徊的诗如今还是许多读者的最爱的原因。其二，正如他的散文《诗之研究》里说的那样，他认为诗"就是批评情形下依据诗性真理和诗意美的规矩而做的对生活的批评"。自然，把诗当作"批评"的人写作就不同于把诗当作心灵的自然语言的人。他不是为情感而是为理智写作的，他的写作热情不足，冷峻而有批判性。在他看来，每一首诗都是一个整体，他反对诗人使用华丽辞藻和修辞手段干扰人们的注意力。他以希腊诗作为榜样，认为它是"唯一的诗歌艺术中健康、真实、确实的指导"。不过，阿诺德自己没有意识到他应该感激英语文学的大师们，尤其是华兹华斯和弥尔顿，他的大部分诗作明显受这两个人影响。

阿诺德的叙事诗里最有名的是《巴尔德之死》（1853），涉及北欧神话，让人想到格雷。《索拉博和鲁斯塔姆》（1853）则把人们带入了传说中的波斯历史时期。后者的启示来自《国王的田园诗》和生活、写作于 11 世纪的波斯诗人菲尔多西。

《索拉博和鲁斯塔姆》

简单地说，这就是波斯的阿基琉斯人索拉博或鲁斯塔姆的故事。一天，在外打猎的鲁斯塔姆累了，睡着了。这时候，一伙强盗偷走了他心爱的骏马拉什。鲁斯塔姆追寻强盗，来到了沙曼岗国王的宫殿，受到了热情接待，爱上国王的女儿特米尼并娶了她。可是鲁斯塔姆天性喜欢漂泊，很快就又回到了自己的人民——波斯人中间。他走后，儿子索拉博出生了，长大成人后成为图兰军中的英雄。不久两个民族起了战事，双方的大军开到奥克萨斯安营。两军各选出一员大将，鲁斯塔姆和索拉博将遇良才，舍命相搏。关键时刻，终生一心寻找父亲的索拉博疑心对面的大将是父亲鲁斯塔姆，可是改头换面的鲁斯塔姆矢口否认自己是鲁斯塔姆。交战第一天，鲁斯塔姆败了，因为索拉博的宽厚和鲁斯塔姆的机敏，他才逃得一命。第二天，鲁斯塔姆大胜，重创了对手。这时候他才看见很久以前他赠给妻子特米尼的金手镯，并认出了儿子。两支大军飞奔向对方，眼看就要混战一场，士兵们看见相拥而泣的父子才停了下来。索拉博死了，战事平息了，鲁斯塔姆回归故乡，悲伤和悔恨地度过了余生。

阿诺德以这个有趣的材料写出了这首稀世之作，他完成了把古典的保守与浪漫的情感相结合的艰难任务。诗是无韵体，只要读上开头几行，就会发现诗人并不擅长这一诗体。诗行音韵不和谐，必须时常改变普通单词的重音，或者重读不重要的小品词。他经常袭用弥尔顿，尤其喜欢弥尔顿的重复理念和词语；总体上，这首诗缺乏弥尔顿诗作的精妙韵律。

阿诺德在《索拉博和鲁斯塔姆》中使用的素材特别明显地体现出经典的影响。战事短暂，悲伤悠长；所以诗人只用寥寥数行描写战事，却在儿子找到父亲的欣喜、父亲因儿子死去而悲痛上大费笔墨。尤其是最后几行，"悲哀至极配上肃穆的音韵"，使这首诗在整体上成了阿诺德创作的最好的一首诗。

诗的结尾十分精巧，奥克萨姆河不解人间的烦琐争执，汇合"众水的闪光故乡"，依然静静地流着。这种描写最能表明诗人的观念：自然生活井然有序，人类生活满是疑虑不安。

其他诗作

叙事诗之后应该是挽歌《塞西斯》《吉卜赛学者》《纪念诗》《一个南方夜晚》《奥伯曼》《写于雄伟的卡尔特寺院的诗章》《橄榄球小教堂》。这些诗全都值得读，最好的是《塞西斯》，这是哀悼诗人克勒夫的，有时候与弥尔顿的《黎西达斯》、雪莱的《阿多尼》并列。其他的小诗里，最能表达阿诺德理想与方法的是《多佛海岸》。另外就是《瑞士》《祈祷》《莎士比亚》《未来》《肯辛顿花园》《夜莺》《人类生活》《卡勒斯的歌》《道德》《感性的坟墓》这一类抒情诗，最后这一首精巧的诗是哀悼一条小狗的，这条小狗像其他狗一样，以一生的忠诚回报了人类的些微爱意。

2.《批评文集》

阿诺德散文中最重要的应该是《批评文集》，这部作品把作者推到了在世的文学批评家的前列。他对文学批评的基本观点十分吸引人。他说，文学批评的职责既不是吹毛求疵，也不是显示批评家的学识或影响，而是认识"世界上所思所说的最好的事物"，利用这个知识产生一股清新自由的思想之流。阿诺德的文学批评类文章都值得研读，若要选读几篇，推荐《诗之研究》《华兹华斯》《拜伦》《爱默生》。最后这一篇收在《在美国的演讲》里面，不是一篇令人满意的关于爱默生的评价，可是其方法的魅力、知识文化的气息使得这篇文章或成为阿诺德散文写作中最有特色的篇目。

阿诺德的社会批评类创作中有两部作品可谓典型。《文学与信条》（1873）总起来说就是呼吁宗教宽容。例如，阿诺德想让人们像读其他书一样阅读《圣经》，并用文学批评的一般标准批评它。

3.《文化与无政府》

《文化与无政府》（1869）包含许多名词——文化、甜美与光明、野蛮人、非利士人、希伯来主义和其他一些——这些词如今都与阿诺德的作品和影响相关联。"野蛮人"这个词说的是贵族阶级，阿诺德认为他们虽然衣着光鲜、表面优雅，本质上却是心灵粗糙的。"非利士人"指的是中产阶级——心胸狭隘、自满自足，阿诺德讽刺他们，要他们开放地接纳新观点。"希伯来主义"则是阿诺德专指道德教育的用词。卡莱尔曾经强调过生活中的希伯来或道德因素，阿诺德则着手宣扬希腊或知识因素，这个因素欢迎新观念，以反映世界之美的艺术为快乐。"希腊文化的至要是，"他说，"以事物的本来面目看待事物；希伯来主义的精义是行动和服从。"阿诺德总是幽默地、戏谑地谈论"非利士人"，清晰有力地呼吁生活中要有希腊主义和希伯来主义，这二者一起瞄准"文化"，就是道德和知识的完善。

（三）总特征

阿诺德对英国文学的影响要以一个词来总结，或许是"知识"而不是"鼓舞人心"。人们读他的诗不会有热情，因为他自己就缺乏热情。然而，怀疑和悲伤的氛围是19世纪氛围的真正映像。如今他是一个诗人，未来的一代肯定会给他一个更高的评价。虽然阿诺德明显有"一腔悲哀"，可他的诗全都清晰、质朴，一派古典模范的情感节制气象。

诗人阿诺德受累于其克制的浪漫情感，而散文家阿诺德理性冷峻，这种性质有最突出的重要性，他以此心胸开阔地从事文学，只有一个愿望，就是发现"世界上所思所说的最好部分"。虽然还不能自信地给他的文学地位以定评，但是他清晰的风格、科学的探寻与比较、不时的幽默，尤其是他宽厚的同情和智性的文化都预示他要在文学批评大师中居于高位。

五　约翰·亨利·纽曼（1801—1890）

维多利亚时代散文文学包括麦考莱的历史散文和罗斯金的艺术批评，也还要留意散文的精神领袖。宗教理想进入了前所未有的时代，鼓励这个民族的宗教理想以文学的方式经常出现在人们的理性前面。

稳占这一时期宗教作家最重要位置的自然是纽曼。纽曼是19 世纪最有趣的人物之一，作为一个人，他坚毅而仁慈；作为宗教改革家，他打破旧的宗教偏见，展示罗马教会潜在的美和一贯性；作为散文家，他的风格达到了极致。

（一）生平

纽曼一生有三件事十分醒目：其一，他对神恩神意的信仰毫不动摇；其二，他渴望找到传播天启宗教的真理；其三，虽然世代变换，人事更迭，他追寻信仰的权威标准却始终如一。因为信仰不动摇，他的所有作品都闪耀着少见且美好的思想性。他渴望传播宗教真理，于是写出了许多具有争议性的教义文章；追寻权威标准让他后来皈依天主教，他生命的后四十五年里，他就是天主教的神父、导师。或许还应该提到一个特点——他的宗教的务实倾向，他虽然忙于研读、争辩，却花了大量时间仁慈地救助、接济穷苦人。

1801 年，纽曼生于伦敦。父亲是英国的银行家；母亲出身法国胡格诺派教徒家庭，虔诚、爱思考，她教育儿子的方式让人想起罗斯金的母亲。纽曼早期的学习、阅读教义、争论作品、远离物质都源于"世界上有且只有两个绝对的不证自明的存在放射光芒"，即他自己和造物主。最好读一下《自辩录》里的记述，这是一本思想自传类的作品。

纽曼十五岁起就开始深入钻研神学。当时神学吸引了众多文人，科学、文学、艺术、自然，他都不关心，他早就全身心投入了基督教，这会儿更是一心一意地学习基督教的历史和教义。他在伊令中学读书，后来考入牛津大学，1820 年在牛津大学获得学位。虽然他学业不比普通人强多少，可是他的非凡才干还是得到了认可，成了奥利尔学院的一员，自此成为一个学者，过了二十余年的学者生活。1824 年，他受命担任圣公会教会圣职，四年后，升任牛津地区圣玛丽教堂教区牧师，他的布道吸引了众多有教养的听众，周围的人都赶来听他布道。

牛津大学奥利尔学院的四方院子

1832 年他去地中海旅行，随后生活就发生了变化。最开始他是个卡尔文教徒，可在宗教信仰争论的中心——牛津，他

说自己"向自由主义飘去"。后来，随着他学习深入，又有丧
亲之痛，一股内心的神秘力量引导着他开始同情中古教会。当
初他是反对天主教的，可是他到了意大利，看到了权力和辉煌
都如日中天的罗马教会，早先的偏见消除了。前半程旅行中，
赫瑞尔·弗鲁德与他为伴，这个朋友让纽曼心胸大为开阔。这
一时期的诗（后来收集在《行使徒歌》里）中就有那首有名
的《引领我，圣洁的光》，以蓬勃的灵性引人注目；不过用心
一读，就会发现他内心的挣扎，这挣扎在离弃了他生来的教会
后才得以平息。

> 啊，你的信念明智！
> 因为你慰藉了心灵，你的罗马教会，
> 以你不知疲倦的注视和变化的
> 服侍，在你救世主的圣洁之家。
> 我不能走在城市闷热的大街，
> 可宽大的门厅邀我到安然的静修，
> 激情的渴望平静了，忧虑的忘恩朦胧了。

1833 年，纽曼回到英国，参与了宗教斗争牛津运动①，且
很快成了公认的领袖。这场宗教改革深刻地影响了整个英国教

---

① 宗教上的牛津运动与艺术上的前拉斐尔派运动有许多类似点。两者都反
对当代的物质主义，都师法、回归中世纪。最初这场运动的本意是为给
英国教会带来生机而复兴早期的信念和实践。运动领导者认识到出版物
的力量，便选择文学作为改革工具，因为《时代书册》而以"册页派"
为人所知。牛津运动的教义核心是抵制自由主义，恢复早期教会的信条
和权威，他们的信仰可用一篇使徒书信总结，其中的意思是，"我信仰一
个天主教和一个使徒教会"。该运动 1833 年在牛津开始，当时基布尔发
表了著名的布道"国民背教"，不过真正的领袖是纽曼，1845 年纽曼改
宗天主教，牛津运动实际上就结束了。

会的生活，情愿追随这场改革的人会发现运动就记录在《时代书册》里，纽曼一个人就写了二十九卷，此外还写了《教区朴素布道文》（1837—1843）。纽曼参与宗教运动九年后，就与几个追随者回到了利特尔莫尔，过起了几乎与世隔绝的修士生活，不过他还努力想调和自己变化的信仰与自己教会的教义。两年后，他辞去圣玛丽的职位，离开了国教教会，没有痛苦，有的是满满善意的遗憾。他在利特尔莫尔最后的布道《朋友的分别》至今还令人感动，他的布道就像面对使命却心底痛苦的先知的呐喊。1845 年他被天主教教会接纳，次年他在罗马加入他口中的"温良圣人"圣菲利普·奈利的团体，被授予圣职，成为罗马的牧师。无论是布道，还是写作，纽曼对英国的文雅阶层的影响都是巨大的，他的转教也产生了巨大影响。此处不过多谈论此后二十年间的宗教论战。可是论战中的纽曼始终安详从容，虽然他是说反话和讽刺的高手，可他一直都克制自己的文学才能，心中不忘主要目标，那就是宣扬他眼见的真理。不管是否赞成他的结论，人们都钦佩这个人的精神，他的精神是超越赞扬和批评的。人们读得最多的作品是《自辩录》（1864），这是他对查尔斯·金斯利的令人遗憾的攻击的答复，金斯利却因这本书得以名留后世。1854 年纽曼被任命为都柏林天主教大学校长，四年后他回到英国，在埃德巴斯顿建立了天主教学校。1879 年教皇利奥十三世任命他为红衣主教。他一生仁慈高尚，就像《自辩录》一样严肃，早就消弭了批评。到 1890 年他辞世的时候，《杰罗修斯之梦》中的诗句可能最好地表达了整个英国的思想。

　　我有过一个梦。是的，有人轻声说，
　　"他已去了"，屋里响起一声叹息；

随后我肯定听到了一个神职人的声音

唱着《补救》；他们祈祷着跪下来。

（二）纽曼的作品

1.《自辩录》

读者阅读纽曼各有目的，有的为了教义，有的为了辩论，有的就是为了阅读散文，所以要给初学者推荐也不容易。最能表现纽曼的宗教矛盾的《自辩录》应该是意义最重大的。这本书读来不轻松，要打开它的读者必须清楚地知道作者写它的原因。不仅是金斯利，还有许多其他人物在大众报刊上批评纽曼不真诚。他隐退利特尔莫尔的行为被人误解，人们指责他的转教就是狡猾的阴谋诡计，就是要为天主教教会赢得信徒。这种指责也牵连了其他人，为了证明自己，也为了保护众人，纽曼才写了《自辩录》。书中，他回顾自己的信教历史，表明他的转教只是他从少年时代就起步的历程的最后一步，批评家沉默了，公众对他和天主教会的看法也变了。这部书既是灵魂的展示史，也是纯粹、质朴、真诚的英语语言作品，完全抛开他的宗教教义，它也应该在英国散文文学里享有一席之地。

2.《卡莉斯塔》

学习文学的学生对纽曼的宗教作品《中间道路》和《信仰入门》以及许多引起争议的散文兴趣不会太大。更重要的是他的布道文，这是一个罕见的宗教德行的无意识反映，谢普说："他的力量清楚地表现在他探索古代真理、道德和精神的新颖和意外的方式上。"他一旦开口，古老的真理就有了新气象！就有了前所未有的新含义！他的手指探入了听者心灵的内里，轻柔但有力，讲出的道理是听者之前从未知晓的。那些微妙的真理，本来要哲学家用复杂的词语绕来绕去地写上好多页，可被这个坦诚的撒克逊人一两句话就讲出来了。普通读者更有兴趣的是他在都柏林发表的演说《大学的理念》与两部小说作品《失与得》和《卡莉斯塔》，前者讲了一个人转信天主教的故事，按他的话说，后者"试图表现3世纪中期基督徒与异教徒的情感和相互关系"。《卡莉斯塔》是纽曼最可读和最有趣的作品。卡莉斯塔这个人物是一个美丽的希腊人物雕塑家，书中刻画得很好；纽曼的风格就像空气一样清新透亮，主人公转教和死亡是小说中最迷人的章节，虽然它还比不上作者无意识的自我展示令人们着迷。金斯利的《希帕提亚》也企图重现这一时代的生活与理想，所以，《卡莉斯塔》和《希帕提亚》一起读更好。

3. 诗

纽曼的诗不及他的散文有名，但是若读一下《行使徒歌》和《多时诗集》，就会发现许多短诗的想象纯粹、高尚，能深刻地激励人们的宗教本性。或许未来的人们会把这些诗中的《杰罗修斯之梦》定为纽曼的最有持久力的作品。这首诗意在刻画一个灵魂就要脱离肉体的人的思想和情感，他就要开始新的更了不起的生活了。无论是风格还是思想，《杰罗修斯之梦》都是一首有力的创造性作品，不仅诗本身值得关注，正如一位批评家所说，它是"激励纽曼整个一生思想目标的揭示"。

（三）纽曼的风格

描述纽曼的风格不容易，就像形容一个衣着整齐却不太在意穿衣打扮的人。他的风格可称为清透，因为初读之下，只会想到他在讨论的话题，而不会想到他不招摇的方式。他像最优秀的法国散文家一样，完全自然和轻松地表达思想，人们根本不用想到风格，就准确领略了他要传达的感想。他的布道文和散文质朴直接，很精彩；他受争议的作品，反语和讽刺都很柔和，而且讽刺中有些微幽默；一旦情绪激动，他就会发言，发言里多有诗意的意象和象征，他的雄辩口才简直就像旧约里的先知。与罗斯金一样，他的风格主要以《圣经》为榜样，但即使是罗斯金，在诗意美与句子的音韵美方面也不能同他相比。总体上说，纽曼是当时最接近完美的散文家。

六　维多利亚时代的批评性作家和其他作家

以上选了麦考莱、卡莱尔、阿诺德、罗斯金和纽曼五位散文家作为维多利亚时代的代表作家；但其实还有许多其他作家的作品值得阅读。如约翰·阿丁顿·西蒙兹，《意大利的文艺复兴》是他最了不起的作品，他还写有许多批评性散文；沃尔特·佩特，他因为《欣赏》和很多其他作品成了英国最好的文学批评家。还有莱斯利·斯蒂芬，因为里程碑式的作品《国家传记辞典》做出了贡献而闻名，还著有《图书馆时光》，这是一系列公正的杰出批评文章，因其原创性和令人快乐的幽默更见增色。

（一）科学家

这个时代著名作家中还有科学家，如莱尔、达尔文、赫胥黎、斯宾塞、丁达尔和华莱士——一群杰出人士，他们并不属于文学研究的范围，但却给生活和文学带来无法估量的影响。达尔文的《物种起源》（1859）确立了进化论，是划时代的著作，不仅变革了自然史观念，而且改变了思考所有人类社会问题的方法。要了解这个时代伟大科学发现的情形最好去读华莱士的《达尔文主义》，这是一本极有趣的书，作者华莱士和达尔文一起享有最先宣扬进化论的荣耀。科学著作众多，还要向大众读者推荐赫胥黎的《自传》《教友讲道》《演说》《评论》，一方面这些作品是科学精神和方法的最佳表达，另一方面作家赫胥黎是科学家中表达最清晰、最可读的。

（二）现代文学的精神

反思维多利亚时代作家丰富的作品，有三个特征引人注目。第一，不光是伟大的科学家，就是伟大的文学家们都把真理作为人类努力的最高目标。热切的诗人、小说家和散文家，探索方式不一，不过都同样想发现生活的真理。达尔文和纽曼有太多不同，在精神上却奇怪得类似，一个在自然中寻求真理，一个在人类的精神史中寻求真理。第二，文学已经是真理的镜子，每一部严肃小说和散文的第一要求就是忠实于其所表现的生活和事实。第三，确定的道德目标激励着文学。维多利亚时代的作家们不能只创作一部艺术作品，作品还必须给人类传达一个确定的理念。诗人不仅是歌唱家，还是领袖，他们高举理想，督促人们认可理想、追求理想。小说家讲述人类生活的故事，同时呼吁人们开展社会改革，或者让人们明白一个道德教训。散文家几乎全都是先知或导师，文学就是进步和教育的主要工具。散文家笔下没有伊丽莎白时代的丰富想象、浪漫气息和孩子气的欢喜。他们写作不是为了激起人们的艺术感，而是给灵魂的饥者以面包、渴者以清水。弥尔顿的名言"一本好书是至上精神的珍贵血液"可以用来描写整个维多利亚时代的文学作品。评判这些作品的艺术如何损害了它们的现实目标，时间尚不够久远。不过可以肯定，无论他们是否创作了不朽的作品，他们的书已经让现在的世界更好，让人们更幸福地生活了。这或许就是对任何艺术家、任何工匠的作品的最好评价。

小 结

一般认为，1830年是本阶段之开端，可是本阶段的时限实际上很模糊。通常认为这个时代涵盖了维多利亚女王在位的时间（1837—1901）。从历史的角度看，这一时期因《1832年改革法案》后民主力量的增长而著名；重要的机器发明、科学发现推进的人类知识领域的巨大扩张也都发生在这一时代。

维多利亚女王登基时，浪漫主义力量已经耗尽，华兹华斯已经写完他最好的作品，其他的浪漫主义诗人柯尔律治、雪莱、济慈和拜伦也都已经去世。一段时间内，人们看不到英语诗歌的新方向。虽然维多利亚时代有两位大诗人丁尼生和勃朗宁，但这个时代真正突出的还是其多样性的、优秀的散文。研读这一时期的伟大作家的作品可以发现四个普遍特征。①文学贴近日常生活，反映现实的问题和趣味，是人类进步的有力工具。②文学有很强的道德倾向，所有的伟大诗人、小说家、散文家都是道德导师。③科学的影响极大。一方面，科学强调真理是人类努力的唯一目标，它确立了整个宇宙的法则。因为科学，人们有了全新的生活理念，用一个词总结就是"进化"，就是从简单到复杂的成长和发展。另一方面，科学的第一作用似乎就是抑制想象性的作品。虽然这一时代的书籍不计其数，伟大的创造性文学作品却少有。④虽然一般来说，维多利亚时代以实用和物质享乐著称，可是重要的是几乎所有的国民满怀喜悦地崇敬的作家都有力地抨击物质享乐，高举纯粹生活的理想。所以总体上倾向于称这是个理想主义的时代，因为爱、真理、正义、友谊——所有伟大的理想——都被认为是生活的主要目的而被强调，不仅诗人，小说家、散文家都是如此。

在学习中要注意：①诗人丁尼生和勃朗宁的生平与作品；其他诗人伊丽莎白·巴雷特（勃朗宁夫人）、罗塞蒂、莫里斯和斯温伯恩作品的主要特征。②小说家狄更斯、萨克雷和乔治·艾略特的生平和作品；查尔斯·里德、安东尼·特罗洛普、夏洛蒂·勃朗特、布尔沃·利顿、金斯利、盖斯凯尔夫人、布莱克默、乔治·梅瑞狄斯、哈代、史蒂文森的主要作品。③散文家麦考莱、马修·阿诺德、卡莱尔、纽曼和罗斯金的生平与作品。这些人是从众多的散文家和多面手作家中选出来的，他们是维多利亚时代作家的典范。大科学家，如莱尔、达尔文、赫胥黎、华莱士、丁达尔和斯宾塞，他们的作品虽然十分重要，不过不属于文学范围；依然在世，属于当世的作家们书中没有提及。

选读书目

Manly's English Poetry and Manly's English Prose (Ginn and Company) contain excellent selections from all authors of this period. Many other collections, like Ward's English Poets, Garnett's English Prose from Elizabeth to Victoria, Page's British Poets of the Nineteenth Century, and Stedman's A Victorian Anthology, may be used to advantage. All important works may be found in the convenient and inexpensive school editions given below. (For full titles and publishers see the General Bibliography.)

Tennyson. Short poems, and selections from Idylls of the King, in Memoriam, Enoch Arden, and The Princess. These are found in various school editions, Standard English Classics, Pocket Classics, Riverside Literature Series, etc. Poems by Tennyson, selected and edited with notes by Henry Van Dyke (Athenaeum Press Series), is an excellent little volume for beginners.

Browning. Selections, edited by R. M. Lovett, in Standard English Classics; other school editions in Everyman's Library, Belles Lettres Series, etc.

Elizabeth Barrett Browning. Selections, edited by Elizabeth Lee, in Standard English Classics; Selections also in Pocket Classics, etc.

Matthew Arnold. Sohrab and Rustum, edited by Trent and Brewster, in Standard English Classics; same poem in Riverside Literature Series, etc. ; Selections in Golden Treasury Series, etc. ; Poems, students' edition (Crowell) ; Essays in Everyman's Library, etc. ; Prose selections (Holt, Allyn& Bacon, etc.).

Dickens. A Tale of Two Cities, edited by J. W. Linn, in Standard English Classics. A Christmas Carol, David Copperfield, and Pickwick Papers; various good school editions of these novels in Everyman's Library, etc.

Thackeray. Henry Esmond, edited by H. B. Moore, in Standard English Classics; same novel, in Everyman's Library, Pocket Classics, etc.

George Eliot. Silas Marner, edited by R. Adelaide Witham, in Standard English Classics; same novel, in Pocket Classics, etc.

Carlyle. Essay on Burns, edited by C. L. Hanson, in Standard English Classics, and Heroes and Hero Worship, edited by A. MacMechan, in Athenaeum Press Series; Selections, edited by H. W. Boynton (Allyn & Bacon); various other inexpensive editions, in Pocket Classics, Eclectic English Classics, etc.

Ruskin. Sesame and Lilies, edited by Lois G. Hufford, in Standard English Classics; other editions in Riverside Literature Series, Everyman's Library, etc. Selected Essays and Letters, edited by Hufford, in Standard English Classics. Selections, edited by Vida D. Scudder (Sibley); edited by C. B. Tinker, in Riverside Literature Series.

Macaulay. Essays on Addison and Milton, edited by H. A. Smith, in Standard English Classics; same essays, in Cassell's National Library, Riverside Literature Series, etc. Lays of Ancient Rome, in Standard English Classics, Pocket Classics, etc.

Newman. Selections, with introduction by L. E. Gates (Holt); Selections from prose and poetry, in Riverside Literature Series; The Idea of a University, in Manly's English Prose.

参考文献

历史

Text-book. Montgomery, pp. 357 – 383; Cheyney, pp. 632 – 643.

General Works. Gardiner, and Traill.

Special Works. McCarthy's History of Our Own Times; Bright's History of England, vols. 4 – 5; Lee's Queen Victoria; Bryce's Studies in Contemporary Biography.

文学

General Works. Garnett and Gosse, Taine.

Special Works. Harrison's Early Victorian Literature; Saintsbury's

A History of Nineteenth Century Literature; Walker's The Age of
Tennyson; walker's The Greater Victorian Poets; Morley's Literature
of the Age of Victoria; Stedman's Victorian Poets; Mrs. Oliphant's
Literary History of England in the Nineteenth Century; Beers's Eng-
lish Romanticism in the Nineteenth Century; Dowden's Victorian
Literature, in Transcripts and Studies; Brownell's Victorian Prose
Masters.

Tennyson. Texts: Cabinet edition (London, 1897) is the
standard, with various other good editions, Globe, Cambridge Po-
ets, etc. ; Selections in Athenaeum Press Series (Ginn and Compa-
ny). Life: Alfred Lord Tennyson, a Memoir by his son, is the
standard; by Lyall (in English Men of Letters); by Horton; by
Waugh. See also Anne T. Ritchie's Tennyson and His Friends;
Napier's The Homes and Haunts of Tennyson; Rawnsley's Memories
of the Tennysons. Criticism: Brooke's Tennyson, His Art and His
Relation to Modern Life; A. Lang's Alfred Tennyson; Van Dyke's
The Poetry of Tennyson; Sneath's The Mind of Tennyson; Gwynn's
A Critical Study of Tennyson's Works; Luce's Handbook to
Tennyson's Works; Dixon's A Tennyson Primer; Masterman's Ten-
nyson as a Religious Teacher; Collins's The Early Poems of Tenny-
son; Macallum's Tennyson's Idylls of the King and the Arthurian
Story; Bradley's Commentary on *In Memoriam*; Bagehot's Literary
Studies, vol. 2; Brightwell's Concordance; Shepherd's Bibliogra-
phy. Essays: by F. Harrison, in Tennyson, Ruskin, Mill, and Oth-
er Literary Estimates; by Stedman, in Victorian Poets; by Hutton,
in Literary Essays; by Dowden, in Studies in Literature; by Gates,
in Studies and Appreciations; by Forster, in Great Teachers; by

Forman, in Our Living Poets. See also Myers's Science and a Future Life.

Browning. Texts: Cambridge and Globe editions, etc. ; various editions of selections. (See Selections for Reading, above). Life: by W. Sharp (Great Writers); by Chesterton (English Men of Letters); Life and Letters, by Mrs. Sutherland Orr; by Waugh, in Westminster Biographies (Small & Maynard). Criticism: Symons's An Introduction to the Study of Browning; same title, by Corson; Mrs. Orr's Handbook to the Works of Browning; Nettleship's Robert Browning; Brooke's The Poetry of Robert Browning; Cooke's Browning Guide Book; Revell's Browning's Criticism of Life; Berdoe's Browning's Message to His Times; Berdoe's Browning Cyclopedia. Essays: by Hutton, Stedman, Dowden, Forster (for titles, see Tennyson, above); by Jacobs, in Literary Studies; by Chapman, in Emerson and Other Essays; by Cooke, in Poets and Problems; by Birrell, in Obiter Dicta.

Elizabeth Barrett Browning. Texts: Globe and Cambridge editions, etc. ; various editions of selections. Life: by J. H. Ingram; see also Bayne's Two Great Englishmen. Kenyon's Letters of E. B. Browning. Criticism: Essays, by Stedman, in Victorian Poets; by Benson, in Essays.

Matthew Arnold. Texts: Poems, Globe edition, etc. (see Selections for Reading, above). Life: by Russell; by Saintsbury; by Paul (English Men of Letters); Letters, by Russell. Criticism: Essays by Woodberry, in Makers of Literature; by Gates, in Three Studies in Literature; by Hutton, in Modern Guides of English Thought; by Brownell, in Victorian Prose Masters; by F. Harrison

(see Tennyson, above).

Dickens. Texts: numerous good editions of novels. Life: by J. Forster; by Marzials (Great Writers); by Ward (English Men of Letters); Langton's The Childhood and Youth of Dickens. Criticism: Gissing's Charles Dickens; Chesterton's Charles Dickens; Kitten's The Novels of Charles Dickens; Fitzgerald's The History of Pickwick. Essays: by F. Harrison (see above); by Bagehot, in Literary Studies; by Lilly, in Four English Humorists; by A. Lang, in Gadshill Edition of Dickens's works.

Thackeray. Texts: numerous good editions of novels and essays. Life: by Melville; by Merivale and Marzials (Great Writers); by A. Trollope (English Men of Letters); by L. Stephen, in Dictionary of National Biography. See also Crowe's Homes and Haunts of Thackeray; Wilson's Thackeray in the United States. Criticism: Essays, by Lilly, in Four English Humorists; by Harrison, in Studies in Early Victorian Literature; by Scudder, in Social Ideals in English Letters; by Brownell, in Victorian Prose Masters.

George Eliot. Texts: numerous editions. Life: by L. Stephen (English Men of Letters); by O. Browning (Great Writers); by her husband, J. W. Cross. Criticism: Cooke's George Eliot: A Critical Study of Her Life, Writings and Philosophy. Essays: by J. Jacobs, in Literary Studies; by H. James, in Partial Portraits; by Dowden, in Studies in Literature; by Hutton, Harrison, Brownell, Lilly (see above). See also Parkinson's Scenes from the " George Eliot" Country.

Carlyle. Texts: various editions of works. Heroes, and Sartor Resartus, in Athenaeum Press Series (Ginn and Company); Sar-

tor, and Past and Present, 1 vol. (Harper); Critical and Miscella-
neous Essays, 1 vol. (Appleton); Letters and Reminiscences, ed-
ited by C. E. Norton, 6 vols. (Macmillan). Life: by Garnett (Great
Writers); by Nichol (English Men of Letters); by Froude, 2 vols.
(very full, but not trustworthy). See also Carlyle's Reminiscences
and Correspondence, and Craig's The Making of Carlyle. Criticism:
Masson's Carlyle, Personally and in His Writings. Essays: by Low-
ell, in My Study Windows; by Harrison, Brownell, Hutton, Lilly
(see above).

Ruskin. Texts: Brantwood edition, edited by C. E. Norton; va-
rious editions of separate works. Life: by Harrison (English Men of
Letters); by Collingwood, 2 vols.; see also Ruskin's Praeterita.
Criticism: Mather's John Ruskin, His Life and Teaching; Cooke's
Studies in Ruskin; Waldstein's The Work of John Ruskin; Hobson's
John Ruskin, Social Reformer; Mrs. Meynell's John Ruskin;
Sizeranne's Ruskin and the Religion of Beauty, translated from
French; White's Principles of Art; W. M. Rossetti's Ruskin, Ros-
setti, and Pre-Raphaelitism. Essays: by Robertson, in Modern Hu-
manists; by Saintsbury, in Corrected Impressions; by Brownell,
Harrison, Forster (see above).

Macaulay. Texts: Complete works, edited by his sister, Lady
Trevelyan (London, 1866); various editions of separate works (see
Selections for Reading, above). Life: Life and Letters, by Trevel-
yan, 2 vols.; by Morrison (English Men of Letters). Criticism:
Essays, by Bagehot, in Literary Studies; by L. Stephen, in Hours
in a Library; by Saintsbury, in Corrected Impressions; by Harri-
son, in Studies in Early Victorian Literature; by Matthew Arnold.

Newman. Texts: Uniform edition of important works (London, 1868 – 1881) ; Apologia (Longmans) ; Selections (Holt, Riverside Literature Series, etc.). Life: Jennings's Cardinal Newman; Button's Cardinal Newman; Early Life, by F. Newman; by Waller and Barrow, in Westminster Biographies. See also Church's The Oxford Movement; Fitzgerald's Fifty Years of Catholic Life and Progress. Criticism: Essays, by Donaldson, in Five Great Oxford Leaders; by Church, in Occasional Papers, vol. 2 ; by Gates, in Three Studies in Literature; by Jacobs, in Literary Studies; by Hutton, in Modern Guides of English Thought; by Lilly, in Essays and Speeches; by Shairp, in Studies in Poetry and Philosophy. See also Button's Cardinal Newman.

Rossetti. Texts: Works, 2 vols. (London, 1901) ; Selections, in Golden Treasury Series. Life: by Knight (Great Writers) ; by Sharp; Hall Caine's Recollections of Dante Gabriel Rossetti; Gary's The Rossettis; Marillier's Rossetti; Wood's Rossetti and the Pre-Raphaelite Movement; W. M. Hunt's Pre-Raphaelitism and the Pre-Raphaelite Brotherhood. Criticism: Tirebuck's Rossetti, His Work and Influence. Essays: by Swinburne, in Essays and Studies; by Forman, in Our Living Poets; by Pater, in Ward's English Poets; by F. W. H. Myers, in Essays Modern.

Morris. Texts: Story of the Glittering Plain, House of the Wolfings, etc. (Reeves & Turner) ; Early romances, in Everyman's Library; Sigurd the Volsung, in Camelot Series; Socialistic writings (Humboldt Publishing Co.). Life: by Mackail; by Cary; by Vallance. Criticism: Essays, by Symons, in Studies in Two Literatures; by Dawson, in Makers of Modern English; by Saintsbury, in

Corrected Impressions. See also Nordby's Influence of Old Norse Literature.

Swinburne. Texts: Complete Works (Chatto and Windus); Poems and ballads (Lovell); Selections (Rivington, Belles Lettres Series, etc.). Life: Wratislaw's Algernon Charles Swinburne: A Study. Criticism: Essays, by Forman, Saintsbury (see above); by Lowell, in My Study Windows; see also Stedman's Victorian Poets.

Charles Keade. Texts: Cloister and the Hearth, in Everyman's Library; various editions of separate novels. Life: by C. Reade. Criticism: Essay, by Swinburne, in Miscellanies.

Anthony Trollope. Texts: Royal edition of principal novels (Philadelphia, 1900); Barchester Towers, etc., in Everyman's Library. Life: Autobiography (Harper, 1883). Criticism: H. T. Peck's Introduction to Royal edition, vol. 1. Essays: by H. James, in Partial Portraits; by Harrison, in Early Victorian Literature. See also Cross' The Development of the English Novel.

Charlotte and Emily Brontë. Texts: Works, Haworth edition, edited by Mrs. H. Ward (Harper); Complete Works (Dent, 1893); Jane Eyre, Shirley, and Wuthering Heights, in Everyman's Library. Life of Charlotte Brontë: by Mrs. Gaskell; by Shorter; by Birrell (Great Writers). Life of Emily Brontë: by Robinson. See also Leyland's The Brontë Family. Criticism: Essays, by L. Stephen, in Hours in a Library; by Gates, in Studies and Appreciations; by Harrison, in Early Victorian Literature; by G. B. Smith, in Poets and Novelists. See also Swinburne's A Note on Charlotte Brontë.

Bulwer-Lytton. Texts: Works, Knebsworth edition (Routledge); various editions of separate works; Last Days of Pompeii, etc. , in Everyman's Library. Life: by his son, The Earl of Lytton; by Cooper; by Ten Brink. Criticism: Essay, by W. Senior, in Essays in Fiction.

Mrs. Gaskell. Texts: various editions of separate works; Cranford, in Standard English Classics, etc. Life: see Dictionary of National Biography. Criticism: see Saintsbury's Nineteenth-Century Literature.

Kingsley. Texts: Works, Chester edition; Hypatia, Westward Ho! etc. , in Everyman's Library. Life: Letters and Memories, by his wife; by Kaufmann. Criticism: Essays, by Harrison, in Early Victorian Literature; by L. Stephen, in Hours in a Library.

Stevenson. Texts: Works (Scribner); Treasure Island, in Everyman's Library; Master of Ballantrae, in Pocket Classics; Letters, edited by Colvin (Scribner) . Life: by Balfour; by Baildon; by Black; by Cornford. See also Simpson's Edinburgh Days; Eraser's In Stevenson's Samoa; Osborne and Strong's Memories of Vailima. Criticism: Raleigh's Stevenson; Alice Brown's Stevenson. Essays: by H. James, in Partial Portraits; by Chapman, in Emerson and Other Essays.

Hardy. Texts: Works (Harper). Criticism: Macdonnell's Thomas Hardy; Johnson's The Art of Thomas Hardy. See also Windle's The Wessex of Thomas Hardy and Dawson's Makers of English Fiction.

George Meredith. Texts: Novels and Selected Poems (Scribner). Criticism: Le Gallienne's George Meredith; Hannah Lynch's George Meredith. Essays: by Henley, in Views and Reviews; by Brownell, in Victorian Prose Masters; by Monkhouse, in Books and

Plays. See also Bailey's The Novels of George Meredith; Curie's Aspects of George Meredith; Cross's The Development of the English Novel.

思考题①

1. 维多利亚时代的文学的主要特点是什么？请列举这一时期主要的诗人和散文家。依个人意见，这一时期的哪些作品值得置于伟大的文学之列？科学发现对这一时代的文学有什么影响？哪个诗人书写了法律和进化的理念？什么历史情形使得大多数维多利亚时代的作家成为道德教师？

2. 简述丁尼生的生平并列举他的主要作品。他为什么可以像乔叟一样成为民族诗人？你阅读丁尼生，快乐是来自思想还是来自韵律？注意《食莲者》中的形象：

> 温柔依偎于精神之上的音乐
> 超越疲倦的眼睑的疲倦眼睑

这表明了丁尼生修辞手法的什么普遍特点？比较《洛克斯利庄园》和《六十年后的洛克斯利庄园》，留意它们在思想、技艺和诗意热情方面的差别。《悼念集》里丁尼生对信仰和不朽是什么观念？

3. 勃朗宁在哪些方面与莎士比亚相像？他的诗里的乐观主义意味着什么？可否解释为什么许多读者更喜欢他而不是丁尼生？《拉比·本·以斯拉》中表达的是什么信念？阅读《利

---

① 注意：学生们就读过的著作提出的问题往往最好。由于不同的教师和学生的关注点十分不同，在此只保留普遍有兴趣的问题。

波·利比兄弟》或《安德烈·德尔·萨托》，解释戏剧独白的意义。解释《安德烈亚》中下面的诗行的意思。

> 啊，但是一个人的成就应在他的能力之上
> 或天国竟何为？

4. 狄更斯的什么生活经历被写进了小说？他最喜欢什么类型的人物？什么是狄更斯的夸张？他的小说的严肃目标是什么？从情节、人物、风格方面比较《双城记》与狄更斯的其他小说，并简要分析《双城记》。

5. 阅读《亨利·艾斯芒德》，解释萨克雷的现实主义。这部小说的风格有什么独特之处？把它当作一部历史小说与《艾凡赫》相比较。萨克雷的讽刺有什么总体特点？他的小说的主要特征是什么？简要讲述能表现批判性作家萨克雷了不起的技巧的作品。

6. 阅读《织工马南》，从情节、人物、风格和道德教化方面简要分析这部小说。乔治·艾略特的道德教化可信吗？是故事本身就能表现出道德意义呢，还是为了效果自外强加道德教化的？她的作品会给我们留下什么印象？若把她的人物同狄更斯或萨克雷的人物相比较，会有什么结果？

7. 卡莱尔为什么被称为先知、监察员？阅读《论彭斯》并简要分析，着意于风格、批评观和对这位苏格兰诗人的刻画。卡莱尔主要感兴趣的是彭斯这个人还是他的诗？他对彭斯作为抒情诗人的力量有明显的钦佩之情吗？《英雄与英雄崇拜》中卡莱尔表现出了什么样的历史观？《旧衣新裁》中可见作者的什么人生体验？卡莱尔想要传达给时代的是什么信息？什么是"卡莱尔"风格？

8. 麦考莱因为哪些方面而成为时代典型？比较他与卡莱尔的生活观。阅读一篇评论弥尔顿或艾迪生的文章，并从风格、趣味和准确性方面分析。麦考莱的历史知识在他写文学批评时有什么作用？麦考莱的《英国史》有什么特点？选读《英国史》和卡莱尔的《法国大革命》各一章并比较。两个作家各自是怎么看待历史和历史写作的？他们的方法有什么区别？两部作品各有什么最突出的特点？为什么两部作品都不可靠？

9. 阿诺德的诗里反映了维多利亚时代什么样的生活？怎么解释他诗作里的冷漠和忧伤？阅读《索拉博和鲁斯塔姆》并写一个介绍，着重介绍诗中的故事、诗人对材料的使用、风格和古典因素。比较它与弥尔顿或丁尼生的无韵体诗中的韵律，会有什么结论？阿诺德的诗与散文有什么明显区别？

10. 罗斯金在什么意义上是"现代社会的先知"？阅读《芝麻与百合》的前两部分，解说罗斯金关于劳动、财富、书籍、教育、女性地位、人类社会的观点。他怎样看待当时的商业主义？这些讲座可见什么风格因素？比较卡莱尔和罗斯金的异同。

11. 阅读盖斯凯尔夫人的《克兰福德》并描述它，要着眼故事的风格、趣味、人物。若把它看作一幅乡村生活图景，可否与乔治·艾略特的小说比较？

12. 阅读布莱克默的《洛娜·杜恩》并介绍它（与前面的问题一样）。故事中的浪漫因素是什么？就风格、情节、趣味与对生活的真实性描绘比较《洛娜·杜恩》和司各特的传奇。

大事年表

19 世纪			
历史		文学	
		1825	麦考莱的《评弥尔顿》
		1826	伊丽莎白·巴雷特的早期诗作
1830	威廉四世	1830	丁尼生的诗，主要是抒情诗
1832	《1832 年改革法案》		
		1833	勃朗宁的《波琳》
		1833—1834	卡莱尔的《旧衣新裁》
		1836—1865	狄更斯的小说
1837	维多利亚（1837—1901）	1837	卡莱尔的《法国大革命》
		1843	麦考莱的散文
1844	摩尔斯的电报	1843—1860	罗斯金的《现代画家》
1846	《谷物法》废除		
		1847—1859	萨克雷的重要小说
		1847—1857	夏洛蒂·勃朗特的小说
		1848—1861①	麦考莱的历史
		1853	金斯利的《海佩霞》
			盖斯凯尔夫人的《克兰福德》
1854	克里米亚战争		
		1853—1855	马修·阿诺德的诗
		1856	伊丽莎白·巴雷特的《奥罗拉·莉》
1857	印度民族大起义		
		1858—1876	乔治·艾略特的小说
		1859—1888②	丁尼生的《国王的田园诗》
		1859	达尔文的《物种起源》

续表

19 世纪			
历史		文学	
		1864	纽曼的《自辩录》
			丁尼生的《伊诺克·雅顿》
		1865—1888	阿诺德的批评文章
1867	加拿大自治领建立		
		1868	勃朗宁的《环与书》
		1869	布莱克默的《洛娜·杜恩》
1870	公立学校建立		
		1879	梅瑞狄斯的《利己主义者》
1880	格莱斯顿任首相		
		1883	史蒂文森《金银岛》
		1885	罗斯金开始写《自传》
1887	女王周年庆典		
		1889	勃朗宁的最后作品《阿索兰多》
		1892	丁尼生去世
1901	爱德华七世		

① 麦考莱 1859 年去世，此处的"1861"应该是指出版年份。——译者注
② "1888"应为"1889"之误，也是该书出版年份。——译者注

附录一　一篇当代文学论文

心中的信仰和火会怎样，

人们疾奔——

向泪水无法胜过我们的危险，

心中的信仰和火会怎样，

人们疾去？

哈代《战士之歌》

第一次世界大战还没有改变人们的精神，没有把千百万人的意志和情感拧成一种至高的民族性冲动之时，英国人的生活似乎很复杂，文学则着力于反映生活的复杂，而不是生活的统一，反映表面的涟漪或涡流而不是深水下的暗流。一大群作家各自书写这个幅员辽阔的帝国的困扰、趣味或土地，他们的作品给读者留下一种无望的混乱印象。因此，研究之前要明确三件事。

其一，没有人能书写自己时代的历史，所以这篇文章在任何意义上都不是当代文学的"历史"。最好放弃那些几乎同样有力量甚或更了不起的大多数作家，而选几个代表性作家进行研究。总计划是详细研究一位重要作家的作品（这也是一种学习方法），然后把其他人放置在传统群体里更宽泛地学习。其二，选择作家的标准不参考任何批评家的意见，而是参考能搜求到的读者共识。若有人认为以多变的流行风尚作为参考进行选择意义不大，那么他首先要明白除非时间对书籍的流行做出反应，否则个人品位是人们拥有的唯一判定方式。

人们的爱好与多变不容争辩，只是说到流行还要说几句，至少流行可以辨别真伪。有许多所谓的流行书籍，肤浅、机灵、滑稽、多愁善感或者耸人听闻，各自吸引着一批读者，这些书，就像人们夏天戴的时髦帽子一样，来了去了，此处我们不多关注。可是还有另一类文学的流行，触及了根本的"人民"，也就是男男女女、老老少少、或贤或愚的人们。所以要真正流行，作家必须展现吸引普通人性的某些本质，不仅要一时间转变他们，而且要让他们思考、牢记，赞许或反对。这样的流行就蕴含着某种力量。流行可能是真伪的力量，也可能是天才或跳舞的托钵僧的力量；但是能吸引各色人等的作家不是普通人，应该被再度研读。如果一个作家"仅仅流行"，另一个作家出现的时候他就会被忘记，正如特丽尔比被忘记一样；但如果赢得一代又一代人，他就是走在少数攀登巴那塞斯山的旅人之路上。吉卜林就是一个很好的例证：有些批评家称他是伟大的作家，有些则称他是文学界的表演家；可是大家都承认他确实迅速地赢得了众多人的喜爱。

其三，本文并不具有权威性，任何一个关节点上，读者完全像作者一样，要自己判断。以个人品位品鉴最佳意义上受人喜欢的作品的评论家必须抑制自己的偏好，调整自己心底里对不喜欢的作品的情绪。不过，如果有人真的做到了后一点，他就不是正常人了。读者应该记住时间是唯一的批评家，它才能肯定地宣称何人有伟大的品性，尽管期待时间未来裁决的最好方式是熟悉时间过去的嘉许。换句话说，越能熟读旧书就越能准确地估计新作品。

并不是说新书就该被认为是不重要的，其实许多新书是特别好的，因为它们反映的是当代人的生活和思想，在人们看来有一种时代久远的书籍无法相比的熟识气息。每一代人都偏爱他们时代的书籍。这里面就可能有危险，对当代文学的兴趣会遮蔽人们的眼睛，看不到当代文学的缺陷。因此需要经过时间检验的旧书给人们一个价值标准。

第一节　约瑟夫·鲁德亚德·吉卜林

吉卜林从印度带着他的《山中的简单故事》归来之后，三十多年来一直就是英语世界里最有名的作家。然而他不在意名声，只是装着厌恶或俯就最真诚地给他敬意的国家和大多数读者，更不要说以写作谋生了。那到底是作家的魅力还是别的什么导致他受人欢迎呢？就事论事解释不了其他人，也解释不了吉卜林。但是，如果大致了解一下他的生活和创作方法，可能会有助于读者理解他。

1865 年吉卜林出生在孟买。就像其他孩子一样，他小时候就被送回了英国，在英国接受教育，认识了野蛮（完全和丁尼生与其他一大群作家判断的情形一样。若想看到证据，吉卜林都写在《斯托基公司》里了）。大约十六岁的时候，他回到印度，成了一家小报的记者，"艰难地混一口饭吃"。他写了一些"地方"诗作和故事，吸引了报纸读者的关注。他把这些作品收集起来，出版了一本小书，猛然间他发现自己成名了、发财了。随后他就在英语世界里随意行走，海上陆上都去，奇奇怪怪、古色古香的新事情肯定会"击中"他的读者。本来机缘让他成为记者，即便是三十年的写书生涯，这个报人表现出了"干劲"。他的至精至微的主题，他高傲的优越气质，就像一切都在掌握之中一样。然而，他必然不仅仅是个记者，他是聪明的语言匠人，说到描述画面吸引目光、在人们心中生出恐惧或好奇，他的力量无人可比。他选的新鲜主题为他赢得了读者，他善于写作又稳住了读者。

一 读者

人们喜爱吉卜林有两个原因：风格与哲学。他的诗常常就像配着鼓点，一派欢快气氛；他的散文总是活力四射、古色古香，若他可以寻求纯粹的野性，散文就会一派雄壮气息。他的生活哲学（像写作里表现的那样）十分质朴，他信仰勤奋，他的信念就是勤奋加上英雄气。而且他对工作种类的认知独特，人们很容易就认同他的观点。战士、水手、探险者、殖民地管理者、新奇机械的发明人——这些在他看来就是工人；思想家、教师、议员，所有听着哨音就必须起床的就是笨蛋、傻瓜，这些"穿法兰绒的傻瓜"在《岛民》里被着实嘲弄了一番。也是一番心血来潮，这些社会的有用人士大部分都想抛开他们没有新意的工作，去探险、管理殖民地；因此他们一旦读了吉卜林，就觉得作者与自己相似，说出了他们心底的愿望。

二 吉卜林的诗

流行诗里，最好读《青年的双脚》。诗写于很久以前，赞扬一个无名小子因为"红神"的召唤踏入一片无名荒野；走到哪里都会有一大批人追随，似乎他就是那个彩衣吹笛人。如今他的名字就是军团。给运动杂志写稿的人、结伙外出打猎的人、在野外宿营或小河中捕鲈鱼的人都是红神的崇拜者。红神到底是什么人们不知道，红神与更加生气蓬勃的绿神、更女性化的粉神有什么不同，人们也不知道。换句话说，吉卜林"有东西失在山外"的矫饰是诗意的谎言，可它是一个悦耳的谎言，人们都陷进去了——是的，且很高兴这种陷入。

或许吉卜林的诗的韵律就让人们喜欢。先不说主题或意思，他的诗行韵律铿锵，十分悦耳。因此，一读《钟声》就会感觉到动荡的大海的起伏，读《丹尼·狄佛》心中就会听到战士葬礼上的进行曲。

代表性诗作

除了迷人的韵律，也很难说出吉卜林的诗里有什么有价值的东西。他的大部分作品与诗的关系就像大众的雷格泰姆音乐与音乐的关系一样。除了说到作者可能更愿意把它们丢到火里，而不是收在集子里之外，早期的各色短诗没有太多研究价值。《营房歌谣》的情形要好一些，而《曼德勒》就要糟糕得多。

《东西方歌谣》（这不是兵营类的作品）是一篇令人激动的故事，是最好的一篇。还有一些好诗行散落在吉卜林的散文作品和零散的几首诗里，如《英格兰的旗》、《熊的休战》（这首诗要与《曾经的人》一起读），著名的《退场赞美诗》和《写给我们所有和曾经》写于第一次世界大战爆发之际，重新诠释了"野蛮人"的意义。这些诗有力地表达了民族情感，解释了为什么不论什么人占据桂冠诗人的高位，许多人还是认为吉卜林是英国真正的桂冠诗人。

三　散文作品

把细腻的《没有神职人员的特典》与流气的《斯托基公司》和陈腐无益的《多样生物》相比较，人们可能会同意批评家的意见，认为吉卜林的早期散文是最好的。自然，这只是一家之言，读者可能更有兴趣阅读吉卜林接下来的作品。吉卜林以写作英印生活的故事开始，如《山中的简单故事》和《三个士兵》。他写英国显然是为了驳斥那些说他没有用小说反映生活的艺术才能的人，随后他写了《消失的光芒》。放眼看世界的时期，被他反映在几卷短篇小说集里，如《众多发明》，这是一本对机器和技术词语特别用心的作品。这些阶段当然不是完全分开的，在这期间他写成了《基姆》，这是印度生活的全景图。另外还写了关于捕鱼船队的孩童故事《怒海余生》和大大小小的孩子都喜欢的《丛林之书》。

四　代表性故事

《曾经的人》或《祖先的坟墓》是吉卜林英印故事的开始；《克里须那·马尔瓦尼的化身》会让读者想去读《三个士兵》。人们认为马尔瓦尼是吉卜林塑造得最好的人物；可他是一个"舞台爱尔兰人"，更贴近生活的人物是奥瑟利斯。他写当地生活最好的是《丛林之书》中的《普朗·巴加特的奇迹》。机器故事中最受喜爱的是《发现自我的船》和《007》，认为锅炉钢板会说话的人会喜欢它们，可别的读者会更喜欢另一个更好的故事《筑桥人》。吉卜林善于写作幸福而没有现实感的梦幻故事。极妙的想象之作《树丛的孩子》似乎比其他短篇故事拥有更多的崇拜者。《基姆》被称为印度神秘之地的小说，没有那么多幻想。有些人认为基姆就是一个了解生活的人从生活中抽绎出来的图景，可要是这么想，读者的头脑中就要装满幻想。吉卜林关于印度、狼和其他野兽的知识都来自幻想，《基姆》和《丛林之书》都是同一类型的优秀虚构作品。

《丛林之书》

这个动物故事表现了吉卜林性格中惊人的组合力，就是组合半真、更真、全真的能力，令人惊奇的是，现实在根本没有预料到的时候被发现了。他笔下的男男女女说话的时候，人们满心疑虑，认为这些人物机灵得不自然；他的机器说话的时候多了一些人性；可当他的动物们说起话来，人们才看到了自己。因此人们对马尔瓦尼、豪克斯比夫人和考特侧目而视，觉得第一个太表演化，另一个做作，第三个虚假。可人们在生活中，喜欢毛葛利、发牢骚的老巴洛这样的伙伴。这样的人物本真、迷人，就该在文学史里传承。许多青年批评家从七岁到七十岁都满怀感激地记着他们，宣称《丛林之书》尤其是毛葛利故事是吉卜林最传诸久远的作品。

第二节　几位当代小说家

如今，小说让所有其他文学体裁都相形见绌，为什么小说就像洪水一样势不可当？回答就是，人们想要这样。伊丽莎白时代的人要说明戏剧为什么在当时像洪水一样也只能做这样的答复。1600 年的时候没有几个英国人识字，娱乐就要靠戏剧，莎士比亚之外还有大把的人待价而沽为戏剧服务。1900 年的时候，人人都识字了，人们就需要小说了，结果小说家就过剩了。就这一点说，其他时代也一样，文学的流行体裁由读者决定，而不是作者。

一　现实主义者

为免却无休止的争论，在此还是同意这个有作用的定义：现实主义者必然是以他看到的人们的实际来刻画生活的。而传奇的写作者则自由得多，以人们的梦想、渴望、努力的目标描写生活，这些扩大的自由就是把浪漫主义小说和现实主义小说区分开来的地方。它们都面对生活，一个用眼睛看，另一个用眼睛和想象力一起看。这个定义有不足，但并不比其他能构想出来的定义更糟。

（一）赫伯特·乔治·威尔斯

威尔斯是一个诚实的小说家，他十分严肃地对待他的艺术，是当代艺术家中最醒目的人物。他豪气地说："我们要描写整个生活的各方面。""我们要面对政治问题、宗教问题、社会问题，直到成堆的虚伪、无数的欺骗在我们清冷的解释空气中枯萎。"这种意义的问题，又有无数的混乱纠结其中，就是所罗门都要闭口不言。可是威尔斯却因此有了使命，也有了工具。他的使命就是改革，他的工具就是小说，古代骑士般的小说大步向前就是要摧毁邪恶。人们不得不钦佩他的勇气，钦佩他对书面文字的坚实信念。他比卡莱尔看到的虚伪更多，社会、宗教、商业，处处是混乱（他最喜欢用这个词），他朝着每一个新的混乱投去一本书，他的二三十本小说的首要意义就是这个，而不是为了讲故事。他的这些小说追步儒勒·凡尔纳的作品、莫尔的《乌托邦》。《琼和彼得》略有变化，他声称要描写大战压力下的英国，但却写成了一部激烈抨击现代教育的小说。

威尔斯与其他改革者一样，既有长处，又有短处。他了解社会、了解科学，科学被他捧成了神明，可他却不了解心灵与人性。所以，《婚姻》中的男女主人公才会去拉布拉多，两人住在小木屋里，证明简朴的生活多么美好：这表明他对拉布拉多有太多的幻想。在贫瘠的海滨住过的人都知道那里的生活比时髦的大宾馆里的生活还要复杂，而且肯定不舒适。质朴不是了解科学，不是吃一餐鱼就能够养成的。那是一种心灵品质，在这个大地的角角落落里放射出清亮的光。城镇生活、资本主义或其他现代性也不会造成复杂，复杂源于彼此误解，住在木屋的两个人之间的复杂与伦敦市五百万人之间的复杂一样多。

总之，生活的深刻意义、信仰、勇气、欢笑、不可改变的希望，大多都逃过了这个现实主义者的观察。他一心一意地改变邪恶或社会，却错过了几乎所有的社会之善。他早期幻想小说的代表作《星球大战》和其他几部并无区别；后期的小说《托诺·邦盖》或《新马基雅维利》则表明作者满腔热情，要把欺骗清除出商界、政界。他是个好作家，真诚、有活力，可是人们读他的作品，很容易看见改革家，看不到讲故事的人。《机会之轮》是个例外，这个欢乐的故事是威尔斯成为以笔为枪的游侠之前写的。

（二）约瑟夫·康拉德

康拉德（约瑟夫·特奥多·康拉德·科尔泽尼奥夫斯基的英语名字）与当代的其他小说家不一样，这也是他的读者圈子比较小的原因。参考他的生平，就会更好地欣赏他作品的独特之处。他本是波兰人，出生在乌克兰，父母都是知识分子，但被沙俄政府处死了。十九岁之前，一个法国家教指导他学习，他学会了英语。十九岁时，他一心漫游世界，到了海上，此后的二十年间他就在航行的船上南北游荡。航海生活中，他从未见过同胞（波兰人就不是个航海的民族），斯拉夫人天性敏感，漫游的孤独和大海的巨大寂寞沁进了他的心灵。

康拉德曾经感情深切地说"从摇篮到坟墓都包围每个人心灵的那种孤独"，这句话无意间自明心志，也表明了他要写的作品类型。独居、命运的神秘和忧郁伴随着把生活看成孤独和神秘的人，这就是他的小说的主题。这样看，他像霍桑。令人想到霍桑之处在于：对康拉德来说，人人生命中的事件都要以作用于人的性格的道德效果来衡量。

他的故事场景总与忧郁不祥的主题相协调。他偶尔会把故事场景设置于非洲或美洲的海滨，但更经常放在孤独的南部海洋岛屿上，到岸登港的水手都是新来客，大海从来都不平静。若考虑到英语并非他的母语，就会惊奇地发现他写得非常好，而且总有一股朴素的力量。他笔下的人物令人觉得像其他陌生人一样有些虚幻，很快就消散了，让人觉得像做了一个白日梦。转瞬间，他们的名字就被忘记了，只留下一个显现过的神秘印象。通过阅读《机会》或《胜利》都能了解这个作家，因为他所有的作品风格都一样。《诺斯特罗默》可能是他最好的小说，《台风》以对变幻不停又永恒不变的大海的刻画引人注目。

（三）约翰·高尔斯华绥

高尔斯华绥与威尔斯一样，是个改革家，不过他不是全方位地去做，而是讽刺笔下人物。他的文风很好，平静、自信、自然，作品的对话、章节安排、结尾都像是从戏剧的场景里来的。代表性故事里总有两个对立的阶层：贵族阶层麻木、自满、反对变革；下层阶级激进、聪明、不安分、决心改变一切。最好的作品是《有产业的人》《贵族》《私家庄园》。后期的小说才思减退，故事令人不快，也没有艺术性和教育意义。

（四）塞缪尔·巴特勒

现实主义者大多写家庭生活的混乱，只有康拉德例外，要是人们相信他们，那么英国已处于危险状态了。残忍的父母、叛逆的孩子让人怀疑英国还有没有好家庭，像人们有过且满怀感激地记忆的那一类家庭。如果还有这样的家庭，为什么哥伦布般的现实主义者没有发现它们呢？阅读塞缪尔·巴特勒

（不是《胡迪布拉斯》的作者，是一个后起之秀）的作品更增加了人们的疑虑，他认为家庭是近代社会的巨兽，疾呼要立法，好让孩子摆脱不合格的父母。

小说里有个人经历的体现——父母的约束或周末的强制礼拜，这让作者对家庭、教堂心怀怨恨——这些熏染着作者的作品。父亲故去，留给他钱财和无拘无束的自由，他认为人生不可缺少这两样。可面对父亲的辞世，据说他很欢喜。他的主要作品《众生之路》讲述了一家三代人的故事，每一代人里，都有孩子脱离上一代人的故事。这是一部了不起的作品，是最近面世的最好的现实主义小说，有一种忧郁的幽默和无私的公正，既耐读又合乎情理。

巴特勒思考多出版少，读他的笔记，人们会觉得他是当代小说家里最讲究的艺术家。可是人们一定会问：难道在整个英国他都没有遇到幸福的孩子，以致他下笔全是抹黑家庭生活的内容？

（五）伊登·菲尔波茨和阿诺德·贝内特

还有两个现实主义作家——伊登·菲尔波茨和阿诺德·贝内特，两个人有点类似，都淹没在"素材"里；他们的作品里不见人物行动，连篇累牍的是事物，假如他们能细腻地刻画一位女士的衣着、屋舍、家具，以至她的第三代和第四代，他们或许还真能塑造出真实的人物。菲尔波茨着意描写英国南部的形形色色。《威德科慕集市》（其中他把一个村子当一个人物来描写）是他写得最有生气的作品，人们认为他最好的小说是《美德的贼》和《三兄弟》。

贝内特在陶器制作区五镇发现了自己的素材。他在美国有许多读者，分成两派：有的人觉得贝内特的小说很精巧，可能也觉得不错，便推荐朋友去读贝内特；朋友就跑到图书馆，拿出一本不同的作品，一读之下，尽是夸夸其谈的自负，对人性缺乏趣味，文学方面也没有可取之处，就觉得不可思议，为什么会有人在这种东西上浪费时间。这种巨大的差别不仅是个人问题，也可能是小说家的写作方法有问题。最初他是一家女性杂志的记者，单纯为挣钱写一些无价值的小故事。他没有挣到钱，写出来的七八本小说在英国没有多少读者，在美国也无人认可。他只好花工夫、费心思写《老妇谭》，一本自娱自乐的小说。这本书大受美国读者追捧，贝内特这时候就开始为市场写作，有好作品，也有急就章，还有早先的劣质作品，都在美国以《老妇谭》（1908）之后的作品的名义出版了，让读者觉得这些都是新作品。所以菲尔普斯认为，要公平判断现代文学，不可忘记它的商业性（有些小说出版家只看这一面），许多作家就是靠写作谋生的。

《老妇谭》是贝内特最好的小说，讲的是两姐妹的悲剧人生故事。读这本小说让人们觉得贝内特还不如真诚一点，少写几本。除此之外还有一本，就是幽默的《大胆的邓里》（1911年在英国以《纸牌》的名字出版），再要选，就是《高地的海伦》一类的作品，剩下的就是不好的作品了。

（六）汉姆莱·沃德夫人

沃德夫人年岁稍长、十分真诚，她的小说《罗伯特·埃尔斯米尔》经格莱斯顿推许，大家竞相阅读。如今，大家对着这个准宗教的故事打呵欠的时候肯定会奇怪它为何能引发文学界的激动。然而不要忘记这本小说所处的时代、面对的读者。当时宗教已然因科学发现而动摇根基，这本小说对任何严肃对待宗教问题的读者都有吸引力。沃德夫人在创作中始终是严肃的，知识广博且与时俱进。她出身书香世家，是英国人尽皆知的文学望族阿诺德家族的一员。

沃德夫人后期的小说《玛塞拉》《威廉·阿西娅的婚姻》《罗斯太太的女儿》和其他几部都有点类似，写得认真、一丝不苟，且用意高远，只是缺少天分、幽默、女性的轻盈，所以少了几分魅力。她只关注"优秀"阶层，她看到的是卓越的政治家、谦逊的天才、美丽聪明的女性，以及其他人迈过人生大门时渴望遇见的一切。恐怕这就是沃德夫人受人欢迎的原因：她把你带入上层圈子，满足你的幻想，想着他们不比你聪明、不比你幸福。她最好但不是很受人欢迎的小说是《戴维·格里夫》，风格与《罗伯特·埃尔斯米尔》相同，只是作者在这部作品中更能人性化地刻画人物。

二　现代传奇

大家读了一大批意在改革的小说，满是烦人的问题、混乱的社会理论，免不了想读个好故事，不免心里狐疑，难道当代小说里没有讲生活、讲爱情，甚或是"让居家的人快乐"的虚构作品吗？答案是：有的，很多。洛克就有一部作品能让读者开心地笑起来，德·摩根的小说则能让读者又哭又笑——这可是不多见的。自从狄更斯把他的悲情故事与难以抑制的幽默结合以来，人们几乎忘记了还有这一类故事。

（一）威廉·约翰·洛克

洛克是个建筑师，是一个阴郁的不列颠皇家学会官员，他写作就是为了消遣。他的哲学是经历过美妙童年的人都有双重性：一是习惯日常的人，另一个则是原始的迎合梦境、激情、新奇感的人。劳作满足了前者的愿望，文学则满足后者。因此洛克白天上班，晚上就写小说——这是雷利和其他伊丽莎白时代的人都喜欢的方式。《塞普蒂默斯》是他想象力奇特的作品，《心爱的流浪汉》则被许多人看作他的精品。后者讲了一个无拘无束的小提琴手的历险故事，这个放浪不羁的人不拘礼法。要是读了这部小说，还想了解作者的更多的生活观，可以读《三个智者》。

（二）威廉·福雷德·德·摩根

德·摩根最初是个艺术家，后来成了陶艺设计者、陶器制作者，开始写小说的时候已经六十多岁。他的第一部小说《约瑟夫·万斯》1906 年面世，轰动英美。读这部小说，人人都想到了狄更斯，可是德·摩根就是他自己，他不是任何别人的回声。他与狄更斯的相像处是文学手法和对生活的真心热爱，他的故事中间贯穿的是相信天国、相信人性必有好报的思想。他的写作一起笔就是描述贫困生活中的人不妥协的性格，讲"愚民中的火星"蔓延成纯净的火焰烧毁一切不公的故事。他有两部最好的小说《简名爱丽丝》和《约瑟夫·万斯》，一部的主人公是一个姑娘，另一部则是一个小伙子，故事讲这两个混迹街头的人长大成人。这两部小说实在很好，只是偶尔也有不好读的地方。

（三）詹姆斯·马修·巴里

在写出《彼得·潘》之前，巴里是最受人们喜爱的当代传奇作家，《彼得·潘》让他跻身最受欢迎的戏剧家之列。他最初写的《纱窗》和《古灯田园》刻画的是一个苏格兰村庄的生活——阴郁沉闷，偶尔有一点幽默或感染力的闪光来缓解枯燥。很快他的多愁善感就消失不见了；读者喜欢这个故事，可他唠叨过甚，越来越做作，最后真切的人类情感变成了

《小大臣》中的感伤。史蒂文森给一个朋友的信中说："巴里有天分，可是他身上有记者的习性——这就很危险。"

此后巴里身上的记者习性越发明显，他利用读者的情感，作品里有一种负面情绪，没有坦诚，没有适当的刚毅，这些东西难以定义，可也更难摆脱。《玛格丽特·奥格威》或许是例外，这是一部给母亲的半自传性作品，充满柔情，生涩细腻，读起来令人愉快，除非读者突然质疑作者就那样把母亲的秘密展示给公众的行为。他的《多愁善感的汤米》是一个不受人喜欢的孩子的故事，这部小说被认为是作者的精品，可是许多人发现爱哭的主人公汤米多愁善感得令人讨厌。大概是想突出这本书的道德寓意，巴里接着写了《汤米和格丽塞尔》，自私的主人公终于得到报应。一个小姑娘就说："他先写了这个故事，随后又写了一个续集。"《汤米和格丽塞尔》像其他精品续集一样，令人失望，人们禁不住奇怪作者为什么要写续集。巴里长于创作迷人的戏剧，如《彼得·潘》，也长于创作欢乐的《小白鸟》一类的历险故事，在这类故事中，巴里不用刻画人物，只管让自己的顽皮想象尽情驰骋。

文学宝库中还有许多现实主义的、传奇的小说，都归纳不过来了。如果读者喜欢历险故事，可以阅读赖德·哈格德的作品，他创作了《所罗门王的宝藏》，还有十来本欢乐的匪夷所思的非洲传奇。侦探小说读者读阿瑟·柯南·道尔的《歇洛克·福尔摩斯》就会如意。人人都喜欢狗，恐怕也会读那最好的关于狗的故事《奥利万特的马蝇》和《作战的儿子》。赫德森创作了《绿房子》以及其他热带雨林的故事。安东尼·霍普、梅·辛克莱、玛丽·威尔科克斯（在为女权斗争以前）、奎勒－库奇、莫里斯·休利特、威廉·巴宾顿·麦克斯韦和伦纳德·梅里克——这些名字是指示牌，指明了当代小说欢快、艰难的前进道路。

第三节 诗人

或许是人们心血来潮，也或者是人类的爱之天性，大多数人看待诗就像母亲看护已成年的孩子：孩子可能已在阿拉斯加探险，或者已经在法国血战，可在母亲的心里，他还是个孩子，要母亲给他遮风挡雨。虽然诗已经像山一样古老健壮，可在人们的记忆里，诗还是瘦弱、柔和、年轻的，不与男人的粗野和繁忙匹配。于是人们期望诗的语言是儿童的语言、月光的语言、爱人的恳求，而散文则该用于伟大严肃的事业。

如今，虽然几个诗人已经英年早逝，但活着的诗人大多数还是健壮的男人。他们以最质朴的方式书写自然、书写人类，他们的诗要比散文准确、有力。诗是人类思想高尚、情感深厚时刻的基本言说，既不做作，也无冗余，便于记忆。因此，早期的历史学家记录勇武的业绩只创作歌谣；即便是到了散文时代，若是想到有力的思想、明智的思想，希望人们记住，也必须以诗歌表达。这个规矩高踞于当代诗人的作品之上。当代有更多的诗人面对生活中的大事件、深刻意义的事件，本着男子汉的精神诚恳写作。他们共有一个真诚的品质，目的就是让诗贴近它一贯的源泉、贴近普通人领域。

一 梅斯菲尔德

当代最有魅力的诗人约翰·梅斯菲尔德是名副其实的长篇故事讲述人，他更应该惬意地生活在红胡子埃里克的海盗船上，可阴差阳错，他生活在一个平庸或循规蹈矩的时代，来歌唱文明的丑恶。少年时代他就逃到了海上，冬去春来，在天涯海角流浪。据说有一天晚上他拿到了一本乔叟的诗集，于是一直读到群星发白，黎明来临，他也知道了自己该做什么。伟大的诗人中，最切合现实、最有人情味、最"现代"的就是乔叟，梅斯菲尔德就是他的信徒。若人们读过"修女的雄鸡故事"（收在《坎特伯雷故事集》里）的朴素开头，再读梅斯菲尔德《小巷的寡妇》精简有力的开头，就会看到学生是如何尊崇老师的。

梅斯菲尔德几乎所有的叙事诗都讲的是普通的男男女女，他的抒情诗多涉及大海或陆地上的平常事件。乔叟自然很了不起，人类的各种同情心都写到了。可是梅斯菲尔德既不了解勇敢的骑士，也不认识娇美的艾格伦丁夫人，他的眼界只限于劳动者，他不写浪漫的英雄，只写船坞街头随时可见的普通失意者。

> 水手、汽船上的司炉，有实力的人，
> 伏身扬帆绳上的唱歌人高唱着一支歌子，
> 机轮旁边瞭望台上昏昏欲睡的人，
> 我的歌就唱他们，我的故事就讲他们。

批评家一般推荐梅斯菲尔德的长篇叙事诗《道贝尔》，这首诗讲的是一个当水手的穷苦艺术家被其他狠心的水手折磨而死的故事。诗中描写平静或风暴中的大海的有些诗行令人难忘。故事不是很有趣，太血腥，水手也太野蛮。《小巷的寡妇》和《永恒的仁慈》是两首更好的叙事诗。它们是作者自己最喜爱的，就是凭着这两首诗，他获得了诗人的身份。不过若是仅仅为了高兴而读，那还是放下的好。这两首诗以自然为背景，大部分都在刻画人类的贫困和堕落。他的抒情诗太多了，不能简单地评论。抒情诗中的诗句也有不少很有力量，不过也能明显看出梅斯菲尔德写得太多、太快，却不够好。诗集中读者读下去会获益的作品有《耶稣受难日》《国王菲利普》《咸水歌谣和抒情诗》。

二 阿尔弗雷德·诺伊斯

诺伊斯与梅斯菲尔德差别很大，他是一个快乐的诗人，在大道上阳光晒满的一边行走、工作。他是现代诗人中作品音韵最悦耳的人之一，善于写各种体裁的诗歌，虽然作品中有力和美的不多，但却音韵和谐，很耐读。想要了解他的主题范围之广，只需要看一下他的题目，如有一股爱丽丝漫游奇境气息的《野麝香草树林》；包括极优美抒情片段的《五十个唱歌水手》；欢乐的街头歌曲《手摇风琴》中有一丝令人兴奋的春的气息；《德雷克》是一首写伊丽莎白时代水手的史诗；《舍伍德》是一首描写罗宾汉时代的戏剧诗，里面有一个难得的弄臣，叫作叶影；还有如《古日本的花》和《美人鱼酒馆故事》。

三 象征主义者

这是一群斯宾塞和罗塞蒂的后期追随者，通常以象征主义者这个不尽如人意的名字命名这个群体。他们以道路、花朵或其他象征物来表现生活、表现美，这些象征物就像一面旗子，要比词语说出的东西更多。考文垂·巴特摩尔似乎就是这群人的领袖。他最质朴的作品《屋里的天使》平静地叙述生活、叙述爱，曾广被阅读。如今这部作品依然是一个检测标准，不是检测诗人，而是检测读者，很快就明白读者是不是该读巴特摩尔在其他领域的作品。要是不喜欢《屋里的天使》，也不要泄气，去读别的诗，就像选择食物、选择传奇故事，可选的诗也很多。

（一）弗朗西斯·汤普森

就思想说，汤普森是约翰逊所称的玄学派诗人、清教象征主义者的追随者，约翰逊不喜欢也不理解这一群人。汤普森写了不少细腻的宗教诗，既让人想到多恩的强健魅力，又让人想到乔治·赫伯特的天国慈悲。《天堂猎犬》名气最大，但不是汤普森最好的诗，不过也算是检测读者品位的作品。这首诗里的象征主义有点令人遗憾，"猎犬"其实是一个跟着人无处不去的神之爱，就像任何语言中最美的诗一样，起句是"啊，主，你找到了我认识了我"。若能记起圣伯纳德那条曾在冬日的暴风雪里搜救遇难者的义犬，诗中的野兽的象征也就不会令人反感了。

（二）斯蒂芬·菲利普斯

菲利普斯是当代知名的象征主义者。他对激励过济慈的美也爱得炽烈，他与济慈一样，大有可为却英年早逝。他的第一本小诗集《诗选》（1897）中的《玛尔珀萨》是他最精美的作品，其中的伊达斯对少女这样说：

> 你意味着大海努力要说出的话
> 那么久远，渴望悬崖说出；
> 你是风没有说出的
> 是静夜给心灵暗示的，
> 你被记住的面容是来自他界的，
> 曾为它而死，虽然我不知道何时，
> 曾被歌唱，虽然我不知道在何地。

愿这些象征诗行能够唤起读者的美感，菲利普斯写了许多这样的诗，早期的诗集和《新诗选》（1907）里都有。菲利普斯不久就转行写戏剧了，他为舞台创作了《希律王》《保罗和弗朗西斯卡》。虽然这两出戏得到的青睐在诗人剧作家中少见，可它们得到关注还是因为诗性的台词，而不是因为戏剧的表演特征。

四　凯尔特文学的复兴

近年来，一些出生在爱尔兰或同情爱尔兰的诗人和剧作家一直呼吁要关注诗歌与传奇的爱尔兰。人们认为或者偶尔认为这就是凯尔特文学的复兴。但其实，它是斯宾塞置之仙境的理想之美的现代版本，如今它在爱尔兰落地并得名了。

叶芝是一个繁忙群体的领袖，这个群体此前在都柏林建成了国家剧院，甚至尝试复兴古代爱尔兰语。叶芝在诗中、剧中都认为自己是古代象征的复活者，并以散文写出了他的艺术理论——"把玫瑰叫别的名字，它也会有芳香"。他始终是个美的热爱者，不知岁月、不知死亡、不知复生，永远像清晨一样年轻，只要他写到美，英语读者就不在乎他的理论了。他的作品里有少见的纯粹和质朴，一直替孩子的心灵发声。他写到自己爱的人，在他们面前展开一张金星幕布，就如罗利爵士在女王面前展开幕布一样。

> 可我，一生贫穷，只有自己的梦；
> 我把我的梦铺展在你的脚下。

叶芝的诗集《苇间风》、《七重林中》与戏剧《幽水》、《心愿之乡》就像正门大开邀人入内的庭院。随意选一本他的小诗集读，就会发现所有的诗都很好且质朴。如果一定想得到阅读指导，那就跳过《乌辛漫游记》和其他的书写久已故去的英雄的诗，先读他的歌谣和抒情诗的选集。

在格利高里夫人和约翰·米林顿·辛格（请读《葬身海底》）的戏剧、帕德里克·科勒姆和乔治·威廉·拉塞尔的诗、收集在《穿过泥炭烟雾》中谢默斯·马克·马努斯写的快乐的短篇故事中也还可以看到凯尔特文学的"复兴"。

第四节　各色书籍

与维多利亚时代形成鲜明对照的是当代人对各种戏剧都特别感兴趣。除了那些人数众多、有优厚报酬的职业剧作家之外，之前提到的诗人、小说家大多都试写过戏剧，只要一本小说问世，作者或其他人很快就会把它搬上舞台。

一　戏剧

要以文学书中的一章总结这些戏剧是不可取的，原因如下：其一，它们异常丰富；其二，除了少数几出剧，大多都是短命的；其三，它们的戏剧品质要求观看与评论必须在剧场内，而不是读冰冷的书页。这些戏剧需要演员、灯光、舞台布景，要想公正评价，舞台的感觉都要有。不顾背景去观看评论戏剧就像在黄昏欣赏宝石一样失败。

亚瑟·温·皮内罗是优秀的插图画家。他为约四十个剧本做过插图，既有轻快的戏剧，也有严肃剧，本本的插图都做得很好，可是没有人读这些剧本；除了几个戏迷和想学习写戏的青年剧作家还记得它们，这些剧的名字都被人们忘记了；所以，为什么人们还要一如往常地把它们看作文学呢？

二　散文

另一个不同且纯粹的文学类型是散文。可是散文作家也是如此之多，令人不知所措。这些作家反映着现代生活的各种趣味，商业、政治、宗教和科学，既关注现代生活的享乐，也关注其荒唐，杂志上的文章像洪水一样，其力量和声势简直前所未有。从众多散文家中可以选三个有代表性的，不过这个选择也只是限于个人品位，而品位是各不相同的。

讨论文学和批评的作品中，最有活力的是罗伯森·尼科尔（在《英伦周报》上他用克劳迪斯·克利尔这个名字）的《学者书信》。这本书涉及面很广，开明、同情、亲切地谈论现代文学，是一本有智慧、有益且亲切的书，它亲切地讨论学者，自然也是亲切地面对读者。

讨论道德和宗教的散文作品里，少有可以与约翰·布赖尔利（就是杂志里谦虚的约·布）的作品相比的，他的散文收集在《我们自己和宇宙》和差不多的三四个作品集中，这些散文思想深刻、表达犀利，而且旁征博引。另外批评文学、批评生活的还有切斯特顿（是吉尔伯特·基思·切斯特顿，不是塞西尔·切斯特顿）的卷帙浩繁的著作。切斯特顿有福斯塔夫式的机智和思维，他肥胖、直爽、亲切。他擅用悖论修辞，喜欢作翻案文章，他的天分在于把古老的话题公开讨论，用前人未想到的方式展示一时的狂热和风尚。而且，他惊人的奇想和悖论里总有思想、有生活，有对虚伪的彻底的憎恶和对人类真切的热爱。

三　写战争的书

第一次世界大战激发了三种文学趣味。一是了不起的英国精神。梅斯菲尔德表达的就是这个，他表达得既质朴又勇敢坚定，当时是给美国人发表演讲（《圣·乔治和龙》和《战争和未来》，1918）。此前，就是伊丽莎白时代的英国人也没有那么勇敢、那么有力、那么团结，强大的英语世界全心全意地追随着英国。这种光荣的民族精神把人们的思想和情感融合、统一起来了，随之显著地影响了英语文学。未来的岁月会看到这个影响，已经有洪水般的书籍。除非现在的迹象有误，否则以前英国作品里从未有的某种意义上的火与信仰就会出现。

新、老作家

二是老作家归来，各有新诗要作、新故事要写，另外涌现了一批新诗人，战争的强光照亮了他们隐而未显的才华。有少数作家没有用好战争这个主题，写得花里胡哨。不过他们是少数。托马斯·哈代虽已年迈，可还是写出了伤感的《战士之歌》，一派已往青春的活力。威尔斯也忘了表达自己的改革，写出了《勃里特林先生把它看穿了》，表现战时英国生活的一个横切面（他根本不满意只做到这个地步，所以结尾处拼凑出了改革之神取代无助的科学的情节）。以前，热爱和平的诗人威廉·沃森总是被推荐给读者，说是可以抵消吉卜林的沙文主义，他以祖先古老的尚武精神勇敢地写出了《看过的人》。梅斯菲尔德的诗总是萦绕在战壕里，他的散文《加利波利》和《旧前线》生动逼真，都是十分精彩的英雄主义故事，前者写达达尼尔海峡远征军，后者写索姆河战役。

除了这些熟悉的作家（只是提到了几个书写民族情感的）之外，在英国、美国、加拿大、澳大利亚还意外地涌现了一群诗人，比起散文，诗更及时、更真实的功能恢复了。这些诗人的作品好得惊人，只要从十几首战争诗中选一首读就会得出这样的结论。奇怪的是，附在这些诗后的几十个名字很少是战前文学界的名人。

战争诗

三是作家对武装冲突的态度发生了神秘的变化。从《贝奥武甫》到丁尼生，几乎所有的英国诗人都以《轻骑兵的冲锋》和《纳瓦拉的头盔》中的胜利战鼓方式歌唱光荣、英雄精神和无数的战争。可如今，虽然人们也看到了以前没有歌唱过、没有梦想到的英雄精神——不是头饰羽毛的骑士而是邻里乡亲的英雄气，可是诗人却奇怪地对战争的荣耀缄口不言。他们写战争不写尚武的光荣，而是书写温柔的记忆来展示心灵。所以，像《战士如何安然通过》这种古色古香的诗就有成百上千首，如阿斯奎斯中尉写的《志愿兵》，虽然也有对人类勇气的深厚敬意、对自己民族的人的敬仰，可没有写到什么战事。梅斯菲尔德的《1914年8月》是又一类新的战争诗的代表，它展示的是寂静的英国战场，让读者想象看见了战壕里赤裸裸的恐怖景象、枪炮的火舌、海峡对岸熊熊燃烧的火光里的家园，听到了枪炮的轰鸣声。

所有这些诗人，不管年轻与否，都有两个高尚的品质：对理想英国的永恒忠诚和对和平是唯一正常人类生活的挚爱。这两种品质在壮志未酬的鲁珀特·布鲁克作品里都有体现，年轻的诗人参加达达尼尔海峡远征军，牺牲在爱琴海，战友们在人人知道的阿基琉斯的斯基罗斯岛给他立坟造墓。人们不愿意批评逝者，只愿说到伟烈丰功，因为人们敬仰这位战士，也就对这个诗人过誉了。不过，未来人们或许不会忘记是布鲁克把关于第一次世界大战的诗压缩进了十四行里。

> 我会牺牲，只要这样想：
> 海外有一角土地
> 永远是英国。将会
> 富饶的土地里藏有厚重的尘，
> 英国负载着这尘土、塑造、意识，

把她的花给爱，去她的道路散步，
英国的躯体，呼吸着英国的空气，
受河水冲刷，受故国的日光护佑。

想吧：这颗心，摆脱了所有的恶。
永恒之心的脉搏，一丝不少，
在某处把英国赋予的思想归还，
他的目光和声音，像在祖国时日幸福的梦，
从朋友处来的欢笑，温柔
就在于平静的心里，就在英国的天空下。

参考文献

There are nearly a hundred books dealing with recent literature, but not one to tell you what you want to know; that is, for each important author events of his life may color his work, such as his chief books in order, his philosophy or world view, his motive in writing, and a word of criticism or appreciation. The books available are mostly collections of magazine articles; the selection of authors is consequently haphazard, many of the most important being omitted; and they are almost wholly critical, telling you not the author or his work but the critic's reaction on the author. Among the best of these reactions are:

Phelps, The Advance of the English Novel (Dodd), and Essays on Modern Novelists (Macmillan); Cooper, Some English Story Tellers (Holt); Follet, Some Modern Novelists (Holt); Freeman, The Modems (Crowell); Phelps, The Advance of English

Poetry in the Twentieth Century (Dodd); Chandler, Aspects of Modern Drama (Macmillan); Phelps, Twentieth Century Theatre (Macmillan); Andrews, The Drama of To-day (Lippincott); Howe, Dramatic Portraits (Kennerley); Clark, The British and American Drama of To-day (Holt).

A book which attempts to continue the history of English prose and verse from the Victorian Age to the present day is by Cunliffe, English Literature during the Last Half-Century (Macmillan, 1919).

In addition to the above collective studies, there are numerous presentations of Kipling, Barrie, Chesterton, Yeats, Synge and other recent writers and dramatists, each in a single volume.

总书目

Every chapter in this book includes two lists, one of selected readings, the other of special works treating of the history and literature of the period under consideration. The following lists include the books most useful for general reference and supplementary reading.

A knowledge of history is of great advantage in the study of literature. In each of the preceding chapters we have given a brief summary of historical events and social conditions, but the student should do more than simply read these summaries. He should review rapidly the whole history of each period by means of a good textbook. Montgomery's *English History* and Cheyney's *Short History of England* are recommended, but any other reliable text-book will also serve the purpose.

For literary texts and selections for reading, a few general collections, such as what are given below, are useful; but the important works of each author may now be obtained in excellent and inexpensive school editions. At the beginning of the course, the teacher, or the home student, should refer to the latest catalogue of such publications as the Standard English Classics, Everyman's Library, etc. , which offer a very wide range of reading at small cost. Nearly every publishing house issues a series of good English books for school use, and the list is constantly increasing.

历史

Text-book: Montgomery's English History; Cheyney's Short History of England (Ginn and Company).

General Works: Green's Short History of the English People, 1 vol. , or A History of the English People, 4 vols. (American Book Co.).

Traill's Social England, 6 vols. (Putnam).

Bright's History, of England, 5 vols. , and Gardiner's Students' History of England (Longmans).

Gibbins's Industrial History of England, and Mitchell's English Lands, Letters, and Kings, 5 vols. (Scribner).

Oxford Manuals of English History, Handbooks of English History, and Kendall's Source Book of English History (Macmillan).

Lingard's History of England until 1688 (revised, 10 vols. , 1855) is the standard Catholic history.

Other histories of England are by Knight, Froude, Macaulay, etc. Special works on the history of each period are recommended in the preceding chapters.

文学史

Jusserand's Literary History of the English People, 2 vols. (Putnam).

Ten Brink's Early English Literature, 3 vols. (Holt).

Courthope's History of English Poetry (Macmillan).

The Cambridge History of English Literature, many vols., incomplete (Putnam).

Handbooks of English Literature, 9 vols. (Macmillan).

Garnett and Gosse's Illustrated History of English Literature, 4 vols. (Macmillan).

Morley's English Writers, 11 vols. (Cassell), extends through Elizabethan literature. It is rather complex and not up to date, but has many quotations from authors studied.

Taine's English Literature (many editions), is brilliant and interesting, but unreliable.

文学批评

Lowell's Literary Essays.

Hazlitt's Lectures on the English Poets.

Mackail's The Springs of Helicon (a study of English poetry from Chaucer to Milton).

Dowden's Studies in Literature, and Dowden's Transcripts and Studies.

Minto's Characteristics of English Poets.

Matthew Arnold's Essays in Criticism.

Stevenson's Familiar Studies in Men and Books.

Leslie Stephen's Hours in a Library.

Birrell's Obiter Dicta.

Hales's Folia Litteraria.

Pater's Appreciations.

NOTE. Special works on criticism, the drama, the novel, etc., will be found in the Bibliographies on pp. 9, 181, etc.

文本与建议（低价校园版）

Standard English Classics, and Athenaeum Press Series (Ginn and Company).

Everyman's Library (Dutton).

Pocket Classics, Golden Treasury Series, etc. (Macmillan).

Belles Lettres Series (Heath).

English Readings Series (Holt).

Riverside Literature Series (Houghton, Mifflin).

Canterbury Classics (Rand, McNally).

Academy Classics (Allyn & Bacon).

Cambridge Literature Series (Sanborn).

Silver Series (Silver, Burdett).

Student's Series (Sibley).

Lakeside Classics (Ainsworth).

Lake English Classics (Scott, Foresman).

Maynard's English Classics (Merrill).

Eclectic English Classics (American Book Co.).

Caxton Classics (Scribner).

The King's Classics (Luce).

The World's Classics (Clarendon Press).

Little Masterpieces Series (Doubleday, Page).

Arber's English Reprints (Macmillan).

New Mediaeval Library (Duffield).

Arthurian Romances Series (Nutt).

Morley's Universal Library (Routledge).

Cassell's National Library (Cassell).

Bohn Libraries (Macmillan).

Temple Dramatists (Macmillan).

Mermaid Series of English Dramatists (Scribner).

NOTE. We have included in the above list all the editions of which we have any personal knowledge, but there are doubtless others that have escaped attention.

传记

Dictionary of National Biography, 63 vols. (Macmillan), is the standard.

English Men of Letters Series (Macmillan).

Great Writers Series (Scribner).

Beacon Biographies (Houghton, Mifflin).

Westminster Biographies (Small, Maynard).

Hinchman and Gummere's Lives of Great English Writers (Houghton, Mifflin) is a good single volume, containing thirty-eight biographies.

NOTE. For the best biographies of individual writers, see the Bibliographies at the ends of the preceding chapters.

选集

Manly's English Poetry and Manly's English Prose（Ginn and Company）are the best single-volume collections, covering the whole field of English literature.

Pancoast's Standard English Poetry, and Pancoast's Standard English Prose（Holt）.

Oxford Book of English Verse, and Oxford Treasury of English Literature, 3 vols.（Clarendon Press）.

Page's British Poets of the Nineteenth Century（Sanborn）.

Stedman's Victorian Anthology（Houghton, Mifflin）.

Ward's English Poets, 4 vols.；Craik's English Prose Selections, 5 vols.；Chambers's Encyclopedia of English Literature, etc.

杂著

The Classic Myths in English Literature（Ginn and Company）.

Adams's Dictionary of English Literature.

Ryland's Chronological Outlines of English Literature.

Brewer's Reader's Handbook.

Botta's Handbook of Universal Literature.

Ploetz's Epitome of Universal History.

Hutton's Literary Landmarks of London.

Heydrick's How to Study Literature.

For works on the English language see the Bibliography of the Norman period, p. 65.

附录二　英汉译名对照表

基于篇幅、成本和环保考虑，本书附录二以二维码形式展现，感兴趣的读者可以扫描下方二维码，浏览本书英汉译名对照表。

若有其他问题，可联系本书译者王小平老师。

地址：甘肃省兰州市兰州大学

邮编：73000

邮箱：wangxp3605@ sina. com

一部仍有价值的英国文学史

——《英国文学史（1620—1900）》译后

  《英国文学史（1620—1900）》是一部译著，它是 *English Literature：Its History and Its Significance for the Life of the English-speaking World*（《英国文学：历史及其对英语世界人民的重要性》）一书的后半部分。该书前半部分本人翻译出来后，于2017年11月以《英国文学：中古到伊丽莎白时期》的书名在社会科学文献出版社出版（责任编辑：王珊珊），该书获得2019年甘肃省外国文学学会译著一等奖。英文原书出版于1909年，作者是美国作家威廉·约瑟夫·朗恩（1867—1952）。朗恩是一个自然主义者，一生著有30余部关于野生动植物的书籍，还有2部文学史类著作，其中之一就是 *English Literature：Its History and Its Significance for the Life of the English-speaking World*。虽然两部文学史类著作好像是他的"余业"，但是 *English Literature：Its History and Its Significance for the Life of the English-speaking World* 出版后十分成功，长期被美国的许多高中用作教科书，影响很大。传到中国后，中国大学里的一些英语系也曾把它作为教科书采用过一段时间。虽然这本书出版于一个世纪之前，但是，朗恩"以给高中学生编书著名"①，他的这部著作如今还有价值，值得中国学生阅读，值得中国的英国文学史教材编写者借鉴，当然，热爱英国文学的读者也必定会开卷受益。这本书的独特处，本人在《英国文学：中古

---

  ① 参见 http：//blog. sina. com. cn/s/blog_4733d2f10102vkh6. html。

到伊丽莎白时期》一书的《译序》里已经说过。时间过去了五年，我的意见如旧，所以就没有必要重复了。

本人一直有意将全书译完，让它与中国读者见面。之前本人时间得不到保证，同时也有畏难情绪，所以之前只翻译了一部分。所幸，如今该书已经全部译完，译稿先是列入兰州大学教育教学改革研究项目"《英国文学》课程教材开发研究"之中，随后又受到兰州大学外国语学院专项资金资助，在此一并致谢。

本书今将出版，也算是本人的一桩心愿已了。翻译过程中一直得到老师蒲隆先生的鼓励，感激之情非一言两语可道。另外，社会科学文献出版社许春山、刘荣、程丽霞等老师审校译本十分认真，译稿得以增色不少，在此一并感谢。至于书中错讹，皆由本人负责，愿读者诸君指正！

王小平

2022 年 12 月 16 日于兰州